Tous les Mayas sont bons

Du même auteur
chez le même éditeur

361
La Mouche du coche
Divine providence
Envoyez les couleurs
Adios Shéhérazade
Un jumeau singulier
Drôles de frères
Aztèques dansants
Kahawa
Levine (recueil de nouvelles)
Ordo
Faites-moi confiance
Monstre sacré
Trop humains
Moi, mentir ?
Smoke
Le Couperet
Le Contrat
Mort de trouille
Argent facile
Motus et bouche cousue
Mémoire morte
Soyons réalistes
Finie la comédie

Anthologie sous la direction
de Donald Westlake

Moisson noire 2001

Série Dortmunder

Pierre qui roule
Comment voler une banque
Jimmy the Kid

(suite en fin d'ouvrage)

Donald E. Westlake

Tous les Mayas sont bons

Traduit de l'anglais (États-Unis)
par Nicolas Bondil

Collection fondée par
François Guérif

Rivages/noir

Retrouvez l'ensemble des parutions
des Éditions Payot & Rivages sur

payot-rivages.fr

Collection dirigée
par Jeanne Guyon et Valentin Baillehache

Ouvrage publié sous la direction
de François Guérif

Titre original :
High Adventure

Ce joyeux tintamarre est
pour Emory et Elisa King,
pour Stewart et Lita Krohn,
pour Compton Fairweather,
qui pourraient tous reconnaître
un arbre ou deux en passant ;
et pour Abby Adams,
qui a survécu à l'épopée.

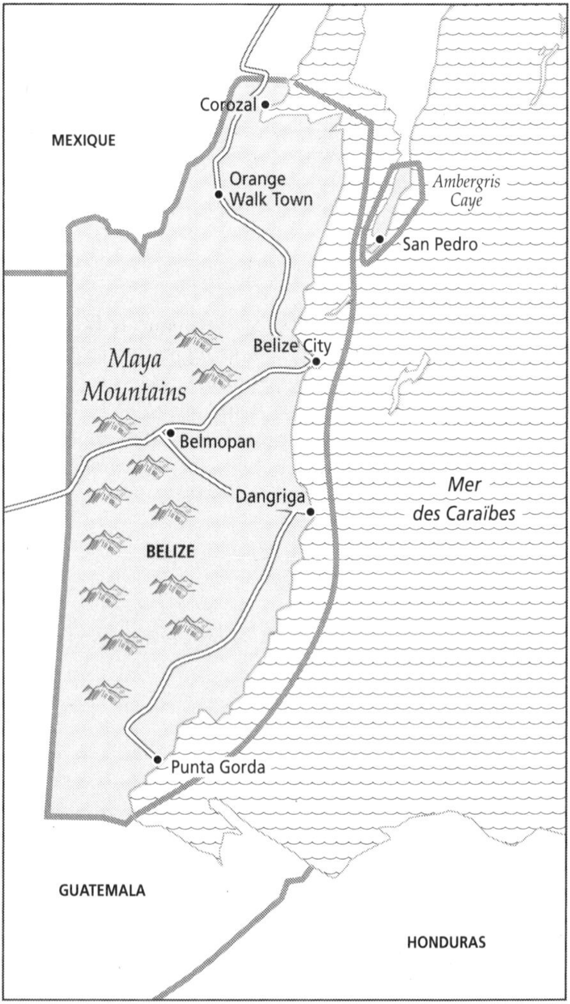

Corozal
MEXIQUE
Orange
Walk Town
Ambergris
Caye
San Pedro
Belize City
Maya
Mountains
Belmopan
Dangriga
Mer
des Caraïbes
BELIZE
Punta Gorda
GUATEMALA
HONDURAS

Hey dad, this is Belize !
d'Emory King[1], texte abrégé

Le Cirque des Frères Atayde est venu au Belize à la fin des années vingt. C'était à peu près au moment où Lindbergh s'est envolé pour le Belize dans son célèbre avion. Ils ont installé leur chapiteau près du Memorial Park et quand les habitants ont vu ce qu'il y avait dedans, ils s'y sont précipités par milliers.

Des animaux ! Incroyable, il y avait des éléphants, des chameaux, des chevaux dressés, des ours polaires, des lions, des tigres du Bengale et même des girafes. Le 10 septembre, la fanfare du cirque a défilé dans les rues et on a bien failli avoir une émeute.

Et c'était une vraie fanfare. Ils portaient tous un uniforme avec des brandebourgs dorés, un chapeau d'apparat, et défilaient au pas comme des soldats. Le chef d'orchestre était un commandant de l'armée mexicaine nommé Ismael G. Amaton. Il avait été du côté des perdants lors d'une des révolutions dans son pays durant cette période, et avait été obligé de s'enfuir et de se joindre à la troupe du cirque pour éviter d'être tué.

1. Emory King (1931-2007), écrivain et journaliste américain qui vécut plus de soixante-dix ans au Belize.

Chaque week-end, on venait de tout le pays pour voir le cirque. Il y avait des clowns, des chevaux, des acrobates salvadoriens, des trapézistes, de belles jeunes femmes allemandes en justaucorps à paillettes sur des bicyclettes. C'était quelque chose, pour les gens du Belize.

Eh bien, les amis, le cirque est resté à Belize City pendant environ deux mois, a donné des représentations à guichets fermés chaque week-end. Mais il s'est produit quelque chose de bizarre. Le cirque s'est retrouvé sans argent dans la caisse.

Personne ne sait pourquoi. Peut-être quelqu'un s'est-il enfui avec l'argent. Quoi qu'il en soit, il n'y en avait plus assez pour continuer. Petit à petit, quelques membres de la troupe sont partis. Certains pour le Honduras et le Guatemala. D'autres pour rentrer au Mexique. D'autres encore sont restés au Belize.

Quand ils n'ont plus été qu'une cinquantaine, avec tous les animaux et le matériel, ils ont décidé de vendre ce qu'ils pouvaient et de louer un bateau pour se rendre à Progresso.

Une tempête s'est abattue sur eux quand le bateau, qui ressemblait à l'arche de Noé, est arrivé à la pointe nord de Caye Caulker. Comme ils ne pouvaient pas prendre le large, ils se sont approchés de San Pedro et ont débarqué.

Pour un spectacle de cirque, c'en était un. Le bateau était aussi près du rivage que possible et ils ont mis les pauvres bêtes à la mer pour qu'elles regagnent la terre ferme au mieux.

C'était une troupe réduite et un lot d'animaux tristes. Imaginez, sur la plage, des chevaux qui dansent, des girafes et des éléphants.

Évidemment, nous, les villageois, avons fait tout ce que nous avons pu pour les aider. L'eau, la viande et la nourriture pour les animaux ont rapidement entraîné une situation délicate pour la ville, mais nous avons quand même réussi à les remettre sur pied. Les gens du cirque étaient gentils et ils nous ont présenté deux ou trois spectacles gratuits dans le parc principal.

Oh, c'était le bon vieux temps, les amis. Depuis, chaque fois que nous autres Béliziens entendons parler d'un grand projet censé être très bénéfique pour notre pays, nous disons : on a déjà vu un cirque bien plus grand que ça, au Belize, et il a fait faillite.

Première partie

Le célèbre avion

1

L'empire du Croissant

Cette fille était une vraie peste. « Je pense que c'est épouvantable », disait-elle.

Kirby Galway hocha la tête. « C'est également mon avis », murmura-t-il en faisant tinter les glaçons dans son verre. Autour d'eux, la fête battait son plein : d'intenses conversations dénuées de sens, d'immenses peintures représentant des détails d'habitations (une serrure, un rebord de fenêtre), au-dessus et entre tous ces visages bavards. À mi-distance, mais s'éloignant de plus en plus de Kirby, se trouvait l'homme porteur de promesses pour lui ce soir-là, un certain Whitman Lemuel, conservateur adjoint du musée d'Art précolombien de Duluth, de passage à New York pour réaliser des achats, et venu à cette fête, dans une galerie de Soho, pour se détendre un peu et avoir des choses à raconter en rentrant chez lui à Duluth.

Kirby, qui avait appris le matin même la présence de Lemuel à New York, s'était débrouillé avant la fin de l'après-midi pour découvrir ses plans pour la soirée, puis il avait traversé la ville enneigée pour s'incruster tôt dans la réception afin d'être prêt quand sa future victime arriverait. Grand, beau, rempli de confiance en lui, fier de sa luxuriante moustache rousse et habillé de manière impeccable et décontractée, jamais Kirby n'avait encore échoué à s'inviter dans une fête où il n'était pas convié. Alors à Soho, en plus ? Il aurait pu arriver tout droit de la jungle dans ses chaussures de randonnée, son pantalon beige taché de graisse et son chapeau à large bord tout cabossé, qu'ils l'auraient laissé entrer directement en le prenant pour un artiste ou un petit ami d'artiste.

Il n'était ni l'un ni l'autre. Juste un négociant, avec ce soir pour client un certain Whitman Lemuel.

En tout cas, c'était ce qui était prévu, mais la situation ne semblait pas s'arranger. Était-ce vers la porte que Lemuel se dirigeait maintenant ?

Ça avait pourtant bien commencé. Kirby s'était présenté en usant de cette technique bien rodée qui consiste en fait à présenter son interlocuteur : « Vous ne seriez pas Whitman Lemuel ? »

Les gens qui ne sont pas célèbres sont toujours ravis quand on les reconnaît. « Oh, oui, c'est moi », avait répondu Lemuel. Il avait le visage rond, le regard bienveillant derrière des lunettes rondes, et une large bouche souriante au-dessus d'un nœud papillon à pois.

« Sachez que j'ai été très impressionné par cette exposition sur la haute Amazonie que vous avez organisée il y a quelque temps, dit Kirby.

– Ah bon ? » Le sourire s'était élargi, le regard était devenu plus bienveillant, le nœud papillon plus vif. « Vous l'avez vue à Duluth ?

– Malheureusement non. À Houston. Elle a tourné avec beaucoup de succès.

– Oui, c'est vrai », avait acquiescé Lemuel en hochant la tête ; mais son expression s'était légèrement assombrie. « Il y a quand même certaines pièces qui ne pouvaient pas quitter le musée, c'était absolument impossible. J'ai bien peur que vous n'ayez pu en profiter pleinement.

– Ce que j'ai vu était véritablement impressionnant. Au fait, je m'appelle Kirby Galway.

– Êtes-vous rattaché au musée de Houston ? avait demandé Lemuel pendant qu'ils se serraient la main.

– Non, non, je suis un simple amateur, un passionné. Vous comprenez, je vis désormais au Belize, et…

– Ah, le Belize ! s'était exclamé le conservateur adjoint de plus en plus rayonnant.

– Vous connaissez ? s'était étonné Kirby avec un sourire innocent. La plupart des gens n'en ont jamais entendu parler.

– Oh, cher ami, le Belize. L'ancien Honduras britannique, indépendant maintenant, je crois…

– Tout à fait.

– Mais, je vous le dis, monsieur, euh…

– Galway. Kirby Galway.

– Monsieur Galway, je vous le dis, le Belize est *fascinant.* Pour moi, pour quelqu'un qui fait ce métier, c'est un pays fascinant. » Dans son excitation, il oscillait légèrement sur la pointe des pieds.

« Oh, vraiment ? » avait dit Kirby avec un sourire qui signifiait « ça alors ».

« C'est le *centre* même », avait poursuivi Lemuel qui, sans s'en rendre compte, avait renversé son verre sur son poignet en gesticulant, « le centre même de l'ancien monde des Mayas.

– Oh, ce n'est pas possible, avait dit Kirby, en fronçant les sourcils. Je croyais que le Mexique était…

– Des Aztèques, des Aztèques, avait répété Lemuel pour balayer ces propos de novice avant d'admettre à contrecœur : des Olmèques, des Toltèques, mais peu de Mayas en comparaison.

– Le Guatemala alors, avait suggéré Kirby, il y a cet endroit, c'est comment déjà ? Tikal, là où ils…

– Bien sûr, bien sûr. » L'impatience de Lemuel était à son paroxysme. « Jusqu'à très récemment on pensait que les principaux sites mayas s'y trouvaient, c'est exact, c'est tout à fait exact. Mais jusqu'alors, personne n'avait fait de *recherches* au Belize, personne ne savait ce que ces jungles recelaient.

– Et on le sait, maintenant ?

– On commence. On sait que la civilisation maya occupait un territoire qui avait la forme d'un grand croissant, qui s'étendait du sud du Mexique à l'ouest du Guatemala. Mais savez-vous quel est le véritable *épicentre* de ce croissant ?

– Le Belize ? demanda Kirby à tout hasard.

– Précisément ! On y trouve aujourd'hui des objets d'artisanat précolombiens, des statues de jade, des sculptures et des bijoux en or qui sont tout simplement stupéfiants. Magnifiques. Incroyables.

– Eh bien, du coup je me demande, avait dit Kirby d'un air songeur en mettant le ver à l'hameçon, si sur *mes* terres, au Belize, il n'y aurait pas…

– Les Mayas ? avait lancé une voix féminine pleine d'assurance. J'ai entendu quelqu'un parler de Mayas ? »

C'était elle, la fille qui s'était immiscée dans la conversation, qui s'était imposée et qui avait gâché l'entrée en matière de Kirby, au moment même où il allait décocher sa flèche. Fichue peste. Aussi énervé qu'un pêcheur qui voit débarquer un intrus bruyant et sans gêne, Kirby s'était retourné pour découvrir une femme d'environ vingt-cinq ans, étonnamment grande, peut-être à peine cinq à six centimètres de moins que son propre mètre quatre-vingt-neuf. Séduisante en dépit de ses traits anguleux, elle avait un long visage ovale, des cheveux blonds et raides, et des yeux qui scintillaient de détermination. Son chemisier à motifs en cachemire, sa longue jupe ample et ses bottes en cuir marron semblaient démodés depuis quelques années, mais Kirby savait d'après la forme massive de son collier d'argent qu'il était mexicain, et que ses grandes boucles d'oreilles venaient d'Amérique centrale, probablement du Guatemala. C'était de l'authentique artisanat local. Il avait alors senti les problèmes arriver. Enfer et damnation, avait-il pensé.

Whitman Lemuel qui, de toute évidence, voyait en la présence d'une jolie jeune femme plus grande que lui une perspective plus excitante encore que la pensée de Mayas disparus depuis longtemps, l'avait accueillie avec un grand enjouement dans leur cénacle : « Oui, vous vous intéressez à cette culture ? Nous parlions justement du Belize.

– Je n'y suis pas encore allée. J'en meurs d'envie. J'ai consacré mes travaux de recherche post-universitaires au Musée royal de Vancouver, à identifier des objets venant de Guyane.

– Vous êtes donc anthropologue ? avait demandé Lemuel tandis que Kirby rongeait son frein.

– Archéologue, avait répondu la peste.

– Il y a peu de chose à tirer de la Guyane, il me semble, avait fait observer Lemuel. Mais ah ! Mais au Belize…

– C'est de la spoliation ! » avait-elle dit en le fusillant du regard.

Kirby n'avait jamais entendu personne employer ce terme dans une conversation. Il la regarda d'un œil nouveau mais avec une aversion redoublée.

Lemuel avait cligné des yeux en entendant ce mot, et il avait toutes les raisons pour ça. Puis il avait dit, d'un ton hésitant : « Je ne suis pas sûr d'avoir…

– Savez-vous ce qu'ils *font* au Belize ? avait demandé la peste d'un ton péremptoire. Toutes ces villes mayas, tous ces sites d'autrefois, tous sont restés sans la moindre protection dans la jungle…

– Depuis au moins mille ans, avait ajouté Kirby.

– Mais aujourd'hui, les objets qui y sont enfouis ont soudain pris de la valeur. Les voleurs, les pilleurs de tombes vont là-bas, détruisent les édifices… »

Ça ne pouvait être pire. Kirby ne pouvait croire qu'il jouait autant de malchance en ayant cette conversation-là à un moment pareil. « Oh, ce n'est pas si grave », avait-il dit, tentant de l'interrompre dans l'espoir de les détourner du sujet en introduisant ce qu'il pensait être à coup sûr un nouveau thème de conversation. « Ce qui m'inquiète, moi, c'est la guerre au Salvador. Au rythme où… »

Mais elle n'avait aucune intention de se laisser faire. « Oh, ça, avait-elle dit en rejetant l'idée d'un mouvement de tête digne d'une pouliche. La guerre. Dans une ou deux générations, tout sera terminé, mais la destruction de sites mayas irremplaçables, c'est pour *toujours*. Le gouvernement du Belize fait ce qu'il peut, mais il manque de fonds et de bras. Et pendant ce temps, les trafiquants et les directeurs de musées américains sans scrupule… »

Oh mon Dieu. Je vous en supplie, faites-la taire.

Mais il était trop tard. On aurait dit que Lemuel venait de gober une mouche, il tripotait son nœud papillon et se balançait d'un pied sur l'autre. « Oh, euh..., mon verre, il semblerait qu'il soit vide. Vous voulez bien m'excuser ? »

C'était trop injuste. Ce n'était pas sa faute si cette fille était là, et c'était vraiment très incorrect de la part de Lemuel de les planter là comme ça. Ça voulait dire que Kirby n'avait pas d'autre choix que de rester par politesse, au moins une minute ou deux, et s'il parvenait à renouer le contact avec Lemuel pendant la soirée, il lui serait beaucoup plus difficile de présenter naturellement son argumentaire de vente.

Pendant ce temps, la fille semblait tout aussi satisfaite de débiter ses diatribes devant un auditoire d'une seule personne. « Je m'appelle Valerie Greene. » Elle tendit à Kirby une main fine aux doigts élancés, à serrer ou à mordre, c'était au choix.

Il la serra, cette saleté. « Kirby Galway, j'ai été très...

– Je vous ai bien entendu dire que vous habitez au Belize ?

– C'est exact.

– Et vous ne seriez pas archéologue, par hasard ?

– Non, j'ai bien peur que non. » Puis, comme les yeux de la jeune femme, aussi vifs que ceux d'un oiseau, le fixaient dans l'attente qu'il dise quelque chose, il se sentit obligé d'expliquer : « Je suis éleveur. Ou, plus exactement, je suis en passe de le devenir. Je rachète des terrains. Pour le moment je suis pilote.

– Pour quelle compagnie travaillez-vous ?

– J'ai mon propre avion.

– Alors vous devez être au courant des pillages sur les sites archéologiques du Belize.

– J'ai vu des articles dans les journaux, acquiesça-t-il.

– Je pense que c'est épouvantable.

– C'est également mon avis », murmura-t-il en regardant Lemuel qui s'éloignait, non pas vers le bar mais vers la sortie.

Épouvantable. Mais pas fatal, se consolait-il, pas nécessairement fatal. En fait, le malaise évident de Lemuel, quand elle avait mentionné le vol d'objets d'artisanat, le confortait simplement dans sa conviction que cet homme était assurément un client potentiel. S'il ne parvenait pas à lui mettre le grappin dessus ce soir, il trouverait bien une autre occasion à New York, à Duluth ou ailleurs. On était le 10 janvier, il lui restait donc presque trois semaines avant sa date de retour au Belize. Amplement assez pour dénicher deux ou trois Whitman Lemuel. Et, quoi qu'il arrive, il avait déjà plusieurs poissons au bout de sa ligne.

« Les gens qui font ce genre de choses n'éprouvent aucun sentiment de honte », déclara Valerie Greene qui s'entêtait aveuglément à labourer son petit champ étroit.

« Oh, je suis bien d'accord, dit Kirby en regardant la porte coupe-feu blanche se refermer sur Whitman Lemuel. Vous prêchez un converti. Eh bien, au revoir. » Il sourit, dissimulant sa haine, et s'en alla.

Sale peste.

2

Vol 306

Par un bel après-midi ensoleillé de début février et une température de vingt-huit degrés, un certain Innocent St. Michael conduisait de Belize City à l'aéroport international du Belize pour regarder atterrir les avions en provenance de Miami. Son déjeuner – qu'il avait partagé avec un collègue fonctionnaire, un cultivateur de canne à sucre installé du côté d'Orange Walk, et un type qui envisageait de lancer une chaîne de télévision – lui tenait bien au corps, agrémenté d'une bière Belikin et d'un bon cigare. La climatisation, dans sa Ford LCD vert foncé, soufflait son air glacé sur son visage rond et jovial. Sa chemise blanche était ouverte à l'encolure, son costume de coton marron clair pas encore trop froissé et, dans la fraîcheur de l'habitacle, il sentait l'agréable odeur de son après-rasage et de sa pommade. La vie est si agréable, si agréable.

Jusque-là, la grâce de Dieu lui avait accordé cinquante-sept années de cette vie agréable et rien à l'horizon n'en indiquait la fin. Bon vivant, aimant la compagnie des femmes, baignant dans le confort et le luxe, il était rond comme un tonneau mais en excellente condition physique, et possédait un cœur qui aurait pu propulser un navire à vapeur. Des

Indiens mayas, des conquistadors espagnols, d'anciens esclaves africains et des navigateurs irlandais naufragés avaient joint leurs efforts pour concourir à sa création, et la plupart auraient sûrement été fiers du résultat de leur labeur. Ses cheveux étaient africains, sa peau café au lait était maya, son courage irlandais, et la fourberie de son esprit totalement espagnole. Il était également (un détail loin d'être insignifiant) à la fois le directeur adjoint du service de l'Attribution des terres au sein du gouvernement du Belize et agent immobilier en activité. Magnifique.

La voie reliant Belize City à l'aéroport international était un peu mieux entretenue que la plupart des routes du pays, et Innocent, confortablement affalé sur son siège, deux gros doigts négligemment posés sur le volant, klaxonna en passant devant le bordel. Les filles qui étendaient le linge lui adressèrent un signe en reconnaissant la voiture. Un peu plus loin, il tourna à gauche en direction de l'aéroport.

Sur sa droite se trouvait la base aérienne, l'installation militaire britannique où deux jets de combat Harrier se tenaient tapis comme de sombres insectes géants, rêvant à leurs proies sous les filets de camouflage. Peut-être étaient-ils de ceux qui, il n'y avait pas si longtemps, étaient partis vers le Sud s'amuser pendant la guerre des Malouines. Ils appartenaient à une unité des forces de maintien de la paix constituée de 1 600 Britanniques, le dernier véritable lien colonial rendu nécessaire par les revendications du voisin guatémaltèque, qui considérait le Belize comme sa propre colonie, perdue de longue date et qu'il avait menacé de reprendre par la force.

Cependant, à la lumière des résultats récents de l'attitude belligérante des Argentins, lors de revendications territoriales comparables menées contre la Grande-Bretagne, le discours du Guatemala avait commencé à s'infléchir depuis quelque temps, et un accord serait peut-être trouvé. Une perspective qui convenait à Innocent, car même si la guerre elle-même était bonne pour le commerce, les menaces de conflit armé refroidissaient le climat entrepreneurial. Innocent St. Michael possédait de nombreux terrains qu'il souhaitait refourguer à d'enthousiastes Nord-Américains, et seule l'éventualité d'une guerre contre le Guatemala avait jusque-là différé la ruée vers les terres.

L'aéroport international du Belize ne dispose que d'une piste d'atterrissage située devant un petit bâtiment en blocs de béton d'un étage, de couleur crème, sans carreaux aux fenêtres du rez-de-chaussée. Les taxis et leurs chauffeurs causaient une pagaille poussiéreuse autour du bâtiment, tandis que les scintillements agressifs du soleil se reflétaient sur les parties chromées et les pare-brise fissurés. Innocent manœuvra au milieu des véhicules et se gara dans la zone herbeuse signalée par un panneau grossier : VISITEURS. Il se rangea à côté de l'autre véhicule qui se trouvait là, un pick-up bordeaux délabré qu'il pensait avoir déjà vu. Alors comme ça, Kirby Galway était de retour ? Innocent sourit à l'idée de leur rencontre.

Kirby, quant à lui, se trouvait sur le côté ombragé du bâtiment, accroupi comme un autochtone nonchalant, mais en tenue de travail : chemisette blanche, cravate à rayures rouges et noires, pantalon de toile beige et chaussures de randonnée marron clair. « Bon retour au pays ! » lança Innocent qui s'approchait la main tendue, rayonnant d'un plaisir sincère. Voir Kirby lui rappelait sa propre présence d'esprit, son intelligence, sa ruse ; le seul fait de penser à la manière dont il s'était joué de lui suffisait à le rendre heureux. « Je craignais que tu sois parti définitivement », dit-il en lui serrant fermement la main et en l'agitant de haut en bas.

Kirby lui rendit sa poignée de main, avec une force étonnante. Il sourit aussi et dit : « Tu me connais, Innocent. La pièce finit toujours par tomber du bon côté. »

S'il y avait une chose qui gâchait un peu le plaisir d'Innocent à avoir roulé Kirby, c'était qu'il ignorait pour quelle raison ce dernier n'avait jamais paru s'en offusquer. Où étaient le ressentiment, l'amertume, le sentiment d'humiliation ? Juste pour le lui rappeler, Innocent ajouta : « Eh bien, tu me connais, Kirby. Bon côté ou pas, s'il y a une pièce de monnaie qui traîne, j'en veux ma part.

– Oh, tu en as eu assez venant de moi », déclara Kirby en s'esclaffant. Après une dernière pression, leurs mains se séparèrent.

« Tu vends toujours des terres ? demanda Kirby.

– Oh, ici et là, ici et là. De retour sur le marché ?

– Pas encore.

– Surtout, tiens-moi au courant.

– Je n'y manquerai pas », répondit Kirby d'un ton légèrement crispé avant de lever les yeux.

L'avion de Miami ? Innocent ne pouvait pas encore l'entendre, pas plus qu'il ne pouvait le voir quand il regarda le ciel, ce qui était apparemment le cas de Kirby.

« Pile à l'heure, dit ce dernier.

– Tu attends quelqu'un ?

– Juste des gars qui arrivent des États-Unis. » Puis, en s'éloignant : « C'était sympa de te voir, Innocent.

– Sentiment partagé, Kirby. » Le fait est, songea Innocent agréablement surpris, qu'on s'aime bien, Kirby et moi.

L'avion arrivait. Innocent le voyait à présent, et il l'entendit un peu plus tard. Il décrivit une longue boucle lente en fredonnant dans le ciel, tel un patineur jovial prenant son temps. Puis soudain, il redevint sérieux et pointa son nez pragmatique en direction de la piste d'atterrissage. Il semblait avoir accéléré en approchant du sol. Ce grand avion bleu et blanc était définitivement beaucoup trop gros pour ce petit aéroport avec ses étroits sillons de terre gagnés sur la forêt luxuriante un mois après la fin de la saison des pluies.

L'avion vrombit en touchant le sol et passa devant le bâtiment en fonçant vers l'extrémité de la piste. Puis il rugit assez fort en décélérant, comme pour prévenir de plus petites créatures que le roi des airs était arrivé.

Innocent n'attendait personne en particulier. Il aimait juste savoir qui avait à la fois l'argent et le besoin de voyager en avion. Tout en se nettoyant distraitement les gencives avec son cure-dent en or, il se tenait à l'ombre du bâtiment et regardait l'avion faire lentement demi-tour, tel un chat tigré apprivoisé, un énorme jouet qui s'immobilisa. À leur descente, une quinzaine de passagers furent dirigés vers le bâtiment par des agents d'immigration en uniformes disparates.

Innocent cataloguait les arrivants à mesure de leur descente : plusieurs touristes nord-américains qui se rendaient très probablement à la caye Ambergris et à la barrière de corail, que les amateurs de plongée sous-marine décrivent comme un spot sans égal. Innocent, lui, ne pouvait en juger ; la plus vaste étendue d'eau dans laquelle il avait jamais envisagé de se baigner était sa piscine, où il avait l'assurance d'être le seul requin.

Trois jeunes hommes sérieux, en costume-cravate et chemise blanche, étaient des gars du cru qui poursuivaient leurs études aux États-Unis. Aujourd'hui, l'université de Miami est aussi reconnue que n'importe quelle école britannique pour former des avocats destinés aux Caraïbes. Quelques hommes un peu plus âgés, en tenue soignée mais passe-partout, étaient certainement des expatriés partis au nord pour profiter de l'avantageuse grille des salaires américaine ; ils rentraient au pays pour afficher leur statut financier et, accessoirement, fuir les horribles hivers de Brooklyn où tant de Béliziens déracinés avaient élu domicile.

Deux Américains blancs en veste de sport, chacun avec son attaché-case, mais qui ne voyageaient apparemment pas ensemble, devaient être des hommes d'affaires ou des fonctionnaires de l'ambassade ; dans le premier cas, ils pouvaient éventuellement présenter un intérêt pour Innocent. Deux jeunes tapettes, enfin, étaient sans nul doute les « types » que Kirby était venu chercher.

Manifestement des tapettes. Ils avaient tous deux la quarantaine, étaient assez grands, d'une maigreur presque douloureuse à voir, et ils tentaient tous deux de dissimuler une intense nervosité, en vain. L'un portait une veste en alligator et un jean de marque, et avait apparemment laissé pousser une véritable forêt de moustache poivre et sel pour compenser le fait qu'il était totalement chauve sur le dessus du crâne ; d'épais cheveux frisés qui poussaient seulement sur les côtés lui retombaient sur les oreilles comme une étole. L'autre avait une moustache de couleur brun-roux un peu moins fournie, mais le sommet de son crâne disparaissait sous une longue chevelure orangée et ondulée où étaient perchées des lunettes de soleil. Il était accoutré d'une chemise de safari, d'un short beige de l'armée britannique et de bottes de cow-boy ornées de broncos rebelles cousus main. Il portait un petit sac à bandoulière en toile vert olive censé passer pour du matériel militaire mais qui n'était en réalité qu'un sac à main.

C'étaient ces deux-là, ça ne faisait aucun doute. Mais qu'est-ce que Kirby leur voulait ? Et pourquoi étaient-ils si nerveux ? De l'argent va changer de main, se dit Innocent. Il fallait qu'il en sache plus.

De l'extérieur du bâtiment, il regarda par les fenêtres sans carreaux les arrivants qui entraient en procession tels des moutons. Sur la piste d'atterrissage, une fois les bagages sortis et les portes refermées, l'avion gronda et se positionna pour se dépêcher de remonter vers le ciel en empruntant une rampe invisible en direction de sa prochaine escale, Tegucigalpa, la capitale du Honduras.

Innocent observait Kirby qui, à l'intérieur du bâtiment, regardait les tapettes franchir les services de l'immigration. Il le vit alors leur serrer la main, chacun à leur tour. Pas de pression prolongée avec ces deux-là. Ils récupérèrent leurs bagages, du Louis Vuitton pour le chauve, un grand bagage noir en vinyle plein de fermetures éclair pour l'autre, et Kirby les escorta dehors sous la lumière du soleil, jusqu'à son pick-up.

Il allait les conduire à son avion, c'était ça ? Peut-être à l'hôtel d'abord, mais ensuite à son avion. Même si le Belize était un tout petit pays, et même si Belize City n'en était plus la capitale, la ville possédait deux aéroports. Les vols moyen et long-courriers utilisaient celui-ci, mais les avions de location ou de fret et les petits appareils privés transitaient tous par la ville, où l'aéroport municipal avait été bâti sur des terres remblayées à proximité de la baie. C'est là que

Kirby devait les emmener pour décoller… vers quelle destination ?

Ça ne pouvait être des acheteurs de marijuana. D'ailleurs, si cela avait été le cas, ils auraient retrouvé Kirby en Floride, pas ici.

Tout en glissant son cure-dent dans sa poche, Innocent entra dans le bâtiment pour parler au gars de la douane qui avait contrôlé les passeports des tapettes. Ils s'appelaient Alan Witcher et Gerrold Feldspan, résidaient à la même adresse sur Christopher Street à New York, et tous deux se prévalaient d'être « antiquaires ».

Innocent ressortit, les sourcils légèrement froncés : il sentait une bulle de gaz dans son estomac. Le pick-up était parti. Il aurait aimé pouvoir voler. Non pas avec un avion ou un hélicoptère, mais juste voler, comme Superman. Sauf qu'il n'aurait pas apprécié cette pose ridicule avec les bras tendus devant lui comme s'il s'apprêtait à plonger. C'est les bras croisés peut-être, ou les mains nonchalamment glissées dans les poches de sa veste, qu'il aurait aimé être capable de s'élever dans les airs comme un aéronef, comme un dirigeable, et se laisser flotter derrière Kirby, ni vu ni connu.

Qu'allait donc faire Kirby avec ces deux-là ? Où les emmenait-il ? Sur ses terres ? « Il n'y a rien, là-bas », grommela Innocent à voix haute.

Il était bien placé pour le savoir.

3

Fer-de-lance

« Choueeeeeeeette, fit le tinamou.

– Cacorica, fit le toucan.

– Bibe bibe libe bibe bibe, fit le singe hurleur noir.

– Sssssss-sss, fit le serpent corail.

– Par ici, messieurs, dit Kirby. Attention aux serpents. » Il abattit sa machette sur un tronc d'arbre tombé au sol, *tchok*. « Le bruit les fait rester dans leurs trous », expliqua-t-il.

Witcher et Feldspan, qui avaient abandonné depuis longtemps leur semblant d'hétérosexualité, se tenaient nerveusement par la main, et ce depuis le vol, avant même que le Cessna six places de Kirby n'ait atterri. Et là, à l'évocation des serpents, ils observaient la végétation trompeusement paisible avec de grands yeux effrayés, épaule contre épaule. Outre le fait qu'ils avaient l'intention de transgresser la loi, cela leur donnait une bonne raison d'être nerveux.

« J'ai fait un investissement en achetant ces terres, leur expliqua Kirby sans pour autant que cela soit mensonger. Elles ont du potentiel pour le pâturage, comme vous pouvez le constater. »

Witcher et Feldspan regardèrent docilement alentour, mais ils restaient visiblement plus préoccupés par les serpents que par l'exploitation des terres.

(Un fer-de-lance rampa sans se faire remarquer.) Cependant, en l'état et à ce moment précis, les terres étaient vraiment très convaincantes. Elles commençaient à l'est par un terrain herbeux assez plat, où Kirby avait atterri. L'avion avait ralenti dans un sifflement à travers herbes et trèfles qui montaient à hauteur de genoux. Toute la zone n'attendait que la venue d'un troupeau. À l'ouest, en direction des monts Mayas, se trouvait une parcelle de jungle située plus en hauteur, au milieu de laquelle il les guidait désormais ; elle était pour l'instant un peu trop envahie par les arbres, les plantes grimpantes et les buissons, mais quelqu'un d'un peu imaginatif pouvait se la représenter nettoyée : les arbres serviraient à construire une grange juste *ici*, et le manoir blanc, telle une vaste demeure sortie d'un roman sur la guerre de Sécession, occuperait toute la crête, *là*, dominant les riches pâtures en contrebas.

C'était à cette époque de l'année qu'Innocent St. Michael avait montré ces terres à Kirby et que ce dernier avait rassemblé jusqu'à son dernier sou et tout ce qu'il avait pu emprunter pour les acheter. Juste à cette saison, deux ans plus tôt, et Kirby avait toujours des difficultés à se sortir du bourbier dans lequel il s'était fourré. Mais il allait y parvenir, il allait réussir. Il savait maintenant comment s'y prendre.

C'était un homme de trente et un ans, sûr de lui et décontracté, dont la principale source de revenus consistait à transporter des bottes de marijuana dans son avion, depuis le nord du Belize jusqu'au sud de la Floride. Il s'était toujours considéré comme quelqu'un d'assez malin. Il avait constaté le flux croissant d'immigrants américains attirés par le climat agréable, le gouvernement stable et les terres aussi abondantes que bon marché du Belize. Au Texas, où il avait travaillé pendant un temps à livrer par avion des bottes de foin pour le bétail d'un ranch plus grand que l'État entier du Delaware, il avait pu constater à quel point l'association de bonnes pâtures et de troupeaux de bétail pouvait rapporter d'incroyables richesses à leur propriétaire.

Bien évidemment, les terres du Texas étaient toutes exploitées depuis plus d'un siècle. Mais il y avait le Belize, et Kirby était là, au premier échelon de son rêve : il caressait l'agréable perspective de devenir le baron d'un immense élevage et se voyait déjà en chemise de satin, apprenant à monter à cheval. Pas mal pour un garçon de Troy, État de New York, qui avait suivi une formation de pilote dans l'armée de l'air américaine, mais qui avait trop d'indépendance d'esprit pour rester militaire ou travailler pour des compagnies commerciales. Il avait acheté d'occasion son Cessna – qu'il avait baptisé Cynthia – à un vendeur de Teterboro, dans le New Jersey, et avait volé vers le sud par petites étapes successives au rythme de différents emplois temporaires trouvés sur le trajet. Il avait rencontré des escrocs, avait eu affaire à des types coriaces, d'un côté de la loi comme de l'autre, mais ne s'était jamais fait rouler. Il était intelligent, malin, et en tirait une certaine fierté.

Puis il avait rencontré Innocent St. Michael.

« Beaucoup d'Américains viennent ici parce qu'il y a énormément de terres disponibles, expliqua-t-il à Witcher et Feldspan en les guidant plus profondément dans la jungle. Nous sommes dans un pays de cent cinquante mille personnes, qui a la taille et la forme du New Jersey. Vous savez combien de gens vivent dans le New Jersey ?

– Personne que je connaisse », répondit Witcher, qui commençait à oublier les serpents.

« J'avais une tante dans le New Jersey, à une époque, dit Feldspan, mais elle est partie en Floride et elle est morte.

– Il y a sept millions d'habitants. Et seulement cent cinquante mille ici. » Pour les punir de leur impertinence, il fit *tchok* sur une autre cavité dans un tronc puis se fraya un chemin à coups de machette à travers des lianes qui pendaient des arbres. Il existait un chemin mieux tracé que les Indiens et lui utilisaient, mais les clients trouvaient ça plus spectaculaire lorsque Kirby leur dégageait une nouvelle voie pour traverser la jungle jusqu'au site. Et le client a toujours raison.

« C'est un pays terriblement sauvage, non ? demanda Witcher qui, avec sa main libre, s'agrippait au coude de Feldspan.

– Sous-peuplé, c'est tout, dit Kirby. Aucun humain n'a vécu ici depuis… Eh bien, vous êtes sur le point de le découvrir, pas vrai ?

– Ah bon ? » Ils regardèrent à nouveau la flore de plus en plus dense autour d'eux. Ils ne distinguaient rien d'autre que de brillantes feuilles émeraude, des lianes grosses comme des cordes et des troncs d'arbre encore recouverts de leur mousse verte après la saison des pluies. Kirby les précédait sur le grand tour par la zone la plus impénétrable de sa jungle, et pointait désormais sa machette devant lui, légèrement sur la gauche. « Juste là. Attendez, je vais dégager un peu le passage. »

Tchik, tchak, tchok. Les lianes et les branches tombèrent, libérant une fenêtre au milieu d'un mur de verdure inégal, par laquelle ils purent distinguer le sommet d'une colline en partie déblayé, qui s'élevait brusquement à une vingtaine de mètres au-dessus d'eux. Parsemé de quelques arbres nains, d'herbes hérissées et de mousse, le versant s'achevait en une pointe conique à nu. « Là », dit Kirby. Il recula, sourit et les laissa regarder.

Ils observèrent. Scrutèrent. Toutes leurs pensées associées aux serpents avaient disparu, toutes celles relatives aux lois qu'ils étaient venus enfreindre s'étaient envolées. « C'est ici ? » demanda Feldspan avec stupéfaction.

Kirby pointa à nouveau sa machette.

« Vous voyez, là, sur la droite, environ à mi-hauteur ? »

Pour voir, ils voyaient. « Des marches, murmura Feldspan.

– Le temple, murmura Witcher.

– Allons voir de plus près, dit Kirby.

– Vite, allons-y ! »

À grands coups de machette, Kirby leur ouvrit un passage avec enthousiasme, depuis la jungle presque impénétrable à l'espace dégagé où il marqua une pause. Il fit cliqueter la pointe de sa machette sur une pierre de trente centimètres de côté astucieusement déposée là, et attendit que les citadins un peu essoufflés le rejoignent. « Comme je vous l'ai dit à New York, je ne suis pas archéologue. Je ne suis pas un grand connaisseur de ces choses-là, mais ce que je *pense,* c'est que le temple doit commencer à peu près ici. »

Feldspan fut le premier à remarquer la pierre. « Regardez ! s'écria-t-il d'une voix qui tremblait d'excitation. Une dalle ! Elle a été *taillée* ! »

Kirby hocha la tête pour acquiescer d'un air songeur. « C'est en découvrant plusieurs dalles similaires, ici et là, que j'ai commencé à m'interroger. Puis je suis descendu à Belmopan où je me suis entretenu avec des membres du gouvernement. Tout le monde m'a affirmé qu'il n'y avait pas de cité maya, ni de temple, ni rien de ce genre dans cette zone. Ils m'ont assuré que tout avait été fouillé, vérifié, et qu'il n'y avait absolument rien ici.

– Ils ont *tort* », murmura Witcher. La dalle devait peser vingt kilos, mais il l'avait quand même ramassée. Légèrement penché en avant, il la scrutait en la faisant tourner doucement et maladroitement entre ses mains.

« Comment s'appelle cet endroit ? s'enquit Feldspan.

– Probablement personne, depuis plus de mille ans, ne connaît le nom de ce temple, lui répondit Kirby. Les Indiens du coin appellent cette colline Lava Sxir Yt. (Il avait prononcé "Lava Shkeer It", puis épela.)

– Lava Sxir Yt, répéta Feldspan religieusement comme si ces mots formaient une incantation pour invoquer un vieux prêtre maya païen.

– Allons-y, montons », les encouragea Kirby.

Witcher reposa la pierre avec délicatesse et ils continuèrent à gravir la pente, arrivant bientôt à des marches partiellement dégagées qui, de toute évidence, faisaient partie du mur extérieur du temple. Witcher et Feldspan commentèrent cette découverte avec entrain jusqu'à ce que Kirby les invite à poursuivre leur ascension. À l'approche du sommet, d'où ils pouvaient déjà contempler la canopée de la jungle en contrebas, et ce jusqu'au petit avion bleu et blanc parqué dans le champ comme un jouet, ils trouvèrent ce qui semblait être, à première vue, une petite pierre tombale d'environ soixante centimètres de large sur quinze d'épaisseur, qui dépassait du sol de moins de trente centimètres et penchait légèrement vers l'avant. Sa partie supérieure et ses bords avaient été arrondis par un travail rudimentaire au burin, et des traits semblaient avoir été profondément gravés sur sa face avant.

Witcher et Feldspan, véritablement émus, tombèrent à genoux devant la dalle. Feldspan cracha sur la pierre et étala sa salive du bout des doigts pour mieux distinguer les encoches, pendant que Witcher creusait frénétiquement de ses mains la terre meuble, à la base de la stèle pour en apprendre davantage. « Un jaguar », chuchota Feldspan en suivant les lignes. C'était bien ça : la partie supérieure d'une tête de jaguar stylisée selon la représentation graphique des Mayas. Les lignes continuaient jusque dans la zone que Witcher avait déblayée et probablement plus bas encore.

« Les scorpions », annonça Kirby sans hausser le ton.

Tous deux bondirent en arrière et, pris de panique, glissèrent sur les marches couvertes d'herbe en tentant de se relever. « Où ça ? s'écria Witcher.

– Non, non, dit Kirby, je voulais juste dire qu'il faut s'en méfier. Moi, je ne creuserais pas ici à mains nues, vous pouvez me croire.

– Oh, je vois, dit Feldspan en recouvrant son calme. Vous avez parfaitement raison.

– Cette stèle, dit Witcher en désignant la pierre, elle pourrait avoir une grande valeur. Cela dépend de la partie qui est enterrée.

– Il y en a quelques-unes par ici, dit Kirby l'air de rien en les voyant échanger un bref regard avide. Continuons. »

Cette fois, ils poussèrent jusqu'au sommet, où ils découvrirent une étendue relativement plane couverte d'herbes sauvages, d'un peu plus d'un mètre carré. Dans l'un des angles, les vieilles dalles étaient totalement visibles. Marchant de long en large, Witcher et Feldspan, dont le regard passait alternativement des pierres au point de vue sur la jungle, aux clairières et aux silhouettes colossales et bleuâtres des monts Mayas plus loin à l'ouest, étaient totalement subjugués par le caractère mythique et magique des lieux ; ils étaient là, deux antiquaires new-yorkais sophistiqués, rompus au mode de vie de la civilisation la plus moderne et, en une seule journée, ils se retrouvaient plongés dans un passé plus que millénaire. Le sang des sacrifices humains avait dû couler sur ces pierres. Les quelques marches visibles sur les côtés du temple envahis de végétation avaient dû être occupées par des rangées d'adorateurs sauvages vêtus de capes colorées et coiffés de plumes. Ici, c'était *ici* que le prêtre devait se tenir quand il levait le couteau de pierre aiguisé au-dessus de sa tête.

« Les temples, dit Witcher avant d'être submergé par l'émotion et de reprendre sa phrase. Les temples étaient peints en rouge. À l'époque, quand les Mayas étaient là. Imaginez : à des kilomètres à la ronde dans la jungle, la vision de ce majestueux temple rouge, dressé dans le ciel.

– Fantastique, murmura Feldspan.

– Ça devait être quelque chose », acquiesça Kirby. Son rôle consistait à jouer un peu les ignares, pour mettre en valeur leur grande sophistication, tout comme à se montrer un peu moins convenable et un peu plus dangereux qu'eux. Il appréciait chaque aspect de ce rôle, y compris ce dernier.

Sortez un homme de son environnement, poussez votre sérénade, faites-lui entendre le chant des sirènes, projetez votre spectacle d'ombres chinoises et, si vous vous y prenez suffisamment bien, il gobera tout. Il ne vous restera plus qu'à réaliser votre vente.

« Quand peut-on commencer ? demanda Witcher.

– Il va falloir attendre plusieurs semaines, répondit Kirby. Près de la côte, le sol est encore trop mouillé pour le bulldozer et il n'y a pas de route par ici.

– C'est vraiment dommage », dit Feldspan. Il regardait les alentours d'un air de plus en plus songeur.

« Je sais ce que vous pensez », lui dit Kirby. Et c'était bien le cas. Il avait déjà aidé des acheteurs occasionnels à surmonter les affres de leur mauvaise conscience. « L'endroit où nous sommes n'est pas seulement un trésor, il ne s'agit pas que d'or, de jade et de gravures inestimables. C'est l'héritage de tout un peuple.

– C'est vrai », reconnut Feldspan. (Witcher avait, lui aussi, l'air un peu contrit désormais.) « Vous avez très bien formulé mon sentiment, monsieur Galway. »

Évidemment : il avait eu tout le temps de s'entraîner. « J'ai le même ressenti que vous et j'aurais préféré qu'il y ait une meilleure façon de procéder. Si j'avais l'argent… Écoutez, je crois vous connaître suffisamment ; maintenant, je peux vous dire la vérité. »

Witcher et Feldspan prirent un air attentif, prêts à se montrer amusés, compréhensifs, scandalisés à sa place ou, plus généralement, à faire jouer la solidarité masculine, en fonction de ce qu'il leur révélerait. Kirby regarda en direction de sa jungle privée et déclara : « Quand on s'est rencontrés le mois dernier, je vous ai dit que j'étais pilote indépendant, ce que je suis, mais il n'y a pas beaucoup de travail pour les pilotes, par ici. De travail légal, en tout cas.

– Ah, dit Feldspan bien qu'il ne fût pas sûr d'avoir très bien compris.

– Ici, ce que je transporte surtout dans mon avion, c'est de la marijuana », avoua Kirby en hochant la tête.

Witcher l'imita. « Je m'en doutais.

– Il y avait un léger… arôme, ajouta Feldspan.

– Je ne le ferais pas si j'avais le choix. Mais j'ai des frais. Un crédit à rembourser sur ces terres (il mentait), des dépenses pour l'avion (il mentait), et divers autres frais. C'est la seule raison pour laquelle j'effectue ces voyages.

– Bien sûr, murmura Feldspan.

– Et c'est la seule raison qui me fait envisager de vendre ces trucs mayas », poursuivit-il. Puis, se permettant de paraître sur la défensive, il ajouta : « D'abord, je suis allé voir le gouvernement, mais ils n'ont rien voulu entendre. Personne ne me paye, moi, pour sauvegarder tout ça.

– C'est vrai, reconnut Witcher.

– C'est pour ça que j'étais content d'être tombé sur vous à New York. Je savais que vous étiez des gars bien, en relation avec des gens qui se soucient réellement de ces objets mayas.

– Absolument ! s'écria Feldspan, qui rougit de plaisir en s'entendant décrire comme quelqu'un de bien qui avait de bonnes relations.

– Ce n'est pas comme si on détruisait tout, ajouta Kirby.

– Certainement pas ! acquiesça Witcher.

– Évidemment, on ne pourra pas y arriver sans rien détruire du tout », concéda Kirby.

Ils eurent l'air embêté. Kirby soupira. Witcher, qui regardait autour de lui, composa : « Mais rien qui ne soit vraiment de grande valeur.

– Le site lui-même, précisa Kirby. C'est pourquoi nous devons être absolument sûrs de pouvoir nous faire confiance. Là, nous prenons un gros risque, et je ne sais pas ce que vous en pensez, mais personnellement, je n'ai aucune envie de voir une prison du Belize de l'intérieur. »

Witcher sembla brièvement considérer cette idée, mais Feldspan était horrifié. « La prison ! Certainement pas !

– Laissez-moi vous expliquer ce qui va se passer. Dès que le sol sera suffisamment sec à l'est, l'un de mes amis de Belize City amènera son bulldozer. C'est un vieil ami, on peut lui faire confiance. »

Ils eurent tous deux l'air soulagé.

« Ce qu'il fera, dit Kirby en désignant la base de la colline, c'est déblayer à partir du bas, juste pour dégager les marches du temple afin qu'on puisse accéder à ce qu'il y a dessous : les tombes, les pierres sculptées, et tout le reste. Quand il arrivera à de grosses stèles comme celle du jaguar, il la dégagera en un seul morceau.

– Il pourra vraiment travailler aussi haut, sur les côtés du temple ?

– Je crois que vous n'avez pas compris. Ce qu'il va faire, c'est *détruire* le temple. Si vous revenez dans un an, ce ne sera plus qu'un amas de pierres et de poussière.

– Oh », fit Witcher. Ils eurent tous les deux la décence de se montrer embarrassés.

« C'est pour ça que nous devons pouvoir nous faire confiance. Il n'y a pas beaucoup de choses qui puissent les rendre très méchants, dans ce pays, mais la destruction d'un temple maya fait partie de celles qui peuvent vraiment les rendre fous furieux.

– Oui, concéda Feldspan, je suppose que oui.

– Aucun d'entre nous ne devra jamais prononcer un mot au sujet de ce temple. Ni ici, ni à New York, nulle part. Tout ce que vous pouvez dire à vos clients, c'est qu'ils achètent des pièces précolombiennes garanties, issues de ruines mayas. C'est tout. »

Feldspan hocha solennellement la tête.

« Vous avez notre parole, monsieur Galway », déclara Witcher.

À chaque fois, c'était le moment critique avec tous les clients. Il devait leur faire comprendre la gravité des lois qu'ils s'apprêtaient à enfreindre, ainsi que la destruction totale qu'il prévoyait d'entreprendre en leur nom, puis il devait leur faire accepter de partager la responsabilité de cette destruction. Une fois leur accord obtenu, ils étaient coupables jusqu'au tréfonds de leur âme et ils le savaient. Ils n'en parleraient jamais, en partie par peur de la loi, en partie par la crainte qu'il leur inspirait, et en partie à cause de la honte.

« D'accord, dit Kirby qui était parvenu à la fin de sa sérénade. Vous en avez assez vu ?

– J'ai le sentiment que je pourrais rester ici une éternité, dit Witcher qui contemplait le ciel, la jungle et le temple autour de lui, mais oui, vous avez raison, il faut qu'on s'en aille. »

Au moment où ils se détournèrent pour rebrousser chemin, Kirby regarda vers la pente au loin et aperçut un visage au cœur de la jungle, qui l'observait et qui aurait été à sa place, en cet endroit, mille ans plus tôt, à l'époque où les temples étaient rouges, où tout le monde était petit, avait la peau couleur café et le visage aplati, totalement impossible à différencier de ses congénères. Un visage masculin d'Indien maya, probablement âgé de trente ans, aux yeux étincelants qui fixaient attentivement le sommet de la pente. Sa large bouche esquissa un sourire, comme l'aurait fait un diablotin. Il cligna de l'œil droit.

Derrière son dos, faisant en sorte que Witcher et Feldspan ne le voient pas, Kirby fit signe à la tête de disparaître. Gâcher la transaction juste pour plaisanter ! Le visage tira la langue et disparut.

Tandis que le trio redescendait en direction de l'avion, Feldspan dit, avec son propre petit sourire diabolique : « Vous devez avoir accès à de la drôlement bonne marijuana par ici, monsieur Galway.

– Quand nous serons de retour à Belize City, lui promit Kirby, je vous ferai planer à mille lieues dans les airs. » Feldspan gloussa.

4

L'argent de New York

« Je vais m'asseoir devant avec vous », dit Valerie.

Le chauffeur du taxi, qui avait fini de charger ses bagages dans le coffre, sembla apprécier l'idée. « Oh, bensour, dit-il, bensour mamoiselle. » Il fit le tour de sa Chevrolet verte et rouillée en courant, ouvrit la portière avant droite, eut un petit rire confus et dit : « Je nettoyer saletés avant, saletés pas importance. » Il essaya de se mettre devant les magazines coquins pour les dissimuler avec son corps et les jeter par-dessus le dossier comme une avalanche de déchets à l'arrière, en compagnie des gobelets à café en plastique, des bouteilles de bière, des feuilles de papier sulfurisé et des journaux jaunis par le soleil avec leurs gros titres en gras (LE MINISTRE DE L'AGRICULTURE TRAITÉ D'IGNORANT !). Derrière eux, de l'autre côté du bâtiment de l'aéroport, l'avion venu de La Nouvelle-Orléans repartit en vrombissant.

« Tout très bon, mamoiselle », dit-il en reculant et en maintenant la porte ouverte. Son visage rond rayonnait de bonheur en cette fin d'après-midi tandis que ses yeux lorgnaient en direction de ses collègues envieux, regroupés autour des autres taxis, qui lui jetaient des regards noirs. Une grande Américaine d'un mètre quatre-vingts, dont les tétons pointaient sous le chemisier, et qui allait monter *à l'avant.* Sûrement qu'elle allait lui faire une fellation sur le chemin de la ville.

Valerie, à peine consciente de l'effervescence qu'elle avait provoquée, et sans se douter de la dépravation profonde qu'elle suscitait dans les esprits, prit place sur le siège affaissé, relativement propre, et rentra ses longues jambes couvertes de blue-jeans avant de poser ses Adidas sur le bidonville de déchets. Elle plaça son attaché-case sur ses genoux. Le chauffeur, au corps gras et ramolli, luisant de sueur, referma la portière avec soin, contourna le véhicule en trottinant, s'installa précipitamment au volant et dit : « O.K., tout bon. Tout prêt maintenant.

– À l'hôtel Fort George, s'il vous plaît, demanda-t-elle.

– Oh, bensour. » Le chauffeur fit démarrer le moteur qui toussa, éructa et émit un pitoyable râle tandis que la voiture tremblait sur ses quatre roues. Il tourna le volant plusieurs fois dans un sens puis dans l'autre, enclencha la position *Drive* pour obliger le moteur qui renâclait à tourner vraiment, après quoi ils s'éloignèrent du bâtiment de l'aéroport en cahotant sur les amortisseurs défoncés et s'engagèrent sur une route goudronnée avec la jungle sur leur droite et ce qui semblait être une base militaire sur leur gauche.

« Il fait chaud.

– Oh, oui », répondit le conducteur qui acquiesça de la tête, le regard rivé sur la route totalement déserte. « Plus chaud avant. Quand avion Miami arrivé, très chaud. Plus frais maintenant. »

Une raison de plus pour prendre le dernier avion avec correspondance à La Nouvelle-Orléans. Elle s'était non seulement octroyé deux heures supplémentaires à New York, pour terminer ce qu'elle avait à faire, alors que par ailleurs son rendez-vous avec M. Innocent St. Michael n'était que le lendemain matin, mais elle avait également évité le moment le plus chaud de la journée au Belize. Lors du décollage à New York, la température était de moins trois degrés.

Pourtant, il faisait encore assez chaud, ici, probablement dans les vingt-sept degrés. Elle désigna le tableau de bord. « On devrait peut-être mettre l'air conditionné.

– Oh, je suis désolé, dit-il d'un air embêté, il est cassé. Il marche pas du tout du tout. Même pas le petit ventilateur. » Puis il la regarda avec une telle sincérité que Valerie comprit qu'il allait lui mentir. « On attend pièce rechange.

– Je vois. »

Ils roulèrent un moment dans la chaleur et un silence assez convivial, avec sur la droite une rivière stagnante qui faisait penser à *Tom Sawyer*, et sur la gauche la jungle qui alternait entre clairières et cabanes. « Vous allez à la caye Ambergris ? demanda le conducteur.

– Non, qu'est-ce qu'on peut y voir ?

– Vous connaissez pas notre barrière de corail ? l'interrogea-t-il d'un air surpris. Beau corail, belle eau. Beaucoup de gens au Belize, *juste* pour voir corail.

– Je l'ignorais.

– Photographie, vous savez ? Beaux poissons. Plongée. Beaucoup de gens. Et voiliers ! ajouta-t-il comme si c'était l'argument décisif.

– Ça doit être charmant, répondit-elle pour être polie. Si j'ai le temps, j'irai peut-être voir. »

Il la regarda brièvement, les yeux scintillants : « Vous très bonne, euh, plongée. Bonnes longues jambes.

– J'imagine que oui.

– Bonnes longues jambes fortes, insista le chauffeur de taxi en hochant la tête et en fixant à travers le pare-brise une vision qu'il était seul à voir. Très bonne plongée. J'aime femme avec bonnes longues jambes fortes. »

Sentant que la conversation dérivait vers des zones troubles qui échappaient à son entendement, Valerie déclara : « En fait, je suis archéologue.

– Oh ! Mayas ! (Il s'était animé tout à coup.)

– C'est ça, dit-elle, le sourire aux lèvres, contente que ça lui fasse plaisir.

– C'est moi, vous savez. » La simplicité de sa bonne humeur était de retour. Tout sourire, il se pencha légèrement dans sa direction, en se tapotant la poitrine. « Maya.

– Oh, vraiment ? *Anzan kayalki hec malanalam.* »

Bouche bée, il se redressa, remit sa main sur le volant, regarda la route, puis la jeune femme, et dit : « C'est quoi ?

– Du kekchi.

– Ça veut dire quoi ? “Attirant” ? demanda-t-il les sourcils froncés.

– Attirant ? » Elle était perplexe à son tour.

« Les gens, ils disent : “Cette femme, sexy.”

– Non, non, dit-elle en riant. Le kekchi, c'est le *dialecte* maya, la langue principale des tribus de la région.

– Ohhh, dit-il en comprenant. Langue *indienne*. Non, moi non, moi pas *tout* Maya. » Il lui sourit et tapota cette fois-ci ses cheveux crépus. « Créole. Beaucoup créole aussi. Je parle ça. Anglais et créole.

– Je comprends, dit-elle alors qu'elle ne comprenait rien du tout.

– Vous voir les ruines, hein ? Lamanai peut-être ?

– Non. En fait, ce que je viens faire est assez trépidant. »

Il eut l'air intéressé, peut-être excité, peut-être impressionné. « Ah, oui ?

– Je pense, commença Valerie en plaquant inconsciemment ses paumes sur l'attaché-case qui contenait ses documents et ses cartes, je pense qu'il y a un site maya d'une importance considérable qui n'a jamais été découvert !

– Là-haut dans la jungle, c'est ça, dit-il en hochant la tête d'un air compatissant. Oh, très dur aller là-haut.

– C'est exactement pour ça. Le Belize est encore si primitif, si peu cartographié…

– Oh, mamoiselle, pas *primitif*. On a cinémas, radio, bientôt télé d'un jour autre…

– Non, je suis désolée, je vous demande vraiment pardon, je ne voulais pas dire primitif dans ce sens-*là*. Je veux dire qu'une très grande partie du pays est recouverte d'une jungle vierge.

– Vierge », dit-il comme s'il pensait qu'il s'agissait d'un autre mot kekchi. Puis il lui jeta un bref regard vif et acquiesça de la tête pour lui-même.

« À UCLA, l'université de Los Angeles, expliqua-t-elle, j'ai éveillé l'intérêt des statisticiens. On a découvert tant de sites mayas, et on continue d'en trouver tant d'autres qu'on s'est demandé ce qui se passerait si on se livrait à une analyse statistique de leur emplacement, avec leur date de création et d'abandon. Est-ce que cela nous indiquerait où *pourraient* se trouver de nouveaux sites ?

– Oh, oui, dit le chauffeur qui balançait la tête comme un métronome. Très impressionnant.

– Eh bien, on a entré tout ça dans l'ordinateur, poursuivit Valerie qui souriait au souvenir de cet immense plaisir, on a ajouté de nombreuses données statistiques supplémentaires, les précipitations, l'altitude et tout, et l'ordinateur a montré que nous avions sûrement raison !

– Ordinateur intelligent.

– Il nous a indiqué une zone que personne n'avait jamais trouvée ! Je suis donc allée à New York et…

– À New York ? Les Mayas ? » Il croyait avoir à peu près suivi son développement, mais ce dernier retournement dans le récit l'égara.

« Non, non, l'*argent* est à New York.

– Beaucoup argent à New York, dit-il tout heureux de retomber sur ses pieds. Mon frère, à Brooklyn. Travaille pour Union Gas.

– Eh bien, j'ai passé presque trois mois à New York, j'ai fini par intéresser deux fondations et elles m'ont avancé les fonds pour aller au Belize vérifier ma théorie ! C'est pour ça que je suis là.

– Eh, plutôt pas mal, reconnut-il. Besoin conducteur pour séjour ?

– Oh, merci, mais non. À l'endroit où je vais, il n'y aura pas de routes. J'ai un contact au sein du gouvernement du Belize, qui doit me fournir tout ce dont j'ai besoin. » *Du moins je l'espère*, ajouta-t-elle en silence.

Ils entrèrent dans Belize City. Une petite ville portuaire exotique quelque peu délabrée, avec ses petits ponts pittoresques enjambant d'étroits canaux servant d'égouts ; plus agréable à regarder qu'à sentir. La plupart des maisons étaient basses avec des charpentes en bois, des treillis finement décorés, des terrasses et des toits pointus. Bâtie de part et d'autre de l'embouchure de la Haulover Creek qui s'avance sur la mer des Caraïbes, Belize City s'étend le long de la côte, vers le nord et le sud, et ressemble peut-être à La Nouvelle-Orléans de 1812, à l'époque où Andrew Jackson la défendait lors de la guerre contre les Britanniques – ou à ce qu'étaient bon nombre de villes de pirates des Caraïbes aux dix-huitième et dix-neuvième siècles. Les bâtiments en béton ou en stuc du centre-ville, avec leurs boutiques de vêtements et leurs supermarchés, semblaient plus anachroniques que les coupoles fantaisistes, les vastes terrasses ou les rues défoncées, pleines de nids-de-poule, que Valerie avait vues. Son taxi cahotait, grinçait et gémissait sur ces routes où la plupart des autres véhicules semblaient tout aussi poussiéreux et cabossés, à l'exception d'une jeep gris foncé de l'armée britannique, solide d'aspect, dans laquelle se trouvaient deux ou trois soldats en short et au visage écarlate.

Un peu plus loin, ils se retrouvèrent derrière un pick-up truck bordeaux déglingué, avec trois hommes à son bord. Ils étaient secoués de haut en bas avec un bel ensemble tandis que le pick-up progressait avec difficulté sur ce qui était davantage devenu un parcours d'obstacles qu'une route. Puis, toujours derrière le pick-up, ils traversèrent le centre-ville et arrivèrent sur une route mieux entretenue qui longeait le littoral nord de la Haulover Creek. La mer était sur leur droite, tandis que des résidences en bois, plus grandes et peintes de neuf, se trouvaient sur leur gauche ; de toute évidence, ils arrivaient dans les beaux quartiers de la ville.

« Hôtel Fort George », annonça le conducteur. Valerie regarda le bâtiment moderne mais assez décati, sur trois niveaux, dans le style motel, mais avec une entrée circulaire élaborée.

Malheureusement, le pick-up freina devant eux et s'arrêta devant les marches menant à la porte d'entrée, ce qui les retarda. Les trois hommes descendirent, le conducteur d'un côté et les passagers de l'autre. Le chauffeur contourna le pick-up par l'avant pour serrer la main de ses passagers, tous deux très grands et très maigres. Il semblait plus robuste et échangea quelques mots avec eux avant qu'ils n'entrent dans l'hôtel. Il regagna son véhicule à petites foulées en adressant un signe d'excuse au chauffeur du taxi pour les avoir fait attendre, puis remonta dans sa cabine.

Je connais cet homme, pensa soudain Valerie. Ce visage, ce sourire, cette allure décontractée, cette manière d'être trop sûr de lui. Elle *savait* qu'elle l'avait déjà vu quelque part, mais ne parvenait pas à se souvenir où. Pendant que le taxi avançait et que le groom en veste verte s'approchait pour lui ouvrir la portière, elle fronça les sourcils en regardant le pick-up s'éloigner, s'en voulant de sa mémoire si peu fiable. Quelque part, quelque part. Elle descendit du taxi, l'attaché-case à la main, et se tourna pour voir le pick-up repartir vers le centre-ville. Tout ce dont elle parvenait à se souvenir, c'était qu'elle avait déjà vu ce visage et qu'elle sentait venir… elle sentait venir…

Les problèmes.

5

Rencontre au Fort George

Kirby décrivait des cercles pendant qu'ils ramassaient le linge étendu sur le sol, loin en dessous de lui. Observant la scène en attendant de pouvoir atterrir, il caressait les commandes de Cynthia et bâilla à plusieurs reprises.

La journée avait été longue et le soleil n'allait pas tarder à se coucher ; les ombres des membres de la famille Cruz et de leur linge qui volait au vent s'étiraient et se détachaient en noir sur les pâturages mal tondus. Des draps de couleur vive, violet ou orange ; des chemises rouges, noires ou vertes ; des sous-vêtements modestes et blancs ; des blue-jeans passe-partout ; et, pour finir, l'étendoir lui-même, tout fut retiré. Une fois les chèvres emmenées dans leur enclos en bois par le plus jeune des enfants Cruz, la voix à l'accent espagnol de Manuel Cruz se fit entendre dans le casque du pilote : « Désolé, Kirby. La voie est libre, maintenant.

– Merci Manny. »

Comme les enfants Cruz appréciaient toujours une ou deux acrobaties, Kirby fit pivoter Cynthia, l'extrémité de l'aile gauche vers le bas, et plongea en piqué sur l'extrémité est du champ, l'ondulation des draps lui ayant indiqué un vent d'ouest ; puis il redressa l'avion au tout dernier moment et fit avancer Cynthia, telle une mariée, à travers le terrain cahoteux jusqu'au verger de sapotilliers.

Les enfants Cruz n'étaient que cinq, mais dans ces moments-là, ils semblaient être une cinquantaine. Ils fourmillaient autour de l'avion, piaillaient d'excitation, posaient des millions de questions et demandaient le droit de porter les paquets de l'avion jusqu'à la maison. « Mais je n'en *ai pas*, ne cessait de répéter Kirby aux enfants agglutinés autour de lui. Votre fichu père les a tous emportés dans le camion. »

Le pick-up truck, en fait, était garé dans son hangar, à côté du poulailler, le lave-vaisselle toujours à l'intérieur. Mais les autres paquets n'y étaient plus et, en entrant dans la maison, Kirby ne fut pas surpris de trouver Manny avec un peu de vent dans les voiles, le visage éclairé d'un sourire heureux, un verre de liquide rouge à la main.

Manny Cruz adorait le Danish Marys. Chaque fois que Kirby partait aux États-Unis, il en rapportait en plus des habits, des jouets, des appareils électroménagers, des livres de cuisine pour Estelle, et quelques bouteilles d'aquavit pour Manny. Estelle cultivait des tomates toute l'année dans son potager, qu'elle mélangeait avec l'alcool et les épices nécessaires, en vente à Orange Walk, à treize kilomètres de là.

Quatre ans auparavant, quand Kirby avait rencontré Manny, le petit homme maigre au sourire joyeux et aux yeux vifs et brillants était l'un des ratés les plus joviaux qui aient jamais existé. Fermier subsistant sur une terre rendue austère après avoir été privée de son humus par l'industrie forestière du dix-neuvième siècle, il était, comme la plupart des paysans de ce coin du Belize, un très modeste cultivateur de marijuana qui s'occupait de son petit champ et échangeait d'occasionnelles balles d'excellente *sinsemilla* contre d'excellents billets verts. À ce moment-là, Manny n'était pour Kirby qu'un de ses fournisseurs locaux, mi-espagnol, mi-indien, avec son pantalon de travail déchiré et ses dents écartées. La seule différence était que, Manny Cruz ayant une plus grande tendance à sourire que la plupart de ses pairs, on se souvenait davantage des trous que des dents.

C'est alors que la DEA, la Drug Enforcement Administration américaine, dans le cadre d'une de ses fichues tentatives arrogantes, sporadiques, dénuées d'humour et vouées à l'échec visant à forcer le gouvernement du Belize à assécher la meilleure source de devises étrangères de tout le pays, avait contraint les autorités locales à faire au moins un *geste*, à arrêter au moins *quelqu'un*, à détruire au moins *certains* champs de marijuana, et le pauvre Manny avait été le dernier à traîner encore dans les parages quand la musique s'était tue. En un rien de temps, ses cultures (et par la même occasion, une partie de la production de maïs d'Estelle) avaient été brûlées, sa fourgonnette International Harvester de dix-huit ans d'âge (on pouvait toujours lire *Lady Betty* sur un des côtés, sous les couches de peinture successives) avait été confisquée par les représentants de la loi pour son implication dans le transport de la drogue, et Manny avait été condamné à vingt ans de prison à Lynam, près de Dangriga.

Bon, cette histoire avait causé un vrai choc dans toute la région. La confiscation de la camionnette – le seul moyen qu'avaient les Cruz de rejoindre la civilisation et d'en repartir – semblait, pour la plupart des gens, tout aussi draconienne que le fait de séparer Manny de ses descendants pendant une durée qui dépassait celle de leur enfance. Ils seraient tous *mariés* quand il sortirait de prison.

Une sorte de programme d'aide non officiel en faveur de la famille Cruz avait alors commencé à se mettre en place parmi les autres fermiers de la région, ainsi que chez divers marchands d'Orange Walk et plusieurs intermédiaires du commerce de marijuana, voire chez quelques pilotes nord-américains, dont Kirby, qui faisaient sortir la marchandise par avion. À l'époque, Kirby n'était là que depuis cinq mois environ et cherchait encore ses marques pour s'installer. Il entretenait une relation peu satisfaisante avec une secrétaire juridique de Homestead, commençait à s'intéresser au Belize en tant que véritable lieu de vie et non plus comme une simple escale, et il avait trouvé là un moyen de venir en aide à la famille Cruz tout en introduisant un peu de stabilité dans sa propre vie.

Estelle Cruz, une petite femme maigre à la peau foncée, noueuse comme un cigarillo, avait cru, dans un premier temps, que Kirby lui proposait d'entretenir une relation d'ordre sexuel pendant la période d'incarcération de son mari, et elle s'apprêtait à saisir sa machette quand il était parvenu à expliciter sa proposition. En réalité, il voulait se trouver un toit.

Devant la maison des Cruz, il y avait un champ, qui pourrait servir de piste d'atterrissage à Cynthia, et qui valait bien mieux que certains de ceux qu'il utilisait d'ordinaire dans la jungle ; à une extrémité, se trouvait un bosquet où il pourrait garer l'avion. Un abri pour les mules, attenant à la maison, pourrait être fermé et transformé en appartement indépendant. Estelle assurerait la cuisine et le ménage. Quant aux enfants, ils savaient déjà, et pour cause, qu'il ne fallait pas parler de ce commerce à des étrangers, et il disposerait, lui, d'une véritable base au Belize, d'où il pourrait décoller.

Ce qu'il offrait en contrepartie, c'était le vingtième siècle. La ferme des Cruz était trop à l'écart des sentiers battus pour se brancher sur les lignes publiques à haute tension, et ils n'avaient jamais été en mesure de s'offrir leur propre générateur électrique à essence. Kirby avait promis de leur apporter l'électricité et les appareils ménagers qui en dépendaient. Il n'y aurait pas d'argent échangé entre les Cruz et lui, mais il leur fournirait du confort en échange d'un toit.

Un accord qui avait satisfait tout le monde. Tandis que certains membres des familles Cruz et Vasquez (celle d'Estelle) bâtissaient la nouvelle dépendance avec sol en béton et vitres aux fenêtres, Kirby s'en revenait avec tout un tas de matériel. Ses vols vers le sud s'étaient jusqu'alors toujours effectués sans chargement (à l'exception des liasses de billets verts avec lesquels il payait les cargaisons à destination du nord), et l'argent ne semblait pas représenter un problème à ce moment-là (il n'avait pas encore rencontré Innocent St. Michael). Étaient donc arrivés deux toilettes sèches, une éolienne, quatre panneaux solaires, un générateur à essence en cas d'urgence, une machine à laver, un poste de télévision, un réfrigérateur, trois climatiseurs, quatre appareils servant à électrocuter les insectes grâce à des néons bleus, des lampes assorties et un robot Cuisinart. Le vieux pick-up truck dont Estelle pouvait se servir chaque fois que Kirby n'en avait pas besoin, et qui remplaçait le véhicule confisqué, venait de chez un vendeur de voitures de Belize City.

Même sans le robot, Estelle était très bonne cuisinière et les installations modernes avaient simplement rendu ses plats encore plus riches et succulents.

Jamais de toute sa vie Kirby n'avait aussi bien mangé qu'au Belize, et quand il regardait par la fenêtre, il pouvait voir l'endroit d'où provenait ce qu'il avait dans l'assiette. La famille Cruz était de bonne compagnie sans être envahissante (au contact des enfants, il apprenait progressivement un espagnol et un kekchi rudimentaires), on prenait soin de ses habits et de son logement, et pendant les longues périodes qu'il passait au nord, il savait ses affaires en lieu sûr.

Lorsque les autorités du Belize avaient libéré Manuel Cruz après moins de neuf mois de détention (la DEA semblait finalement fermer les yeux), cela n'avait rien changé à cette organisation. Kirby et Manny s'entendaient très bien. Kirby apprenait à son ami à jouer au cribbage, et Manny, qui lui enseignait un jeu indien avec de petites pierres et des coupelles, lui donnait un coup de main de temps en temps.

Ce jour-là, Manny avait pris le pick-up truck pour se rendre en ville, emportant une liste de courses pour Estelle – du tissu et du fil pour les tenues d'écolière des filles, du sel, des filtres pour la cafetière électrique) ; il y avait donc passé l'après-midi pendant que Kirby faisait visiter le temple. Après avoir déposé Witcher et Feldspan à l'hôtel, Kirby avait rapporté le véhicule à Manny et était parti voir un type pour discuter d'une cargaison à emmener dans le nord le vendredi suivant. Par mesure de sécurité, ils avaient eu cette conversation dans la Toyota du type. Ils avaient roulé pendant une demi-heure environ, le temps de régler un désaccord au sujet de l'argent. Une fois le consensus trouvé, le type avait déposé Kirby à l'aéroport municipal d'où Manny, le pick-up, la machine à laver et le reste étaient partis depuis longtemps.

Fatigué par sa longue journée et un peu agacé d'avoir dû marchander dans une Toyota climatisée,

Kirby s'était envolé vers le nord-ouest pendant près d'une centaine de kilomètres et quand le dessin familier de la ferme des Cruz était apparu au sol, il avait souri et s'était détendu, se moquant totalement du fait que Manny n'ait pas encore dégagé la piste d'atterrissage.

Estelle, qui était toute petite, avait toujours levé les yeux vers Kirby avec une lueur d'adoration dans le regard. Pendant un certain temps, il s'était senti gêné en sa présence parce qu'il pensait que les sentiments qu'elle nourrissait à son égard étaient d'ordre sexuel, mais tout était devenu normal lorsqu'il avait compris que sa passion était religieuse. En apparence, c'était une femme moderne et rationnelle qui, tout comme les enfants, appréciait les chaînes de télévision guatémaltèques et mexicaines, et qui donnait fréquemment la réplique aux présentateurs pendant les informations. Mais quelque part au plus profond de son âme, Estelle était toujours un témoin de l'héritage précolombien, une irréductible Maya. Kirby était la créature venue du ciel qui leur avait apporté magie, électricité, confort et richesse. Et comment appelle-t-on une telle créature ? Exactement.

Avec cette même lueur dans le regard, elle s'approcha de Kirby, une bouteille de bière Belikin dans une main et un message dans l'autre. « Cora l'a ramené à la maison, après l'école », dit-elle en tendant le bout de papier. En l'absence de ligne téléphonique, Cora, la plus âgée, allait chercher les quelques messages destinés à Kirby à la boutique située sur Orange Walk.

Il prit la bière avec un plus grand plaisir que le message, ce qui devait se voir car Estelle remarqua : « Tu as l'air fatigué, Kirby.

– Je le suis.

– J'espère que tu as de l'appétit.

– J'ai toujours de l'appétit, Estelle », répondit-il. Puis il but une lampée de bière et regarda le message.

Putain de merde ! Cet enfoiré de Whitman Lemuel !

Le mois dernier, trois jours après le désastre à la galerie de Soho, quand cette horripilante peste avait torpillé son baratin, il avait rencontré Lemuel par hasard à une autre soirée, sur Park Avenue, à hauteur des numéros 90, chez un riche collectionneur avide d'art précolombien, et lors de cette deuxième tentative, il avait enfin réussi à ferrer son poisson. Oui, Whitman Lemuel était intéressé par des objets d'artisanat mayas inconnus à ce jour. Oui, son musée avait les fonds pour soutenir cet intérêt. *Oui*, ils étaient d'accord pour ne pas se montrer trop regardants quant à la provenance et aux anciens propriétaires des objets qu'ils allaient acheter. OUI, il allait venir au Belize voir un temple maya que nul ne connaissait encore !

La semaine suivante, jeudi en huit. Tout était arrangé, les numéros de téléphone avaient été échangés et la date notée. Et il recevait un message de Whitman Lemuel on ne peut plus neutre, disant qu'il arrivait le lendemain ! « Je sais que vous comprendrez mon impatience. Je ne voudrais pas que quiconque nous prenne de vitesse. Serai dans l'avion de Miami dans l'après-midi. Réservation Hôtel Fort George confirmée. »

Non, ce n'est pas possible. Le vendredi, le surlendemain, il avait une autre cargaison à livrer au nord, le sujet même de sa discussion dans la Toyota. Mais cette contrariété faisait pâle figure à côté du *vrai* problème : Witcher et Feldspan seraient encore là ce jeudi, eux aussi au Fort George.

Estelle parut inquiète en voyant sa réaction.

« Kirby, qu'y a-t-il ? Des mauvaises nouvelles ?

– Des mauvaises nouvelles en effet. Je suis désolé, Estelle, je ne suis pas sûr d'avoir tant d'appétit que ça, finalement. »

Witcher et Feldspan. Whitman Lemuel. Une telle rencontre était hors de question.

6

Le lac disparu

Lorsque le conducteur engagea son taxi dans un cimetière, Valerie fut certaine qu'il avait dû se tromper. « Mais je veux me rendre à Belmopan, lui dit-elle.

– Oh, bien sûr. C'est le bon chemin. »

C'était bien le chemin. Le cimetière les entourait de part et d'autre de la route sinueuse et goudronnée à deux voies. On distinguait des pierres très blanches et des rubans très rouges, noués autour de bouquets de fleurs éclatantes ou de vestiges de tiges desséchées. Sur la gauche, deux Noirs, torse nu, aux muscles saillants, creusaient une tombe dans la lourde terre rouge et argileuse. À un endroit, la route bifurqua en créant un îlot de petits arbres aux troncs épais mélangés à d'autres pierres tombales ; des racines avaient poussé au travers du bitume, contraignant le chauffeur à rouler à moins de dix kilomètres à l'heure pour les franchir.

C'est comme le début d'un film d'horreur, pensa Valerie, même si ça n'en était absolument pas un. Le soleil était trop éblouissant, le ciel trop vaste, trop bleu et dégagé, et le cimetière lui-même trop gai et festif. Et l'air qui pénétrait par les fenêtres du taxi (apparemment, le système de climatisation attendait une pièce de rechange dans *tous* les taxis du Belize) était trop suave et langoureux, trop empreint de la douce odeur de la vie.

La majeure partie du globe restait toute théorique pour Valerie Greene, qui avait douloureusement conscience de tous les endroits qu'elle n'avait jamais vus. Sa recherche continuelle de sites mayas par l'intermédiaire des ordinateurs d'UCLA et des fondations de New York avait eu comme motivation, par-delà son enthousiasme naturel d'étudiante, ce besoin de voyager, de se rendre sur ce que ses collègues appelaient « le terrain », de voir *le monde* ! Valerie pensait qu'il était grand temps que le monde et elle apprennent à se connaître.

Son père, Robert Edward Greene IV, était pasteur du culte protestant dans le sud de l'Illinois, ce que Valerie trouvait embarrassant sans vraiment savoir pourquoi. Son frère aîné, R. E. Greene V, était professeur d'anglais dans un établissement situé à sept kilomètres de l'église de leur père, et Valerie estimait que Robby n'allait *jamais* voyager. Ni se marier. Ni faire quoi que ce soit. Un R. E. G. VI semblait n'avoir absolument aucune chance de voir le jour. Et pour être honnête, ce n'était pas nécessaire. C'était redondant. Et même inutile.

Il devait en aller autrement en ce qui la concernait. L'archéologie provoquait chez elle une fascination sans fin, et pas seulement en raison des voyages dans les coins les plus reculés du globe que cette discipline impliquait. Dans son esprit, elle voyageait aussi dans le passé, un passé lointain et inaccessible, où les gens, les villes et les civilisations étaient si *différents* du sud de l'Illinois. Quand on lui demandait, ce qui arrivait rarement, ce qui, au départ, l'avait poussée à faire de l'archéologie, elle répondait invariablement : « J'ai toujours adoré ça ! » Parce qu'elle avait elle-même oublié à quel point elle avait été profondément marquée par *Vertes demeures*[1] à l'âge de neuf ans. (*Rima la fille oiseau ! Rima ! Rima !*)

Après le cimetière, ils laissèrent Belize City derrière eux et la Western Highway se transforma en une route de campagne à deux voies ordinaire, toute bosselée et pleine de nids-de-poule. Plus de trente-deux kilomètres les séparaient de la nouvelle capitale, Belmopan : on montait progressivement en altitude et, quand on s'éloignait un peu de la côte, la végétation tropicale avec ses grandes feuilles cédait la place à une forêt rabougrie, entrecoupée de champs envahis de mauvaises herbes et de zones de cultures intensives (pas forcément grandes, sans quoi la forêt ne serait pas entrecoupée). De petites cabanes rustiques abritaient des familles, le plus souvent avec beaucoup d'enfants.

Il y avait peu de circulation : un poids lourd de loin en loin (parfois avec des plaques d'immatriculation mexicaines) ; des petits camions de fermiers avec des hommes torse nu, debout à l'arrière, qui faisaient parfois bonjour de la main ou d'autres signes à Valerie ; et, de temps en temps, une grosse automobile américaine immatriculée au Belize, chromes rutilants, klaxon assourdissant et vitres fermées, transportait à toute allure un membre du gouvernement entre la capitale et la plus grande ville du pays.

La capitale n'était assurément pas une *grande* ville, s'aperçut-elle une heure et demie plus tard. Créée dans les années soixante pour raison de survie, après que l'ouragan de trop eut rasé la capitale d'origine,

1. *Green Mansions*, film d'aventures de Mel Ferrer (1959) avec Anthony Perkins et Audrey Hepburn.

Belmopan n'était jamais parvenue à devenir une véritable ville. Les efforts officiels pour imposer une ville en partant de rien semblaient relever davantage de l'officiel que de l'humain, voilà ce qui s'était produit à Belmopan. Quand des bâtiments vous rappellent irrésistiblement une maquette d'artiste, c'est qu'il y a eu une erreur quelque part.

Le conducteur, qui n'avait témoigné aucun intérêt pour la conversation (Valerie en était même devenue nostalgique du moulin à paroles de la veille), n'avait pas non plus la moindre idée de l'endroit où pouvait se trouver le bureau d'Innocent St. Michael. « Peut-être là », dit-il en désignant d'un geste imprécis soit la structure qui ressemblait au bâtiment administratif d'un camp de prisonniers, ou alors, juste à côté, la casemate démesurée datant de la Seconde Guerre mondiale.

La casemate était trop intimidante. Dans l'autre bâtiment, Valerie trouva de nombreuses personnes, dont certaines tapaient à la machine, tandis que d'autres discutaient, lisaient, mâchaient pensivement différentes sortes de choses, toutes dans de nombreux petits bureaux situés de part et d'autre d'un couloir central. Une femme reprisait à petits points une chemise d'école blanche de garçonnet qui recouvrait presque entièrement la machine à écrire sur son bureau. « Monsieur St. Michael ? Oui, c'est à l'Attribution des terres, à l'étage. »

À l'étage se trouvait une autre femme qui feuilletait un numéro récent du magazine *Queen*. Elle orienta Valerie vers une pièce où un jeune homme noir et mince se leva en disant : « Oh, oui, mademoiselle Greene, vous avez rendez-vous avec le directeur adjoint.

– Oui, en effet. »

Il consulta une montre à quartz, peut-être en l'exposant au regard un peu plus longtemps que nécessaire, et dit : « J'ai peur que vous ne soyez un peu en avance.

– En réalité, dit Valerie en consultant la grande horloge au cadran blanc sur le mur, j'ai trois minutes de retard.

– Oui, eh bien, précisa le jeune homme avec un bref sourire fugitif, le directeur adjoint n'est pas encore là.

– Oh, fit Valerie.

– Je suis l'adjoint de l'adjoint, en quelque sorte, son secrétaire principal, ajouta le jeune homme dont le regard brillait. Je m'appelle Vernon ; peut-être puis-je vous aider ? »

Tout en se demandant si c'était son prénom ou son nom de famille, elle répondit :

« Eh bien, je voulais effectivement m'entretenir avec M. St. Michael, il s'agit d'explorer des terres isolées.

– Oh, oui, les temples mayas », confirma Vernon en hochant la tête et en tapant des mains pour applaudir en silence, peut-être elle, peut-être lui, peut-être eux deux. « Je me souviens avoir répondu à l'une de vos lettres. Une chose fascinante, ces ordinateurs. J'y porte moi-même un immense intérêt.

– Ce sont surtout les temples mayas qui me passionnent.

– Oui. Si vous vouliez bien me dire quelle région vous intéresse, je pourrais sortir les relevés, les cartes, tout ce dont vous avez besoin, de nos fichiers afin que vous les ayez à disposition quand le directeur adjoint arrivera.

– C'est parfait ! » Valerie ouvrit son attaché-case sur le bureau, sortit ses propres cartes, d'abord la grande représentant la région, puis la plus petite qui correspondait au site spécifique. Elle montra du doigt telle et telle chose et il hocha la tête en fronçant les sourcils, déplaça légèrement les cartes en les prenant par le bord entre le pouce et l'index. « Juste *là*, dit-elle enfin en recouvrant le temple supposé de son pouce.

– Oh, oui, je vois où c'est. » Lorsqu'elle retira son doigt, il déplaça à nouveau la carte d'une manière infinitésimale et inclina la tête, lèvres pincées. « Mais ça, dit-il en secouant la tête, non, non, ça ne va pas.

– C'est là, je veux dire, insista Valerie en indiquant à nouveau l'endroit sur la carte.

– Oui, oui, je vois parfaitement. Je sais à quoi vous pensez, mais ce n'est pas possible. Vous ne trouverez aucun temple *là*.

– Oh, je suis certaine que si », déclara-t-elle sur un ton plus appuyé pour faire face à cette opposition, tout en se demandant pourquoi ce type la contredisait. Elle avait entendu dire que certains individus du tiers-monde refusent de coopérer tant qu'on ne leur donne pas un pot-de-vin ou un pourboire ; ce Vernon voulait-il de l'argent ? D'un point de vue théorique, elle comprenait le concept, elle n'avait même pas vraiment d'objection, mais dans la vraie vie elle n'avait jamais tenté de corrompre quelqu'un, et elle se sentait trop embarrassée pour essayer. « Je suis certaine qu'il est là », répéta-t-elle en se disant que M. St. Michael, quand il arriverait, serait bien au-dessus de ces combines mesquines.

« Mais ce n'est pas possible, mademoiselle Greene, je suis désolé. » Vernon traversa la pièce en lui faisant signe de le suivre et en pointant l'index vers une grande carte affichée sur le mur latéral. « Laissez-moi vous montrer sur cette carte topographique. »

Elle le suivit à contrecœur, s'immobilisa à côté de lui et regarda ses doigts fins courir sur la carte. « Votre site se trouve ici, dit-il. Vous voyez la façon dont les reliefs plus élevés encadrent ce lieu sur trois côtés ?

– Les montagnes, oui. C'est juste à l'endroit où commencent les montagnes que nous allons trouver nos vestiges.

– Non, je suis désolé, affirma-t-il en clignant des yeux comme un hibou avec l'air beaucoup trop sincère pour être tenté par des pots-de-vin. Ce que la carte ne montre pas, expliqua-t-il en déplaçant ses doigts, c'est qu'il y a une faille souterraine qui passe juste là, sous votre site et plus à l'est, et qui affleure dans ces deux ruisseaux, ici et là. Résultat (il adopta une pose professorale en hochant doctement la tête) : toute l'évacuation des eaux de ces premiers contreforts montagneux passe par votre parcelle de terre, intégralement. C'est le petit bout de l'entonnoir, vous comprenez, tout le bassin de ruissellement se déverse là.

– Je ne vois pas où vous voulez en venir. (Elle en avait maintenant conclu que même s'il était dans l'erreur, il n'en était pas moins sérieux.)

– Ce que je veux dire, c'est que pendant la saison des pluies, les six mois pluvieux de l'année, il n'y a que des marécages ici, des tourbières, c'est tout simplement infranchissable. Et on ne peut rien y faire, quand tout un bassin d'alimentation en eau se concentre en un point. » Puis, avec un petit gloussement et en décrivant un arc de cercle à l'ouest du site, il ajouta : « Oh, je suppose qu'avec un milliard de dollars pour bâtir un barrage ici, entre ces montagnes, cela améliorerait un peu les choses, mais même, cela n'y suffirait pas, vous auriez encore des infiltrations dans le sol à cause du ruissellement sur toutes les autres montagnes. Vous voyez donc la difficulté ; pendant six mois de l'année, un marécage absolu.

– Mais les Mayas étaient *spécialistes* de l'assèchement des marécages, objecta Valerie. On a des preuves de cultures de *milpa*[1] le long de la côte qui remontent à deux mille ans, et aujourd'hui ce sont redevenus des marécages.

– Les Mayas n'ont jamais essayé de détourner l'écoulement des eaux de onze montagnes, asséna brutalement Vernon. Et même si c'était le cas, l'autre problème subsisterait, celui de la faille souterraine. Pour le reste, votre site serait parfait, il accueillerait ce qui serait sans doute le seul lac du Belize, mais en l'état, le sol ne peut pas retenir l'eau, elle dévale en plein milieu, jusqu'à ces deux ruisseaux, ici et là. Ainsi, durant les six mois de sécheresse, les marécages deviennent presque un désert. Pas de lac, pas d'eau, rien ne peut pousser, rien ne peut exister là-bas. » Tout en tapotant la carte de ses ongles durs, il ajouta : « Non, je suis désolé, mademoiselle Greene, c'est la seule parcelle de tout le Belize sur laquelle pas même les Mayas n'ont vécu. »

À son corps défendant, Valerie était un peu découragée par ce qu'il venait de lui annoncer, mais pour garder la tête hors de l'eau, elle disposait tout de même des conclusions informatiques, de la confiance des deux fondations new-yorkaises et des résultats de ses propres recherches. Aussi dit-elle : « Je suis désolée, euh… (ne sachant pas si elle devait l'appeler Vernon ou M. Vernon, elle l'avait donc appelé « euh »), mais je désire vraiment aller voir cet endroit de mes propres yeux.

1. Maïs.

– Bien sûr, c'est votre droit le plus strict, assura Vernon tout en lui souriant pour montrer que ça n'allait pas changer le cours de son existence. En fait, si vous y allez en ce moment, aujourd'hui même, vous découvrirez un site extrêmement agréable. La saison des pluies a pris fin il y a quelques semaines et l'eau s'écoule encore ; par conséquent, toute la végétation n'a pas encore disparu mais le sol est sec.

– J'aimerais absolument voir cet endroit, et le plus vite possible », énonça fermement Valerie, bien consciente d'avoir entendu la porte s'ouvrir derrière elle.

« Ah, voilà le directeur adjoint », annonça Vernon qui, tout sourire, faisait signe à Valerie de se retourner.

L'homme qu'elle vit entrer faisait quelques centimètres de moins qu'elle, il avait un corps en forme de barrique, une bonne cinquantaine d'années, des cheveux bruns très frisés et la peau couleur chocolat au lait. Ses yeux et ses dents brillèrent de plaisir en la voyant, tout en dégageant une forte impression de confiance en soi et de maîtrise des choses. Sans pour autant paraître belliqueux, il devait savoir imposer sa présence dans n'importe quelle pièce rien qu'en y entrant.

Et tandis qu'il dominait celle-ci en approchant de Valerie, il tendait une main aux gros doigts pour serrer celle de la jeune femme pendant que Vernon procédait aux présentations : « Monsieur le directeur adjoint, je vous présente mademoiselle Valerie Greene, une archéologue qui nous vient des États-Unis.

– Enchanté, dit St. Michael en enfermant brièvement la main de Valérie entre les siennes. (Elles étaient chaudes mais ce n'était pas déplaisant.)

– Monsieur le directeur adjoint, vous vous souvenez de notre correspondance concernant des ruines mayas inconnues à ce jour dont il pourrait être possible de retrouver la trace grâce aux ordinateurs de l'université de Californie à Los Angeles.

– Oui, bien sûr. » St. Michael la couvait d'un regard ravi comme s'il venait de l'inventer de toutes pièces. « Mademoiselle Greene, bien sûr. Comment ça se passe, à Los Angeles ?

– En fait, j'arrive de New York.

– Ah, New York ! J'adore cette ville. » Le ravissement de St. Michael se fit nostalgique, puis spirituel. « Il fait froid là-haut, en ce moment, mais je donnerais cher pour aller manger dans un de ses restaurants. Même en janvier. Vernon a-t-il pu vous aider ? (Une formulation qui n'aidait guère à trancher entre prénom et nom de famille.)

– Beaucoup. Même s'il a essayé de me décourager.

– Oh, j'espère bien que non. » St. Michael agita un index menaçant en direction de son subordonné. « Il ne faut jamais décourager nos amis du Nord.

– Je ne pense pas que Mlle Greene puisse *l'être*, répondit Vernon. Elle m'a montré la zone dans laquelle elle espère trouver le temple, et j'ai dû lui en exposer les problèmes.

– Les problèmes ? » Même à ça, St. Michael réagissait avec une pointe d'humour implicite. Valerie fut surprise de constater que cet homme, en dépit de toutes les différences évidentes qui les séparaient, lui rappelait Orson Welles dans *Le Troisième Homme*[1]. Elle s'attendait presque à ce qu'il l'appelle Holly.

1. Film de Carol Reed (1949) avec Orson Welles et Joseph Cotten dans le rôle de son ami Holly (Martins), un prénom qui peut être masculin ou féminin.

« Eh bien, là, monsieur, dit Vernon en désignant à nouveau la carte topographique, vous connaissez très bien cet endroit, et vous *verrez* donc immédiatement les difficultés.

– Vraiment ? » demanda St. Michael qui se dirigea à grands pas vers la carte. Vernon et lui la consultèrent quelques secondes, puis St. Michael posa l'index dessus. « Vous voulez dire ici ?

– Juste ici, oui, monsieur.

– Je vois. » St. Michael regardait la carte en ruminant, tout d'un coup devenu songeur. Valerie fit un pas pour se rapprocher.

« Je lui ai expliqué les problèmes de drainage, la faille souterraine…

– Oui, oui, Vernon, bien sûr », dit St. Michael toujours pensif, à ruminer devant la carte. Mais sa bonne humeur ressurgit et il sourit malicieusement à Vernon en disant : « Mais les Mayas avaient leur propre façon de voir les choses, n'est-ce pas ? On ne peut jamais savoir ce que ces énergumènes étaient capables d'inventer.

– Mais, monsieur, protesta Vernon en montrant la carte, personne ne pourrait…

– Abandonner ses propres villes », compléta St. Michael en coupant la parole à son assistant puis en poursuivant d'un ton affable : « Disparaître dans la jungle, sans rime ni raison. » Il se tourna vers Valerie : « N'est-ce pas, mademoiselle Greene ?

– C'est le grand mystère de la civilisation maya qui n'a toujours pas trouvé de réponse.

– Exactement. » Puis à Vernon : « La maladie ne les a pas décimés. Pas plus que la guerre ou la famine. Ils étaient en bonne santé, civilisés, ils se débrouillaient très bien, et puis un jour, ils se sont levés, sont partis dans la jungle, et mille ans plus tard, la plupart y sont toujours. Ils ont quitté leurs villes comme ça, brusquement.

– Pas tous en même temps, il convient de préciser, fit remarquer Valerie. Ça s'est produit à différentes époques, en différents endroits, et sur des centaines d'années.

– Mais ça arrivait tôt ou tard, suggéra St. Michael.

– Certes, oui, acquiesça-t-elle. Ils finissaient par tourner le dos à leur civilisation.

– Vous voyez ? » St. Michael ouvrit les bras dans un geste triomphant tout en souriant à son assistant. « Si ces gens étaient capables de quitter une ville sans raison, qui peut dire où ils étaient capables d'en bâtir une ? »

Vernon n'était visiblement pas convaincu par cette logique, mais un assistant sait quand il doit céder et laisser le champ libre à son supérieur. « Vous avez peut-être raison, monsieur, dit-il en ne laissant percevoir qu'une infime réticence.

– Et j'ai peut-être tort, répondit gaiement St. Michael. Je pense que Mlle Greene sera bientôt en mesure de nous le dire. » Il sourit à nouveau en regardant la carte : il devait penser à une chose ou à une autre, puis il se tourna vers Valerie. « Je connais effectivement cette parcelle de terrain, mais pas très bien. J'en connais le propriétaire.

– Ah bon ?

– C'est un de vos compatriotes, il s'appelle Kirby Galway. »

Ce nom ne disait rien à Valerie. « Est-ce qu'il s'opposerait à ma visite ?

– Bon Dieu, pourquoi le ferait-il ? En fait, mademoiselle Greene », dit-il en s'éloignant enfin de la carte pour venir se placer juste un tout petit peu trop près de Valerie, en posant un rapide coup d'œil sur sa poitrine avant de la regarder ouvertement et sans détour dans les yeux, « en fait, il est possible que nous puissions nous entraider. »

Pourquoi me rend-il nerveuse ? se demanda Valerie. « Bien sûr, si je le peux.

– Ça fait un moment que je me demande ce que Kirby Galway compte faire de ces terres. Étant donné la fonction que j'occupe, vous vous en doutez bien.

– Ou... Oui.

– Mais c'est aussi en raison de cette fonction, poursuivit St. Michael qui haussa légèrement les épaules en souriant de lui-même, que je ne peux pas vraiment lui poser la question directement. Il pourrait avoir peur que le gouvernement s'en mêle, exige le respect des formalités administratives, ce genre de choses. Mon but n'est pas d'importuner les gens, mon but est de faire en sorte que les terres du Belize se développent. C'est ce que souhaite mon service. Dans ce cas, il s'agit simplement de... curiosité personnelle. Vous voyez ce que je veux dire ?

– Je crois.

– Vous pourriez vous y rendre sans avoir aucun lien avec les autorités, sans autre intérêt que celui des ruines mayas et, à votre retour, vous pourriez me dire ce que vous avez vu d'autre.

– Vous voulez parler de marijuana ? » (Elle lisait les journaux.)

St. Michael eut l'air sincèrement surpris, puis amusé. « Oh, pas du tout, mademoiselle Greene ! Oh, non, les conditions ne sont pas du tout appropriées, là-bas.

– C'est bien ce que je disais, lâcha discrètement Vernon.

– Non, je vais vous dire à quoi je pense. » St. Michael tendit la main pour lui toucher légèrement l'avant-bras. « Rien de délictueux, absolument rien de tel. Mademoiselle Greene… Valerie, c'est bien ça ?

– Oui.

– Je peux vous appeler Valerie ? Vous pouvez m'appeler Innocent. »

En voilà une idée ! Elle le regarda bouche bée.

« Ici, à Belmopan, reprit Innocent St. Michael en lui serrant doucement le bras, nous avons un seul excellent restaurant appelé le Bullfrog. Il n'a pas la classe des restaurants new-yorkais, mais il est très bon. Permettez-moi de vous inviter à déjeuner au Bullfrog, je vous y expliquerai précisément la manière dont j'espère que vous pourrez m'aider. »

À l'arrière-plan, Vernon avait pris un air entendu. Au premier plan, Valerie semblait désorientée. « Merci beaucoup, s'entendit-elle répondre. Ce sera avec plaisir. »

7

Vivre pour l'éternité

Du ciel, Kirby voyait les marques de pneus de l'atterrissage de la veille, des traces pâles dans l'herbe et les trèfles du champ. Et il était là, sur le point d'ajouter une deuxième série de ces mêmes rayures. Encore de quoi être agacé ; même si toutes ces traces seraient effacées dès le lendemain.

Il continua à prendre de l'altitude et à survoler la colline (de là-haut, il était impossible de voir son temple), ainsi que le village indien situé dans la gorge, pour faire comprendre aux gars qu'il voulait les voir. Parmi les huttes basses, des enfants, les fesses à l'air, lui firent des gestes tandis qu'il tournait au-dessus d'eux. Il inclina une aile puis l'autre vers le sol en guise de réponse et repartit atterrir sur le champ.

Il était déjà à mi-pente sur le versant dégagé du temple, à peu près à l'endroit où, la veille, Witcher et Feldspan avaient découvert le jaguar gravé dans la pierre, quand le groupe apparut au-dessus de lui, sur le sommet aplati. C'étaient une demi-douzaine d'hommes petits et trapus qui portaient des chemises teintes de manière artisanale, de vieux pantalons de travail et des sandales de fibre de chanvre quand ils n'étaient pas pieds nus. Quatre d'entre eux avaient une machette attachée à la taille. Ils avaient le visage carré, aplati et énigmatique des Indiens mayas, et ils attendaient en silence que Kirby achève son ascension.

« Ça va, Tommy ? dit-il quand il eut atteint le sommet. Salut les gars, laissez-moi reprendre mon souffle. »

Tommy, dont la chemise affichait plusieurs nuances de vert, dit : « Quelque chose qui ne va pas, Kimosabe[1] ? » C'était sa blague préférée.

« Rien qui ne puisse se résoudre, lui répondit Kirby. Par nous en tout cas, les gars. »

Luz, chemise rouge complètement déchirée, dit à Tommy : « C'est de *nous* qu'il parle, les gars. »

Kirby sourit et contempla son piège à touristes. C'était mieux comme ça, et le monde se pressait à sa porte. La porte de son temple.

C'était là qu'il s'était trouvé un peu moins de deux ans auparavant, quand il avait rencontré Tommy et les autres pour la première fois et quand leur alliance peu ordinaire avait débuté. Bien évidemment, le sommet n'était pas encore dégagé à ce moment-là ; il n'y avait pas de temple.

* * *

Essoufflé, Kirby se tenait en plein soleil au sommet de la petite colline broussailleuse, contemplant ses terres avec dégoût. *Ses* terres. « Innocent St. Michael », grommela-t-il en regardant ses fichues terres désolées et ses espoirs déçus. Jamais, il ne s'était senti aussi déprimé.

1. L'expression récurrente qu'utilise Tonto, le faire-valoir indien du Justicier solitaire, dans les aventures du *Lone Ranger*.

Dans les six semaines qui avaient suivi son acquisition, ce lieu avait subi une épouvantable transformation, comme un vampire abandonné aux rayons du soleil. L'herbage d'en bas, sur lequel il avait atterri la première fois, n'était plus qu'un paysage lunaire aride et craquelé, d'un marron pâle, aussi parcheminé et creusé de rides que le visage du poète W. H. Auden. Jusqu'aux résidus d'herbe qui poussaient encore peu de temps auparavant et qui s'étaient transformés en poussière avant d'être emportés par le vent. Et en ce qui concernait les pentes supérieures de ses terres, c'était encore pire, si possible. On aurait dit un paysage sorti tout droit d'un tableau de Jérôme Bosch. Des troncs noueux et torsadés avaient donné naissance à des feuilles de cuir aux bords tranchants. Des touffes d'herbe jaunâtre, aussi coupantes qu'un rasoir, piquetaient la pente. De vilaines créatures à langue fourchue que seul aurait pu apprécier un maroquinier allaient et venaient à travers le paysage formé de pierres, de gros rochers et de terre sèche et craquelée. Les oiseaux poussaient des cris rauques en faisant mine de le narguer, tandis qu'ils volaient vers l'ouest en direction des collines verdoyantes, des silhouettes bleues des monts Mayas, au sol sombre, fertile et fécond couvert de végétation luxuriante. « Allez vous faire foutre », leur cria-t-il.

Les oiseaux continuaient leur route, leurs ricanements s'évanouissaient et, dans le silence, il entendait presque le sol s'assécher alors que de nouvelles fentes et fissures s'ouvraient sur la peau morte de son ranch. Cynthia, qui cuisait au soleil un peu plus bas, semblait sur le point de tomber dans une de ces crevasses et de disparaître dans la fournaise des entrailles de la terre. Kirby avait à moitié envie de l'y rejoindre.

Un mouvement avait attiré son attention sur la pente opposée où il avait vu une demi-douzaine d'Indiens aux cheveux hirsutes grimper lentement vers lui en soulevant de petits nuages de poussière à chaque pas. Il ne manquait plus que ça, pensa-t-il, voilà qu'ils vont me tuer pour me voler ma montre.

Il l'avait mise dans sa poche. Dommage qu'il ne puisse y cacher aussi ses bottes. Se glisser tout entier dans sa poche. Peut-être pourrait-il marchander avec eux : ils le laisseraient partir et il leur livrerait Innocent St. Michael. Ils pourraient le déchiqueter et se constituer des réserves de lard pour le restant de leur vie.

Les Indiens, des individus trapus à l'air coriace, aux yeux à moitié voilés par leurs paupières et aux machettes étincelantes, s'arrêtèrent pour l'observer quand ils eurent atteint le sommet de la colline.

L'un d'eux dit : « Bonjour.

– Bonjour, répondit Kirby.

– Belle journée.

– Si vous le dites.

– Cigarette ?

– Non merci.

– Je veux dire, pour moi.

– Oh, désolé, je ne fume pas. »

L'Indien eut l'air dégoûté. Il se retourna pour parler à ses amis dans une autre langue et ils eurent tous l'air dégoûté. En remuant la tête vers Kirby, le porte-parole dit : « Avant, c'était la seule chose sur laquelle on pouvait compter, avec les Américains. Quelques cigarettes. Maintenant, vous avez tous arrêté de fumer.

– Ils veulent vivre pour l'éternité », suggéra un autre Indien.

Était-ce une menace dissimulée ? « J'ai de la marijuana dans l'avion, si ça vous intéresse, dit Kirby.

– Voilà qui est parlé », dit le porte-parole. L'auteur de l'éventuelle menace traduisait aux autres, qui parvinrent tous à s'animer en restant quasiment stoïques ; c'était comme de voir des arbres sourire. Pendant ce temps, le porte-parole dit à Kirby : « On a de la bière faite maison, au village. Ça pourrait faire un cocktail explosif.

– Où il est, ce village ? » demanda Kirby. Peut-être qu'ils vivent sur mon terrain, se disait-il, peut-être que je pourrais leur faire payer un loyer.

« Par là, derrière », répondit le porte-parole en agitant négligemment sa machette, manquant de décapiter l'un ou l'autre de ses amis.

« Combien t'en as, de la came ? demanda l'auteur éventuel de la menace.

– Votre village, il est grand comment ? demanda Kirby.

– Onze maisonnées, répondit l'homme avec autant de sérieux que si Kirby était un agent du recensement.

– Dans ce cas, j'en ai suffisamment. »

Le porte-parole sourit, laissant apparaître de nombreuses dents blanches carrées. « Je m'appelle Tommy Watson, dit-il en tendant la main qui ne tenait pas de machette.

– Kirby Galway, se présenta l'aviateur en la lui serrant.

– Et voici mon cousin Luz Coco, dit Tommy Watson en désignant de la tête l'auteur potentiel de la menace.

– Comment allez-vous ?

– Bien, dit Luz Coco, allons chercher ta beuh. »

Ils dévalèrent tous ensemble la colline et Kirby sortit deux petits sacs-poubelle de l'espace de rangement dans sa portière. « Je n'ai pas assez de papier pour tout le monde.

– Pas grave, dit Tommy, on prendra du papier toilette à la mission. » Il s'adressa de nouveau à ses amis et une dispute s'éleva. Kirby présenta les deux sacs-poubelle sur ses paumes et s'appuya contre l'avion en attendant que la discussion prenne fin. À quoi bon ? Il n'y avait plus d'espoir, de toute façon.

Le kekchi est une langue qui contient de nombreuses sonorités rauques et gutturales, et qui donne l'impression d'être agressive, même lorsque les gens ont des relations d'amitié ; quand ils se disputent pour savoir qui doit aller à la mission prendre du papier toilette et, par conséquent, manquer le début de la fête, cela peut donner la chair de poule. Mais deux membres du groupe finirent par accepter leur défaite et partirent tête baissée en regardant de temps en temps en arrière avec entêtement. Kirby se joignit au reste du groupe qui chemina sur sa colline blanchie par le soleil. Ils gravirent la moitié de la pente suivante puis s'engagèrent sur une déclivité agréablement verdoyante où les onze huttes faites de bois et de feuillages étaient disposées un peu n'importe comment de part et d'autre d'un cours d'eau clair, froid, au courant rapide et bouillonnant.

« Vous avez même de l'eau, bande de salopards », dit Kirby. Ils étaient assez loin de ses terres à présent.

Tommy le regarda avec étonnement. « Bon sang, c'est pour ça que vous traînez par ici. Vous avez *acheté* ces marécages.

– Ce désert, vous voulez dire.

– Vous ne l'avez pas vu pendant la saison des pluies.

– Putain de merde. »

Mais il n'eut pas le temps de s'apitoyer sur son sort. Il devait être présenté à l'ensemble des villageois, un peu moins de cent personnes, dont aucune n'avait plus que de faibles notions d'anglais, et la fête devait commencer. La bière faite maison, apportée dans une grande variété de bouteilles et de jarres recyclées, était une sorte de croisement entre de la bière et du produit de nettoyage ménager, ce qui, en fait, se mariait fort bien avec la marijuana.

Tommy lui dit que le village s'appelait South Abilene, et c'était peut-être vrai. Ses habitants, pour la plupart, étaient en réalité très timides, entièrement disposés à accepter sa présence et son offrande ; ils restèrent par ailleurs cantonnés dans leur dignité stoïque, même s'ils se montrèrent réellement amusés quand leurs deux amis revinrent de la mission à bout de souffle, chargés de rouleaux de papier hygiénique et de « brochures » expliquant la Sainte Trinité.

Ces gens étaient les descendants du peuple qui avait construit les temples. Leurs relations avec le monde s'étaient réduites depuis ces jours glorieux ; devenus fermiers, ces habitants de la jungle ne possédaient qu'un lien tangentiel avec l'âge moderne. De petits villages semblables à celui-ci étaient dispersés dans les plaines et les jungles d'Amérique centrale, et leurs habitants indiens s'accrochaient à une autosuffisance rudimentaire, presque entièrement coupés de la civilisation technologique autour d'eux. Dans le même temps, ils avaient abandonné la construction de temples et la guerre ; ils ne se battaient pas, ne révéraient rien, et n'espéraient même pas grand-chose ; ils subsistaient et survivaient.

Tommy Watson et Luz Coco étaient les seuls Sud-Abéliniens à parler couramment l'anglais et, pour autant que Kirby ait pu le savoir, ils étaient les seuls à être un peu éduqués dans cette foule, les seuls dont la conversation et les manières témoignaient d'une connaissance plus approfondie de la civilisation. À leur manière existentielle très tendance et à demi moqueuse d'incarner le fatalisme indien traditionnel, on aurait dit un duo de Marx Brothers[1] égarés dans un documentaire de Robert Flaherty. Ils contrastaient tellement avec les autres que Kirby avait voulu connaître leur histoire, mais ils insistèrent pour qu'il leur raconte d'abord comment il en était venu à acheter le domaine.

« Quand je l'ai vu, ça avait l'air vraiment génial, dit Kirby. St. Michael n'était que l'intermédiaire du vrai propriétaire, un grand aristocrate de Mexico. Comme l'aristocrate ne pouvait racheter l'hypothèque à cause des impôts, le prix était correct puisque je pouvais tout payer cash.

– Le gros ? demanda Tommy. Fier de lui ?

– Oui, Innocent St. Michael.

– Il était à lui, ce terrain. Ça faisait des années qu'il se cherchait un pigeon de première classe.

– J'apprécie cette information, Tommy.

– Vous êtes donc riche ? demanda Luz. Vous pouvez vous permettre une erreur.

– Les riches ne prennent pas le risque de perdre leur peau ou de prendre vingt ans de prison en important de la drogue aux États-Unis. C'est comme ça que j'ai gagné de l'argent. Oh, bon Dieu », fit-il quand un souvenir lui revint.

1. Les frères Marx étaient en fait trois comiques de music-hall, cinéma, radio et télévision entre les années 1920 et 1950, et même quatre avec celui qui assurait le rôle de jeune premier. Robert Flaherty (1884-1951) est l'auteur du célèbre *Nanouk l'Esquimau* (1922).

Tommy but une lampée de bière, inhala une bouffée de marijuana et dit : « Ce n'est pas tout, hein ? »

Kirby avala une lampée, tira une bouffée, une autre lampée, une autre bouffée, et répondit : « Je viens de donner le reste de mon fric à un type du Texas pour acheter des vaches. »

Luz se mit à rire. Tommy essayait de prendre un air compatissant, mais il souriait en grimaçant. Kirby reprit une lampée, une bouffée, puis il rit lui aussi. « J'imagine que je ne suis pas aussi malin que je le pensais.

– Personne ne l'est, dit Tommy, mais bon sang, on peut quand même s'amuser. »

Et ils s'amusèrent. Divers aliments indéfinissables furent consommés, animaux et végétaux, tous généreusement mélangés à des piments rouges et autres engins explosifs. La bière faite maison rafraîchissait la gorge tandis que la marijuana rafraîchissait l'esprit. Une radio en plastique diffusait de la salsa du Guatemala : le son disparaissait et revenait pendant que le soleil se couchait, que la brise chuchotait d'étranges récits parmi les feuilles des plus hautes branches, et que le cours d'eau gloussait et ricanait en contrebas. Plusieurs se livrèrent à une démonstration de danse sur un sol irrégulier, en état d'ivresse avancée et défoncés jusqu'aux yeux. La nuit tomba comme bon nombre de villageois. Des feux s'embrasèrent, des fantômes noirs se dessinèrent dans la lumière rouge orangée, et les gens s'adressèrent à eux dans leur langue natale.

Kirby était allongé sur le sol qui allait en se refroidissant, la tête appuyée contre un pot de cuisson en terre retourné, une cruche à moitié vide dans une main, un joint qui se consumait doucement dans l'autre, tandis qu'il suivait des yeux l'apparition de la lune au-dessus de sa montagne. Assis en tailleur à côté de lui au clair de lune, le visage cuivré, impassible et sculpté dans la pierre, Luz Coco lui racontait son histoire : « Quand j'étais petit, ma mère s'est mise en ménage avec un producteur de pétrole.

– Un riche ?

– À ce qu'il disait. » Luz cracha dans le feu qui cracha en retour. « Juste un géologue minable qui voulait mettre quelqu'un dans son sac de couchage. Il cherchait du pétrole dans les collines des alentours, pour le compte d'Esso. Ça s'appelait Esso à l'époque.

– Il y a du pétrole ici ? » Kirby essayait de trouver sa bouche avec l'extrémité non allumée du joint.

« Pour ce qu'on peut en faire : le pétrole, il faut qu'il soit dans des lacs ou sous terre, autrement, il sert à rien. Avec le calcaire qu'on a ici, il est disséminé en des millions de petites bulles, ça vaut rien du tout. Ça coûte trop cher de l'exploiter.

– Tu t'y connais bien, hein ?

– J'ai grandi avec. La voilà, mon histoire. Le village a chassé ma mère et on est partis à Houston.

– Reviens un peu en arrière, je crois que t'as sauté des étapes.

– Ces trous du cul, reprit Luz avec un geste du bras pour englober tous les habitants de South Abilene, tous sans exception, ils sont superstricts, mec. Surtout pour ce qui concerne le sexe. Si tu baises avec la mauvaise personne, bonjour les problèmes.

– Je comprends. Ta mère couchait avec le géologue…

– Et mon père était pas encore mort, souligna Luz.

– Donc la tribu l'a chassée.

– Le *village* l'a chassée.

– D'accord, mes excuses.

– Elle nous a emmenés, nous, les enfants. Surtout parce qu'elle était en colère. J'avais neuf ans, Rosita un an.

– Rosita ?

– Ma sœur. Tu l'as déjà rencontrée.

– D'accord.

– Donc on est partis à Houston mais Cary avait oublié… Je te l'ai dit ça ? Il s'appelait Cary Smith.

– Vraiment ?

– Si c'était *John* Smith[1], ma mère ne l'aurait jamais trouvé. Mais elle l'a chopé. On est montés jusqu'au Mexique, on a franchi le fleuve à pied pour entrer aux États-Unis, et on est arrivés à Houston, sauf que le vieux Cary avait oublié de mentionner Mme Smith.

– *Oups*. Et après ?

– Maman s'est fait passer pour la domestique. Lois en avait strictement rien à foutre.

– C'était Mme Smith ?

– Oui, quelqu'un de bien. Elle avait trois enfants plus âgés que nous. On a tous grandi ensemble, une famille nombreuse de paumés. Tommy est passé nous rendre visite une ou deux fois…

– Attends un peu. Tommy Watson ?

– Ouais, c'est mon cousin.

– Il est venu de South Abilene pour vous *rendre visite* ?

– Nan, South Abilene ne voulait pas entendre parler de nous. Tommy était à Madison, dans le Wisconsin.

– Attends une minute », dit Kirby qui se leva soudain et s'éloigna en titubant dans la pénombre. Il

1. Explorateur anglais, dont la légende dit qu'il fut sauvé en 1607 par Pocahontas, fille de chef indien alors âgée de douze ans.

s'appuya un moment contre un arbre, à écouter les clapotis, puis il trouva une autre jarre de bière faite maison et revint se laisser tomber par terre à côté de Luz. « Madison, dans le Wisconsin, dit-il.

– Tu es de là-bas ? Il fait froid dans le coin, mec.

– *Tommy* y était.

– Ben ouais, dit Luz. Son vieux bossait à l'université, les scientifiques lui avaient mis le grappin dessus. Il connaissait tout ce qui avait trait à la gravure sur pierre, tu sais, toutes ces idioties sur les arts et l'artisanat anciens qu'on débitait à l'époque. Il enseignait ça et euh… C'est quoi, le mot pour dire d'un truc qu'il est pas mal, et d'un autre qu'il est nul ?

– Expertiser ?

– C'est pour les voitures ça.

– Authentifier. Dire si c'est un vrai ou un faux.

– C'est ça. Le père de Tommy, c'est ce qu'il faisait. Tommy aurait pu le faire aussi mais il est comme moi. On a *vu* le monde, mec, vous pouvez vous le garder.

– Comment est-ce que vous êtes revenus ici, tous les deux ?

– Tommy, son père est mort, lui, c'est pour ça. Il a ramené le corps, il avait dix-neuf ans. Il se sentait bien ici, il l'avait jamais aimée, cette saloperie de neige, il était de retour au bercail.

– Pareil pour toi ?

– Nan, j'avais seize ans, Rosita huit, maman s'est foutue en colère contre Cary et on est partis à Los Angeles, où on a vécu des trucs qui craignaient vraiment. Maman s'est mise à dealer, on s'est retrouvés au beau milieu de ce foutoir, les Chinois, les Colombiens, j'ai tenu le coup trois ans et je me suis dit : je dois me *tirer* de là. J'ai pris la voiture, j'ai roulé vers le sud, il se trouve que Rosita s'était cachée dans le coffre, elle pouvait pas supporter ce merdier non plus. Puis on est descendus jusqu'à San Diego, on a vendu la caisse et on a continué vers le sud.

– Où se trouve ta mère maintenant ?

– À Alderson, en Virginie-Occidentale.

– C'est marrant qu'elle soit allée là-bas.

– Pas si marrant que ça. C'est la prison fédérale pour femmes.

– Oh », fit Kirby qui réfléchit quelques secondes et dit : « Luz ?

– Présent.

– Si les gens ont autant de morale ici… »

Quelques secondes s'écoulèrent avant que Luz demande : « Ouais ? »

Kirby se réveilla : « Quoi ?

– C'est quoi, ta question ? Si les gens ont autant de morale ici, quoi ?

– Eh bien, dit Kirby qui prit une bouffée pour stimuler sa réflexion, qu'en est-il de toute cette marijuana ?

– En quoi c'est immoral, la marijuana ?

– Là, tu n'as pas tort.

– Si tu descends au sud, t'as des gens, là-bas, tous ces champignons, ces trucs avec des boutons, le peyotl, il leur sort par les pores, mec. T'as des gens là-bas, personne a vu leurs yeux pendant *des années*.

– D'accord, d'accord.

– La marijuana et la bière, c'est juste pour décompresser. Le sexe, en revanche, ça touche à la famille, la propriété, les sentiments, c'est, euh, c'est, euh, c'est de la *politesse*.

– Je vois. Conservateurs en ce qui concerne le sexe, ça a du sens.

– Donc ta question, c'est comment ces enfoirés conservateurs, primitifs et simplets ont accepté des denrées périmées comme Tommy, Rosita et moi, c'est ça ?

– Je suppose, concéda Kirby.

– On est tous cousins, c'est une première chose. Notre mère et le papa de Tommy nous ont emmenés avec eux, et on est revenus tout seuls, c'est la deuxième chose.

– D'accord.

– Tout le monde sait qu'on est différents parce qu'on est allés *là-bas*, mais on fait toujours partie de la famille.

– C'est une bonne chose.

– On reste juste simplement en retrait. Tommy, Rosita et moi, on laisse les choses se faire.

– Vous suivez le mouvement.

– T'as tout compris. Où on pourrait faire ça, à part ici ? On obéit à nos propres règles et ils *acceptent*, mec. Écoute, je reviens tout de suite. » Luz roula sur lui-même, se retourna et partit. À quatre pattes.

Kirby s'était endormi, ou peut-être pas. Peut-être que ce n'étaient pas des rêves. La lune blanche roulait lentement à travers le ciel d'un noir absolu. Puis une silhouette se glissa entre lui et la lune avant de se laisser tomber au sol dans un bruissement de jupes. « Salut », dit-elle.

C'était la sœur de Luz, Kirby s'en souvenait maintenant, et si la lune ne décrivait pas ces petits cercles lents au-dessus de sa tête, il se serait même probablement souvenu de son nom. « Harya, dit-il.

– Rosita, corrigea-t-elle.

– Vous avez raison. Vous avez parfaitement raison. » Il s'en souvenait désormais. Elle était petite comme tous les autres, mais plus mince, avec la maigreur et la nervosité des névrosés de naissance. Ses yeux étaient grands, d'un marron onctueux, ses pommettes fortes, sa bouche large et sensuelle, sa peau semblable à du cacao chaud. Elle se déplaçait comme un puma.

Tandis que Kirby observait la façon dont le clair de lune parait d'argent le lobe de ses oreilles, elle prit le joint qu'il tenait entre ses doigts, émit le bruit de quelqu'un qui aspire intensément, remit le joint où elle l'avait trouvé, se pencha au-dessus de lui, l'embrassa et lui souffla la fumée dans la bouche.

Il dut faire un réel effort de volonté pour ne pas vomir ni lui couper la langue en deux avec ses dents, mais il y parvint et, quand il inhalait obligeamment pendant qu'elle soufflait, puis qu'il soufflait pendant qu'elle inhalait, il s'aperçut que la lune décrivait de lentes rotations dans son esprit.

Au bout d'un moment, elle se releva et dit : « Si tu dors dehors toute la nuit, les moustiques vont te dévorer vif.

– C'est vrai. C'est vrai. » C'était une triste pensée.

« Alors viens à l'intérieur », lui proposa-t-elle.

Ils rentrèrent donc, le matin fut bientôt là et son corps comme son esprit éprouvaient d'immenses difficultés. Une démangeaison semblable à celle qu'aurait pu causer le sumac vénéneux avait fait irruption à la surface de son cerveau, il le savait, le sentait. Il avait l'impression d'être digéré, que son être tout entier était réduit et dissous par les sucs gastriques de la baleine qui l'avait avalé.

Il sortit à quatre pattes sous un soleil qui s'était beaucoup rapproché de la terre pendant la nuit, qui n'était presque plus qu'à trois mètres du sol. Il regarda autour de lui et ne fut pas surpris de voir que le reste de la race humaine était aussi prostré que lui. Y avait-il de l'espoir pour l'humanité ?

Un peu. Du café, du bacon, davantage de café, des tortillas, encore du café, un joint et une petite éclipse en compagnie de Rosita lui furent d'une grande aide. Les villageois se soignèrent de la même façon puis, durant l'après-midi, la fête recommença. Rosita expliqua à Kirby qu'elle avait toujours eu le sentiment d'être partie un peu trop tôt des États-Unis, avant qu'elle n'en ait véritablement fait le tour, qu'elle leur ait donné leur chance. À vrai dire, elle n'était encore qu'une enfant quand elle était revenue. Elle avait toujours pensé, lui confia-t-elle, que ça pourrait être agréable d'y retourner un jour, d'y passer un certain temps ; avec le bon compagnon, évidemment. « *Hum, hum* », fit-il avant d'aller se promener dans le village.

Il trouva Luz et Tommy ensemble, se joignit à eux, et c'est à ce moment-là que la conversation s'orienta vers l'héritage des Indiens mayas et les mystères de leur passé. « Toi au moins, dit Tommy, tu t'es foutu dans la merde tout seul...

– Avec l'aide d'Innocent St. Michael, dit Kirby.

– Mais au moins, tu étais là. Nous, ce sont nos foutus ancêtres qui nous ont spoliés de nos droits. Il y a mille ans, notre peuple vivait dans des villes vraiment classe. Ils se paraient d'or, de jade, de tous ces trucs-là.

– Les sacrifices humains, ajouta Luz avec un sourire carnassier.

– Puis notre peuple est parti, reprit Tommy. Le coût de l'immobilier est monté en flèche. Un temple, ça s'entretient, sinon, très vite, ça n'est plus qu'un tas de gravats.

– Surtout dans la jungle, renchérit Kirby.

– Exactement. La terre se dépose, des plantes poussent, meurent, se décomposent, ça fait plus de terre, plus de plantes encore… La pluie ronge le mortier entre les pierres et tout tombe en ruine. Avant, c'était un temple, maintenant c'est juste une colline et on ne le voit même plus.

– Mais enfin, dit Kirby, vous avez tous les deux vécu en ville, vous avez tourné le dos à tout ça, vous vous souvenez ?

– On était à Madison, dit Tommy avec une moue méprisante. Houston. Moi, c'est de nos villes que je parle. Lamanai. Tikal. Des endroits hauts en couleur.

– Des cérémonies hautes en couleur, dit Luz avec le même rictus.

– Je ne sais pas, dit Kirby. Je ne veux pas insulter vos ancêtres, mais je ne pense pas que j'aimerais vivre à des endroits où l'on pratique des sacrifices humains.

– Pourquoi pas ? interrogea Luz en fronçant les sourcils.

– Je suis un être humain.

– *Hummmm* », fit Luz, et ils se turent un moment en envisageant silencieusement les rôles tenus par les spectateurs et les participants.

Le jour suivant, Kirby, redevenu sobre, avait embrassé Rosita et s'était envolé pour redevenir pilote de fret indépendant et commencer à tenter de s'extraire du gouffre dans lequel l'avait fait dégringoler Innocent St. Michael. C'est ainsi que deux semaines plus tard, les yeux brillants, il était revenu survoler ses terres desséchées, avait ramené deux autres sacs-poubelle à South Abilene, et avait exposé son plan à Tommy et à Luz.

* * *

« Rosita te transmet le bonjour, dit Tommy, fatigué d'attendre que Kirby reprenne son souffle. Elle se demande si ta femme va mieux, ajouta-t-il gravement.

– Hélas non, dit Kirby. Elle a eu deux crises assez violentes, ils ont dû lui remettre la camisole de force. Ça s'annonce assez mal.

– Je le lui dirai, répondit Luz, impassible. Elle s'intéresse beaucoup à l'état de santé de ta femme.

– Oui, je sais.

– Les deux clients d'hier, ils posent un problème ? demanda Tommy.

– Non, non. Ils ont complètement gobé l'histoire. Je vais les voir cet après-midi pour prendre les dernières dispositions. Le problème, c'est le type qui va venir maintenant.

– Ouais ?

– J'ai reçu un message hier. Il ne devait pas débarquer avant la semaine prochaine, mais tout d'un coup, il a décidé de venir *aujourd'hui.* »

Tommy traduisit pour les autres et ils prirent tous un air affligé. « Connard, déclara Luz.

– Exactement, renchérit Kirby, mais il est trop tard pour l'en empêcher, il est en route. Il faut donc que je trouve un moyen de le retarder à Belize City et de l'empêcher de rencontrer les deux autres. Je l'amènerai ici demain. Donc il faut que vous ayez préparé la zone d'ici là.

– Il n'y a pas tellement à faire, dit Tommy. Les derniers n'ont pas beaucoup creusé, contrairement à certains de tes congénères. Seulement la stèle du jaguar, à vrai dire.

– Ils n'ont même pas trouvé la pierre sifflet, commenta Luz.

– Le problème majeur, c'est le champ, dit Kirby, on ne devrait pas avoir l'impression qu'il y a autant de passage à cet endroit, on voit trop les traces d'atterrissage de Cynthia.

– On va les camoufler un peu en nivelant le sol, dit Tommy.

– Très bien. » Kirby avait l'air sérieux. « Et Tommy, ne recommence pas ton petit numéro dans le style "je guette derrière mon buisson", d'accord ? Si un de ces types t'avait vu hier, il aurait fait direct une crise cardiaque. C'est mauvais pour le commerce, de tuer les clients.

– Je n'ai jamais le droit de m'amuser », se lamenta Tommy.

8

La question

« Aimez-vous la conque[1] de mer ? demanda Innocent en prononçant ce mot à la française.

– Beaucoup, dit Valerie.

– J'amène toutes mes conquêtes ici, reprit Innocent avec le sourire. Avant l'amour, après l'amour. Elles aiment toujours la conque. Elles la préfèrent après l'amour. »

Ne voyant pas trop ce qu'elle pouvait répondre et trouvant impossible de manger le ferme mollusque blanc après une telle déclaration, comme de boire davantage de vin blanc italien, elle préféra remplir sa bouche de salade.

Une salade délicieuse. Un très bon restaurant, situé davantage en extérieur qu'en intérieur, sur l'arrière d'une propriété privée, avec de grandes tables blanches espacées, entourées de fleurs et de plantes de pépinière, l'autre occupation professionnelle du propriétaire. Des plantes suspendues, de longues et hautes cloisons, un sol de terre humide prolongeant la partie carrelée, et des zones recouvertes de bâches en plastique transparentes.

---

1. Conch en américain, mollusque des Caraïbes.

Les fleurs tropicales sont tellement plus vives que celles du sud de l'Illinois : là-haut, les fleurs n'ont pas le même éclat, on ne trouve pas ces oranges, ces jaunes ni ces rouges resplendissants, et puis, elles ne ressemblent pas toutes à des parties génitales humaines. Des organes sexuels masculins et féminins idéalisés pendaient dans les airs, surgissaient de pots de terre cuite et apparaissaient avec une fausse pudeur à la lisière de leur écrin de feuilles vertes.

Quand la serveuse s'approcha pour voir si tout allait bien, Innocent passa un bras autour de sa taille en lui caressant la jambe de la main. « Alors, tu travailles ici, maintenant ?

– C'est temporaire. » Elle était petite, bien en chair mais de manière plaisante, avec un très joli visage et une peau extrêmement cuivrée. Elle ne semblait pas gênée que la main d'Innocent lui caresse la jambe. « J'ai fini par en avoir assez d'être enfermée dans un bureau à longueur de journée. Belize, j'y retournerai peut-être. »

Évidemment, ils y étaient déjà, au Belize, et il fallut un moment à Valerie pour comprendre qu'elle parlait de Belize City. (De la même manière, les gens qui vivent au Mexique disent qu'ils vont à Mexico, pas à Mexico City et ceux de l'État de New York disent qu'ils vont à New York, pas à New York City.)

Innocent sourit à Valerie. « Susie aimait la conque après l'amour, pas vrai, ma chérie ? » dit-il en lui serrant la jambe.

Susie gloussa. Innocent fit un clin d'œil à Valerie. « Mais c'était l'amour qu'elle préférait. »

Susie regarda Valerie d'un air malicieux, entre femmes. « Ils s'imaginent tous qu'ils sont les meilleurs, pas vrai ? » Et, en imitant un petit garçon, l'index sur la joue, elle dit : « Tu ne trouves pas que j'ai été super génial, ma chérie ? Je ne suis pas le meilleur que tu aies eu, dis ? Je ne suis pas largement supérieur à tous les autres, hein ? » Puis elle se changea en maîtresse d'école austère qui tourne le petit garçon en dérision. « Oh, tu as été fabuleux, mon petit chéri. Tu m'as vraiment *comblée.* » Tandis qu'Innocent s'esclaffait, elle leva les mains, les paumes légèrement écartées comme un pêcheur qui décrit un poisson minuscule.

Valerie ne put s'empêcher de rire. Mais elle devait manger la conque. La question était : devait-elle aussi coucher avec Innocent St. Michael ?

« Devait » n'était pas le bon terme. Ce n'était pas comme si le sexe était le genre de pot-de-vin qu'il attendait, le cadeau offert au représentant du tiers-monde dont on voulait s'assurer la coopération. Ce n'était pas son style. Valerie, qui n'était pas très au fait de la façon dont le monde tourne, comprenait cependant qu'il laissait le sujet du sexe planer autour d'eux – à elle de décider si elle voulait coucher avec lui ou non –, mais il suggérait sans insistance exagérée les raisons pour lesquelles elle devrait accepter.

De manière générale, elle était quelque peu déconcertée par les choses du sexe. Les pelotages, les baisers et les tentatives précipitées et maladroites du début de son adolescence avaient semblé déplacés, inadaptés à une faim ardente, bien présente à n'en pas douter. L'idée que ces garçons fiévreux puissent connaître la solution au problème, être en mesure de lui révéler le secret du plaisir paraissait absurde en elle-même. Et quand elle avait fini par « passer à l'acte », à seize ans, sur le sol d'une salle de séjour où elle faisait du baby-sitting, le garçon avait été si nerveux, si pressé, si inexpérimenté et gauche qu'à certains égards, elle avait trouvé cela pire que d'apprendre à danser.

Depuis, ses expériences avaient été peu fréquentes, mais variées. La plupart du temps, elle ne pensait que rarement au sexe, et lorsque c'était à l'ordre du jour, elle s'efforçait de conserver sa dignité. Certes, elle apprenait des choses presque à chaque fois, mais bon nombre de ces leçons étaient déprimantes. Elle savait maintenant qu'il y avait effectivement, de par le monde, des jeunes hommes confiants dans leurs possibilités et capables de très bien faire les choses, qui savaient arrêter de penser à eux suffisamment longtemps pour se préoccuper de la fille avec laquelle ils étaient, mais bon sang, ils n'étaient vraiment pas nombreux. D'un autre côté, les hommes plus âgés étaient parfois tout aussi angoissés et maladroits que n'importe quel adolescent inexpérimenté. Zut, c'était impossible de savoir ce qu'un homme pouvait valoir au lit rien qu'en le regardant.

Mais était-ce vraiment si sûr ? Innocent St. Michael était assis en face d'elle, à lui coller délibérément et tranquillement des idées salaces dans la tête, et il n'hésitait pas à sortir de sa manche une ancienne conquête afin qu'elle lui serve de référence ; ce qu'elle avait fait, d'ailleurs, même si c'était de manière détournée. Si l'impensable finissait par se produire, il ne serait pas le premier homme de couleur avec qui elle aurait couché, mais il serait certainement le plus âgé. Peut-être aussi le plus lourd : serait-ce vraiment un problème ?

Il a réussi à me suggérer l'idée, pensa-t-elle non sans surprise. Et il le sait, en plus ; regardez un peu son sourire suffisant et ses clins d'œil de l'autre côté de la table, sa manière d'appliquer une bonne claque sur les fesses de Susie en disant : « Tu veux juste me garder pour toi, c'est tout.

– Te garder ? » Susie s'échappa ; en repartant vers la cuisine, elle déclara : « Je t'ai attrapé une fois et je t'ai rejeté à l'eau. »

Si on peut le narguer à propos du sexe, c'est parce qu'il est tellement sûr de lui, pensa Valerie en buvant un peu plus de vin.

« Vous aimez la conque, Valerie ? » lui demanda-t-il avec un visage épanoui.

Elle gloussa comme une de ses conquêtes.

9

Le cargo noir

« Cette stèle, elle pourrait avoir une grande valeur », disait Witcher pendant que le Noir maigrichon regardait par la fenêtre de la chambre d'hôtel. « Cela dépend de la partie qui est enterrée. »

Sous la fenêtre se trouvait la piscine de l'hôtel, désertée par les nageurs. Juste à gauche, mais hors de vue, les grandes fenêtres de la salle à manger donnaient sur l'océan. De l'endroit où il se tenait, le Noir maigrichon ne pouvait les voir, mais il savait qui était dans la salle.

« Il y en a quelques-unes par ici », dit nonchalamment Kirby tandis que les deux cassettes audio tournaient sur leur axe avec un son régulier, fort peu romantique. « Continuons. » Les voix se turent, cédant la place à leur respiration haletante et aux bruissements qu'ils provoquaient en escaladant la colline.

Le Noir maigrichon jeta un regard vers la commode où étaient posés les deux lecteurs de cassettes, chacun avec son œil rouge. Puis il observa à nouveau en contrebas en regrettant un peu de ne pas voir la salle à manger dans laquelle Kirby, Witcher et Feldspan déjeunaient en poursuivant leur conversation. Witcher et Feldspan enregistraient-ils aussi cette discussion ? Lui demanderait-on de l'enregistrer à son tour ?

Si c'était le cas, il entendrait Kirby dire : « Bon, on est bien d'accord, je fais sortir la marchandise du pays, quoi qu'on trouve dans le temple. Vous, vous la vendez grâce à vos contacts et on partage fifty-fifty.

– Vous allez devoir nous faire confiance, souligna Witcher. Même si je suppose que vous connaissez la valeur générale de ce genre d'objets d'art.

– Assez bien, reconnut Kirby en chassant ce problème d'un haussement d'épaules. D'ailleurs, nous devons réciproquement nous faire confiance, n'est-ce pas ? Vous devez me faire confiance car je pourrais vous fournir des faux. »

Feldspan eut l'air surpris, mais Witcher sembla plutôt amusé. « Pour l'amour du ciel, pourquoi le feriez-vous ? Il y a tout un temple rempli de vestiges authentiques, là-bas, probablement assez pour nous rendre tous riches ; pourquoi compromettre notre relation ?

– Exactement, dit Kirby. Et vous devez avoir la même vision des choses pour être réglo avec moi.

– Bien sûr.

– Vraiment, le seul problème consiste à sortir la marchandise du pays, conclut Feldspan.

– J'ai mes méthodes », dit Kirby qui se tut en voyant la serveuse arriver avec le plat principal. Le silence régna autour de la table tant qu'elle n'en eut pas terminé, les trois hommes contemplant par la fenêtre la piscine désertée, et la mer au-delà. Au loin, un cargo noir était à l'ancre ; des gardes-côtes britanniques inquisiteurs l'avaient saisi au nord quelques semaines plus tôt, après avoir découvert qu'il transportait une pleine cargaison de marijuana. Ils l'avaient arraisonné (comme la camionnette de

Manny Cruz), et le cargo attendait maintenant d'être vendu aux enchères par le gouvernement du Belize.

À l'étage, le lecteur de cassettes posé sur la commode diffusait la voix de Kirby : « Aucun d'entre nous ne devra jamais prononcer un mot à propos de ce temple. Ni ici, ni à New York, nulle part. »

La serveuse partit enfin et Witcher dit : « Des Américains ont été arrêtés, vous savez, en essayant de sortir du Belize avec des pierres gravées ou d'autres objets. Attrapés et jetés en prison.

– C'est bien pour ça que dans cette opération, répondit Kirby, vous travaillez avec l'homme de la situation.

– Je suppose que vous ne pouvez pas nous révéler vos méthodes de contrebande ? demanda Feldspan presque intimidé.

– Pourquoi pas ? répondit Kirby avec un grand sourire. Sincèrement, j'en suis fier. Vous savez, il n'y a pas qu'un seul trafic qui part du Belize, il y en a deux : les antiquités mayas, d'une part, et la marijuana, d'autre part. »

Feldspan sourit d'un air entendu et Witcher dit : « Vous êtes impliqué dans les deux, n'est-ce pas ?

– J'ai *combiné* les deux. Comme vous le savez, le gouvernement punit très sévèrement la contrebande d'objets anciens. D'ailleurs, ils fouilleront probablement vos bagages lors de votre départ, puisque selon vos passeports, vous êtes antiquaires.

– Oh, mon Dieu », s'exclama Feldspan. Il échangea avec Witcher un regard inquiet.

« Ils ne s'intéressent qu'aux objets précolombiens, leur affirma Kirby. Et en ce qui concerne le commerce de marijuana, les Britanniques et les Américains causent quelques difficultés quand ils peuvent, mais ici, tout le monde s'en fiche. Ça fait rentrer beaucoup de devises américaines, il ne s'agit jamais de grandes quantités, c'est beaucoup plus propre et beaucoup moins violent qu'en Colombie ou en Bolivie avec leur industrie de la cocaïne, et ça constitue une bonne récolte d'appoint pour les producteurs de sucre d'Orange Walk. J'ai fait sortir du pays beaucoup de balles de marijuana avec mon avion, et personne n'y a jamais regardé à deux fois. D'ailleurs, après déjeuner, je dois voir un type à ce propos. »

Witcher et Feldspan avaient tous les deux l'air en émoi. « Vous voulez dire un dealer ? » s'enquit Feldspan en se penchant et en parlant avec beaucoup plus de discrétion que lorsqu'ils discutaient du trafic d'objets mayas de valeur.

« Un intermédiaire. Un Américain. Il arrive par avion cet après-midi. » Puis, comme s'il avait peur d'en avoir trop dit, lui aussi se pencha et baissa la voix. « Écoutez, c'est un criminel et pas un tendre, là-haut, dans le Nord. S'il venait à penser que je parle de lui, nous aurions *tous* de sacrés ennuis.

– On n'en soufflera pas un traître mot, murmura Witcher.

– Si vous me voyez avec lui, faites juste semblant de ne pas me connaître.

– C'est noté, dit Witcher qui hocha solennellement la tête en bon conspirateur.

– Très bien. Voilà donc mon petit numéro : je vais à mon avion, je le remplis de balles de marijuana, tout le monde sait ce que je fabrique, personne n'en a rien à fiche, et je m'envole pour la Floride. » Kirby se pencha, fit un clin d'œil et ajouta : « Et s'il y avait des antiquités mayas *dans le chargement* ? »

La cassette où l'on entendait la voix de Kirby dit à l'autre cassette : « Quand nous serons de retour à Belize City, je vous ferai planer à mille lieues dans les airs. » Puis Feldspan gloussa et la lumière rouge s'éteignit. Le Noir maigrichon bâilla, s'étira, s'éloigna de la fenêtre et appuya sur les boutons pour rembobiner les deux cassettes.

« C'est brillant ! » chuchota Feldspan.

Kirby, flatté qu'ils apprécient, sourit et hocha la tête.

« Je vole des brouettes[1], dit Witcher.

– Exactement, dit Kirby.

– *La lettre volée*, dit Feldsman. Le cheval de Troie.

– Je n'ai jamais prétendu être original, dit Kirby un peu piqué au vif.

– Et quand vous arrivez en Floride, les voilà qui réapparaissent ! compléta Witcher.

– Exactement, dit Kirby. Bon, cela soulève une autre question. Quand j'arrive à destination, c'est vous, ou quelqu'un d'autre, qui vient à ma rencontre ?

– Vous voulez dire, en Floride ? » Ils se consultèrent du regard.

« Je pense qu'il faut que ce soit nous, dit Witcher.

– Oui, confirma Feldspan. Faites-nous simplement savoir où et quand.

– D'accord. Je ne traite donc avec personne d'autre. En fait, je ne sors même pas de l'avion tant que je n'ai pas vu l'un d'entre vous.

– Je suppose que vous devez être très prudent, dit Feldspan.

---

1. Selon l'histoire ou la légende, un ouvrier attire les soupçons : tous les jours il sort d'un chantier avec une brouette contenant de la terre, des sacs à ordures, etc. Mais on ne trouve rien dans la terre ni dans les sacs. Il finit par révéler qu'il vole les brouettes. *La lettre volée* est une nouvelle d'Edgar Poe (1844) bâtie sur une idée similaire.

– “Prudent”, c’est mon deuxième prénom. »

Le Noir maigrichon rangea le lecteur de cassettes qui parlait à l’endroit où il l’avait trouvé, glissa celui qui enregistrait dans sa poche et sortit silencieusement de la chambre de Witcher et Feldspan.

10

Surgi du passé

Whitman Lemuel boucla docilement sa ceinture de sécurité avant d'appuyer sa tempe droite contre la fraîcheur de la vitre en plexiglas, et regarda le Belize sous l'aile de l'avion. Beaucoup plus loin à l'ouest se dressaient des montagnes couleur lavande, floues et estompées, qui se confondaient et se transformaient en collines plus verdoyantes, cédant progressivement la place à une bande de plage pâle sur laquelle une ligne d'écume blanche déferlait, s'étalait, refluait et déferlait à nouveau. Une eau bleu-vert aussi claire et brillante qu'un vitrail neuf s'étendait au-delà de la côte, prenait une teinte bleu foncé et se brisait sur une large déchirure blanche et irrégulière, parallèle au bord de mer, à quelques centaines de mètres du rivage. Il s'agissait de la barrière de corail, la deuxième du monde en longueur, qui court sur deux cent quatre-vingts kilomètres du nord au sud et sépare les côtes du Belize des abysses des Caraïbes.

Devant eux, à l'endroit où le tracé bleu hésitant d'une rivière traversait la végétation jusqu'à la côte, apparut une ville désordonnée et riche en couleurs, dont les maisons étaient agglutinées. Le port était rempli de petits bateaux et un cargo noir mouillait au large.

Lemuel détourna les yeux de la ville, et les posa sur la verdure confuse des montagnes les plus proches. Le temple de Kirby Galway devait se trouver par là, quelque part. Il scruta les frondaisons sans prendre conscience des vibrations du plexiglas contre son front.

L'hôtesse de l'air distribua des cartes de débarquement à remplir et Lemuel écrivit sans hésitation « professeur » et « vacances ». Il avait autrefois été enseignant et, techniquement parlant, son travail actuel au musée pouvait s'apparenter à cette profession. Ayant connaissance de l'attitude isolationniste du gouvernement du Belize concernant les antiquités, il ne voyait pas l'intérêt d'attirer l'attention en inscrivant l'intitulé de son poste actuel, et n'allait *certainement* pas décrire la véritable raison de sa venue : « Sauvegarder d'anciens objets d'artisanat mayas irremplaçables. »

À l'exception des plus importants, les sites mayas n'étaient ni protégés ni préservés. Beaucoup d'entre eux avaient disparu depuis longtemps et beaucoup d'autres suivraient bientôt la même voie. Même si les gouvernements du tiers-monde, comme celui du Belize, avaient la volonté de sauver ce qui pouvait l'être, ils n'auraient jamais les fonds, les ressources ni les connaissances nécessaires pour mener cette tâche à bien. Par ailleurs, dans ces régions du monde, régnait souvent une corruption qui impliquait précisément les fonctionnaires chargés de la protection des sites.

C'est à bras ouverts que les gouvernements comme celui du Belize devraient accueillir les hommes comme Whitman Lemuel, les intellectuels, les historiens, les restaurateurs, ceux qui se consacrent de façon désintéressée à préserver le meilleur du passé, dans des environnements soigneusement contrôlés, dont l'accès au public est réglementé, afin de permettre aux générations actuelles d'avoir une expérience directe des mystères et des merveilles de l'ancien temps. C'était l'ignorance et la naïveté, combinées à l'inévitable jalousie de peuples arriérés vis-à-vis de gens mieux éduqués et mieux lotis qu'eux, qui obligeaient Whitman Lemuel – lequel se targuait d'être un homme honnête, honorable, respectueux des lois, bien élevé, intelligent et raisonnable – à s'*introduire* au Belize comme un voleur, comme s'il avait l'intention de faire quelque chose de *répréhensible*.

Prenez ce type, Kirby Galway. En apparence, un gars crédible, un Américain, mais derrière cet air désinvolte, ce garçon n'était rien de plus qu'un escroc habile. C'était un très heureux hasard que Lemuel l'ait à nouveau rencontré cette seconde fois, et qu'ils aient eu leur petite conversation, vraiment très heureux, car il était inconcevable pour Lemuel que Galway soit disposé à vendre les objets de son temple à n'importe qui, absolument n'importe qui. Galway était le genre d'individu sur qui le gouvernement du Belize devrait vraiment se concentrer, et non sur d'honnêtes érudits comme lui.

Mais en toute honnêteté, et Whitman Lemuel était d'une honnêteté à toute épreuve, il lui fallait reconnaître que certains Américains aussi se méprenaient totalement sur la situation, comme si des experts comme lui étaient là en quête d'un *profit*, comme s'ils dérobaient quelque chose qui appartenait à d'autres, alors qu'ils préservaient le passé qui appartenait à toute l'humanité, afin de le transmettre de manière désintéressée, bien inventorié et bien étiqueté, à l'intention de générations qui n'étaient pas encore nées. Il se souvenait avec une aversion particulière de cette grande jeune femme qui avait interrompu sa première conversation avec Galway en braillant des mots comme « spoliation ». De tels énergumènes, qui ne s'embarrassaient pas de la réalité des faits, ne prenaient de position morale que pour jouir du sentiment délectable de se sentir supérieurs aux autres.

Derrière le hublot, la terre se rapprochait en pivotant, des toitures rouges tranchaient sur les couleurs de la ville, des arbres isolés lui adressaient des signes de bienvenue et, dans une fugitive accélération accompagnée d'un petit heurt, l'avion se posa, dépassa à toute vitesse le bâtiment du petit aéroport, ralentit comme à regret et fit demi-tour.

Lemuel faisait partie des quelques passagers qui descendaient. Il se sentait toujours un peu nerveux quand il arrivait dans un pays essentiellement primitif : comment savoir quelles idées ces gens-là pouvaient avoir dans la tête ? En progressant lentement à travers les services des douanes et de l'immigration, il se tordait le cou, en vain, pour repérer Galway. Son nœud papillon lui comprimait la gorge dans cette chaleur inhabituelle, mais il se refusait à le retirer. Tout accoutrement est comme un uniforme et l'uniforme de Lemuel traduisait clairement son statut : américain, universitaire, non violent et intellectuel. On lui ordonna néanmoins d'ouvrir ses deux valises et l'inspecteur des douanes, un Noir, désigna son après-rasage Brut comme s'il allait simplement le lui confisquer. Finalement, il se contenta de faire un long gribouillage agaçant à la craie blanche sur le dessus de chaque valise et autorisa Lemuel à poursuivre son chemin.

Dehors, clignant des yeux sous la lumière poussiéreuse du soleil et ne voyant toujours pas Galway (il ne serait quand même pas revenu sur sa parole au dernier moment, si ?), il repoussa les sollicitations persistantes des taxis avec des mouvements de tête tout aussi persistants, jusqu'à ce qu'il s'aperçoive qu'un des chauffeurs l'appelait par son nom : « Monsieur Lemuel ? Puis-je prendre vos bagages, monsieur Lemuel ? »

Il le regarda en fronçant les sourcils : petit, maigre, de type indien, avec des yeux noirs qui brillaient et un grand sourire qui laissait apparaître des espaces entre ses dents. « Vous me connaissez ? demanda-t-il.

– Kirby Galway m'a envoyé. » Il avait un accent presque hispanique, mais pas tout à fait. « Je m'appelle Manuel Cruz.

– Je m'attendais à voir M. Galway en personne, dit Lemuel, à deux doigts de se montrer contrarié.

– Il y a eu des petits problèmes », lui annonça Manuel Cruz sur un ton plus confidentiel en jetant de rapides coups d'œil à droite et à gauche comme s'il avait peur qu'on puisse l'entendre. « Je vous raconterai dans le camion.

– Le camion ? » Mais il laissa Cruz porter ses deux valises et le précéder jusqu'à un pick-up truck incroyablement crasseux, cabossé et rouillé. Les marques de craie de la douane devinrent totalement insignifiantes une fois ses valises jetées à l'arrière, au milieu de toute cette rouille et de toute cette poussière.

L'intérieur du pick-up, au moins, était spacieux et assez confortable. Cruz, lui, était à peine assez grand pour atteindre les pédales, ce qui ne faisait que renforcer son apparence enfantine ; de plus, il conduisait par à-coups et hésitait, ses pieds jouant avec les pédales comme ceux d'un pianiste et ses mains tournant le volant un coup par-ci, un coup par-là, non sans difficulté.

Une fois sur la route goudronnée, il adopta un style de conduite moins frénétique et expliqua : « Kirby, il a dû aller voir d'autres personnes. Vous êtes au courant pour la teush ?

– La touche ? » Lemuel ne l'était pas.

« Le cannabis, l'herbe, la dope, le shit.

– Oh, la *marijuana* !

– C'est ça, confirma Cruz avec un hochement de tête enjoué.

– Il l'introduit aux États-Unis en contrebande, dit Lemuel avec une certaine distance. Oui, je suis au courant de ça.

– D'accord. Bon, des gars se sont pointés là-bas. Kirby, il le savait pas, qu'ils venaient, vous voyez ? Mais ce genre de types, ils viennent, ils vous disent : "Faut qu'on parle", et vous, vous dites "Oui monsieur, d'accord monsieur."

– Ah », fit Lemuel avec un mouvement de tête en prenant conscience de ce qui se cachait dans l'ombre.

« Alors Kirby, il m'a envoyé, pour venir vous chercher, vous dire désolé.

– Je vois, dit Lemuel.

– Je vous conduis à l'hôtel. Kirby, il vous appellera plus tard, il vous emmènera là-bas demain.

– Demain ? Pas aujourd'hui ? » Outre l'excitation sincère et l'impatience évoquées dans son message, l'une des raisons pour lesquelles Lemuel avait décidé d'arriver au Belize avec une semaine d'avance était le fait qu'il n'avait pas entièrement confiance en Kirby Galway. Il ne savait quel genre de stratagème cet aventurier serait capable d'échafauder contre lui, mais en apparaissant plus tôt que prévu, cela mettrait Kirby en porte-à-faux et lui conférerait, à lui, Lemuel, un petit avantage. Et Galway repoussait au lendemain ; était-ce significatif ? Pouvait-il s'y opposer ?

Probablement pas. Mais ça valait quand même le coup d'essayer. « J'ai un emploi du temps assez serré, dit-il. Peut-être que je pourrais lui parler tout de suite.

– Oh, non, répondit Cruz d'un air légèrement apeuré. Kirby, il m'a dit : "Il ne faut pas que M. Lemuel vienne me parler quand je suis avec ces gens. Dis à M. Lemuel de faire comme s'il ne me connaissait pas du tout." C'est ce qu'il a dit.

– Pourquoi ?

– Ils sont très dangereux. Ils ont une *couverture,* c'est comme ça qu'on dit, une sorte d'occupation légitime aux États-Unis, ils veulent pas que quiconque soit au courant de leur commerce. Ils sont capables de tuer s'il le faut. »

Lemuel avait évidemment entendu parler de ce genre de personnages, comme tout le monde. L'univers de la drogue les attire tout naturellement, et oui, ils préfèrent tuer plutôt que de voir l'envers du décor révélé à leurs familles et à leurs voisins. « Je comprends, dit-il.

– Si vous allez voir Kirby quand il est avec eux, continua Cruz, si vous dites : "Salut Kirby", vous, Kirby et moi, on va tous avoir de très gros problèmes. S'ils savent que vous connaissez Kirby et qu'ils apprennent que vous venez des États-Unis, rien qu'en vous regardant, ils comprendront que vous le savez, que Kirby trempe dans le trafic de la teush, vous savez, la marijuana…

– Oui, oui, dit Lemuel. La teush. Je me souviens.

– Bon, dit Cruz en roulant dans les rues défoncées de Belize City, ils doivent protéger leur vie, vous voyez ? Leur *couverture*.

– Donc, si je vois Galway avec un Américain quel qu'il soit, je dois juste faire semblant de ne pas le connaître », résuma Lemuel que l'aspect un peu épique de cet exposé amusait.

« Oh, vous allez sûrement le voir. Kirby, il est à l'hôtel avec eux en ce moment.

– Oh, vraiment ? » Lemuel espérait apercevoir Galway et ses amis gangsters ; la curiosité et le côté un peu périlleux de la situation faisaient étinceler ses yeux et il passa le reste du trajet à tenter d'imaginer à quoi pouvaient ressembler ces « hommes dangereux ».

En soi, l'hôtel était assez convenable, le personnel compétent, la chambre grande, fraîche et agréable. Lemuel donna un pourboire mesquin au bagagiste, puis ôta le nœud papillon qui lui comprimait la gorge, ouvrit sa chemise, s'avança doucement vers la fenêtre et regarda la piscine en contrebas, tout en se demandant vaguement pourquoi personne ne s'y baignait. Il avait emporté un maillot de bain ; peut-être irait-il piquer une tête après avoir défait ses valises.

Sur la gauche se trouvait une aile du bâtiment avec de grandes fenêtres au rez-de-chaussée qui lui laissaient voir la salle à manger où il dînerait sans doute ce soir. À l'une des tables, à proximité de ces fenêtres, étaient assis trois…

Galway !

Il s'appuya contre les persiennes pour observer. Galway et deux hommes terminaient de déjeuner. À cette distance et sous cet angle, les deux autres étaient difficiles à distinguer, mais c'étaient assurément des Blancs, sans aucun doute américains.

Ils se levèrent tous les trois en repoussant leurs chaises. Galway dit quelque chose, puis se mit à rire. Ils étaient tous moustachus ; un changement de mode chez les hommes que Lemuel n'avait pas vraiment vu venir tout comme il n'avait pas anticipé la mort du nœud papillon.

Que pouvait lui apprendre l'apparence des compagnons de Galway ? Ils ne ressemblaient pas à des gangsters sortis d'un film où jouait George Raft, mais cela n'avait évidemment rien d'étonnant. C'étaient des trafiquants de drogue, une nouvelle race de criminels habitués à travailler sur des sommes colossales, à conclure des ententes avec des personnes influentes et fortunées. Ils étaient habillés de manière assez flamboyante, mais pas trop non plus, et Lemuel se souvint de ce qu'avait dit Cruz à leur propos, qu'ils avaient une *couverture* aux États-Unis. Producteurs dans une maison de disques, peut-être, ou propriétaires d'une agence immobilière.

Galway leur serra la main ; à l'un puis à l'autre. Quelques paroles supplémentaires furent échangées et des sourires assez sinistres se dessinèrent sous les moustaches. Galway partit. Les deux autres restèrent un moment debout à côté de la table, se murmurant des choses alors que l'un avait la main sur le coude de l'autre. Une atmosphère de menace semblait émaner d'eux. Ils se tournèrent en même temps pour regarder par la fenêtre et Lemuel recula d'un bond, soudain saisi de peur.

L'avaient-ils vu ?

11

La mise en garde

Il aime vraiment beaucoup de positions différentes, pensa Valerie, en appui sur les genoux, les épaules et la joue gauche. Si elle relevait un tout petit peu la tête pour regarder derrière elle, la partie visible du corps d'Innocent St. Michael, encadrée par ses jambes, oscillait de manière comique, mais les sensations que ses mouvements suscitaient dans tout son corps ne l'étaient nullement. « Encore ? » demanda-t-elle, étonnée, et la réponse ne se fit pas attendre.

Cette fois, Innocent se rallia à son avis et, après un bref moment d'intense agitation, ils s'échouèrent sur le drap, côte à côte comme des compagnons, et reprirent leur souffle. Un ventilateur tournait lentement au-dessus d'eux, sans aucun résultat.

Peu après, Innocent hissa sa masse hors du lit et sortit pieds nus de la pièce. La transpiration séchait doucement sur le corps de Valerie qui, lascive, roula sur le dos et s'étira de tout son long, du gros orteil de son pied gauche pointé vers le bas, jusqu'à son poignet droit redressé et ses phalanges qui frôlaient le mur de stuc rugueux, en passant par tout son corps voluptueusement douloureux.

Ils étaient dans une des petites maisons de la zone résidentielle aseptisée de Belmopan. Au restaurant,

Innocent s'était excusé pour aller passer un coup de téléphone, puis l'avait amenée ici dans sa grosse Ford LTD verte avec sa climatisation glaciale. « Je sais qu'il n'y a personne dans cette maison, avait-il dit. Elle appartient à l'un de mes amis. » La chambre était petite, largement occupée par le lit double, et le sol était jonché de linge, de livres et de magazines.

Marcia Ettinger, une femme plus âgée qui travaillait au Royal Museum de Vancouver, l'avait pourtant mise en garde : « Vous devez faire attention. C'est une chose qui arrive souvent aux jeunes femmes célibataires qui se retrouvent seules pour la première fois dans un environnement réellement *étranger*. Toute retenue disparaît, il n'y a plus aucune règle qui compte, et on se retrouve au lit avec le premier homme qui le propose. » Bien évidemment, Valerie avait fait fi de cet avertissement : « Je me connais parfaitement, avait-elle répondu. C'est moi qui décide. »

Avait-elle décidé ? Un sourire aux lèvres, elle s'étira de l'autre côté, du pied droit au poignet gauche en passant par sa taille cambrée, se dit que c'était une bonne décision, et que peu importait qui l'avait prise. Dans le pire des cas, elle l'avait validée.

Quand Innocent revint, des gouttes d'eau fraîches scintillaient dans ses cheveux. Il souriait, (il souriait tout le temps, non ?), et lorsqu'il s'assit sur le lit il se pencha pour lui embrasser le téton gauche. « Tu es une si grande fille, lui dit-il.

– J'ai toujours été grande. » Elle savait que sa capacité à parler pour ne rien dire était limitée et espérait s'améliorer avec le temps et l'expérience.

« Malheureusement, ajouta Innocent, on ne peut pas rester ici indéfiniment.

– Non. » Elle se redressa et parcourut la pièce du regard. « Je suppose que la personne qui habite ici va revenir au bout d'un moment.

– Pas tant que ma voiture sera dans l'allée. »

Leur rencontre prenait soudain un caractère public plutôt désagréable. « Je vais m'habiller », décida-t-elle en sortant du lit.

Il lui appliqua une petite tape sur les fesses. « Demain matin très tôt, dit-il, j'enverrai une Land Rover avec chauffeur te chercher à ton hôtel, à Belize, pour te conduire sur ces terres que tu veux voir.

– Merci. » Un soudain sentiment de doute, d'insécurité et de malaise l'incita à demander : « Il... le conducteur, il ne sera pas au courant de *ça*, si ? »

Inquiet, soucieux et presque choqué, Innocent se dressa d'un bond avec une agilité surprenante. « Valerie, Valerie ! » s'écria-t-il en l'agrippant par les coudes et en affichant un visage d'un sérieux absolu pour la première fois depuis qu'elle l'avait rencontré. « Nous ne sommes pas des ennemis ! Jamais je ne t'embarrasserais ni ne t'humilierais devant les autres !

– Mais tu racontes tout à tout le monde, non ? »

Il la lâcha : « Tu veux parler de Susie, au restaurant ? » Il sourit, se détendit tel un ours dodelinant joyeusement de la tête. « Quand je déjeune là-bas avec un homme d'affaires ou un membre du gouvernement, tu crois que je lui dis : "J'ai couché avec la serveuse" ? Tu imagines ce que Susie me ferait ?

– Elle te renverserait ton déjeuner sur la tête. »

Innocent rit. « Tu te méprends sur son compte : elle me planterait un couteau dans le cou. »

Valerie le crut. Il faisait le fanfaron devant les femmes, mais pas devant les hommes. Ça le rendait à la fois plus touchant et plus jeune. « D'accord », dit-elle.

Pendant qu'elle occupait la petite salle de bains parsemée de traces de rouille, Innocent s'habilla et sortit pour faire démarrer la voiture, si bien que lorsqu'elle fut prête à partir, elle monta dans un véhicule déjà rafraîchi. Innocent s'installa au volant, lui tapota le genou avec une affectueuse familiarité et dit : « Bon, demain, tu fais bien attention à tout ce que tu vois. Je serai à Belize à ton retour.

– Entendu. »

Il lui tapota à nouveau le genou. « Les chambres sont bien, au Fort George, dit-il. Elles ont l'air conditionné. Très agréables. »

12

Le miroir bleu

« Oh mon Dieu, dit Gerry. Mon Dieu, mon Dieu, mon Dieu. »

Alan avait disposé son caleçon bleu ainsi que son caleçon rouge et argent sur le lit, l'un à côté de l'autre, puis il s'était reculé, les poings sous le menton, pour tenter de décider lequel il allait mettre pour se baigner dans la piscine. Il se tourna vers Gerry qui, les sourcils froncés, observait le tiroir béant de sa commode. « Tu as perdu quelque chose ?

– Le magnétophone n'est plus à la même place.

– C'est toi-même qui l'as rangé. Je t'ai vu.

– Je l'ai mis sous le gilet en cuir. Je me rappelle très bien l'avoir fait parce que le boîtier noir se voyait moins sous le cuir noir. »

Une mince ride verticale se creusa entre les sourcils froncés d'Alan qui vint se placer au côté de Gerry et regarda lui aussi l'intérieur du tiroir. Tous les deux nus, ils ressemblaient à une grossière parodie de sculptures de temples grecs, dans le grand miroir bleuté au-dessus de la commode. « Tu en es sûr ?

– *Al-an* », fit Gerry comme à son habitude quand il sentait qu'Alan mettait en doute son intelligence, une impression qu'il avait assez fréquemment. « Je te l'ai déjà dit. »

Le veston en cuir était soigneusement plié sur la gauche. Gerry venait de retourner la petite pile de T-shirts blancs repassés, et c'est là qu'il trouva le petit magnétophone. D'une voix un peu craintive, Alan demanda : « Il ne manque rien ?

– Mes bijoux sont toujours là. » Gerry saisit l'appareil et le retourna. « La cassette est toujours dedans.

– C'est la même ?

– Oh mon Dieu. » Il appuya sur DÉMARRAGE. Après une interminable période de grésillements, la voix de Kirby Galway se fit entendre : « Par ici messieurs. Attention aux serpents. » Avec un soupir de soulagement, Gerry appuya sur STOP et sur REMBOBINAGE.

Alan regarda son propre magnétophone posé sur le lit avec les habits froissés qu'il avait portés pendant le déjeuner. « On va devoir trouver une meilleure cachette, dit-il.

– Mais ils n'ont rien *pris* », dit Gerry en replaçant l'appareil sous le veston. Il avait l'air anxieux.

« C'est peut-être la femme de chambre, suggéra Alan. Elle a dû être intriguée en voyant un truc qu'elle ne connaissait pas et a voulu regarder.

– Je ne sais pas, dit Gerry. Ce n'était peut-être pas une idée aussi amusante que ça, après tout.

– On ne *peut pas* se défiler maintenant. Hiram se moquerait juste de nous.

– Ça paraissait tellement différent vu de New York, dit Gerry en sortant son caleçon résille écru et en l'enfilant. Là, ça commence à me faire peur.

– Oui, mais on a promis, tu sais, dit Alan. Et on s'est lancés, alors maintenant qu'on est là, autant aller jusqu'au bout. Tu es prêt pour la piscine ?

– Ce n'est pas *moi* qui ai étalé tous ces machins. »

Alan choisit donc le caleçon rouge et argent et l'enfila tandis que Gerry s'approchait de la fenêtre pour voir si la piscine était toujours vide. « Alan ! s'écria-t-il d'une petite voix stridente.

– Quoi encore ? »

Alan le rejoignit et ils observèrent la piscine à travers les persiennes. Au bord se tenaient deux hommes : Kirby, habillé de la tête aux pieds comme il l'était pendant le déjeuner, et un autre qui portait un maillot de bain jaune très ample de type boxer-short. Âgé d'une cinquantaine d'années, paraissant pâle sous le soleil tropical, il avait de larges épaules, une bonne bedaine ronde, un crâne rond qui se dégarnissait et de très grandes lunettes de soleil, rondes également. Il se tenait les mains sur les hanches, et bien qu'il soit plus vieux, physiquement en mauvais état, et qu'il ait l'air un peu ridicule avec ce gros maillot de bain gonflant, il dégageait une impression de confiance en soi et de maîtrise. Cela rappelait vaguement ces vieux films mettant en scène des gangsters italiens en pleine discussion au sauna local ; pas le genre de sauna qu'appréciaient Gerry et Alan, l'autre genre.

« Le trafiquant de drogue ! » chuchota Gerry.

Ils regardèrent Kirby et cet homme parler, l'un comme l'autre avec sérieux et détermination. Quelque chose semblait irriter le trafiquant de drogue et Kirby donnait l'impression de le rassurer.

Le seul fait de savoir que cet homme pouvait ordonner un meurtre d'un seul claquement de doigts semblait faire courir une brise fraîche et naître une ride sur l'eau bleue de la piscine.

Les deux hommes se serrèrent la main, puis Kirby partit et l'autre se dirigea vers le petit bain dont il descendit lentement les marches en grimaçant comme s'il entrait dans une eau glacée. Quand il en eut jusqu'au milieu du torse, il appuya son dos contre le bord et leva soudain les yeux, braquant ses grandes lunettes de soleil droit sur eux.

Ils bondirent tous deux en arrière : ils n'avaient pas pu s'en empêcher. « Il nous a vus ! dit Gerry.

– Il n'a aucune idée de qui nous sommes, souligna Alan qui s'était repris le premier. Allez viens, on descend, je veux le voir de plus près. Tu crois que je prends mon lecteur de cassettes ?

– *Al-an*, tu es fou ? » Gerry regarda une nouvelle fois en direction de la piscine et cet homme énigmatique aux lunettes de soleil noires. « On ne plaisante pas avec des types comme lui », dit-il.

13

Wanted !

Kirby se réveilla au moment où le pick-up quittait la route. « Mon Dieu ! » s'écria-t-il alors que les arbres se précipitaient vers le pare-brise. Il s'agrippa au tableau de bord et à la portière, se redressa sur le siège passager et dit : « Préviens-moi avant, tu veux bien ?

– Il n'y a pas de problème, lui répondit Manny qui sourit en dévoilant l'écart entre ses dents. Tout est sous contrôle. »

Tout est sous contrôle. La route du nord était derrière eux, déjà obscurcie par les arbres et les buissons. Devant, le chemin de terre sinueux s'enfonçait toujours plus dans la nature sauvage, de telle sorte qu'on n'y voyait jamais à plus de six ou sept mètres devant soi, à l'endroit où le prochain virage dressait son mur de verdure. Le sentier était déjà si étroit que des deux côtés, les feuilles poussiéreuses touchaient les ailes du véhicule et que Manny n'avait jamais le temps de braquer pour éviter les grosses pierres et les ornières les plus profondes ; il était obligé de rouler dessus. Il affichait un large sourire en conduisant et, quand ils heurtaient ici ou là un obstacle particulièrement massif, Kirby entendait s'entrechoquer les dernières dents de son ami.

Tout est sous contrôle. Là-bas, à Belize, une double clientèle était présente au Fort George, un individu seul et un duo : Kirby ne pouvait qu'espérer qu'ils n'en viendraient pas à engager la conversation. Si seulement il y avait eu un autre hôtel de bon standing, à Belize City, un hôtel avec la climatisation et un accès fiable à l'eau chaude, il se serait débrouillé pour y transférer Lemuel afin de minimiser les risques ; mais il n'y en avait pas.

Bon, au moins ce n'était que pour une nuit. Demain matin, il mettrait Witcher et Feldspan dans un avion à destination de Miami. Demain après-midi, il montrerait le temple à Lemuel. Et à un moment de la journée, s'il avait de la chance, tout serait effectivement sous contrôle.

Mais qu'allait-il se passer, que pouvait-il se passer si ses clients venaient à discuter ce soir ? Les chances étaient faibles, et plus faibles encore que l'un d'entre eux parle d'un vol qualifié et prémédité à un inconnu, mais si on admettait que cela puisse se produire, si tout se passait mal, quel était le pire scénario envisageable ? Son plan serait détruit, évidemment, réduit à néant de manière irrévocable. Et Kirby lui-même finirait-il en prison ? Probablement, et dans plusieurs pays. Le Belize et les États-Unis seraient bien capables de se disputer pour avoir le plaisir de le mettre derrière des barreaux.

C'est toujours agréable de se sentir désiré.

Arrivé à un point apparemment infranchissable de la nature sauvage environnante, Manny tourna violemment le volant sur la gauche et le pick-up s'écarta du chemin de terre toujours plus étroit ; il négocia un virage serré autour d'un épais tronc d'arbre éraflé, cahota et dérapa en dévalant une longue pente couverte de broussailles jusqu'à un ruisseau boueux où il écrasa le frein, allongeant ses petites jambes tant et plus, ses orteils pointant vers le sol dans leurs sandales ; puis ils s'immobilisèrent en s'engluant. Kirby descendit, récupéra deux longues planches dissimulées sous un foisonnement de buissons et de lianes, et les installa au-dessus du ruisseau. Manny s'y engagea, les planches ployèrent jusqu'à l'eau puis il accéléra pour gagner l'autre rive et le pick-up projeta des amas de boue derrière lui tel un cheval sauvage qui rue. Pour éviter les projections de boue, Kirby attendit sur la première rive que le pick-up eût pris de la distance. Il courut alors sur une des planches, les tira à lui pour les mettre dans leur cachette sur l'autre rive, puis rejoignit l'endroit où Manny patientait tandis que le moteur haletait comme une bête de charge épuisée par un rude labeur.

Il restait un ruisseau un peu plus large à franchir, mais depuis longtemps les habitants y avaient aménagé une chaussée poreuse faite de bûches et de pierres que le pick-up put emprunter en dérapant dangereusement et en frôlant le désastre. Après, il ne resta plus que le terrain en pente impraticable et couvert de végétation pour les ralentir, jusqu'au moment où ils débouchèrent enfin dans la clairière, derrière la maison des Cruz, à côté du potager. La maison.

(Il y avait une route plus facile qui partait d'Orange Walk et qu'ils prenaient chaque fois qu'ils transportaient quelque chose de volumineux ou de fragile, mais cela impliquait qu'ils se rendent d'abord à Orange Walk avant de rebrousser chemin vers le sud, ce qui pouvait rallonger le trajet pratiquement d'une heure. Il valait mieux se faire bringuebaler un peu plus mais pendant moins longtemps.)

Estelle était sûrement en train de préparer à manger pendant que les enfants et les chiens regardaient la télévision, et donc, quand Kirby, fatigué et courbaturé, descendit péniblement du pick-up, il se dirigea vers sa propre entrée. La serrure à combinaison installée sur la porte avait pour principale fonction de contrarier la curiosité des enfants, puisque Manny et Estelle connaissaient le chiffre tous les deux. Tout en bâillant et en s'étirant, Kirby ouvrit en faisant tourner la molette, entra dans la salle de séjour et mit la climatisation.

L'appartement se composait de deux pièces et de trois placards. La salle de séjour était petite et carrée, avec des fenêtres sur deux murs et des nattes de roseau sur le sol en béton. Il y avait une table de facture grossière, au milieu de la pièce, sur laquelle Manny et lui jouaient à divers jeux, plusieurs petites chaises mal assorties, quelques lampes et un grand fauteuil confortable. Sur une étagère fixée au mur, en face du fauteuil, se trouvaient un poste de télévision et un magnétoscope Betamax ; les cassettes vidéo étaient rangées dans une bibliothèque bancale, en dessous.

Dans l'autre pièce, plus petite, il y avait son lit, deux grands coffres en bois et une autre bibliothèque bancale, à moitié remplie de livres celle-là. Quelques cartes aéronautiques représentant des régions de Birmanie, de Madagascar, des îles Aléoutiennes, étaient accrochées au mur en guise de décoration. Les trois placards étaient tous dans cette pièce ; le premier pour ses habits, le deuxième transformé en cabine de douche, le troisième en toilettes sèches.

Kirby, qui bâillait encore en retirant sa chemise, entra dans sa chambre, se débarrassa de ses habits et resta un moment sous la douche, jusqu'à ce qu'il n'ait plus l'impression d'être un cheval que l'on vient de vendre pour en faire de la colle.

Vingt minutes plus tard, heureux de porter des vêtements lavés de frais et de vieux mocassins, il rejoignit la partie de la maison occupée par les Cruz, où il joua au cribbage avec Manny pendant qu'Estelle utilisait son robot de cuisine et que les enfants et les chiens regardaient *Rio Grande* doublé en espagnol à la télévision. (En espagnol, « Rio Grande » se dit « Rio Grande ».) À un moment, quand John Wayne sauta de manière assez spectaculaire de sa monture lancée au galop, Kirby désigna la télé du menton et dit doucement : « C'est mon père. »

Manny leva des yeux un peu surpris. « John Wayne ? » Il se tourna vers l'écran.

« Non. C'est mon père qui saute du cheval. » Estelle avait lâché le robot pour venir voir l'écran en fronçant les sourcils. John Wayne était alors en gros plan. En espagnol, il avait la voix grave et bourrue d'un vieillard qui n'a plus de dents. « Il *ressemble* à John Wayne ? fit-elle d'un ton dubitatif.

– Pas là, dit Kirby, seulement sur les plans lointains, c'est lui qui fait les cascades.

– Un cascadeur ! s'écria Manny, heureux de connaître ce mot anglais ésotérique.

– C'est ça, confirma Kirby.

– Très courageux, les cascadeurs.

– Un peu casse-cou, dit Kirby en haussant les épaules.

– Tu as grandi dans le milieu du cinéma, hein ? » Les yeux de Manny brillaient et ce n'était pas uniquement dû aux Danish Marys. Kirby ne parlait pas souvent du passé.

« C'était prévu comme ça, dit-il, mais les choses ont mal tourné. » Il regarda ses cartes, ne les trouva pas à son goût, puis leva les yeux pour découvrir Manny et Estelle qui le regardaient en attendant la suite. « En fait, ça s'est fait comme ça, mon père était cascadeur, ma mère était actrice.

– Une grande star ? » demanda Manny, mais Estelle fit : « *Chut.*

– Non, juste une actrice. »

Avec hésitation, Estelle montra la télévision de la tête. « Elle est dans ce film, *Rio Grande* ?

– Non. Ils ont toujours voulu travailler ensemble, mais ça ne s'est jamais trouvé. Et puis, une occasion s'est présentée dans un film sur le cirque, en Espagne. Ce qu'on appelait une production délocalisée. Comme je n'avais que deux ans, je ne m'en souviens pas vraiment.

– Tu es allé en Espagne avec eux ?

– Oui », soupira Kirby avant de poser les cartes sur la table. Autant continuer et tout leur raconter. « Ils n'ont tourné qu'une seule scène ensemble, sur des montagnes russes. C'était censé être sans danger, mais ça ne l'était pas.

– Ils sont morts ? demanda Estelle d'une voix étouffée.

– Ouais. On m'a renvoyé par bateau chez ma tante, au nord-ouest de New York.

– Tu ne les as donc presque pas connus.

– Pas en vrai. » Mais dans sa mémoire, il revoyait les photographies de son père et de sa mère qu'il y avait partout dans la maison de sa tante Cathy. Tante Cathy, la vieille fille, la sœur de sa mère, qui depuis longtemps était amoureuse du père de Kirby et avait reporté cet amour sur lui. Dans ses souvenirs les plus anciens, tante Cathy lui disait des choses du genre : « Oh, tu vas être un vrai tombeur de filles », ou encore « tu es un rebelle né, je le vois à tes yeux ». Il était pourri gâté et il le savait.

Manny lisait peut-être dans les pensées de Kirby. « Tu crois que tu lui ressembles, à ton père ?

– À certains égards, à certains égards. » Il haussa les épaules. « Je crois que j'attache plus d'importance à avoir un vrai lieu de vie quelque part. Pour eux, ça n'a jamais été une vraie priorité. L'autre truc, c'est… » Il reprit ses cartes, les regarda et sembla se réconcilier avec elles. « C'est que je ne m'approche pas des montagnes russes. »

14

La terre inconnue

« Nous devons chasser du gouvernement les profiteurs corrompus, dit Vernon en changeant les draps de son lit, autrement *nous* ne ferons jamais de profits. » Au plafond, un ventilateur tournait lentement, ce qui ne faisait absolument aucune différence.

« *Chut*, fit le Noir maigrichon qui tenait le magnétophone dans sa main. Écoute ce passage. »

« Je crois que vous n'avez pas compris », disait la voix de Kirby à l'adjoint d'Innocent qui jetait la literie chiffonnée dans le couloir avant de secouer dans les airs le drap de dessous propre qu'il tenait du bout des doigts et qu'il laissa retomber lentement sur le lit. « Ce qu'il va faire, poursuivait Kirby, c'est *détruire* le temple. Si vous revenez dans un an, ce ne sera plus qu'un amas de pierres et de poussière. »

« Qu'est-ce que tu penses de ça ? demanda le Noir maigrichon.

– Salopards cupides, répondit Vernon. La plupart des pilleurs de tombes se contentent de faire un trou dedans, ils ne démolissent pas tout le truc. »

Vernon acheva de faire le lit pendant que Kirby et ses clients parlaient de la destruction du temple. Puis il emporta les draps sales à l'arrière de la maison, suivi du Noir maigrichon, le magnétophone toujours

à la main. Après les avoir jetés dans le grand lavabo de la buanderie, Vernon se dirigea vers la cuisine où il prit deux bouteilles de bière, et ils allèrent s'asseoir dans la salle de séjour pour écouter le reste de la cassette. Puis quand Feldspan finit par glousser, le Noir maigrichon appuya sur ARRÊT et REMBOBINAGE.
« La prison, dit Vernon.

– Au moins pour l'un d'entre eux, acquiesça le Noir maigrichon.

– St. Michael, dit Vernon avec un espoir sauvage.

– Pas encore, je pense.

– St. Michael est un escroc.

– Le soleil se lève à l'est.

– Il est en travers de mon chemin. Il se tient entre moi et, et, et…

– La marmite remplie d'or.

– Il faut vraiment que tu lui donnes ? demanda Vernon en désignant la cassette.

– Tu sais bien que oui. Je peux te la faire écouter ici, personne n'en saura rien, mais il faut que je la donne à St. Michael.

– Elle aurait pu être bousillée d'une manière ou d'une autre, suggéra Vernon.

– Tu ne tiens pas à ce que je perde mon travail, dit le Noir maigrichon en secouant la tête. Réfléchis.

– Il faut que je l'écoute à nouveau, déclara Vernon en frappant son genou de son poing serré pour exprimer sa frustration. Si je pouvais en avoir une copie. »

Le Noir maigrichon regarda autour de lui le petit salon chichement meublé. « Tu n'as pas l'équipement pour en faire une, ni pour l'écouter. »

Vernon regarda la pièce d'un air furieux tout en battant des paupières ; à chaque clignement, il découvrait un nouvel objet dont il ne disposait pas. « Je veux, dit-il en serrant les dents, je veux…

– Ouais, mec. Moi aussi, dit le Noir maigrichon avant de se lever. Il faut que je parte, mec, je devrais déjà y être.

– Attends une minute. Parle-moi de ces types, ceux qu'on entend sur la bande. C'est qui ?

– Ceux qu'ils prétendent être, répondit le Noir maigrichon en haussant les épaules. Des antiquaires de New York.

– Ça ne pourrait pas être des agents fédéraux ?

– Non. Les agents fédéraux ne voyagent pas avec du lubrifiant dans leurs bagages.

– Pourquoi ils enregistrent Galway, alors ?

– Je ne sais pas, mec. Peut-être qu'ils ont juste peur de se faire gruger et qu'ils veulent conserver une trace.

– Pour la faire écouter au tribunal ? *Elle ?* » Il désignait la cassette.

« Je ne peux pas te répondre. Écoute, il faut que j'y aille.

– Attends, dit Vernon en se levant d'un bond. C'est St. Michael et Galway, non ? On est bien d'accord ?

– On dirait bien.

– Ils mijotent quelque chose ensemble, mais ils ne se font pas confiance.

– Pourquoi se feraient-ils confiance ? » Le Noir maigrichon rigola.

« Par conséquent, St. Michael t'a demandé de fouiller la chambre de ces types, tu as découvert la cassette, et après St. Michael t'a donné l'appareil en te disant d'en faire une copie.

– Et maintenant, je dois aller la lui donner.

– Il faut que je l'écoute une deuxième fois, peut-être qu'elle renferme un indice.

– Sur qui sont ces types ? Pourquoi ils ont fait l'enregistrement ?

– Ce n'est pas tant ça la question. Mais où ils se trouvaient quand ils l'ont fait. »

Le Noir maigrichon était surpris : « Sur les terres de Galway, non ?

– Non, c'est justement ça le truc, j'y suis allé, là-bas, avec St. Michael, quand c'était encore à lui. Et il n'y a rien.

– C'était peut-être envahi par la végétation. Tu sais ce qu'ils deviennent, ces vieux temples.

– Je l'aurais vu, insista Vernon. St. Michael l'aurait vu. Tu crois que *lui*, ou que moi, tu crois qu'on se serait baladé sur une montagne pleine d'or, de jade et de pierres précieuses sans le *savoir* ? Tu crois que St. Michael aurait vendu ces terres sans les avoir comprimées entre ses grosses mains pour voir ce qui en sortirait ? »

Le Noir maigrichon fronça les sourcils en regardant la cassette qu'il tenait toujours. « Dans ce cas, je ne comprends pas.

– C'est bien le problème », dit Vernon. Puis il ajouta, plus bas, comme s'il s'efforçait de se calmer : « C'est bien tout le problème. Galway fait comme si les terres lui appartenaient, mais non. Quelque part dans ces montagnes, ne me demande pas comment, peut-être qu'il l'a vu de son avion, qu'il est tombé dessus par hasard, qui sait, mais quelque part dans ces foutues montagnes, Kirby Galway a trouvé un *temple maya* ! Un tout nouveau temple dont personne ne connaît l'existence !

– Bon Dieu, souffla le Noir maigrichon avant de poser sur le magnétophone un regard plus respectueux. C'est donc ça, l'information que je ramène à St. Michael.

– Bon Dieu, je ne veux pas qu'il le sache, ce gros fils de pute ! »

Vernon arpentait son minuscule salon à grands pas bruyants, rendu fou par la frustration, la pauvreté, la cupidité et la rancune. S'il avait mordu quelqu'un à ce moment-là, la victime serait *morte*.

« Un temple inconnu », répéta le Noir maigrichon. Des symboles de dollars béliziens dansaient dans ses yeux. « Riches, dit-il, par-delà les rêves de n'importe qui.

– Pas les miens, assura Vernon. C'est ce que je déteste, dans tout ça, je dois obtenir des preuves contre St. Michael, faire éclater son caractère corrompu au grand jour, le faire exclure du gouvernement, jeter en prison, et celui qui le remplacera, ce sera moi. Mais à ce jour, ce que j'ai trouvé qui se rapproche le plus d'une preuve c'est ce putain d'enregistrement que tu vas…

– C'est une cassette.

– Un enregistrement, bordel ! (Les yeux de Vernon formaient de grands cercles ronds.) Mais si je me sers de ce temple pour me débarrasser de St. Michael, je le perds, moi, le temple !

– Aïe. Et si on pouvait y arriver les premiers…

– C'est tout le problème, dit Vernon qui faisait les cent pas en se martelant du poing les cuisses et les épaules. Où il est, ce satané truc ? »

15

Guerriers et marchands : un prélude au désastre

Le soir, de grands rideaux couleur ivoire sont tirés devant les fenêtres de la salle à manger de l'hôtel Fort George, occultant la vue sans relief, sombre, infinie, éternelle et peut-être inquiétante sur la mer dans l'obscurité. Les lumières sont tamisées, les nappes épaisses et douces, et les serveuses bien en chair vêtues de vert foncé se déplacent silencieusement sur le sol recouvert de moquette. La pièce n'est qu'à moitié pleine, les conversations s'échangent à voix basse. Des touristes sourient à une table, des hommes d'affaires prennent un air sérieux à une autre, et le voyageur solitaire occasionnel lit un magazine en mangeant sa soupe à la cuillère.

Whitman Lemuel leva les yeux de sa revue et de sa soupe quand Valerie Greene entra dans la salle à manger ; rapides comme l'éclair, presque trop pour en conserver le souvenir, ses mécanismes mentaux s'enclenchèrent en une succession de pensées fugitives : « Nous sommes seuls tous les deux. Que diriez-vous de dîner ensemble ? » « Je ne veux pas faire le mystérieux, hé hé, mais je ne peux vraiment pas vous exposer la raison de ma présence ici, au Belize. »

« Mais que fait une aussi jolie femme que vous, seule dans un endroit si éloigné de tout ? » « Oh, ma chère, je suis profondément désolé, cela a dû être horrible pour vous. » « Ne pleurez pas, tenez, voici mon mouchoir. » « J'ai de la vodka dans ma chambre. » S'ensuivit une scène aux nuances ambrées qui s'effondra et se liquéfia au moment où Valerie passa à côté de lui en suivant la serveuse jusqu'à une table dressée dans un autre coin de la salle, et où il finit par la reconnaître.

Mon Dieu ! *Elle !* « C'est de la spoliation ! » « Directeurs de musée sans scrupule ! » Il ne se souvenait pas de son nom, mais il y avait peu de chances qu'il oublie son visage. Ou sa voix. Tout en renversant de la soupe sur la nappe blanche comme neige, il leva son magazine devant son visage, dévoilant au monde entier qu'il était un lecteur de *Harper's*[1].

Sans avoir conscience que l'émoi provoqué par son passage puisse être d'une autre nature que le frémissement érotique qui la suivait partout et n'affectait plus vraiment son attention, Valerie s'assit puis regarda brièvement en direction des fenêtres voilées, avec le léger regret de ne pouvoir profiter de la vue sur la mer (l'océan illimité, agité d'une houle nocturne, ne suscitait chez elle aucune terreur). Elle accepta le grand protège-menu et répondit simplement à la question de la serveuse : « Juste de l'eau, merci. »

Derrière son magazine, Lemuel engloutit une gorgée de vodka sour.

Witcher et Feldspan, qui arrivaient à leur tour, attendirent docilement à côté du pupitre que la serveuse en ait terminé avec Valerie. Ils observèrent autour d'eux le manque d'imagination patent qui

1. *Harper's Bazaar*, magazine de mode, comparable à *Vogue*.

avait présidé à la transformation de cette large pièce rectangulaire, passée du statut d'entrepôt raté à celui de restaurant, puis Feldspan retint un petit cri et chuchota : « Alan !

– Quoi encore ?

– C'est lui ! Derrière le magazine !

– Oh, Seigneur, se récria Witcher. Tu as raison. Ne le regarde pas !

– Je ne le regarde pas. Ne le regarde pas, *toi* ! »

Witcher était toujours le plus prompt à se remettre de ses émotions. « Ma foi, pourquoi il ne mangerait pas ici ? Il *loge* dans cet hôtel, exactement comme nous.

– Mais de qui se cache-t-il ? Ce n'est sûrement pas le genre à lire *Harper's*.

– Oh, peut-être que si », dit Witcher que la nervosité de Feldspan agaçait quelque peu. « Il faut bien qu'il lise quelque chose, non ? Et je doute fort qu'il existe un *Drug Dealer's Digest*[1] quelque part.

– *Chut !* » dit Feldspan, car la serveuse approchait en souriant, des menus plein les bras.

Elle les mena à une table, le long du mur, du côté droit. C'était une serveuse attentionnée : elle ne cherchait pas à regrouper les clients en un seul endroit de la pièce afin de les servir plus facilement, mais veillait à les espacer autant que possible pour leur propre confort, leur intimité et le plaisir qu'ils auraient à prendre leur repas. Par conséquent, quand elle eut fini de les installer, la situation devint la suivante :

Parmi les clients disséminés, Witcher et Feldspan se trouvaient non loin de l'entrée, contre le mur de droite. Lemuel était à mi-distance dans la salle, à la deuxième table en partant du mur de gauche. Valerie

1. Le *Reader's Digest du trafiquant de drogue*.

siégeait, elle, presque tout au fond, sur la droite, à la deuxième table en partant du mur et de la vue occultée. Au sein de ce triangle, Valerie et Lemuel étaient installés de telle sorte qu'ils se faisaient directement face, tandis que Witcher et Feldspan, le long du mur, échappaient au champ de vision de Valerie ; toutefois, Feldspan offrait à Lemuel une vue de trois quarts sur son profil, et Witcher sur son oreille droite et l'arrière de son crâne.

Lemuel était exaspéré. Chaque fois qu'il jetait un regard au-dessus son magazine, *elle* était là, de l'autre côté de la pièce assez peu fréquentée, *face* à lui. Et il ne voulait absolument pas qu'elle le voie, absolument pas.

Elle le reconnaîtrait, forcément. Lors de cette soirée, à New York, il s'était présenté en tant que conservateur de musée. Ils avaient discuté du Belize ; le sujet des vols d'antiquités avait surgi, et ce, de manière aussi indubitable qu'enflammée. Elle allait finir par le voir et saurait immédiatement ce qu'il venait faire au Belize.

Et après ? Étant donné la véhémence qu'elle avait manifestée à New York, Lemuel savait exactement ce qui se passerait ensuite : elle préviendrait la police. Elle se lèverait probablement d'un bond, ici, dans un restaurant public, le désignerait d'un index rigide et vertueux, et le dénoncerait devant les clients et le personnel.

Que pouvait-il faire ? Son plat principal n'était même pas encore arrivé ; se lever et s'enfuir du restaurant maintenant ne ferait qu'attirer l'attention. Mais rester assis sous le regard de cette femme n'était tout simplement pas possible ; il ne pouvait indéfiniment cacher son visage derrière le *Harper's*.

Il jeta un regard au-dessus du magazine pour s'apercevoir qu'elle tenait, comme lui, le grand menu devant elle. S'il voulait améliorer la situation d'une manière ou d'une autre, il fallait que ce soit *tout de suite*.

Et s'il s'asseyait en lui tournant le dos ? Mais se lever, contourner la table, déplacer assiette, verre, couverts et le reste attirerait beaucoup trop l'attention. De plus, il n'y avait même pas de chaise. La seule autre chaise, à sa table, se trouvait sur sa gauche.

Enfin, un petit changement de place ne nuirait en rien. Rapidement mais discrètement, tandis qu'elle continuait d'étudier le menu, il abandonna sa chaise sans se lever et se glissa sur l'autre. Il tira à lui la soupe, l'argenterie, la corbeille à pain et les verres, posa le magazine sur sa droite. S'il le lisait maintenant, il détournerait très naturellement le visage et elle ne discernerait qu'à peine son profil. Avec la lumière tamisée et à cette distance, il n'y avait guère de chances qu'elle le reconnaisse. Se sentant beaucoup mieux ainsi, il leva les yeux et s'aperçut qu'il fixait un des trafiquants de drogue de Kirby Galway droit dans les yeux.

La serveuse demanda à Valerie si elle avait fait son choix et elle lui répondit que oui.

« Il m'observe », dit Feldspan. Il y avait des petites taches blanches sous les yeux, et il avait chuchoté d'un ton rauque sans bouger les lèvres. « Mon Dieu, Alan, il a changé de place pour m'observer. »

Lemuel, voyant le trafiquant de drogue qui le fixait du regard et marmonnait quelque chose à son collègue, les lèvres quasi immobiles, baissa les yeux avec effroi et s'abîma dans la contemplation de son magazine sans le voir.

Valerie commanda le cocktail de crevettes et le poulet au parmesan.

Witcher, comme s'il s'intéressait soudain à l'absence de panorama, se tourna pour regarder les rideaux, au bout de la pièce. Ses yeux s'arrêtèrent sur Lemuel qui lisait son magazine et ne fixait absolument personne. Witcher retroussa ses lèvres dans une expression de mépris qu'il s'apprêtait à tourner vers Feldspan.

Au moment où Lemuel leva les yeux, ils le fixaient *tous les deux* en grimaçant.

Valerie hésita à prendre également un verre de vin blanc. Mais non ça suffisait comme ça ; elle avait déjà bien assez bu au déjeuner.

En demandant à Lemuel s'il avait terminé sa soupe, la serveuse s'interposa entre lui et la table où mangeaient Wit-cher et Feldspan. « Oui ! » dit Lemuel. « S'il vous plaît, pourriez-vous accélérer le mouvement pour le caneton, je dois bientôt partir.

– Le chef s'y emploie, monsieur. On ne peut pas aller plus vite que la musique, avec un caneton. »

Witcher et Feldspan se consultèrent du regard. « Ça ne veut rien dire, Gerry, dit Witcher.

– *Al*-an, il a *changé de place* ! Il était assis autrement et il a bougé pour *m'observer* ! Il *sait* tout !

– Bon Dieu, Gerry, qu'est-ce que tu veux qu'il sache ?

– Il nous a vus le regarder quand il était au bord de la piscine avec Galway.

– C'est un endroit public, souligna Witcher. Et il y était encore quand nous sommes descendus pour nous baigner ; il n'a pas eu de comportement particulier à ce moment-là.

– Il est parti juste après notre arrivée.

– Quelques minutes après.

– *Al*-an, dit Feldspan en se penchant vers lui, pourquoi a-t-il *changé de place* ? »

La serveuse ayant fait demi-tour, Lemuel put voir le trafiquant de drogue se pencher en avant pour s'adresser à l'autre d'un air crispé et mécontent. Parlaient-ils de *lui* ? Ils étaient venus à la piscine cet après-midi, créatures décadentes qui puaient le crime et les relations impies. Les trafiquants de drogue étaient souvent dépendants eux-mêmes, non ? Ces deux-là ne ressemblaient pas du tout aux gangsters d'autrefois, ils étaient comme les criminels des films français récents ; civilisés mais sarcastiques, sûrs d'eux, débitant des discours philosophiques, très froids et ne montrant aucune émotion. Lemuel n'était resté qu'une minute ou deux avant de s'éclipser pour regagner sa chambre.

La serveuse vint demander à Witcher et Feldspan s'ils étaient prêts à commander. « Je ne suis pas certain de pouvoir avaler quoi que ce soit, annonça Feldspan.

– Vous devriez prendre du Lomotil, lui conseilla-t-elle.

– Gerry, arrête de te faire remarquer, dit Witcher de manière très éloquente. Nous voudrions tous les deux un Gibson Tanqueray, avec des glaçons, s'il vous plaît.

– Je ne suis pas sûre que ce soit très adapté », osa la serveuse.

Lemuel, ne sachant vraiment pas quoi faire, tourna la tête en regardant ici ou là, et il se retrouva les yeux dans les yeux avec Valerie Greene. Un petit gémissement involontaire s'échappa de ses lèvres.

Je connais cet homme, pensa Valerie. Voilà qui est étrange ; je ne suis ici que depuis très peu de temps et j'en suis à deux hommes qu'il me semble avoir déjà rencontrés. D'abord le conducteur du pick-up truck, devant l'hôtel, et maintenant celui-ci. C'est juste que les gens se ressemblent, probablement ; ou qu'il était dans le même avion que moi ; mais je n'ai pas l'impression que ce souvenir date d'aujourd'hui.

Je vais mourir, se dit Lemuel, et cette pensée n'était pas totalement déplaisante. Il scruta une page du *Harper's* à laquelle le département artistique avait décidé de donner un petit coup de jeune en inclinant les illustrations en bas vers la gauche et en haut vers la droite, pour suggérer la joie. (Une inclinaison inversée indique un déséquilibre mental.) Il pencha inconsciemment la tête pour imiter l'illustration, enfourna un gressin dans sa bouche.

Witcher passa commande, pour lui et pour Feldspan qui était incapable de se concentrer sur le menu. « Tu le sais bien, que tu aimes les crevettes, insista Witcher après le départ de la serveuse.

– Je n'y goûterai même pas. »

Valerie sortit de son sac à main une édition en livre de poche des *Mayas : la découverte d'une civilisation perdue* de Charles Gallenkamp, et commença à lire le chapitre treize, « Guerriers et marchands : un prélude au désastre ».

Feldspan vida le Gibson de Witcher.

« Gerry, tiens-toi correctement », l'admonesta son compagnon.

Tout en lisant son livre, Valerie dégustait son cocktail de crevettes avec ses doigts qu'elle léchait après chaque bouchée. À une table voisine, deux hommes d'affaires la lorgnaient si intensément qu'ils en avaient oublié leur discussion sur les pneus de tracteurs.

Lemuel essaya d'appeler la serveuse sans faire de trop grands gestes.

L'autre serveuse apporta deux nouveaux Gibson au duo et demanda : « Ça va mieux ?

– Pas encore », répondit Feldspan.

Les deux serveuses se croisèrent. « On a des clients vraiment bizarres, ce soir », dit la première. « *Hmm, hmm* », renchérit l'autre. Puis, en voyant la main de Lemuel s'agiter discrètement à côté de son oreille, elle bifurqua dans sa direction : « Monsieur ?

– Tout compte fait, je crois que je vais reprendre une vodka sour. Non, attendez, plutôt une vodka avec des glaçons.

– Avec un verre d'eau ?

– Oui.

– Il est peut-être en train de la soudoyer, chuchota Feldspan, elles sont beaucoup trop amicales par ici.

– La soudoyer pour faire quoi ? »

Feldspan se pencha. Trois Gibson sur un estomac vide avaient transformé ses yeux en oignons à cocktails. « *Nous empoisonner*, murmura-t-il.

– Gerry, *s'il te plaît.* »

Valerie termina la dernière crevette. Une fois de plus, elle introduisit un doigt dans sa bouche, referma les lèvres dessus avant de le ressortir, lentement, débarrassé de la sauce rouge. Elle se remit à lire et les hommes d'affaires à parler de pneus de tracteurs.

Lemuel était si nerveux qu'il croquait les os du caneton en dévorant ses petites ailes en entier.

« Il mange des *os*, dit Feldspan.

– Garry, arrête de le *regarder.* »

Feldspan cligna des yeux. Il voulait le Gibson de Witcher, mais celui-ci ne le lâchait pas. « Il ressemble à Meyer Lansky[1], dit-il.

1. Gangster américain (1902-1983).

– Pas du tout, dit Witcher qui ne s'était même pas retourné pour vérifier. Meyer Lansky devait avoir cent ans et il était juif.

– Il pourrait l'être.

– Gerry.

– Meyer Lansky n'a pas *toujours* eu cent ans. C'est exactement comme dans *Le Parrain*, ils ont presque l'air de gens normaux mais ils ont les yeux morts. C'est parce que leur âme est d'une épouvantable noirceur. »

Valerie leva les yeux de son livre, et son visage fut soudain gagné par une intense rougeur. Tandis qu'elle enlevait le récipient du cocktail de crevettes vide, la serveuse posa un regard sur ses joues empourprées et sur son livre avant de s'éloigner en secouant la tête.

Mais ce n'était pas à cause du livre ; il n'y a rien dans *Les Mayas : la découverte d'une civilisation perdue* qui soit susceptible de faire rougir une jeune femme. Valerie venait de se souvenir de l'endroit où elle avait rencontré Lemuel.

Lequel Lemuel, jetant un œil furtif derrière lui, découvrit qu'elle le dévisageait avec des yeux exorbités. « Elle m'a reconnu ! » Il se pencha pour se dissimuler le visage derrière son bras et son épaule et se mit à manger avec frénésie, pour finir de ronger son dîner afin de déguerpir le plus vite possible.

« Il dévore comme un animal, commenta Feldspan.

– Gerry, tu veux bien manger tes jolies crevettes et arrêter de le regarder ? »

Elle n'est peut-être pas sûre à cent pour cent qu'il s'agit de moi, pensa Lemuel. Si je pouvais simplement fiche le camp d'ici. Il saisit sa toute nouvelle vodka avec des doigts graisseux et en ingurgita la moitié.

Tout revenait à Valerie, qui en était mortifiée. Elle avait un peu trop bu cette fois-là aussi, et elle était montée sur ses grands chevaux à propos des vols d'antiquités. C'était évidemment un problème d'ordre mondial, qui allait de l'exigence des Grecs réclamant que les Britanniques leur restituent les marbres d'Elgin, aux pillages récents d'Angkor Vat sous couvert de la guerre. Mais elle savait quand même qu'elle avait tendance à prendre les choses de manière un peu trop personnelle et qu'elle pouvait facilement devenir insupportable à ce sujet, voire bruyante. En particulier lors de soirées.

Lorsqu'elle avait un comportement inapproprié de ce genre, elle s'en rendait toujours compte : les hommes prenaient leurs distances. En temps normal, ils venaient vers elle, mais quand elle se lançait dans sa croisade, ils battaient en retraite. Cette nuit-là, à la soirée new-yorkaise… Bon sang, ce pauvre homme avait dû penser que c'était lui qu'elle accusait de voler des trésors ancestraux !

Oh, songea-t-elle, j'espère qu'il ne va pas me reconnaître.

« Mademoiselle, dit Feldspan à la serveuse qui passait devant leur table, puis-je avoir un autre Gibson, s'il vous plaît ?

– Certainement, monsieur.

– Gerry, tu es *fou* ? »

Le poulet de Valerie fut déposé devant elle et elle courba la tête pour le manger en espérant que le représentant du musée, là-bas, était trop concentré sur son magazine pour lever les yeux et la reconnaître.

Lemuel, qui essuyait ses mains grasses, agita sa serviette en direction de la mauvaise serveuse, laquelle lui envoya la bonne. « L'addition, s'il vous plaît.

– Pas de dessert ? Nous avons de la glace, du cheese-cake…

– Non, juste l'addition s'il vous plaît.

– De bons fruits exotiques, de très…

– Juste l'addition, s'il vous plaît.

– Pas de café ?

– L'addition !

– Certainement, monsieur.

– Alan, donne-moi les clés de la chambre.

– Pourquoi ?

– Parce que je vais gerber.

– Gerry, tu es trop émotif. »

En l'espace d'un clin d'œil, Lemuel vit l'un des trafiquants de drogue sortir du restaurant alors que l'autre restait. Ils me prennent en tenaille, pensa-t-il. Maintenant, j'en ai un devant et un derrière. Son esprit se remplit de visions prémonitoires de ce qui risquait de se passer quand il ouvrirait la porte de sa chambre. Pourquoi n'avait-il pas demandé l'addition plus tôt, ou juste quitté le restaurant dès le début, et au diable ce qu'ils auraient pu penser ?

« Mademoiselle, mon ami et moi nous demandions si nous pourrions vous offrir un digestif ? »

Valerie leva les yeux et sourit au vendeur de pneus de tracteurs. Elle avait vu Lemuel demander l'addition et n'ignorait donc pas que son calvaire touchait à sa fin. « Non merci, dit-elle, mais je vous sais gré de cette attention. »

La serveuse apporta le dernier Gibson de Feldspan et regarda sa chaise vide. « Je le savais bien que ça n'était pas très indiqué, dit-elle.

– Ce n'est pas grave, dit Witcher, posez-le là, je vais bien trouver quoi en faire.

– Votre ami va-t-il revenir ?

– Je crois bien que non. »

Elle saisit l'assiette de crevettes à peine entamée. « Voulez-vous que je les mette dans un sac ?

– Mon Dieu, non. »

Lemuel signa son chèque. Je ne peux pas retourner à la chambre, songeait-il, pas seul. Je vais dire au gars de la réception que j'ai un problème avec la climatisation et insister pour qu'un des garçons de l'hôtel monte avec moi pour y jeter un œil. S'il n'y a personne, je m'enfermerai à l'intérieur pour la nuit. Et j'y resterai jusqu'à ce que Galway vienne me chercher demain pour me conduire au temple. Maintenant, je sais que je n'aurais jamais dû m'acoquiner avec cet individu.

Valerie était si soulagée de voir Lemuel se lever pour partir qu'elle faillit changer d'avis et dire oui au vendeur de pneus de tracteurs.

Witcher vit Lemuel passer et remarqua la mâchoire crispée et mauvaise du gangster. Il soupçonnait vraisemblablement quelque chose et avait changé de siège pour les prévenir qu'ils devaient s'occuper de leurs affaires. Oh, ils allaient s'en occuper, et comment ! Dès le lendemain matin, ils monteraient dans l'avion et quitteraient cet endroit.

Lemuel sentait les yeux de Witcher lui perforer le dos pendant qu'il sortait de la pièce.

Valerie demanda des fruits exotiques comme dessert.

Witcher, sachant que Feldspan avait sûrement déjà perdu connaissance dans la chambre, et de manière répugnante, fit traîner le dernier Gibson en longueur, mais il finit par payer l'addition et partir.

« Merci, dit Valerie à la serveuse en s'en allant. Ç'a été un merveilleux dîner. »

16

L'aube

Quand le soleil se leva, Innocent St. Michael sortit nu de sa maison, sourit, s'étira, traversa la pelouse fraîche et couverte de rosée (vert émeraude, coruscante dans l'émergence orangée du jour), puis se dirigea vers les tomettes fraîches au bord de la piscine. Une simple brise légère donnait à l'eau un aspect bleu-vert et pâle, la faisant ressembler à du chrome brossé. « C'est beau », murmura Innocent avant de plonger comme un dauphin et de nager énergiquement jusqu'à l'autre extrémité, où il jaillit à la surface tel un morse soufflant de l'eau dans les airs, lançant un « PAH ! » exubérant et secouant la tête pour projeter des gouttes, prisonnières de ses cheveux, dans un grand éventail.

Dix longueurs. Repos momentané en faisant la planche. Dix longueurs supplémentaires. Pendant ce temps, le soleil grimpa plus haut à l'est dans le ciel, la voûte céleste s'éclaircit, passant d'un gris anthracite à un ivoire sale puis au bleu le plus clair et les choses commencèrent à s'agiter dans la maison de St. Michael.

Cette dernière était grande, mais loin d'égaler son modèle, Monticello[1]. Sur trois niveaux, vaste,

1. Demeure de Thomas Jefferson (1743-1826), troisième président des États-Unis, située en Virginie.

blanche, avec des piliers, elle était perchée sur la large crête d'une colline, orientée au nord. Derrière, la piscine était ensoleillée toute la journée et l'ombre des arbres était bien utile d'un côté comme de l'autre. À l'intérieur se trouvaient Francesca, la femme d'Innocent, et leurs quatre filles : Elizabeth, Margaret, Catherine et Patricia. Toutes adolescentes et toutes de vrais modèles de vertu, des féministes acharnées qui désapprouvaient leur père sans réserve. Bon, il avait voulu la respectabilité, et le rejet de ses enfants était apparemment le prix à payer.

Il y avait aussi plusieurs domestiques, dont l'une, celle au physique de matrone que Francesca préférait, apparut alors qu'il terminait ses longueurs. Sur l'une des chaises blanches en fer forgé, au bord de la piscine, elle déposa une serviette-éponge blanche comme neige et un peignoir propre et doux, également en éponge, de ce bleu qu'on associe à la Vierge Marie. Elle adressa un « Bonjour, monsieur » à la forme indistincte d'Innocent qui passait dans l'eau à grand renfort de gestes, puis repartit vers la maison.

Innocent mangea de bon appétit sous les regards réprobateurs de Margaret et de Patricia, revêtit un costume en coton gaufré et une chemise blanche à large encolure, embrassa la petite et grosse Francesca, s'adressa tout guilleret à une Catherine renfrognée, et partit en sifflant pour prendre sa voiture qui avait été lustrée depuis la dernière fois qu'il s'en était servi, la veille. Située sur une route privée au nord de la Western Highway, entre les ranchs de Beaver Dam et Never Delay, sa maison permettait un accès facile à Belmopan par l'ouest, comme à Belize City par l'est. Il tourna vers l'est.

Il écoutait la cassette pour la troisième fois sur la route de Belize City, l'arrêtant de temps en temps pour revenir en arrière, réécoutant une phrase, parfois un passage entier, à plusieurs reprises. Par exemple, le moment, vers le début, où Kirby disait : « J'ai fait un investissement en achetant ces terres. Elles ont du potentiel pour le pâturage, comme vous pouvez le constater. » *Du potentiel pour le pâturage* était mot pour mot ce qu'Innocent avait dit à Kirby, quand il lui avait vendu la parcelle. Et quelles autres terres ce dernier possédait-il ? Aucune. Donc, ce devait être la même.

Mais d'un autre côté, c'était impossible. Innocent savait très bien ce qui se trouvait sur cette terre ou pas, et, en l'occurrence, on n'y trouvait aucun fichu temple maya. Une autre phrase qu'il écouta de nombreuses fois fut celle de Feldspan : « Regardez ! Une dalle ! Elle a été *gravée* ! » Kirby racontait ensuite ses idioties sur le gouvernement qu'il avait contacté – il ne l'avait jamais fait, bien sûr –, avant d'ajouter : « Tout le monde m'a affirmé qu'il n'y avait pas de cité maya, ni de temple, ni rien de ce genre dans cette zone. On m'a assuré que tout avait été fouillé et vérifié, et qu'il n'y avait absolument rien ici. »

Eh bien, si cette conversation avait eu lieu sur les terres qu'Innocent avait vendues à Kirby, « tout le monde » avait entièrement raison. Mais la déclaration de Kirby était immédiatement suivie de : « Ils ont *tort* », prononcé par un Witcher essoufflé, estomaqué et sincère.

Ce qui venait juste après posait aussi problème. Feldspan : « Comment s'appelle cet endroit ? » Kirby : « Il n'y a probablement personne depuis plus de mille ans qui connaisse le nom de ce temple. Les Indiens du coin appellent cette colline Lava Sxir Yt. »

Lava Sxir Yt ? Un tel endroit n'existait pas. Innocent demanderait à des amis de vérifier parmi les Indiens de l'arrière-pays mais il doutait qu'ils trouvent quoi que ce soit. C'était juste un satané nom à sonorité exotique que Kirby avait inventé, point final. Son Shangri-la[1] personnel à lui.

Quelles étaient donc les possibilités ? Premièrement : Kirby avait trouvé un temple maya intact sur les terres qu'Innocent lui avait vendues même si Innocent connaissait chaque centimètre de ces terres et savait qu'elles ne contenaient aucun temple.

Deuxièmement : Kirby avait découvert un temple maya inconnu, probablement alors qu'il survolait le terrain, ou peut-être un jour où il atterrissait dans la jungle pour récupérer un chargement de marijuana, et, mentant à ses clients, prétendait qu'il se trouvait sur ses terres, alors qu'il n'y était pas.

Troisièmement : Kirby et les deux tapettes étaient impliqués dans une escroquerie complexe (qui le visait éventuellement, mais était plus vraisemblablement destinée à quelqu'un d'autre), dans laquelle ils ne faisaient que marcher dans des buissons sans intérêt en lisant un dialogue ; en d'autres termes, il n'y avait pas de temple. (Ce qui expliquerait aussi pourquoi les deux tapettes avaient enregistré cette cassette exaspérante.)

Parmi ces possibilités, la deuxième semblait la plus plausible, même si la troisième correspondait aussi à ce qu'Innocent pensait connaître du caractère et du style de Kirby. Quant à la première, il ne pouvait absolument pas y croire, mais si elle était vraie, cela soulevait un nouveau problème, et ce problème s'appelait Valerie Greene.

1. Lieu mythique qui apparaît dans le roman *Lost Horizon* (1933) de l'anglais James Hilton. Adapté au cinéma par Frank Capra en 1937.

Supposons, supposons simplement, pour le principe de la discussion, qu'un jour Innocent St. Michael ait été propriétaire d'un temple maya sans s'en rendre compte. Supposons encore qu'Innocent ait innocemment vendu ces terres à un certain Kirby Galway, qui soit parvenu à y trouver quelque chose qui avait échappé à Innocent. Avec ces pierres gravées, cette stèle de jaguar exposée à la vue de tous (si l'on en croyait cette foutue cassette), il était clair que Kirby avait procédé à des excavations préliminaires à cet endroit, simplement pour voir ce qu'il avait en sa possession.

Donc, quand Valerie Greene, une archéologue et une fille d'une honnêteté et d'une probité indiscutables – et dotée d'un joli cul, mais c'est une autre histoire –, va se rendre sur ces terres aujourd'hui même, elle va voir le temple. Ce spectacle va confirmer sa théorie, ce qui est très bien pour elle, mais va aussi rendre publique l'existence du temple. Kirby ne sera plus en mesure de le piller à sa guise et Innocent n'aura plus la possibilité de s'immiscer dans cette affaire.

En revanche, s'il n'envoyait personne sur les terres de Kirby, il n'y aurait jamais moyen de valider ou d'invalider la première possibilité. Et d'autre part, il avait déjà promis sa coopération à Valerie ; son conducteur devait passer la chercher à son hôtel ce matin même, avant qu'il ne soit, lui, arrivé en ville. Il était possible qu'il puisse encore empêcher la jeune femme de se rendre là-bas, mais s'il le faisait, cela pourrait donner une mauvaise impression plus tard, si toute l'histoire finissait par être révélée. Et Valerie, une fille très déterminée, s'il était bon juge, se débrouillerait pour aller sur le site avec ou sans sa coopération.

Non, il y avait d'autres façons – et de meilleures – de traiter le problème, et c'était une des raisons pour lesquelles Innocent roulait vers Belize City ce matin-là. Sa première halte serait pour le cabinet d'avocats de son bon ami, partenaire parfois, et vieux complice Sidney Belfrage. Là, les démarches préliminaires afin d'établir que la vente des terres à Kirby était invalide seraient mises en place ; un avocat ayant l'intelligence et l'expérience de Sidney n'éprouverait aucune difficulté à trouver des arguments. Aucune action légale réelle ne serait lancée dans l'immédiat, mais les premiers pas seraient faits, de telle sorte que s'il y avait bel et bien un temple sur ces terres, Innocent serait en mesure de démontrer qu'il avait, en toute bonne foi, tenté de remédier à une erreur de procédure afin que la loi soit respectée, et qu'il avait entamé les démarches au moment où il pensait encore que le terrain n'avait aucune valeur, *avant* que le temple soit découvert.

Voilà en quoi consisterait sa première halte de la journée, mais ce ne serait pas la dernière parce que l'existence de cette cassette engendrait un deuxième problème, celui de *la cassette*. Enregistrée par les tapettes. Quels que soient leur rôle et leur identité, quoi qu'ils fassent, et quelle qu'ait pu être leur motivation en le faisant, il allait bien falloir les neutraliser, non ?

C'était une conjoncture épineuse dans laquelle se retrouvait Innocent ; il en souriait pendant qu'il fonçait vers Belize City tout en écoutant l'enregistrement. Afin de pouvoir garder le contrôle de la situation en attendant de découvrir ce qui se passait exactement, il n'aurait pas d'autre choix que de protéger Kirby Galway.

17

Pressé d'être riche

Celui qui a hâte de s'enrichir ne sera pas innocent.
Proverbes, XXVIII, 1

À Georgeville, vingt-quatre kilomètres à l'ouest de Belmopan et dix-neuf avant la frontière du Guatemala, la Western Highway traverse deux petites routes. Celle qui va vers le nord ne serpente que sur quelques kilomètres dans les broussailles avant de s'arrêter devant le hameau du Point d'observation espagnol (la population anglophone du Belize a anticipé les difficultés avec les nations hispanophones, à l'ouest, il y a bien longtemps), tandis que la route qui part vers le sud grimpe progressivement dans les monts Mayas en direction du plateau Vaca, passe par San Antonio et Hidden Valley Falls en décrivant maints virages, et continue au-delà du petit aéroport et de la station forestière d'Augustin. Sur des kilomètres encore, elle coupe une forêt de pins et d'acajous, franchit des gorges et s'accroche à flanc de montagne pour s'arrêter à Millionario, à trente kilomètres de la Western Highway à vol d'oiseau, plus du double par la route.

Vernon n'allait pas aussi loin. Un peu au sud d'Augustin, il engagea sans hésiter sa Honda Civic orange crachotante sur un chemin forestier qui aurait pu le mener à Chapayal ou à Valentin Camp, mais il s'arrêta à un endroit où il put se garer sur le bord du chemin creusé de deux ornières.

Vernon qui, en partant de Belmopan, était vêtu comme s'il se rendait au bureau, chemise guayabera blanche à manches courtes, pantalon gris foncé et chaussures Oxford noires, se tenait désormais à côté de la voiture pour se changer complètement. Il enfila un pantalon ample de treillis militaire, de hautes chaussures de randonnée, un T-shirt M*A*S*H*[1], un coupe-vent gris-vert léger et une casquette de camouflage qu'il avait achetée dans un magasin de Belize City. Sur les branches qui l'entouraient, des toucans et des aras le regardaient en faisant tourner leurs grands yeux ronds, sceptiques, amusés mais aussi étonnés. Les cris perçants et stridents de la forêt équatoriale résonnaient des plus hautes branches sur les colonnes de soleil qui fendaient la jungle en diagonale. Neuf heures trente du matin : l'air était humide, il ne faisait pas encore trop chaud. Vernon avait des gestes méthodiques empreints d'une certaine rigidité, un visage sans expression comme s'il réprimait le moindre doute, la moindre arrière-pensée. Il verrouilla la Honda, eut un dernier regard circulaire pour ce monde grouillant de vie dans lequel il était le seul être humain, se retourna et s'éloigna le long de l'étroit chemin spongieux en direction de l'endroit où il avait l'intention de vendre son pays.

La jungle croît rapidement et ses feuilles conservent l'humidité de la nuit. À mesure qu'il progressait à grands pas en écartant les branches qui ployaient vers le sol, sa tête, ses bras et le coupe-vent devenaient de

1. Mobile Army Surgical Hospital, également film de Robert Altman (1970).

plus en plus mouillés, de telle sorte qu'il luisait quand il traversait des zones ensoleillées. Il ne s'était pas muni d'une machette, mais ce chemin fréquemment emprunté n'avait jamais été assez envahi par la végétation pour l'obliger à effectuer un détour. De temps en temps, il repérait des traces d'exploitation forestière récentes et, par deux fois, il entendit des bruits d'activité humaine dans la forêt : la première, ce fut le vrombissement distant d'une tronçonneuse, l'autre, un rire soudain quelque part sur sa droite.

Il se figea. Le plus grand des dangers, ici, était d'être découvert par une patrouille britannique. Étant donné que le Guatemala revendiquait la totalité de la nation du Belize, affirmant que c'était une de ses anciennes provinces volée par les Britanniques au XIXe siècle, et que plusieurs leaders guatémaltèques avaient, au fil des ans, juré sous serment de récupérer leur bien par la force, une des caractéristiques étranges de l'indépendance du Belize était que mille six cents soldats britanniques (et deux avions de combat Harrier) restaient sur le sol national pour ce que l'accord anglo-bélizien appelait « une durée appropriée », afin de surveiller les deux cent quarante kilomètres de frontière avec le Guatemala. Les patrouilles, dans les montagnes et dans la jungle, étaient essentiellement confiées à des soldats Gurkhas de l'armée des Indes, de solides gaillards trapus du Sud-Est asiatique, venus des montagnes du Népal, qui avaient pour réputation d'être aussi courageux qu'impitoyables.

Vernon ne tenait absolument pas à ce qu'une patrouille britannique le trouve par ici, qu'elle soit composée ou non de Gurkhas. Ils ne le laisseraient pas partir tant qu'il ne se serait pas identifié et tant qu'il n'aurait pas fourni une explication convaincante pour justifier sa présence sur ce chemin reculé. Tout cela reviendrait aux oreilles de St. Michael qui n'aurait de cesse de chercher à savoir ce que son assistant manigançait. Vernon s'accroupit sur le chemin, l'oreille aux aguets, les yeux aussi grands ouverts que ceux des oiseaux de la jungle dont il n'affichait pas les couleurs éclatantes, mais le rire s'était tu. Au bout d'un moment, il se redressa et poursuivit sa route avec prudence.

Après environ une demi-heure de marche, il franchit une ligne invisible, sur le sol, et quitta le Belize. Il n'aurait pu dire précisément où se trouvait cette frontière, mais il se savait enfin au Guatemala, en sécurité et à l'abri du risque d'être découvert, sauf sur le chemin du retour, évidemment. Vingt minutes plus tard, il arriva à une route de terre non loin de la ville guatémaltèque d'Alta Gracia. Sur sa droite, un militaire grand et robuste urinait sur le pneu arrière gauche d'une Daimler noire poussiéreuse. Ce militaire haut gradé tourna la tête, regarda Vernon à travers des lunettes de soleil extrêmement noires, et le salua d'un signe de tête avant de continuer de nettoyer le pneu.

Vernon attendit un bon moment en regardant le colonel pisser. Il savait qu'il y avait deux personnes dans la voiture, un soldat au volant qui remplissait le rôle de chauffeur dans le compartiment isolé, et une femme à l'épaisse chevelure noire, à l'arrière, mais seul importait le colonel.

C'était le colonel Mario Nettisto Vajino de l'armée guatémaltèque. Tout récemment encore, il était vice-ministre de la Défense de l'avant-dernier gouvernement. Le système politique du Guatemala alterne les élections truquées et les coups d'État soutenus financièrement par les Américains, et quel que soit le chemin emprunté pour accéder au sommet de l'État, celui qui l'occupe est toujours un militaire, toujours un général, et souvent un ancien ministre de la Défense. Le colonel Nettisto Vajino pouvait raisonnablement espérer devenir ministre de la Défense (et général) dans un gouvernement futur, s'il n'était pas assassiné d'ici là.

Il ne s'agissait pas du colonel qui, un jour, avait déclaré en public que le Guatemala aller résoudre la question de l'importante population noire du Belize en « agrandissant le cimetière », ni de celui qui avait réglé le problème du sit-in des paysans indiens grévistes à l'intérieur de l'ambassade d'Espagne de Guatemala City, le 1er février 1980, en envoyant la police et l'armée prendre d'assaut le bâtiment à la bombe incendiaire. Trente-huit personnes qui se trouvaient là avaient été tuées, des employés et des visiteurs au même titre que des paysans, tout le monde, à l'exception de l'ambassadeur d'Espagne en personne, qui s'était échappé, vêtements en flammes, et avait repris le chemin de son pays dès qu'il avait pu. Celui-ci était différent, mais pas si différent que ça.

Il secoua son membre, prit le temps d'admirer son anatomie, réajusta son pantalon dont il remonta la fermeture éclair avant de se tourner vers Vernon pour déclarer : « Tu es un peu en retard. »

Sans manquer de se dire qu'il avait de la chance que le colonel ne le considère pas comme son égal, et ne lui propose pas, par conséquent, de lui serrer la main, Vernon répondit : « J'ai cru entendre une patrouille. »

Nettisto Vajino fit une grimace et regarda malgré lui en direction de l'est et de la province perdue. Là-bas, il n'y avait pas de colonels comme lui. Rien qui ressemblât à une armée bélizienne en tant que telle, juste la très flegmatique FDB, la Force de défense bélizéenne, que les gens du cru appelaient les Fameux Défenseurs Boiteux, une force d'à peine trois cents hommes. Certes il y avait aussi des policiers, au Belize, mais ils ne portaient pas d'armes. Le Guatemala, en revanche, avait une armée traditionnelle, ainsi que diverses milices non officielles et trois forces de police, toutes armées jusqu'aux dents. Les escadrons de la mort, toujours bien occupés avec leurs cagoules en laine et leurs bottes de l'armée, étaient également pourvus en armes à feu. Mais quand Nettisto Vajino avait regardé vers l'est, son esprit n'avait pu faire autrement que de voir les forces de maintien de la paix britanniques, les patrouilles de Gurkhas, les avions de chasse Harrier et le souvenir des Malouines : sa grimace n'avait donc pas de quoi surprendre. Le Guatemala aurait tant aimé diffuser sa culture et sa démocratie au Belize !

Nettisto Vajino secoua la tête et recentra son attention sur Vernon. « Tu as quelque chose pour moi ?

– Oui. » D'une des profondes poches de son pantalon, côté gauche, il sortit une carte qu'il ouvrit pour obtenir un carré de presque un mètre de côté. « J'ai entouré les camps en rouge, annonça-t-il.

– *Hum.* » Nettisto Vajino emporta la carte vers l'arrière de la Daimler et l'étala sur le grand coffre incurvé. Il fit la moue en l'examinant. Vernon, debout près de lui, était extrêmement conscient de la présence de la femme, dans la voiture, qui le regardait par la vitre arrière. Elle avait un côté exotique, comme Rita Hayworth dans *Gilda*, mais en plus délurée. Pas une seule fois elle ne regarda le colonel.

Vernon avait aussi une conscience très nette du gros colt .45, dans son étui, sur la hanche droite du colonel. Depuis le début de leur relation, sa grande peur, enfin, l'une de ses peurs, était qu'un jour le colonel dégaine ce pistolet et le tue simplement, comme ça, une façon de mettre un terme à leur coopération. Quand il ne lui serait plus utile.

Mais bon, ce n'était pas encore le cas. Et quand ce moment approcherait, Vernon était bien décidé à démissionner à sa manière. Et sans traîner.

Nettisto Vajino appuya son doigt sur la carte. « Ce sont toutes des nouvelles zones d'habitation ?

– Celles des six derniers mois, lui affirma Vernon. C'est ce que vous m'avez demandé. »

Le colonel grogna et continua de ruminer en étudiant la carte. Son esprit était lent et labyrinthique. Vernon aurait aimé connaître ses plans, mais il n'osait pas lui poser la question directement. Le colt aurait surgi de l'étui : pas de question, donc.

Ce que Vernon avait apporté au colonel était une grande carte topographique du district de Cayo, l'un des six du Belize et des trois qui étaient limitrophes avec le Guatemala. La nouvelle capitale, Belmopan, se trouvait dans cette région, ainsi que tout le trajet suivi par Vernon sur le chemin de la frontière. Ces dernières années, des réfugiés qui avaient survécu aux massacres d'Amérique centrale, surtout au Guatemala et au Salvador, avaient fui au Belize par milliers. Ils avaient reçu gratuitement des terres à cultiver, et avaient fondé de petites communautés, en particulier dans la moitié sud du pays. Le Département de l'attribution des terres, dont Innocent St. Michael était directeur adjoint, avait évidemment joué un rôle dans tout cela, et il n'avait donc pas été compliqué, pour Vernon, de récupérer les données relatives aux arrivées récentes.

« Très bien », dit le colonel de manière évasive comme s'il s'agissait juste d'une façon polie de tousser qu'il avait apprise. Il replia la carte. Derrière ses lunettes noires, ses yeux restaient invisibles. « Et les photos ?

– Oh, oui, bien sûr. »

D'une poche de sa chemise, Vernon sortit une pellicule Kodacolor dans sa boîte en plastique noire à capuchon gris, et la déposa dans la paume de Nettisto qui attendait sans prononcer un mot. Pourquoi le colonel voulait-il des photographies de soldats Gurkhas et de patrouilles Gurkhas sur lesquelles on pouvait voir les détails de leur uniforme et de leur équipement, Vernon l'ignorait et s'en fichait éperdument. L'important était qu'il soit bien payé, et qu'il ait obtenu la coopération amusée des sujets de ses clichés en se faisant passer pour un touriste.

En fait, comme la plupart des Béliziens, il était convaincu que la revendication du Guatemala n'avait aucun sens, que tout cela était de l'histoire ancienne. Les Béliziens ne laisseraient pas la Grande-Bretagne céder leurs terres, et les Britanniques ne laisseraient pas les Guatémaltèques venir tranquillement se les approprier, le problème était donc réglé. Alors si un colonel guatémaltèque avait des billets et était prêt à payer pour tout un tas de trucs débiles comme des cartes et des photographies, pourquoi refuserait-il son argent ? Ce qu'il faisait là n'était qu'une forme d'escroquerie, Vernon le savait, il échangeait des documents inutiles contre de l'argent liquide, mais il savait aussi que, vu de l'extérieur, ça pouvait s'apparenter à… donner l'impression qu'il… ça pouvait même sembler être…

… eh bien, une trahison.

Impassible, le colonel referma distraitement les doigts sur le rouleau de pellicule. « Attends-moi ici », dit-il avant de tourner les talons et de se diriger vers sa voiture. Lorsqu'il ouvrit la porte arrière droite de la Daimler, Vernon entrevit brièvement la silhouette de longues jambes nues se détacher sur le revêtement noir luxueux de l'habitacle. Son cœur se serra dans sa poitrine. Il aurait voulu vivre dans un pays où il pourrait être colonel. Peut-être ces Guatémaltèques illuminés allaient-ils réussir leur coup, après tout, et lui…

Non. Il ne pouvait envisager un tel futur.

La portière du conducteur s'ouvrit et le soldat au visage inexpressif contourna la Daimler par l'arrière, une enveloppe blanche à la main. Il la remit à Vernon, exécuta un demi-tour et repartit prendre place au volant pendant que Vernon soulevait le rabat pour contempler la liasse de dollars américains à l'intérieur. Il ne pouvait pas les compter maintenant, pas tant qu'ils étaient là. Il leva les yeux et vit la femme qui le regardait à nouveau par la vitre arrière. Elle ne le faisait pas avec la curiosité habituelle d'un humain qui en observe un autre, mais avec une expression de pure férocité, comme un animal qui guette de l'intérieur de sa cage. Ou était-ce *lui*, l'animal, et elle qui faisait partie des humains ?

La Daimler décrivit un demi-tour en marche arrière et s'en alla. Vernon mit l'enveloppe dans la poche qui avait contenu la carte et prit le long chemin du retour. Le soleil était plus haut dans le ciel, il faisait plus chaud, et la jungle sentait plus fort. L'argent pesait lourd dans sa poche.

18

Des sentiers sinueux

Après s'être garé devant le Fort George, Kirby descendit du pick-up et évita avec agilité une Land Rover décapotable couleur pêche, aux plaques d'immatriculation officielles, qui était arrivée à toute allure par la voie circulaire réservée à la SORTIE de l'hôtel et qui s'arrêta brutalement devant l'entrée. Le conducteur, un Noir maigrichon, en sortit d'un bond et pénétra à l'intérieur de l'établissement. Un moment plus tard, Kirby l'imita, traversa le hall peu éclairé et vit le conducteur discuter avec le réceptionniste.

Les cabines téléphoniques se trouvaient sur le côté. Kirby commença par appeler Lemuel. Il laissa sonner six fois et était sur le point de raccrocher quand il entendit un déclic puis la voix de Lemuel, étouffée, suspicieuse et apeurée, qui dit : « Oui ? » dans un demi-soupir.

Kirby avait l'habitude que ses clients soient un peu craintifs puisqu'ils n'étaient pas habitués à vivre comme des criminels, mais Lemuel en faisait trop. D'une voix aussi apaisante que possible, Kirby annonça : « C'est Kirby Galway, monsieur Lemuel.

– Galway ! » Lemuel réussit à paraître à la fois soulagé et contrarié. « Où êtes-vous ?

– Dans le hall d'entrée. Je dois juste conduire, euh, ces gens… vous voyez ?

– Je vois parfaitement.

– À l'aéroport. Et on en aura fini avec eux.

– Très bien !

– Ce ne serait pas plus mal que vous patientiez dans votre chambre jusqu'à…

– C'est ce que je vais faire, croyez-moi ! »

Avec le sourire, agréablement surpris que son histoire de trafiquants de drogue ait dépassé ses attentes avec ce client bien particulier, Kirby dit : « Nous respirerons mieux, *tous les deux,* une fois qu'ils seront partis. Je vous passerai un coup de fil à mon retour, nous déjeunerons à l'hôtel avant de nous rendre sur le site.

– Je ne bouge pas d'ici », promit Lemuel.

Kirby raccrocha et était sur le point de composer le numéro de Witcher et Feldspan quand il fut brièvement distrait en apercevant du coin de l'œil ce qui semblait être une jolie femme passer dans le hall. Il tourna la tête mais elle était déjà trop loin et s'éloignait à grands pas dans le sillage du Noir maigrichon qui conduisait la Land Rover ; c'était donc elle, son passager. Il avait juste eu le temps de noter qu'elle était grande avec des cheveux châtains sous un grand chapeau à bord souple, et qu'elle était habillée pour la randonnée avec une chemise beige, un blue-jean neuf et des chaussures de marche hautes à lacets. Elle tenait un attaché-case gris dans sa main gauche, tandis qu'un grand sac à bandoulière en toile, apparemment lourd, rebondissait sur sa hanche droite. Lorsqu'elle fut partie, il composa le numéro de l'autre chambre et Witcher répondit à la première sonnerie. « Alan Witcher à l'appareil.

– Kirby Galway, pareillement.

– Oh, très bien ! On est prêts, on descend tout de suite. » Il perçut des marmonnements en fond sonore. « Vous voulez bien attendre, s'il vous plaît ? Juste une seconde, précisa Witcher qui semblait agacé.

– Bien sûr », répondit Kirby. Il passa les quelques secondes suivantes à écouter une conversation étouffée et des boum-boum répétés. Oh, bien sûr : Witcher avait plaqué le combiné contre sa poitrine et c'était son cœur que Kirby entendait.

Puis sa voix revint, lourde de sens : « Gerry veut savoir si votre ami est en bas, quelque part. »

Kirby fit un large sourire. Bon sang, je les ai eus tous les deux ! « Non, dit-il, il est dans l'arrière-pays. Selon lui, il y a un type, là-bas, qui cherche à l'arnaquer. Il a rameuté deux gars du coin et ils sont partis ce matin à la première heure.

– Oh », fit Witcher qui ne semblait pas savoir quoi faire de toutes ces informations. « Juste pour vérifier qu'il n'est pas dans le hall.

– Vous ne craignez rien, lui assura Kirby.

– Je vais en informer Gerry », conclut Witcher en renvoyant cette preuve de lâcheté vers son responsable.

Kirby raccrocha et s'avança vers la large porte du hall pour regarder la Land Rover couleur pêche qui sortait à ce moment précis par la voie marquée ENTRÉE. Sur le siège passager, la fille chaussait des lunettes noires. Si le chapeau à rebord souple constituait une protection raisonnable contre le soleil des tropiques, il l'empêchait de bien distinguer son visage. Elle avait peut-être la mâchoire un peu forte. Puis la Land Rover disparut et une agitation dans le hall le rappela à la réalité.

Pendant que Witcher et Feldspan réglaient leur chambre, Kirby aida le porteur à charger les bagages à l'arrière du pick-up. Ils sortirent ensuite, cachés l'un comme l'autre derrière les grands verres de leurs lunettes de soleil. Witcher paraissait irrité et Feldspan semblait souffrir de la gueule de bois. Une fois les salutations faites, Feldspan dit : « On ne va pas rater l'avion, hein ? » Il avait la voix tremblante et ses yeux imploraient derrière ses lunettes.

« On a largement le temps, assura Kirby.

– Bien sûr que oui, renchérit Witcher. Reprends-toi, Gerry. »

C'était peine perdue. Néanmoins, ils montèrent dans le pick-up, s'éloignèrent de l'hôtel en cahotant et prirent le chemin du retour à travers la ville ensoleillée. Une fois sur la route de l'aéroport, Kirby sortit de sa poche de chemise une feuille de papier pliée qu'il remit à Witcher en passant le bras devant Feldspan : « C'est là qu'on se retrouvera, à cet endroit. »

Witcher déplia la feuille et lut à voix haute : « Trump Glade, Floride. Route 216, direction sud, treize kilomètres et demi à partir de la salle de cinéma. À gauche, au panneau indiquant Potchaw 19. Route de terre. Vingt-quatre kilomètres et demi jusqu'au ruban rouge sur la clôture en fil de fer barbelé. » Il hocha la tête. « Et c'est là que vous serez, si je ne me trompe.

– Louez une voiture, lui conseilla Kirby. Ne prenez pas de taxi.

– Certainement pas.

– Et c'est juste vous deux, là-bas, sinon je ne sors pas de l'avion.

– Nous comprenons », dit Witcher. Entre eux, sur la place du milieu, Feldspan baissa la tête, porta une main tremblante à son front et gémit légèrement.

« Quand j'aurai de la marchandise à vous livrer, je vous enverrai un télégramme à New York pour vous signifier la date et l'heure.

– Et si vous avez quelque chose de trop volumineux pour être amené de cette manière ? demanda Witcher. La stèle du jaguar, par exemple. Elle doit bien faire entre deux mètres cinquante et trois mètres, ça doit représenter une *tonne*.

– On la fera voyager par bateau, lui dit Kirby. En pleine nuit, il y a des endroits sur la côte où l'on peut accoster avec un petit bateau. C'est cher et beaucoup plus risqué, mais si on est prudents, ça ne posera pas de problème. Vous savez quoi ? Si j'ai des objets trop volumineux pour l'avion, je prendrai des Polaroid, je vous les donnerai et, une fois que vous aurez trouvé un acquéreur, on s'organisera pour les sortir par bateau.

– Très bien, acquiesça Witcher.

– Je crois que je vais vomir, dit Feldspan.

– *Gerry* », fit Witcher entre ses dents.

Kirby coupa à travers la route déserte et se gara sur l'accotement, du côté gauche, à proximité de la paisible Belize River. « Il vaut mieux qu'il vomisse ici que dans l'avion », dit-il.

Witcher, dont la désapprobation se lisait dans le moindre geste, mit alors pied à terre, aida Feldspan à descendre et l'accompagna jusqu'à la berge. Kirby sifflait tranquillement et contemplait cette superbe journée. S'il avait été pêcheur dans l'âme, il aurait eu envie de lancer sa ligne immédiatement.

Un bruit de klaxon se fit entendre. Kirby vit passer Innocent St. Michael qui allait à l'aéroport et lui faisait signe de la main dans le confort climatisé de sa Ford LTD vert foncé. Kirby sourit et le salua en retour. Innocent adorait aller à l'aéroport, c'était évident.

Quand Feldspan revint, il était plus pâle mais semblait aller mieux. « Je suis désolé, dit-il.

– Ça nous arrive à tous », lui assura Kirby. Le pli que faisait la bouche de Witcher indiquait qu'à lui, ça ne lui arrivait jamais.

Rien d'autre ne se produisit avant qu'ils atteignent l'aéroport où Witcher insista pour ouvrir la fermeture éclair de son sac sur le hayon du pick-up afin d'en retirer deux baladeurs Sony. Il en tendit un à Feldspan en disant : « Tu *sais* que ça va te faire du bien, Gerry. »

Feldspan regarda le walkman avec répugnance, puis sembla se souvenir de quelque chose. « Oh, dit-il. Oh, oui. » Il lança un regard coupable à Kirby à travers ses lunettes de soleil, prit l'appareil, le fixa à sa ceinture et mit les écouteurs sur ses oreilles. Il ressemblait maintenant à une créature sortie du *Magicien d'Oz*. Kirby lui sourit d'un air amusé. Ces gars-là utilisaient donc leurs baladeurs pour sortir clandestinement des choses du Belize ? Et ils ne voulaient pas que leur copain Kirby le sache ? Sans y accorder la moindre importance, il se demanda ce qu'ils avaient trouvé, et sans s'en préoccuper davantage, il décida que ça devait être de la marijuana.

Witcher lui tendit la main. « Nous espérons avoir prochainement de vos nouvelles. » Ses écouteurs pendaient autour de son cou.

« Dans deux ou trois semaines », promit Kirby en lui serrant la main. Puis, en serrant celle de Feldspan, il dit : « Bon voyage. » Feldspan sourit d'un air sceptique.

« Viens, Gerry », l'encouragea Witcher qui ramassait son sac et avait désormais les écouteurs sur les oreilles.

Debout près du pick-up, Kirby les regarda se diriger vers le petit bâtiment du terminal. Witcher se balançait d'un pied sur l'autre, claquait des doigts et dansait discrètement en esquissant des pas de boogaloo au rythme du son qui lui arrivait dans les oreilles. Presque aussitôt, Feldspan commença à faire de même, pâle imitation tremblotante.

Dans un coin ombragé situé à l'angle du bâtiment, Innocent St. Michael se nettoyait les molaires avec son cure-dent en or, tout en observant Witcher et Feldspan. Son regard semblait particulièrement intéressé. Il n'était pas facile d'en avoir la certitude puisqu'il avait la main devant sa bouche, mais il n'était pas exclu qu'il ait eu un soupçon de sourire aux lèvres. *Hummmmmm*, pensa Kirby.

19

Satisfaction

Avec son sac volumineux au bout du bras, Gerry marchait vaillamment tout en claquant des doigts de son autre main pour marquer le rythme et tout en balançant la tête comme un métronome, tandis que dans les écouteurs, il écoutait la voix de Kirby Galway qui disait : « Beaucoup d'Américains viennent ici parce qu'il y a énormément de terres disponibles. »

Ce qu'il y a de pire dans le voyage, c'est le voyage. Pour sortir du Belize, que de formalités à surmonter : des fiches à remplir, des queues à répétition en compagnie d'autres passagers, des documents à présenter, des questions auxquelles répondre… Et tout cela sans les bienfaits de la climatisation, au milieu de tous ces corps que seule une crue soudaine aurait pu rendre supportables. Gerry avait tout enduré du début à la fin, se souvenant qu'il devait remuer la tête et taper des pieds en suivant l'exemple d'Alan alors qu'il entendait sa propre voix dans les écouteurs : « J'avais une tante dans le New Jersey à une époque, mais elle est partie en Floride et elle est morte. » Nous nous rendons justement en Floride, pensa-t-il. Quel sens tout cela peut-il bien avoir ?

Tout comme Kirby Galway en avait suggéré la possibilité, leurs bagages eurent droit à une fouille drôlement approfondie de la part d'un représentant des douanes aussi imposant que menaçant, qui les força d'abord à poser leurs baladeurs sur le comptoir à côté de leurs valises, avant de porter un intérêt tout à fait malsain au contenu de leurs bagages. Certains de leurs vêtements les plus mode suscitèrent chez cet individu divers grondements et grognements tout droit sortis d'un *zoo*. « Comment appelle ça ? » demanda-t-il soudain en sortant un objet du sac de Feldspan entre le pouce et l'index.

Quel manque de dignité. « Ça s'appelle un sachet », répondit Gerry en parlant distinctement car il se souvenait qu'il est bien avisé d'être aimable avec les gens qui vous sont inférieurs. « C'est pour que le sac sente bon, vous savez ? »

L'armoire à glace porta le petit paquet scellé à son nez et renifla bruyamment. « Ça pourrait être dope, dit-il.

– Certainement pas. » L'estomac chaviré, le cerveau en déroute, Gerry essayait désespérément de se souvenir du contenu du sachet. « C'est… Oh, des pétales de rose, des clous de girofle, de la lavande…

– Passeports », dit soudain une voix agressive provenant d'un nouvel endroit inattendu, en l'occurrence de derrière eux. Ils se retournèrent et virent, non sans surprise, une petite femme très impatiente qui les fusillait du regard, la main tendue dans l'attente de leurs passeports.

Était-ce normal ? Contrairement à Alan qui lui remit le sien aussitôt, Gerry dut se fouiller à la manière d'un policier qui inspecte un suspect, n'ayant aucune idée de ce qu'il avait fait de ses papiers d'autant qu'il ne s'attendait pas à en avoir besoin à ce stade…

Le grondement de l'avion qui s'apprêtait à atterrir leur parvint. Sans dire un mot, la femme claquait des doigts. Gerry, qui regardait pour la troisième fois dans sa poche de chemise, finit par trouver son passeport et le lui tendit. En guise de *merci*, la femme dit : « Billets. »

Bon, *ça*, ça allait ; Alan avait les deux. Il les donna à la femme qui les regarda à peine avant de secouer la tête. « Pas ce vol.

– Quoi ? » Gerry crut qu'il allait mourir. Il crut réellement qu'il allait mourir.

Mais ce n'était apparemment pas le cas d'Alan qui dit à la femme, en aboyant à sa manière : « Bien sûr que si, c'est ce vol.

– Vol SAHSA, dit-elle.

– Exactement, dit Alan. SAHSA, c'est exactement ce qui est écrit sur nos billets.

– Pas aujourd'hui.

– Oh, *vraiment*. C'est notre vol, c'est notre compagnie aérienne et c'est aujourd'hui. »

Gerry gémit tout bas en espérant que personne ne l'entendrait. L'avion attendait dehors. Les passagers qui faisaient la queue derrière eux commençaient à s'énerver. Un peu à l'écart, un solide gaillard qui se livrait à un truc dégoûtant avec ce qui semblait être un cure-dent en or avait l'air d'apprécier le spectacle.

Puis, tout d'un coup, c'en fut terminé. D'un ultime et ferme hochement de tête, la femme tendit passeports et billets à Alan comme si elle avait fini par résoudre pour eux un épineux problème, puis elle déclara : « Vous pouvez y aller maintenant.

– Je peux y *aller* maintenant ? Après ce que vous…

– L'avion attend, dit la femme en faisant des gestes pour leur faire dégager le passage. Dépêchez, dépêchez. »

L'avion attendait. Les autres passagers attendaient. Le douanier avait fini de farfouiller dans leurs affaires et avait envoyé leurs bagages pour le chargement en soute. Leurs baladeurs et leurs bagages cabine les attendaient sur le comptoir en bois. À côté de la porte d'embarquement, un homme en uniforme leur faisait signe de se hâter en répétant le « Dépêchez, dépêchez » de la femme impatiente.

Ils se dépêchèrent de sortir du bâtiment dans la lumière éblouissante du soleil. Alan courait devant sur le tarmac. Tentant de le suivre en vacillant, Gerry, qui avait la tête et l'estomac horriblement retournés, ne parvint à raccrocher son walkman à sa ceinture, qu'au moment de grimper les marches et d'entrer dans l'avion. L'hôtesse de l'air indiqua leurs places à Alan, et Gerry le suivit dans l'allée en ajustant ses écouteurs et en triturant les commandes de son baladeur. Devant lui, Alan réglait le sien.

Puis il s'arrêta brusquement et Gerry faillit le percuter. Alan se retourna comme s'il avait voulu sortir de l'avion en courant ; il fixa Gerry avec de gros yeux et la bouche ouverte, sous le choc. Derrière eux, l'allée était encombrée de passagers qui embarquaient. L'hôtesse de l'air refermait la porte. C'était trop tard.

Gerry, qui avait aussi fini par mettre son walkman en marche, rendit à Alan son même air horrifié tandis que Mick Jagger lui hurlait « *I can't get no* » aux oreilles, « *no, no, no.* »

20

La cité perdue

« La carte n'est pas le terrain, dit le Noir maigrichon.

– Oh, si, si », insista Valerie. Elle frappa sur l'attaché-case posé sur ses genoux avec la carte qu'elle tenait dans sa main droite, tandis que, de la gauche, elle désignait le paysage de collines, verdoyant et inhabité, qui défilait : « *Cette* carte correspond bien à *ce* terrain.

– C'était une citation, déclara le Noir maigrichon. Ça signifie qu'il y a toujours des différences entre la réalité et la description de la réalité.

– Quand bien même, protesta Valerie en s'agrippant à cause des secousses, nous aurions dû tourner à gauche tout à l'heure.

– Ce que votre plan ne montre pas, c'est que les crues de décembre ont emporté une partie de la route. Je vois que votre carte n'en a pas été affectée, elle. »

Valerie trouvait très difficile de s'entendre avec lui. Il avait sa façon de voir les choses et témoignait d'un dédain quasi total pour les opinions qu'elle exprimait. Il conduisait vite, assez imprudemment et, dès le départ, il n'avait tenu aucun compte des cartes, des croquis, des indications ou des suggestions qu'elle lui avait soumis. Il n'était pas plus son conducteur qu'elle n'était sa passagère, elle représentait un simple alibi lui permettant d'aller faire une balade en Land Rover.

Il avait même refusé de lui donner son nom. « Bonjour, je suis Valerie Greene », lui avait-elle dit dans le hall du Fort George. « Je suis votre chauffeur », avait-il répondu avant de tourner les talons et de sortir, la laissant se débrouiller comme elle pouvait pour le suivre en portant toutes ses affaires. Pendant qu'elle se hâtait derrière lui, elle avait remarqué la présence d'un homme qui la regardait, à côté des cabines téléphoniques. Il devait la trouver très stupide de se laisser traiter de la sorte par son chauffeur – son *domestique,* techniquement parlant, mis à disposition par les autorités du Belize elles-mêmes.

Le véhicule, cette Land Rover décapotable couleur pêche, correspondait parfaitement à son conducteur. Comme lui, elle avait une dureté et une brusquerie purement professionnelles. Ce qui lui manquait en termes de politesse, la Land Rover en était dépourvue en matière d'amortisseurs. Son absence de conversation et de courtoisie ordinaire trouvait son écho dans les sièges gris métallisé non rembourrés de la voiture. Sa maigreur et sa noirceur étaient le reflet des tubes et des pièces métalliques de la Land Rover, peints dans les mêmes tons qu'un couloir de porte-avions. Pêche et grise, envahie de rouille, rêche au toucher.

Valerie se sentait gagnée par un sentiment de rejet. Elle n'était pas vraiment certaine de savoir pourquoi les filles n'étaient pas censées se comporter « comme une fille » – lancer une balle comme une fille, pleurer à la moindre contrariété comme une fille –, mais elle savait que c'était la règle et combattait donc les tremblements que la frustration engendrait en elle. Une infime trace de ce sentiment put se déceler quand elle dit : « Je pensais qu'on pourrait s'arrêter pour déjeuner le long de la route. Il paraît qu'il y a un très joli petit cours d'eau, par ici.

– C'est lui qui a tout inondé, répondit le chauffeur. En plus, il n'y a aucun commerce sur cette route.

– J'ai de quoi manger. »Valerie désigna son sac à bandoulière en toile qui rebondissait désormais comme un ballon de basket dans un réservoir de stockage. « J'ai demandé à l'hôtel de préparer des sandwichs, il y en a largement assez pour nous deux.

– Vous devez encore acheter de la bière.

– Je n'en veux pas.

– Moi, si. »

Valerie le regarda fixement tandis qu'une multitude d'amorces de phrases se bousculaient dans son esprit : *Eh bien, jamais je ne... De tous les... Si vos supérieurs...* Ce qui l'empêchait d'achever ces phrases et même de les énoncer, c'était l'absolue confiance en lui dont il faisait preuve. Son arrogance n'avait rien de calculé, n'était pas délibérément hostile à son égard, il ne jouait pas à la tester, ne réagissait absolument pas en fonction de sa présence. Il était simplement lui-même, ce que Valerie avait malheureusement compris et ce qui la poussait à ne pas user sa salive pour rien en essayant de l'inciter à devenir quelqu'un d'autre. Autant ordonner à un chat de faire demi-tour et de repartir dans l'autre sens.

Et c'est avec lui qu'elle allait pique-niquer : quel gâchis.

Ils continuèrent à rouler dans un silence rempli de cahots. Valerie repensait aux raisons qui l'avaient poussée à quitter l'Illinois, à tous ces vagues espoirs et ces rêves inspirés par sa détermination à explorer le vaste monde, et au contraste déplaisant que lui imposait la réalité. Elle était là, secouée comme un biscuit dans une boîte aux angles rigides, à côté d'un homme égocentrique et rien moins qu'attrayant. Et elle n'allait même pas pouvoir manger le pique-nique qu'elle avait prévu.

Jusque-là, en fait, le vaste monde ne lui avait pas révélé grand-chose. Sa rencontre de la veille avec Innocent St. Michael avait certes été agréable, mais il n'y avait rien eu de très romantique dans tout ça ; le ton en avait surtout été comique. Et le chauffeur du jour partait autant à la dérive que la route qu'ils n'avaient pas empruntée.

Tous ses espoirs reposaient désormais sur la cité maya disparue. Elle serait là-bas, elle *devait* y être, à l'endroit où l'ordinateur et elle l'avaient décrété (et ce, malgré l'adjoint d'Innocent, Vernon, qui ne savait que dire non), et lorsqu'elle la découvrirait, toute sa vie en serait bouleversée. Des archéologues lui écriraient des lettres respectueuses pour quémander des précisions sur sa méthodologie. Des journalistes se précipiteraient à ses conférences de presse. Des gouvernements la prendraient au sérieux. Elle dirigerait elle-même l'expédition visant à dégager un millénaire de jungle et à libérer l'ancienne cité afin que ses structures pointent à nouveau vers le ciel.

Un bourdonnement lui fit lever la tête. Un petit avion bleu et blanc les survolait assez bas, sans aller beaucoup plus vite qu'eux dans la même direction. En fait, il devait suivre le tracé de la route puisqu'il y avait très peu de repères dans la jungle. Valérie prit conscience qu'elle le regardait avec mélancolie, enviait la personne qui se trouvait aux commandes, quels que soient son identité, ses buts et sa destination. *Ça,* c'était romantique, s'élever au-dessus de la jungle, naviguer dans la lumière du soleil.

Dans son esprit, un aéroport proche de la cité perdue étalait le tapis d'herbe verte fauchée de sa piste d'atterrissage, et elle sourit en suivant l'appareil des yeux. Mais à ce moment-là, avant qu'il ne disparaisse de sa vue, elle fut rappelée à la dure réalité par le freinage brutal du conducteur et la Land Rover qui s'arrêta net en piquant du nez.

Elle baissa les yeux et regarda autour d'eux tandis que la poussière soulevée à leur passage les rattrapait en formant un nuage de couleur gris-marron clair. Ils s'étaient immobilisés à une intersection où leur « route principale » en bitume gravillonné croisait une piste de terre sinueuse. Sur leur droite, un petit bâtiment affichait des réclames de sodas sur des plaques métalliques. « Coca-Cola », pour une et, en dessous, « quench yu tus » écrit en créole.

Le conducteur coupa le moteur. Dans le silence soudain, la poussière retomba doucement. « Qu'est-ce que c'est ? demanda Valerie.

– Vous pouvez acheter la bière ici, dit-il.

– *Je* peux acheter la bière ? »

Il pointa l'index vers la gauche et dit : « Après, on prendra cette route. Il y a un endroit où on peut faire une pause pour manger, dans quelques kilomètres.

– Dans un marécage, sans doute », maugréa-t-elle.

Il la regarda légèrement surpris, mais également avec calme et bonne volonté. « Vous voulez manger dans un marécage ?

– Non, non. » Même le sarcasme n'avait aucune prise sur cette créature. Tout en étudiant sa carte afin de se donner une contenance, elle déclara : « Je ne sais pas où nous sommes.

– Ça ne fait rien, dit-il, je connais le chemin. »

Valerie soupira en réalisant combien cette réponse était prévisible. Reconnaissant sa défaite, elle ouvrit l'attaché-case, y rangea la carte avant de glisser le tout sous ses pieds dans le compartiment à bagages où se trouvait déjà son sac à bandoulière. Ah, la bière, pensa-t-elle avec irritation et fatalisme en descendant tant bien que mal de la voiture. Et elle ferait tout aussi bien d'en acheter pour elle aussi : ils ne devaient pas avoir de vin blanc.

21

Réunion

Lemuel avait trouvé le sifflet. « Ça alors, c'est quelque chose ! » Il le tenait à bout de bras, l'étudiait. Kirby était aussi content que lui de cette découverte. Il ne donnait jamais d'indications à ses clients, ne les orientait jamais, les laissait toujours aller à leur guise sur le terrain avec pour résultat que la moitié d'entre eux seulement trouvaient le sifflet. C'était fort dommage, car il était de toute beauté.

Une vingtaine de centimètres de long, sculpté dans le calcaire avec des outils en pierre primitifs, il représentait un prêtre avec une haute coiffe, les bras tendus sur les côtés, vêtu d'une longue robe tombant sur ses pieds légèrement écartés. Un trou, foré du haut de la coiffe vers le bas de la robe, avait autrefois permis d'émettre un sifflement, mais quand Lemuel tenta de souffler dedans, cela ne donna rien. « Non, il ne marche pas, dit-il en s'essuyant la bouche. Il est trop vieux.

– Pour faire quoi ? interrogea Kirby en exhibant son ignorance.

– C'est un sifflet », expliqua Lemuel dont l'amabilité masquait un peu la condescendance. Maintenant que les trafiquants de drogue étaient partis, c'était un autre homme. Pendant le déjeuner, il avait reconstitué son armure académique à l'aide d'une vodka tonic, avait repris le contrôle de lui-même et, durant le vol, il avait même disserté sur ses rares expériences avec la marijuana, des souvenirs que Kirby avait activés en lui montrant les champs cultivés en contrebas : de duveteuses rangées vert clair bien ordonnées parmi les milliers de nuances de vert de la jungle.

En fait, Lemuel avait tellement repris l'habit de l'universitaire et de l'expert qu'il avait même commencé à montrer des signes de perplexité au moment où Kirby l'avait emmené vers le sommet de son spectacle somptueux. « *Hummmmm*, avait-il fait en arrivant devant la dalle sculptée, étonnant qu'elle se trouve là, exposée aux regards comme ça.

– Elle était plus haute quand je l'ai découverte. J'ai un peu creusé ici et là, des travaux de forage pour une installation septique, et ce truc a dévalé jusqu'ici.

– *Hummmmm.* » Et quand Kirby avait désigné le contour des marches du temple qui se détachaient sur le ciel, sur le versant droit de la colline, Lemuel avait dit, lentement : « Possible, possible. Ça pourrait s'être formé naturellement, ou ça pourrait signifier quelque chose. »

Mais tout scepticisme s'était évanoui quand son pied, en quête d'un appui stable sur le versant de la colline, avait délogé le sifflet. Après en avoir chassé la terre, l'avoir tourné et retourné dans tous les sens et avoir même essayé de souffler dedans, il ne pouvait manquer de savoir qu'il tenait dans sa main un objet authentique.

Authentique, mais pas particulièrement précieux. Il devait y avoir des centaines, peut-être même des milliers de sifflets identiques en vente légale chez les antiquaires et dans les magasins de souvenirs du monde entier, dont la plupart coûtaient moins de deux cents dollars. Celui que Lemuel tournait et retournait avait récemment été vendu cent soixante dollars américains.

Mais l'important n'était pas sa valeur. Ce petit objet fabriqué à la main était *authentique*, il avait réellement mille deux cents ans, les prêtres avaient posé leurs lèvres autour de ce trou, d'anciens Mayas bien vivants l'avaient tenu tout comme Lemuel le tenait maintenant. Le sifflet était authentique, et Lemuel ne pouvait manquer de le savoir.

Il le savait. « Un sifflet, répéta-t-il, datant de la fin de la période classique, je dirais antérieur à neuf cents ans avant Jésus-Christ.

– Vous en savez bien plus que moi là-dessus », assura Kirby.

Lemuel leva le sifflet afin que le prêtre soit face à Kirby, les bras écartés comme un nourrisson qui reconnaît son père. « Il devait être utilisé dans des cérémonies religieuses », expliqua-t-il. Puis il fronça les sourcils en regardant derrière Kirby et dit : « C'est quoi ? »

Kirby se retourna. Ils étaient juste assez haut pour dominer la jungle environnante et distinguer la prairie (visiblement plus sèche aujourd'hui, d'ailleurs), où l'avion attendait et où une colonne de poussière marron s'étirait en spirale derrière un véhicule qui s'approchait.

« Hé, attendez une minute », dit Kirby.

La nervosité de Lemuel venait de reprendre vie. Il recula d'un pas, les yeux de plus en plus écarquillés derrière ses lunettes de soleil, regarda Kirby, puis la voiture, et à nouveau Kirby. « Qu'est-ce que c'est ? Qu'est-ce qui se passe ?

– Je n'en sais rien, répondit Kirby, mais bon Dieu, c'est ce qu'on va voir. » Il n'y avait jamais de *visiteurs* en ce lieu reculé. Plus bas, le véhicule avait ralenti au niveau de son avion, mais ne s'était pas arrêté. Il s'approchait désormais rapidement, bondissait et bringuebalait sur la terre sèche et dure, en prenant la direction de la pente la moins raide, celle que Kirby et les Indiens utilisaient mais qu'il ne montrait pas aux clients. « Attendez-moi ici, dit-il. C'est ma propriété, bon Dieu. »

Le seul effort vestimentaire que Lemuel avait consenti en prévision de cette randonnée dans la jungle avait été de chausser une paire d'Adidas avec son pantalon de toile gris habituel, sa chemise bleu clair et sa veste de sport en coton léger. Jusqu'à maintenant, son accoutrement lui avait juste donné un air un peu ridicule, mais avec la peur qui lui marbrait le visage et faisait trembler ses membres, il incarnait désormais à merveille le personnage de la victime dans une histoire sadique où un citadin se serait égaré au milieu d'êtres primitifs ; un récit de Paul Bowles[1], peut-être. Le regard rivé sur la machette que Kirby tenait négligemment dans sa main droite, il cria : « *J'exige* de savoir ce qui se passe. » Mais l'effet de ces mots fut gâché quand sa voix se cassa sur le premier.

« Moi aussi », rétorqua Kirby. Il ne savait rien de la voiture qui fonçait vers la colline, si ce n'est qu'elle n'avait rien à voir avec lui et qu'elle représentait donc un problème. « Attendez-moi là, répéta-t-il. Jouez avec ce satané sifflet pendant que je me débarrasse de… de ces gens. »

Il détestait emprunter l'accès facile au vu et au su des clients, mais il n'avait pas le choix s'il voulait

1. Auteur américain (1910-1999), chef de file de « l'école » de Tanger.

arrêter les intrus avant qu'ils atteignent la base du temple. Tandis qu'il dévalait la pente en diagonale en faisant le tour vers la droite, il continuait d'entrevoir la voiture à travers lianes et branches, et… il voulait bien être damné si ce n'était pas la Land Rover couleur pêche qu'il avait vue à l'hôtel le matin même ! Soit celle-là, soit une autre, exactement pareille.

La Land Rover du matin avait des plaques d'immatriculation gouvernementales. « Bon Dieu de merde », grommela-t-il en accélérant sa course, « Innocent a quelque chose à voir là-dedans », mais il courait trop vite pour pouvoir réfléchir à la question.

Un enchevêtrement de plantes grimpantes lui barrait le chemin. Il prit la machette à deux mains et serra les dents en regrettant que ce ne soit pas le cou d'Innocent. Les plantes tombaient, lui permettant de progresser d'une cinquantaine de centimètres à chaque coup ; brusquement, le passage s'ouvrit et la Land Rover se trouva juste devant lui. Il se rua en bas sur la terre plane et désertique en brandissant la machette au-dessus de sa tête et hurla : « Stop ! Stop ! »

La Land Rover fit un écart. Deux personnes étaient à l'intérieur : le conducteur, un homme, noir, et la passagère, une femme, blanche. Il s'agissait des deux personnes qu'il avait vues à l'hôtel. Il les distingua clairement, le conducteur avec son visage impassible et la femme qui criait quelque chose, lorsque la Land Rover l'évita sans ralentir une seconde.

Qu'est-ce qu'ils fabriquaient là ? Il se tourna, essoufflé, la machette le long du corps, et vit la lumière des freins s'allumer quand la Land Rover s'immobilisa brutalement. La femme agitait les bras en criant à présent contre son compagnon. Les feux de recul s'allumèrent et la voiture commença à faire marche arrière en dérapant pour s'arrêter brusquement à sa hauteur. Derrière ses grandes lunettes de soleil et sous son chapeau à bord souple, la femme le fusillait du regard en hurlant : « Qui êtes-vous ?

– Qui je suis ? Ma petite dame, qu'est-ce que vous fout…

– Il y a un *temple,* ici ! » cria-t-elle avec horreur et stupéfaction. Kirby resta bouché bée quand elle s'extirpa de la Land Rover avec une sorte de carte ou de graphique dans sa main gauche. Derrière elle, le chauffeur, immobile, restait à l'écart.

« Oh, non, pas du tout, dit Kirby. Non, non. C'est strictement impossible.

– Mais *si* ! C'est obligé qu'il y en ait un ! insistait-elle en agitant la carte sous ses yeux. Les résultats sont formels ! Tout est écrit ! Il ne me reste plus qu'à… » Elle le contourna et se dirigea vers la pente.

« Attendez ! Attendez ! » Kirby courait pour la rattraper et lui barrer le passage. « Vous n'avez pas le droit… Vous ne pouvez… C'est de la violation de propriété privée !

– J'agis sous l'autorité du gouvernement du Belize ! » Elle paraissait encore plus grande que son mètre quatre-vingts en disant ça, et ses yeux lançaient des éclairs.

Innocent. C'était forcément un coup d'Innocent. Bon Dieu de bon Dieu de satané bonhomme, qu'est-ce qu'il manigançait et *pourquoi* ? « C'est une propriété privée. Elle m'appartient et vous n'avez pas… »

Mais, presque pliée en deux, elle regardait vers le haut, derrière le coude droit de Kirby tout en arrachant son chapeau pour mieux voir. « Là ! » s'exclama-t-elle.

Oh mon Dieu. Kirby se tourna à contrecœur, se pencha un peu lui aussi et, juste là, par l'ouverture qu'il s'était lui-même ménagée à travers les plantes grimpantes une minute plus tôt, apparut la partie supérieure du temple. Les marches, la stèle et la surface presque plane au-dessus. On aurait cru voir la couverture d'un manuel scolaire. « Non », dit Kirby.

« Le temple », répéta dans un souffle cette emmerdeuse de bonne femme au moment où Lemuel apparaissait dans la brèche, le sifflet à la main.

Merde. Kirby revint se placer en écran devant la femme en priant pour que Lemuel ait le bon sens de ne pas s'approcher plus. « *Arrêtez-vous tout de suite*, ordonna-t-il. Ce sont mes terres, c'est une propriété privée, vous n'avez pas le droit de faire irruption comme ça...

– Je vous *connais* », dit-elle en le regardant fixement, et, tout à coup, il la reconnut lui aussi. Oh, c'est impossible, pensa-t-il, ce n'est pas juste, c'est au-delà de tout ce qu'on peut imaginer. Cette casse-couilles ne va pas me saboter *deux fois* ma mise en scène avec Lemuel.

Si, car le conservateur du musée n'avait pas assez de bon sens pour garder ses distances et voilà qu'il arrivait maintenant, ce fichu sifflet à la main, l'air apeuré, soupçonneux, déterminé et imbu de lui-même, en disant : « Galway, j'exige de savoir ce qui se passe ici, j'ai une réputation à...

– Vous ! » s'écria la femme.

La peste. Valerie Greene : son nom venait de surgir spontanément à l'esprit de Kirby. Valerie Greene, deux fois en l'espace d'une seule vie.

Lemuel l'avait également reconnue même s'il était un peu tard. Sa mâchoire s'affaissa. « Oh, non », fit-il.

Elle repéra le sifflet dans sa main, le pointa du doigt en montant sur ses ergots, plus haut, toujours plus haut, deux mètres dix peut-être, deux mètres quarante, deux mètres soixante-quinze. « C'est de la SPOLIATION ! » cria-t-elle.

Tout le monde parlait désormais en même temps. Valerie Greene débitait énergiquement son discours sur la préservation des vestiges historiques, Kirby beuglait inutilement pour que tout le monde se taise et s'en aille, et Lemuel battait en retraite en dissimulant le sifflet dans sa main, comme un petit garçon pris à fumer en cachette. « Je refuse… Ce n'est pas…, bredouillait-il. Je n'accepterai… Kirby, il faut que vous… » Puis il se tourna et partit en courant vers l'avion, comme un pantin désarticulé.

« Des trésors nationaux… Des antiquités inestimables… Des objets d'artisanat irremplaçables… » Valerie Greene fonctionnait maintenant à plein régime, telle une oratrice dans un stade, devant soixante mille personnes.

Kirby brandit la machette sous le nez de cette virago. Les yeux braqués sur sa gorge. « Un… », commença-t-il à égrener.

22

Une demi-lieue

« Deux... », poursuivit le dément.

Valerie recula. Il comptait jusqu'à dix... ou jusqu'à trois ?

Le visage du dément était écarlate. Les veines saillaient sur son cou, ce qui, fort peu à propos, rappelait à Valerie les sculptures de Michel-Ange, puis il leva la machette de façon encore plus menaçante, tel Reggie Jackson[1] qui verrait un batteur costaud prenant place sur le marbre. Il ne dit pas *trois*.

« Je..., dit Valerie en reculant. Vous... »

Elle n'avait pas remarqué que le moteur de la Land Rover était arrêté jusqu'à ce qu'elle entende le chauffeur le remettre en route derrière elle. Vrvrvrvrvrvr, vroum, VROUM.

Allait-il partir sans elle ? Et ce type, devant elle, allait-il lui trancher la tête ? *Les hommes !* Valerie fit volte-face, s'enfuyant vers la Land Rover et sautant à l'intérieur au moment où le chauffeur maigrichon enclenchait le levier de vitesse ; elle ne saurait donc jamais s'il l'avait attendue ou si elle était arrivée juste à temps. Le véhicule bondit, le conducteur

1. Joueur de base-ball américain né en 1946, qui joua 21 saisons dans les ligues majeures.

tourna sèchement le volant vers la droite, ce qui leur fit décrire un cercle autour du dément, et maintenant qu'elle se trouvait en sécurité dans le véhicule en mouvement, elle hurla : « Je vais vous dénoncer ! Je vais tout raconter à M. St. Michael ! »

Quelque chose avait mis le dément hors de lui, la menace peut-être, à moins que ce ne soit ce nom. Tout en lâchant un puissant juron, il jeta sa machette sur le sol, ce qui fit jaillir des graviers et un envol de poussière. Après avoir arraché son chapeau de brousse, il le lança sur la machette et sauta dessus à pieds joints.

En se retournant sur le siège baquet métallisé, tandis que la Land Rover rebroussait chemin à toute vitesse, Valerie vit le dément continuer de sauter sur le chapeau et la machette avant de marquer une pause pour tousser et hoqueter au milieu du nuage de poussière qu'il venait de provoquer. Il secoua le poing dans sa direction et, pour finir, brandit les deux vers le ciel. Tout à coup il s'arrêta et ramassa une poignée de cailloux qu'il jeta en direction de la Land Rover, même s'ils étaient désormais très largement hors de portée.

Valerie leva les yeux. Le temple se dressait là, serein, silencieux sur fond de ciel bleu, indomptable. À cette distance, il ne ressemblait à rien d'autre qu'à une colline, recouvert par un millénaire de jungle en expansion, mille années pendant lesquelles s'étaient accumulées la terre, les plantes en pleine croissance, la flore et la faune décomposées, formant l'épais vernis sous lequel la nature dissimulait le travail de l'homme.

« Vous savez ce que c'est ? demanda-t-elle.

– Un homme extrêmement en colère, répondit le chauffeur en regardant dans son rétroviseur.

– Non, dit Valerie. Le *temple*. J'avais raison ! »

Il braqua brusquement et Valerie faillit être éjectée sur le sol dur et sec, parsemé d'herbes mortes ou mourantes. Elle regarda devant elle et vit qu'ils contournaient l'avion où Whitman Lemuel (oh, elle s'en souvenait, de *lui*) se tenait, sa veste ramenée sur la tête comme le font, sur les clichés publiés dans les journaux, les organisateurs de paris clandestins lorsqu'ils sont interpellés. « Je sais qui vous êtes ! » lui hurla Valerie en le menaçant de l'index au moment où ils passaient devant lui.

Et dire, *dire* qu'hier, elle avait éprouvé de la gêne pendant le dîner, craignant qu'il la remarque !

Le chauffeur se pencha pour scruter le rétroviseur. « Cette colline ? C'est vraiment un temple ?

– Vieux d'un millier d'années », lui dit-elle, émue par son existence, sa réalité et par le surprenant génie qui lui avait permis de l'arracher à l'oubli. « C'est un temple maya.

– Rien que ça. Et personne ne savait qu'il était là.

– Le monde entier va le savoir aussitôt que je serai de retour à Belmopan.

– Hum », fit le conducteur.

23

Les courants de la passion

« Pas encore rentrée ? » Innocent secoua la tête et sourit au réceptionniste. « Les femmes, toujours en retard. »

Le réceptionniste lui rendit son sourire. Ils se connaissaient depuis longtemps, de manière limitée mais satisfaisante.

« Mais qu'est-ce qu'on ferait sans elles, hein ? dit-il.

– On irait tous se faire foutre », répondit Innocent. Avant que le réceptionniste ait pu décider s'il fallait considérer cette réponse comme une expression idiomatique ou comme une déclaration à prendre au pied de la lettre, le standard s'alluma et il dut s'excuser car il était pour l'instant seul à l'accueil.

Innocent consulta sa montre, une Rolex : le cadeau d'anniversaire offert par sa femme, choisi et payé par lui-même et emballé par la vendeuse du magasin. Elle indiquait seize heures cinquante-huit ; le temps qu'il arrive au bar, le soleil serait indubitablement au zénith.

« Oui, oui, disait le réceptionniste. Je fais tout ce que je peux, monsieur Lemuel, mais peut-être c'est pas possible. Bien sûr, monsieur, je continue d'essayer. »

Il raccrocha et se tourna vers Innocent en secouant la tête. « Ces Américains. Insupportables. »

Innocent avait entendu le nom, *Lemuel,* et tendu l'oreille parce qu'il savait de qui il s'agissait. Un autre visiteur étrange venu des États-Unis pour voir Kirby ; un universitaire en vacances, si on l'en croyait. « Qu'est-ce qu'il veut, celui-là ? demanda-t-il.

– Le monde et tout le reste, répondit le réceptionniste. Il a réservé deux jours et voilà que ses plans changent comme ça, d'un coup. Il rapplique en courant il y a une heure, comme si c'est la fin du monde, il doit absolument prendre l'avion *aujourd'hui*, il doit quitter le Belize à la minute, message urgent arrivé du pays. Crétin (commenta le réceptionniste). Si ce type, il reçoit un message urgent du pays, c'est moi qui sais, non ? C'est moi qui lui passe, non ?

– Bien sûr, confirma Innocent en pensant *hummmmmmh.* On dirait qu'il a attrapé une sacrée diarrhée.

– Je sais pas ce que c'est, le problème, à ce type. Je fais ce que je peux. Je dis : plus de vols pour les États-Unis aujourd'hui. Et lui, il veut un charter, il dit qu'il passe pas une nuit de plus au Belize. Je réponds qu'il paye déjà pour nuit à l'hôtel, trop tard pour remboursement, et il s'en fout. Je dis pour les charters, beaucoup de paperasse, la douane, la police, tout ça, et il veut juste partir n'importe où, il s'en fout. Le Honduras, le Salvador, la Jamaïque, pareil pour lui. Bon, vous voyez bien, je peux rien faire.

– Il va donc être obligé de passer la nuit ici et de partir dans la matinée.

– Il râle, il râle, commenta le réceptionniste. Moi, je finis à dix-huit heures.

– Espérons que la petite dame que j'attends sera de retour d'ici là. Je serai au bar.

– Je vous tiens au courant », promit le réceptionniste.

En retournant au bar, Innocent fit une pause aux cabines téléphoniques pour passer trois appels. Lors du premier, il dit : « Il y a un client nommé Whitman Lemuel, au Fort George. Juste avant dix-huit heures, tu l'appelles, tu lui dis que tu as appris qu'il cherche un vol charter, tu lui dis de te retrouver tout de suite à l'aéroport municipal pour régler les formalités nécessaires et que tu lui feras quitter le pays dès ce soir. Non, tu n'as pas besoin de te rendre à l'aéroport. »

Lors du deuxième appel, il dit : « Il y a un type, un Américain nommé Whitman Lemuel, qui sera à l'aéroport municipal vers dix-huit heures trente, en quête d'un vol charter. Arrêtez-le sur vingt ou trente chefs d'accusation mineurs. Non, non, on ne vous demandera pas de les justifier. »

Lors du troisième appel, il dit : « Il y a un Américain nommé Whitman Lemuel qui va arriver vers dix-neuf heures. Il passera la nuit. Ne le brutalisez pas, mais faites-lui peur. Je viendrai à sa rescousse dans la matinée, et j'espère trouver en lui un homme reconnaissant. »

Très content de lui, tout sourire, Innocent se dirigea vers le bar où il commanda un gin tonic et s'assit sur l'un des fauteuils pivotants, larges et bas, pour contempler la vue donnant sur la mer déchaînée, au-delà de la piscine paisible. Ombragée par l'hôtel en cette fin d'après-midi, l'eau du bassin semblait fraîche, mais la mer, qui scintillait sous la lumière ambrée du soleil, avait l'air chaude. Le cargo noir arraisonné au large n'avait pas bougé, attendant d'être mis aux enchères. Au loin, des voiles blanches progressaient vers la barrière de corail.

Des voiles blanches. Les fesses rondes et blanches de Valerie. Innocent sourit, ravi de cette attente.

24

Quand, au beau milieu des airs…

Quand, au beau milieu des airs, Kirby revit ses terres et son temple, il était dix-sept heures pile et cela faisait une demi-heure qu'il volait dans la lumière du soleil. Comme s'il n'était pas encore assez énervé, ennuyé, agacé, irrité, et furieux.

Il avait été absolument impossible de calmer Lemuel pendant le vol de retour à Belize City, il avait refusé de parler de façon rationnelle, et avait alterné entre gémissements au sujet de sa réputation perdue et accusations amères contre Kirby qu'il jugeait responsable d'avoir brisé sa carrière. À l'aéroport municipal, il avait bondi hors de l'avion dès qu'il avait cessé de rouler et était parti au triple galop en direction de l'aérogare en criant : « Taxi ! Taxi ! »

Et Kirby était maintenant de retour à son piège à souris, le soleil dans les yeux et un goût de cendres à la bouche. Il frôla le sommet du temple, plongea de l'autre côté, vrombit au-dessus du village indien suffisamment bas pour faire refroidir la soupe, mit Cynthia sur l'extrémité de l'aile gauche, remonta vers le haut de la colline dans un rugissement de moteur, atterrit brutalement comme s'il détestait l'avion puis escalada la pente à pas furieux jusqu'au toit du temple, où Tommy, Luz et les autres s'étaient regroupés et le regardaient avec des yeux ronds. « C'est passé tout juste, Kimosabe, lui dit Tommy.

– Tu ne sais pas à quel point, répondit Kirby d'un ton dégoûté. Il y avait une foutue archéologue, ici, tout à l'heure. Elle est partie annoncer qu'elle vient de découvrir un temple maya inconnu.

– Merde, fit Luz.

– Partie où ? demanda Tommy.

– On ne peut pas l'arrêter, dit Kirby, et peu importe à qui elle va parler, le problème, c'est que cette fichue sangsue nuisible est *honnête*.

– *Argh*, fit Luz.

– J'espère qu'elle ne va pas ramener des renforts dès ce soir, ajouta Kirby qui regarda sa maudite plaine derrière lui. En tout cas, elle va sûrement revenir demain. Elle pense que je suis là pour piller.

– Pour faire quoi ? demanda Luz.

– Voler, explicita Tommy. Bon, qu'est-ce qu'on fait ? demanda-t-il à Kirby. On les repousse ?

– Ce n'est pas du général Custer, qu'on parle, dit Kirby. On parle de policiers, de journalistes, de photographes, d'archéologues, de responsables gouvernementaux…

– Toute la clique, conclut Tommy. Dommage : Custer, on aurait su gérer. »

Kirby regarda autour de lui et secoua la tête. « Je déteste cette idée, mais on va devoir le démanteler.

– Merde, fit Luz.

– Pour toujours ? » demanda Tommy. Tous semblaient inquiets.

« Mon Dieu, j'espère bien que non, soupira Kirby en regardant son chef-d'œuvre. Mais au moins jusqu'à ce que le tapage retombe. Quand elle se rameutera avec plein de gens, elle leur montrera l'endroit mais il n'y aura rien. Avec un peu de chance, tout le monde dira qu'elle est folle.

– Qu'elle a ses règles, suggéra Luz.

– Exactement, dit Kirby. On attend un moment, ça se calme et on recommence.

– Peut-être », dit Tommy.

L'adversité rendait Kirby philosophe. « *Peut-être* est ce qu'on peut espérer de mieux dans ce triste monde, les gars. »

25

Le récit du sapotillier

« L'autre solution, expliqua le Noir maigrichon de façon rationnelle, c'était de la laisser annoncer au monde entier l'existence du temple.

– Alors tu l'as amenée *ici* ? » demanda Vernon.

Ici, c'était une petite cabane de bûcheron au-dessus de Sibun Gorge, une cavité sinueuse, profonde et étroite, creusée pendant des millénaires par la rivière Sibun dans les monts Mayas. La cabane elle-même, basse et coiffée d'une toiture inclinée comme celle d'un appentis, avait au moins trente ans, sentait la moisissure ainsi que l'odeur doucereuse des choses qui se décomposent. Construite à même la terre et sans le moindre meuble, elle était faite de planches de pin horizontales clouées à des poteaux verticaux, enfoncés dans le sol à coups de masse. À une époque, elle avait apparemment été deux fois plus petite et n'avait comporté qu'une seule pièce, mais une deuxième avait été ajoutée, ce qui avait transformé le mur de façade en mur de séparation. Aucune des deux pièces n'avait de fenêtres, mais énormément d'air circulait par les fissures irrégulières des planches. De l'extérieur, la construction ressemblait à celle d'une vieille étiquette de sirop d'érable, mais l'intérieur évoquait le grenier de la maison de votre grand-mère après son déménagement. Les bûcherons qui avaient construit cet abri spartiate étaient depuis longtemps partis pour d'autres endroits dans la forêt et, au cours des années qui avaient suivi, les lieux n'avaient été que très rarement occupés par des chasseurs, des fugitifs ou des amants. Et, désormais, par des kidnappeurs et leur victime.

« Où d'autre ? » demanda le Noir maigrichon en lançant un regard de défi à Vernon. Il s'était visiblement attendu à recevoir des félicitations pour son esprit d'initiative, pas à subir toutes ces critiques. « Pas chez *moi*, poursuivit-il. J'aurais peut-être dû la ramener chez toi ?

– De toute façon, elle peut t'identifier, souligna Vernon.

– Pas si elle me revoit jamais. Je peux disparaître pendant un bon moment. Je l'ai déjà fait.

– Eh bien pas moi. J'ai un boulot à conserver.

– Attaché aux choses matérielles, commenta le Noir maigrichon avec l'arrogante supériorité du bon à rien.

– D'accord, d'accord », dit Vernon qui avait du mal à maîtriser sa fureur. Il n'avait d'autre choix qu'accepter la situation, pensa-t-il en marchant de long en large devant la porte restée ouverte, où des moucherons et des grains de poussière faisaient des passes de football américain dans un rayon de soleil orangé. Seigneur, songea-t-il, donnez-moi la force de changer ce qui peut l'être, la patience de vivre avec ce qui ne le peut pas, et la sagesse de les différencier. Seigneur, pensa-t-il, je suis dans la *merde* jusqu'au cul !

Trop de choses à la fois, il se passait trop de choses. D'accord, il était en partie responsable de l'enlèvement d'une Américaine, ce qui allait certainement virer à l'incident diplomatique, avec la sixième flotte qui procéderait à une démonstration de force au large de la caye St. George et les Marines qui parcourraient Belize City en distribuant des chewing-gums.

(Plus tôt dans le siècle, quand le marché mondial de l'acajou avait vacillé, le chiclé – la gomme de type latex du sapotillier, utilisée pour la fabrication des chewing-gums – était devenu un certain temps la première exportation du Belize à destination des États-Unis.)

Il n'y avait pas de mobilier dans cette cabane, aucun objet à l'exception d'une bougie éteinte, enfoncée dans le goulot d'une bouteille de bière, dans un angle, rien pour se soulager d'un bon coup de pied hormis les murs en planches de pin. Tout en se frappant les cuisses avec les poings, Vernon faisait les cent pas et réfléchissait à plein de choses simultanément, jusqu'à ce que le Noir maigrichon dise : « Si sa présence t'inquiète autant, on peut toujours… » Il traça une ligne devant sa gorge avec son index.

C'*était* ça, la pensée que Vernon avait évitée et repoussée sans cesser de tourner autour. Dans son cœur et dans son esprit, il avait commis de très, très nombreux meurtres au fil des années, à l'encontre d'individus seuls et de groupes, mais sur le brasier ardent de la vraie vie, jamais il n'avait frappé qui que ce soit violemment. Était-ce là ce qu'un homme déterminé ferait dans cette situation ? Expédier purement et simplement d'une balle cette femme en…

Il n'avait pas d'arme à feu.

D'accord, la poignarder aussi vite que…

Il n'avait pas non plus de couteau sur lui, à part cette imitation de couteau suisse (une imitation ! Quelle plaie !) qui pourrait peut-être faire l'affaire, mais pas au prix d'un seul coup rapide et régulier.

D'accord, d'accord, il pouvait étrangler cette espèce de…

Il regarda ses mains. Imagina entre ses doigts un visage qui émettait des râles… Les yeux qui sortaient de plus en plus de la tête, les veines rouges qui striaient le blanc des globes oculaires. La langue qui dépassait de la bouche suppliante en s'agitant comme un poisson hors de l'eau. Les doigts affaiblis qui tentaient de s'agripper à ses mains dans leur agonie. La bave qui coulait de la bouche, la morve qui suintait des narines, les yeux qui se gonflaient comme s'ils allaient éclater comme des grains de raisin, la peau qui devenait tavelée, violacée…

Il pensa qu'il allait vomir.

« Alors ? » demanda le Noir maigrichon.

Vernon déglutit, regarda par l'encadrement de la porte la jungle luxuriante et le jour qui déclinait. « Euh, dit-il, on décidera plus tard. On doit la questionner avant.

– À quel sujet ?

– Au sujet du *temple* ! » Redevenu furieux, il pivota sur lui-même. « Il était vraiment et incontestablement sur les terres de Galway ?

– C'est l'impression que ça donnait, d'après la carte. *Elle* avait l'air persuadée que oui. Et le temple y était bel et bien.

– Tu l'as vu. Tu as vu le temple.

– Je te l'ai déjà dit, j'ai vu une colline avec des rochers dessus. Allez, mon gars, il faut prendre une décision. »

La solitude du pouvoir. Vernon se mordait l'intérieur des joues, il frappait ses poings l'un contre l'autre. Soudain, la solution s'imposa à lui, comme une lumière ruisselant du paradis : il ne serait pas obligé de se charger lui-même du… euh, du crime.

En partant ce soir, il lui suffirait de dire, du coin de la bouche : « Occupe-toi d'elle », et son complice, qui ne connaîtrait aucun problème de conscience, ne serait pas affecté par son imagination, ne penserait pas aux conséquences, ferait le sale boulot.

« Qu'est-ce que tu veux, Vernon ? »

Il regarda la porte fermée qui donnait sur la pièce intérieure. La cloison, qui avait été jadis le mur extérieur, était toujours recouverte d'écorce, et la porte en planches de pin était elle-même épaisse et solide. Elle s'ouvrait de l'intérieur, mais il y avait un vieux moraillon rouillé maintenu en place par un bout de branche cassée. « Je ferais bien d'aller l'interroger maintenant », décida-t-il en soupirant.

Il sortit la taie d'oreiller de sa poche, la déplia lentement avec des gestes précis et l'enfila sur sa tête. C'était une taie d'oreiller jaune avec une grande fleur épanouie comme le soleil ; les trous pour les yeux avaient été découpés dans le pistil de deux marguerites.

« Prends la bougie, lui conseilla le Noir maigrichon. Il fait sombre, là-dedans. »

Vernon alluma alors la bougie dans la bouteille de bière, le Noir maigrichon fit jouer le moraillon, ouvrit la porte, et un bruit précipité leur parvint de l'intérieur. Vernon franchit le seuil donnant sur l'autre pièce en essayant de distinguer quelque chose par ces foutus trous et en trébuchant un peu parce qu'il ne voyait pas où il marchait. La porte se referma derrière lui, et le moraillon reprit sa place.

Valerie Green était grande, très grande, debout contre le mur du fond, les bras le long du corps, le menton relevé dans une attitude de défi. « Vous ne pouvez pas faire ça ! cria-t-elle.

– La preuve que si, lui répondit-il d'un ton un peu sarcastique. »

(Il avait vu les mêmes films qu'elle.)

« Quand je sortirai d'ici…

– Si vous en sortez. » Il fut satisfait de la voir blêmir légèrement, porter une main à son menton, les doigts repliés. « Tout ce que vous avez à faire, lui dit-il, c'est coopérer. »

Les yeux de Valerie lancèrent des éclairs.

« Qu'est-ce que vous entendez par là ?

– Oh, rassurez-vous, dit-il d'un ton supérieur et méprisant, je n'ai pas l'intention d'attenter à votre vertu de jeune fille. Je sais à quel point c'est important pour vous, les Américaines.

– Vraiment ? » À la lumière vacillante de la flamme, son visage était difficile à déchiffrer.

« Je suis là pour parler du temple.

– C'est de la spoliation ! » Elle s'avança d'un pas belliqueux presque comme si elle allait se jeter sur lui. « Vous, un Bélizien, vous vous fichez de ce qu'il advient de votre propre *héritage* !

– Qu'est-ce qui vous fait croire que je suis bélizien ? demanda-t-il en essayant de prendre l'accent texan.

– Oh, ne soyez pas stupide. Je sais qui vous êtes.

– Vous *pensez* peut-être le savoir…

– Il y a une chose que je voudrais vous entendre me dire. »

L'entretien lui échappait, c'était elle qui le questionnait désormais, mais il ne voyait pas comment redresser la situation : « Oui ?

– Vernon, c'est votre nom ou votre prénom ? »

Quelqu'un gloussa derrière la porte. Elle nous a entendus parler ! Bon sang de bonsoir, à travers toutes ces fentes, dans le mur. « Ni l'un ni l'autre, déclara-t-il avec un accent irlandais exagéré. Vous pouvez pas voir ma figure, vous pouvez pas identifier ma voix, vous pouvez rien prouver.

– C'est ce qu'on verra », dit-elle, et elle croisa les bras sous sa poitrine altière.

« Écoutez, dit-il en se rapprochant, vous parlez d'héritage, mais que croyez-vous que Kirby Galway est en train de faire ? Il *vend* des objets !

– Ça ne vous rend pas meilleur.

– D'accord. Je vais vous dire la vérité. Je suis bélizien.

– Bien sûr que vous l'êtes. Je le sais.

– Je veux sauver le temple des mains de Kirby Galway, poursuivit-il avec des accents d'innocence et de pureté de pensée sous sa taie d'oreiller, je veux le protéger pour mon peuple.

– Oh non, ce n'est pas vrai, dit-elle. Sinon vous ne m'auriez pas enfermée ici. Vous et *Innocent* St. Michael. Et dire que j'ai cru à ses sornettes ! »

Oh, oh, pensa Vernon. Elle croit que St. Michael est complice. C'est bien. D'une manière ou d'une autre, c'est très bien. « Peu importe tout ça, dit-il. Ce qui compte, c'est que vous êtes allée sur les terres de Galway, je ne me trompe pas ?

– Bien sûr que non. Le temple est pile à l'endroit où je l'avais dit dès le début, et vous aviez tort avec vos inondations, vos failles géologiques et tout le reste. »

Vernon ne mordit pas à l'appât : *Je ne suis pas Vernon*, se répéta-t-il. Puis il demanda : « Est-ce qu'il a de la valeur ? Y a-t-il des objets précieux ? »

Elle lui adressa le regard exaspéré du professionnel confronté à un amateur. « Comment je pourrais le savoir ? Je n'ai pas examiné le site, cet homme m'en a chassée avec une épée !

– Une épée ? »

Elle fit des gestes cinglants dans l'air. « Vous savez, ce truc, là, vous savez bien.

– Une machette, répondit le Noir maigrichon dans l'autre pièce.

– Toi, te mêle pas de ça ! » hurla Vernon. Il se frappa la hanche de sa main libre. Sous la taie d'oreiller, il avait de plus en plus chaud, et cela de diverses manières. Il avait perdu tout contrôle. Il était impossible de soudoyer cette femme ou de la forcer à se taire, à moins de...

Ohhhhhh, ohhhhhh. Comment s'était-il fourré là-dedans ? « C'est tout pour le moment », dit-il en reculant vers la porte. Je vais aller voir sur place, pensa-t-il, je ne sais pas comment on a pu rater ce temple, tous, mais il doit bien y être, je vais y aller, je vais chercher partout, tout de suite, ce soir, si j'ai de la chance je trouverai du jade, de l'or peut-être, pour une valeur de deux ou trois cents milliers de dollars (américains), et je quitterai le pays *demain*. Je repartirai de zéro ailleurs, là où personne ne me connaît, je changerai de nom, je ferai les choses correctement, cette fois. Mais il savait qu'il ne le ferait pas. Il n'allait pas s'y rendre ce soir et, même s'il le faisait, il ne trouverait rien d'intéressant en tâtonnant dans le noir. Et même si, par une chance insensée, il tombait sur un objet de valeur, il ne quitterait pas le Belize pour autant.

Où pourrait-il bien aller ? Qu'y ferait-il ? Qui connaîtrait-il là-bas ?

« Laissez-moi cette bougie, dit Valerie.

– Quoi ? fit-il parce qu'elle l'avait interrompu dans sa rêverie.

– Il fait noir ici. J'ai besoin de la bougie.

– Oh, non. » Ce film-là aussi, il l'avait vu. « Vous allez mettre le feu et vous enfuir.

– Je voulais juste un peu de lumière.

– Vous n'avez pas besoin de lumière », dit-il d'un ton menaçant en tenant la bougie plus près de lui et en manquant d'enflammer la taie d'oreiller. Il poussa la porte mais rien ne se produisit. Son complice l'avait fermée. Triste façon de sortir de scène en assénant sa dernière réplique. Vernon, qui détestait cette impression de devenir, il ne savait trop comment, un sujet de dérision, se résigna à cogner à la porte.

« Qui va là ?

– Eh, ouvre-moi cette foutue porte ! »

Le moraillon grinça, la porte s'ouvrit en grand, et Vernon se retourna pour regarder Valerie à travers les trous dans la taie d'oreiller : « Je m'occuperai de vous plus tard », dit-il. Et, cette fois, il sortit de la pièce.

« Il faut que j'aille aux toilettes ! »

Le Noir maigrichon referma la porte et bloqua le moraillon. Le soleil allait bientôt se coucher ; des rayons orangés entraient presque à l'horizontale par la porte principale et gommaient les rugosités du mur de séparation. Vernon posa la bougie dans son coin, toujours allumée. « Il faut que je parte », dit-il.

Le Noir maigrichon eut un geste de la tête en direction de la porte verrouillée. « Est-ce que je m'en occupe ?

– Ben, évidemment. C'est toi qui l'as amenée ici, non ? »

L'autre posa sur lui un regard froid et impatient, puis attendit.

Vernon tergiversait. À contrecœur, il constata : « On ne peut plus la laisser se promener dans la rue maintenant, hein ?

– Dis-le, Vernon. Dis ce que tu veux que je fasse. »

Impossible d'échapper à ses responsabilités. Il détourna les yeux vers l'encadrement de la porte, les arbres, les buissons, les plantes grimpantes, la végétation dense qui s'assombrissait dans la lumière orangée. Il secoua la tête. « Elle doit mourir », chuchota-t-il. Puis il se hâta de partir.

26

De l'autre côté du miroir

Chez eux.

Une accumulation de courrier. Pas de cambriolage, Dieu merci. Tout compte fait, Richie s'était bien occupé des chats et des plantes de l'entrée : quel soulagement. Le lait avait tourné dans le réfrigérateur, mais à part ça, tout allait bien de ce côté-là. Comme l'eau gazeuse n'avait plus de bulles, les retrouvailles avec le whisky Cutty Sark avaient donc dû s'accompagner d'eau venant du robinet de la cuisine. Parmi les messages sur le répondeur, on pouvait entendre la grosse voix joyeuse et chaleureuse de Hiram : « Je suis au supplice, j'en peux plus d'attendre, j'ai hâte que vous me racontiez tout. Appelez-moi *dès que* vous êtes là.

– Oh zut, dit Gerry, je ne suis pas sûr de pouvoir affronter ça. »

Depuis leur retour au bercail, Alan était moins cassant avec lui, plus compatissant. « Je vois ce que tu veux dire, mais on ferait aussi bien de s'en débarrasser.

– Je peux au moins me doucher avant ? On vient à peine d'arriver, on n'a même pas rangé nos affaires.

– Va prendre ta douche, lui dit Alan. Moi, je l'appelle pour lui dire de nous accorder une demi-heure, et après je défais les bagages. » (Alan se sentait un peu coupable car il se souvenait de son attitude irascible due à la tension, au Belize.)

« Oh, c'est gentil de ta part, dit Gerry. Merci, Alan. » Il commençait déjà à se sentir mieux grâce au scotch et au soutien de son compagnon, au simple fait d'être entouré des objets qu'il aimait.

Avant de se doucher et pendant qu'Alan passait le coup de fil chez Hiram trois étages en dessous, Gerry revint un instant dans le salon pour s'imprégner de l'atmosphère, du réconfort que l'on ressent à être dans son petit chez-soi. Revenant du Kentucky en taxi en pleine heure de pointe, avec ces traînées de neige boueuse au bord de la chaussée, Gerry avait *désespéré* d'arriver un jour à la maison, et voilà qu'il y était, enfin, dans son propre salon.

Sur le principe de base d'un mobilier français Empire rehaussé de dorures, ils avaient superposé un mélange éclectique d'objets divers, tous assez grotesques, mais merveilleusement assortis, comme un parfait petit ragoût. Le fauteuil XIXe siècle anglais en corne de rhinocéros, par exemple, apportait une touche de masculinité un peu brusque, qui atténuait l'effet excessivement pompeux et précieux des objets napoléoniens, tandis que le contraste entre la fenêtre habillée de lourdes franges de velours vertes et le mur de même couleur, un peu plus foncée, créait une sensation d'intériorité, de forte présence, qui aurait généré un sentiment de claustrophobie sans la peau de léopard négligemment jetée sur la tapisserie d'Aubusson. Dans le coin, un grand paravent sombre en laque de Coromandel permettait de mettre en valeur les *objets* de la pièce : des démons balinais en teck qui souriaient cyniquement à des déesses indiennes à plusieurs bras en laiton, sous le regard maléfique de gargouilles de pierre d'une cathédrale anglaise et d'icônes médiévales, éclairées par des lampes Tiffany.

Chez eux !

Gerry, qui souriait pour la première fois depuis Dieu sait quand, se dirigea vers la chambre. Il entendait Alan murmurer au téléphone dans le bureau, et si le salon éclectique l'avait apaisé, la chambre conçue pour le confort et le réconfort le fit presque pleurer de joie. Ici, la décoration se composait de tissus de chintz anglais ornés de fleurs pastel, essentiellement dans des tons doux de rose et de bleu, sur un fond couleur crème. Le lit king size mettait en valeur ces motifs grâce à un couvre-lit de chintz, sur lequel étaient jetés des oreillers en dentelle, dont les taies avaient leurs propres motifs, repris ailleurs dans la pièce. Les murs étaient tendus d'une toile des plus soyeuses et des plus délicates, sur laquelle se détachaient d'épais rideaux de chintz d'un ton un peu plus prononcé, qui tombaient jusqu'au sol et étaient retenus par des rubans en dentelle. La seule chose qui tranchait sur cet ensemble était une table en verre aux pieds de laiton, flanquée de volumineux fauteuils bas et larges, dont l'épais rembourrage, sous leurs couvertures de chintz douces et souples, procurait un confort fantastique.

Gerry et Alan n'avaient pas encore pris le temps de décorer la salle de bains malheureusement, car ils voulaient être complètement décidés avant d'appeler les ouvriers, et par conséquent, elle reflétait encore les goûts (à défaut de trouver un terme mieux adapté) du propriétaire. Mais Gerry trouva quand même la douche aussi merveilleuse et restauratrice qu'il s'y attendait.

Trente minutes plus tard, vêtu d'un muumuu noir orné de dragons, un verre à fond épais rempli de scotch et d'eau à la main, Gerry alla ouvrir à Hiram Farley, un grand gaillard enjoué, au crâne dégarni et au large buste, qui était l'influent directeur de magazines locaux, autrement dit, un homme pour qui il était impossible de prendre la vie au sérieux. « Gerry, comme tu es *bronzé*, mon chéri ! » s'exclama-t-il en l'attrapant par les joues et en lui inclinant la tête pour pouvoir déposer un baiser sur son front cuivré. « Tu es merveilleusement beau, et ce verre m'a l'air merveilleusement bon.

– J'ai bien peur que nous n'ayons pas de soda. De l'eau plate, ça t'irait ?

– Les poissons baisent dedans, répondit Hiram. D'un autre côté, les oiseaux baisent bien dans les airs.

– Hiram, je dois considérer que c'était un oui ?

– Le jour où je dirai non quand il s'agit de boire un verre, n'importe quel verre, sera celui où vous devrez préparer les six chevaux noirs ainsi que les six hommes bien montés et tout à fait à la hauteur. »

Comme le trafic aérien, les paroles de Hiram passaient généralement bien au-dessus de la tête de Gerry, et quand il se taisait un moment, il profitait du silence des moteurs à réaction : « Je vais t'en servir un.

– Merci, tu es un amour. »

Ils avaient bifurqué, Gerry en direction de la cuisine, Hiram vers le salon. « Alan sera là dans un petit instant, il sort de la douche. »

En fait, quand Gerry revint en apportant le verre de Hiram et le sien, Alan était déjà là, vêtu de son kimono blanc à large ceinture noire, assis les jambes croisées sur une chaise blanche et or. Hiram, comme toujours, avait installé sa corpulence sur le fauteuil en corne de rhinocéros, ce qui le faisait ressembler au méchant Blanc dans un film de Tarzan. La place attitrée de Gerry était la méridienne style Récamier.

« À votre heureux retour, dit Hiram en levant le verre que Gerry lui avait apporté.

– À la vôtre », dit Alan, et ils avalèrent tous la traditionnelle gorgée.

Hiram sourit à ses hôtes, plein d'espoir. « Et à ce voyage qui a été fructueux ?

– Pas entièrement, dit Alan.

– Pas du *tout*, le corrigea Gerry. Un désastre, en fait.

– Oh, je n'irais pas jusque-là, dit Alan. Nous avons beaucoup appris sur la façon dont les choses fonctionnent. Tu es trop pessimiste, Gerry.

– Les cassettes ont *disparu* !

– Une minute, dit Hiram. Faites ce que le roi de cœur a dit à Alice, et ce que moi, je dis toute la sainte journée aux écrivains, à ces pauvres diables aux doigts tachés d'encre, ces amateurs de prose, ces espèces de scribouillards sans talent. »

Gerry cilla. « Des amateurs pros ? »

Hiram se pencha en adoptant une posture pédante mais régalienne. « "Commencez par le commencement, cita-t-il d'un ton grave[1], et continuez jusqu'à ce que vous arriviez à la fin ; ensuite arrêtez-vous." »

– Tout avait l'air de bien se passer jusqu'au dernier moment, dit Alan.

– Mais après, ce n'était *plus du tout ça*, compléta Gerry.

– Non, non, dit Hiram, écoutez attentivement, cette fois. "Commencez par le commencement…"

1. Il s'agit d'une citation du Roi dans *Alice au pays des merveilles* de Lewis Caroll (trad. H. Bué, 1972).

– Oh, *Hiram* ! se récria Gerry, désemparé. Les cassettes ont *disparu*, d'accord ?

– Attends une minute, lui dit Alan. Hiram a raison. » Il se tourna vers lui : « Depuis le commencement, alors. » Puis il donna une vision d'ensemble assez cohérente de leur voyage au Belize, ne romançant que leur réaction en présence du gangster à l'hôtel, et il finit par : « Bon, de toute évidence quelqu'un *a su* qu'on avait fait ces enregistrements et a deviné qu'on allait essayer de les faire sortir en douce du Belize dans nos baladeurs. »

Hiram acquiesça tout en réfléchissant. « Galway, vous pensez ?

– Je n'en sais rien du tout, répondit Alan. Il n'y a eu aucun indice en ce sens. Ça n'a pas l'air d'être le genre de type à pouvoir simuler aussi bien que ça, mais bon, qui peut vraiment savoir ?

– Oh, c'est Galway, évidemment, dit Gerry. Il est vraiment *sournois,* ce type-là.

– Bon, dit Hiram, si c'est Galway qui les a, les cassettes, ça n'ira pas plus loin.

– Tu crois vraiment ? demanda Alan. On se souvient exactement de ce qu'il nous a dit, sur sa méthode pour passer des trucs en contrebande et tout ça, sur ce qu'il va faire de ce pauvre temple…

– Je dois avouer que j'ai été un peu tenté, dit Gerry. De marcher dans la combine sans me poser de questions ; on aurait pu gagner *beaucoup* d'argent.

– Oui, j'ai bien vu ce que tu pensais, dit Alan en le regardant d'un air malicieux.

– Et alors, dit Gerry, après tout, on *aurait pu*, non ? Je veux dire, on n'est pas des policiers, si ?

– Vous êtes d'honnêtes citoyens, lui répondit Hiram. Tu te souviens comme ça t'a rendu malade, le jour où je t'ai montré les photos des pillages de tombes.

– Oh, je ne dis pas que j'ai été tenté sérieusement, dit Gerry en riant et en repoussant cette éventualité de la main, juste un petit peu.

– Bref, dit Alan, on connaît les faits, même si on n'a plus les cassettes. Ce n'est pas suffisant ? »

Hiram fit non de la tête. « Votre parole n'est pas corroborée. Même si le service juridique nous autorisait à publier, moi, je ne le ferais pas. Ce ne sont que des ouï-dire, des rumeurs gonflées. Pas de preuves de voleur, pas d'histoire.

– C'est vraiment dommage, dit Alan, ça m'a plutôt plu de jouer les espions. »

Hiram prit un air aussi mélancolique que possible pour un grand type costaud et chauve. « Un article d'investigation sur le trafic d'objets d'art qui nous conduit jusqu'ici, à New York. Quel beau changement de contenu ça nous aurait fait. Je ne saurais vous dire à quel point je commence à être fatigué du sommaire habituel : les cinquante-sept meilleures pizzerias de Hampton ; votre guide pour trouver un chiropracteur sur la côte ouest ; les vraies questions sur les promoteurs immobiliers. Pour une fois, on tenait quelque chose de *consistant* : des antiquités, des malfrats, des avions, des rencontres clandestines dans les champs de maïs...

– Je crois que c'est une sorte de ranch, précisa Alan.

– Ça ne change rien à l'idée de base, lui dit Hiram. Plus délicat en termes de marche, bien sûr. Bon, tout est fini, maintenant. » Il soupira et avala la moitié de son verre. « Vous n'entendrez plus jamais parler de Kirby Galway. »

27

Le phare et la voix

Je peux quand même encore appeler ces deux types à New York, pensa Kirby en décrivant un grand demi-cercle pour faire franchir les montagnes à une Cynthia surchargée. Juste pour que les histoires de cette satanée casse-pieds ne parviennent pas aux agences de presse, je peux toujours les appeler dans trois ou quatre semaines et commencer les livraisons, que j'ai un temple bien réel ici ou non.

Tout autour de lui, les balles de marijuana émettaient des petits frottements, des couinements, tandis que Cynthia traçait laborieusement son chemin sous la lueur nocturne de la lune. Lors de ses premiers voyages, Kirby avait pensé que l'herbe était infectée d'insectes, mais il avait fini par comprendre que c'étaicnt simplement les balles qui se déplaçaient et s'adaptaient à mesure que les courants aériens secouaient l'avion.

La seule façon de gagner sa vie avec ce genre de cargaison volumineuse dans un petit avion comme celui-ci consistait à le surcharger et à espérer être aussi bon pilote qu'on le pensait. Plus d'une fois, Kirby avait imaginé qu'il avait trop chargé l'appareil, quand il bringuebalait sur des pâturages irréguliers ou sur une route secondaire creusée de nids-de-poule en direction d'une rangée d'arbres, droit devant lui dans la pénombre (et n'était-ce pas là une piètre façon de mourir), mais jusqu'à ce jour, la chance, son savoir-faire et les imprévisibles brises ascensionnelles avaient conspiré pour l'aider à s'élever au-dessus de tous ces arbres et à survivre à sa propre témérité.

Mais maintenant qu'il avait la combine du temple, les risques étaient multipliés par deux. Après avoir chargé l'avion et dit au revoir à ses contacts au fin fond du Belize, il faisait péniblement grimper Cynthia dans le ciel, mettait le cap sur le nord, et, une fois en sécurité, hors de la vue et des oreilles des hommes qu'il venait de saluer de la main, il effectuait son demi-tour en un long virage disgracieux, frôlant la cime des arbres, exigeant le maximum de Cynthia, afin de faire route vers le sud et ses propres terres pour un atterrissage et un décollage supplémentaires.

Et il en allait de même cette nuit. Il volait vers le sud, surtout à l'instinct car les nuages s'étaient amoncelés au point de masquer la lune. En arrivant au-dessus de l'ancien temple, alors que le monde en contrebas était d'un noir uniforme, il alluma ses lumières d'atterrissage au tout dernier moment et vit Luz et deux ou trois autres villageois se hâter de fuir sa trajectoire. Son terrain était encore plus sec que dans l'après-midi, les premières crevasses apparaissant dans le chaume marron clair.

Bong ! fit Cynthia en touchant brutalement le sol tandis que l'avion tout entier protestait. Kirby tourna, alluma une nouvelle fois brièvement ses phares d'atterrissage pour voir où se trouvaient les Indiens, puis il poussa Cynthia jusqu'à l'endroit où ils s'étaient regroupés, autour de grandes boîtes en carton.

Le chargement ne prit pas longtemps ; ils avaient tous déjà fait ça. De ces cartons sortaient des paquets plus ou moins gros, enveloppés dans des journaux béliziens récents, en général *Le Phare* et *La Voix*. Le plus petit n'excédait pas la taille d'une tasse de café, tandis que le plus volumineux avait grosso modo celle d'une lampe de bureau sans abat-jour. « Doucement avec celui-là, dit Tommy en tendant un paquet de taille moyenne. Il est cassé.

– Entendu », dit Kirby qui le glissa précautionneusement dans une des balles de marijuana.

Il était un peu plus de minuit maintenant et il avait près de mille trois cents kilomètres à parcourir, dont la majorité au-dessus de l'océan. En fonction du vent et de la météo, le trajet durerait entre cinq et sept heures ; quoi qu'il arrive, il se poserait avant le lever du jour. Il rangea le dernier paquet, bâilla et dit : « Vous avez fait disparaître le temple ?

– Oh, oui, dit Tommy. La colline est juste un petit peu éraflée. Il est visible que des gens ont creusé.

– J'ai hâte de les voir, ces enfoirés, dit Luz. Ils vont en faire dans leur froc quand ils vont se pointer et se rendre compte qu'il n'y a pas de temple.

– Si ça peut mettre un terme à toute cette histoire, dit Kirby avant de bâiller à nouveau. On se revoit dans le courant de la semaine prochaine, les gars. À mon retour, je me mets en état d'hibernation.

– C'est quoi l'hibernation ? s'enquit innocemment Tommy.

– Ce que les ours font en hiver, répondit Kirby.

– C'est quoi l'hiver ?

– Oh, va te faire foutre », dit Kirby. Puis il s'envola avec, dans les oreilles, la musique de leurs rires.

28

Mais pas à Corozal

Neuf heures du matin samedi, et la première chose qu'Innocent vit en arrivant dans ses bureaux à Belmopan fut son fidèle assistant Vernon, plongé dans la paperasse jusqu'aux coudes. « Bonjour, dit Innocent. Tu travailles le samedi ? »

Vernon leva les yeux de ses graphiques et de ses listes : « J'ai dû aller chez le dentiste hier, alors je suis venu rattraper. » Il semblait avoir encore mal.

« Je dois passer des coups de fil, annonça Innocent, et après j'ai un rendez-vous à Belize City. » Il sourit en pensant à son rendez-vous. N'allait-il pas rendre Whitman Lemuel excessivement heureux en le sauvant de sa geôle ? Mais pas gratuitement.

Vernon tendit la main vers son téléphone. « Qui voulez-vous appeler ? »

Ce bon vieux fidèle Vernon. « Les transports, lui dit Innocent. J'ai signé le registre de sorties pour une Land Rover hier, je veux savoir si elle est rentrée. »

Pendant que Vernon appelait, Innocent réfléchit encore à la conclusion peu satisfaisante de la journée de la veille. Après avoir pris les dispositions nécessaires pour persécuter Whitman Lemuel, il était resté assis dans le bar du Fort George à boire gin tonic sur gin tonic et avait regardé la lumière du jour s'estomper au-dessus de l'océan. Derrière la vitre, protégé par la climatisation, il avait observé les couleurs du ciel et de l'océan changer progressivement comme s'il s'agissait d'une gigantesque production de télévision, lente mais tout en longueur, spécialement réalisée pour lui. De loin en loin, il distinguait le toit poussiéreux d'une voiture qui passait sur la route de terre derrière le mur en pierre qui délimitait le périmètre de l'hôtel. Mais Valerie Greene n'était dans aucune de ces voitures.

La nuit noire avait transformé la vitre en miroir, et de se voir affalé dans le sombre fauteuil bas, son verre à la main, à attendre pendant des heures une femme qui n'arrivait pas, cela avait fini par l'irriter à tel point que, peu après dix-neuf heures trente, il était retourné aux cabines téléphoniques, avait appelé un ami policier pour lui poser prudemment une ou deux questions, et avait reçu l'assurance qu'aucun véhicule appartenant au gouvernement, de quelque modèle que ce soit, n'avait été impliqué dans un accident au cours de la journée. (Ce qui est plutôt rare.) Puis il avait appelé l'hôpital de Belize City où aucune Américaine n'avait été enregistrée durant les douze dernières heures. De même au Punta Gorda et dans les établissements de santé de Belmopan. Il n'avait pas appelé ceux de Corozal ni d'Orange Walk parce que c'était à l'autre bout du pays ; Valerie était partie vers le sud.

À ce moment-là, il aurait pu prendre une chambre d'hôtel et appeler bon nombre de femmes qui seraient venues le rejoindre, mais il n'en avait simplement pas eu envie. Son appétit était orienté vers Valerie Greene, et il ne voulait pas d'ersatz. D'autre part, il était relativement surpris de constater que cette fille lui plaisait vraiment beaucoup, et il voulait s'assurer qu'elle allait bien. Il dîna donc seul dans la salle à manger de l'hôtel, face aux rideaux qui masquaient la vue nocturne, et comme elle n'était toujours pas de retour, il laissa un message tout simple à son intention au réceptionniste : « Je t'appelle dans la matinée. Innocent. » Là-dessus, il prit le volant pour rentrer chez lui, s'offrit un rapide bain de minuit dans la piscine pour libérer son corps de ses crispations et dormit comme un bébé.

Au matin, comme promis, il téléphona de la maison, mais Valerie Greene n'était à aucun moment repassée par l'hôtel. Ses affaires étaient toujours dans sa chambre, comme si elle avait prévu de revenir, mais personne ne l'avait vue ni n'avait eu de ses nouvelles.

Son premier rendez-vous de la journée aurait dû être avec Whitman Lemuel, mais la disparition de Valerie modifia l'ordre des choses. Le nombre et la nature des appels téléphoniques qu'il devait passer ne lui permettaient pas de s'en occuper de la maison, où il était entouré d'espions hostiles qui avaient son sang dans les veines. Il devait donc se rendre d'abord à son bureau de Belmopan.

Bureau où le loyal Vernon reprit immédiatement son travail de chien fidèle. Il passa le coup de fil, dit « Non, il n'y a pas de problème », raccrocha, puis s'adressa à Innocent : « La voiture n'est toujours pas rentrée.

– Merde, fit Innocent.

– Y a un problème ? demanda vivement Vernon, prêt à apporter son aide.

– Cette archéologue, dit Innocent.

– Ah, oui. C'est pour ça, la voiture ?

– Elle n'est pas revenue. »

Un nuage passa sur le visage de Vernon : peut-être sa dent était-elle douloureuse. « Qui était le chauffeur ? »

Innocent avait l'air mal à l'aise, et l'était : le vrai problème, dans cette histoire, était bien là. « Ce type à qui je fais appel, tu sais, dit-il avec un geste vague de la main.

– *Lui ?* » Vernon semblait choqué.

« Il me fallait quelqu'un... » Innocent se tut un instant avant de continuer puisqu'il n'avait que très peu de secrets pour Vernon. « Il me fallait quelqu'un qui puisse me rapporter les faits directement. Quelqu'un en qui je puisse avoir confiance et qui tienne sa langue.

– Quelqu'un à qui vous puissiez confier une femme ?

– Oh, je ne pense pas qu'il... » Mais Innocent n'acheva pas sa phrase. Au fond de lui-même, il devait reconnaître qu'à cet égard, il n'était sûr de rien.

« Est-ce qu'il est revenu, lui ?

– Il ne répond pas au téléphone.

– Où il habite ?

– À Teakettle », répondit Innocent en désignant un petit hameau à quelques kilomètres de la frontière du Guatemala. « Mais il faut que j'aille à Belize City.

– Je vais y aller, proposa Vernon, voir si je peux le trouver. Vous pourrez m'appeler ici plus tard.

– Merci, Vernon, dit Innocent. Je ne sais pas ce que je ferais sans toi. »

29

Où sont évoqués l'arrivée de Lemuel au Belize, son voyage au temple avec Galway, l'apparition inattendue de Valerie Greene, le comportement surprenant de Galway qui s'est ensuivi, et la décision de Lemuel de n'avoir plus rien à voir avec toute cette douteuse affaire.

« M'sieur Whitman ? »

Lemuel sortit trempé de sueur d'un assoupissement sans repos, passant de l'inconfort et des cauchemars à un inconfort encore moins agréable et à une réalité bien pire. La prison. L'air humide retenait au piège des odeurs fétides comme des moustiques dans de l'ambre. Quelque chose gouttait au loin sur une pierre ancestrale. La moiteur de la nuit laissait place à la chaleur du jour. La prison. Une prison *étrangère.*

Une lumière grise se frayait un chemin à travers la crasse de la fenêtre protégée par des barreaux, éclairait le sol et les murs de béton. Une maigre paillasse sans draps ni matelas sur laquelle Lemuel, en proie à la terreur, s'était tourné et retourné toute la nuit sans parvenir à fermer l'œil pour finalement sombrer dans l'inconscience aux premières lueurs de l'aube.

Et il était maintenant réveillé en sursaut par une voix rauque qui prononçait son nom :

« Vous là, réveillez-vous. Vous êtes m'sieur Whitman ? »

Il se redressa sur son séant, étourdi par la peur et le manque de sommeil, et cligna des yeux face à la silhouette qui se tenait derrière la porte grillagée. « Lemuel », dit-il. Sa langue semblait pâteuse au contact de ses dents cotonneuses. « Mon nom est Lemuel.

– Vous êtes pas m'sieur Whitman ? » La silhouette était vêtue d'un uniforme : sûrement un gardien.

« Whitman, c'est mon prénom. » Tentant de se réveiller et de rassembler ses esprits éparpillés, il se frotta les yeux envahis de sable avec ses phalanges.

« Euh, dit le gardien en secouant des feuilles de papier. Whitman, c'est votre nom de *baptême* ?

– Oui.

– Et Lemuel, alors ? Lemuel, c'est votre nom de *famille* ?

– C'est ça. »

Le garde gloussa en secouant de nouveau ses papiers. « Beaucoup de noms bizarres, dans ce monde », dit-il avec philosophie. Le cliquetis métallique des clés se fit entendre dans la serrure, et la porte s'ouvrit en grinçant. « Eh bien m'sieur, m'sieur *Lemuel*, m'sieur *Whitman Lemuel*, vous avez un visiteur. »

Un visiteur ? Qu'est-ce que ça signifiait ? Qui pouvait savoir qu'il était là ? Après avoir lutté et protesté pendant des heures, la veille au soir, des heures à subir des mensonges, des menaces ou à être simplement ignoré, il avait fini par abandonner l'espoir de recevoir un jour un message de l'ambassade américaine, de l'hôtel, ou de quiconque, n'importe où dans le monde, qui aurait pu l'aider à s'évader de ce cruel univers kafkaïen tropical. Alors de qui pouvait-il bien s'agir, qui donc venait lui rendre visite dans un endroit aussi horrible ? Il demanda au garde : « Quel visiteur ?

– L'homme qui veut vous voir.

– Mais qui ? Qui est-ce ?

– Vous voulez pas de visite, ce matin ? » La porte grinça à nouveau de manière inquiétante, comme il en va de l'idée d'enfermement. « Vous voulez que je dise, trop occupé pour visites, ce matin ?

– Non, non ! » Tout serait préférable à cette cellule infestée de vermine. Lemuel se leva trop brusquement, fut pris de vertiges et dut s'appuyer un instant contre le mur sous le regard du gardien impassible. Puis il avança et sortit dans un couloir bétonné que frottait un détenu édenté avec un balai à franges. Le gardien conduisit Lemuel vers la façade du bâtiment avant de bifurquer dans un petit bureau où un homme corpulent et robuste, à la peau couleur chocolat, vêtu d'un costume gris clair et d'une chemise vert clair à col ouvert, se tenait debout et feuilletait le calendrier de la compagnie d'assurances Regent en manifestant beaucoup d'intérêt pour les mois à venir. À chacune des deux fenêtres, des persiennes translucides, entrouvertes, laissaient entrer l'air et la lumière sans permettre de voir ce qu'il y avait à l'extérieur.

« M'sieur St. Michael, dit le garde avec un étrange mélange de respect et de jovialité, ça c'est m'sieur Whit-*man Lem*-uel. » Tout en poussant le prisonnier dans le bureau, le garde resta à l'extérieur et tira à lui la lourde porte avec un petit bruit.

M. St. Michael abandonna le calendrier et tourna un regard soucieux vers Lemuel, qui avait une conscience aiguë de son aspect crasseux, de ses habits froissés, de son corps non douché et de son visage mal rasé. St. Michael, pour un homme aussi corpulent dans un climat aussi chaud, était extrêmement pimpant. Mille phrases se bousculaient dans l'esprit de Lemuel (salutations, questions, requêtes, supplications), mais aucune ne semblait tout à fait adaptée à la situation. Il resta donc silencieux et n'essaya même pas d'atténuer l'expression de désespoir, d'égarement et de peur qu'il savait présente sur son visage.

Ce fut St. Michael qui finit par prendre la parole avec la voix suave d'un animateur de radio. « Eh bien, monsieur Lemuel, je dois reconnaître une chose. Vous n'avez pas l'*air* d'être un escroc. »

Ainsi donc, c'était bien ça, ses plus grandes peurs se réalisaient, l'entourloupe de Kirby Galway, c'était pour ça. La terreur qui l'avait empêché de dormir toute la nuit était justifiée ; sa réputation était ruinée, une cellule de prison humide et froide serait son lot pour l'éternité. « Oh, non, monsieur, dit Lemuel, qui était à cet instant un homme brisé. Non, monsieur, je ne suis *pas* un escroc.

– Ce n'est pas la première fois qu'on entend un Américain nous dire ça, déclara St. Michael.

– C'était Galway, dit Lemuel en toute hâte. Kirby Galway, il m'a menti, il m'a dit qu'il voulait seulement mon avis d'expert, je n'ai pas décelé le moindre *indice* d'irrégularité avant qu'il ne soit trop tard. J'étais déjà là-bas, au temple. La *première* fois qu'il m'a fait cette proposition, c'était…

– Au temple ? » Les yeux de St. Michael étincelèrent : ces deux mots avaient suscité son intérêt. Un super détective, voilà ce qu'il devait être, un limier excité par la chasse à l'homme.

En tout cas, Lemuel refusait de tenir le moindre rôle là-dedans. Que ce gros type pourchasse Kirby

Galway, que Galway essaie ensuite de s'en tirer en faisant porter le chapeau à un érudit respectable comme lui, si ça les amusait. « Je ne sais pas ce que cette fille vous a raconté, commença-t-il, mais j'étais là-bas *uniquement*...

– Quelle fille ? Valerie Greene ?

– C'est son nom ? Quoi qu'elle ait pu vous dire, je vous assure...

– Attendez, attendez, monsieur Lemuel, dit St. Michael soudain devenu accommodant et rassurant. Asseyez-vous là, et commencez par le commencement, s'il vous plaît. »

Il y avait un petit bureau en acajou dans la pièce, et deux chaises en bois sans accoudoirs. Lemuel et St. Michael s'assirent de part et d'autre du bureau et le responsable du musée raconta tout, depuis sa première rencontre avec Kirby Galway *et* la fille, Valerie Greene, à New York. Oui, ils y étaient tous les deux mais n'avaient pas donné la moindre impression qu'ils travaillaient en équipe, *à ce moment-là*, puis la rencontre suivante avec Galway, seul à New York, l'accord de Lemuel pour venir au Belize afin d'examiner le temple de Galway, son arrivée, leur voyage ensemble, l'apparition inattendue de la fille, le comportement surprenant de Galway qui s'était ensuivi, et la décision de Lemuel de n'avoir plus rien à voir avec toute cette douteuse affaire. Il raconta son histoire à St. Michael et presque tout ce qu'il lui dit était absolument exact. À l'exception d'un petit détail : dans *sa* version des faits, Kirby Galway l'avait uniquement approché en tant qu'expert, il lui avait demandé son opinion concernant la valeur et l'authenticité de ce qu'il avait trouvé sur ses terres, et n'avait fait aucune illusion à de la contrebande ni à des ventes illégales d'antiquités mayas avant d'être devant le temple, juste avant que la fille n'arrive, à vrai dire.

« Donc le temple existe, en d'autres termes, dit St. Michael quand Lemuel en eut terminé. Le temple s'y trouve bien.

– Euh, oui, bien sûr. »

St. Michael s'abîma dans de nouvelles pensées. Devait-il croire Lemuel ? Dans le cas contraire, il demeurait possible que Lemuel soit trop peu important pour qu'il s'en soucie davantage. En particulier s'il s'était porté volontaire pour être, pour... Quel est le terme juridique quand on trahit ses complices ? Oh, oui, pour témoigner à charge. « Si nécessaire, dit Lemuel en souriant légèrement comme s'il parlait d'homme à homme, je serai heureux de témoigner à charge, même si, bien sûr, ma réputation étant en jeu, je préférerais rester le plus à l'écart possible de ce lamentable épisode que... »

St. Michael l'interrompit comme s'il n'avait rien écouté de ce qu'il disait. « Parlez-moi de, parlez-moi de, euh... » Il sortit une enveloppe blanche et plate de la poche intérieure de sa veste et consulta quelque chose qui était écrit sur l'arrière : « Witcher et Feldspan.

– De qui ?

– Alan Witcher et... tenez, regardez vous-même. »

St. Michael lança l'enveloppe de l'autre côté du bureau. Elle atterrit sur le dos et Lemuel eut le temps de voir qu'elle était adressée à un certain Innocent St. Michael, qui travaillait dans un quelconque service gouvernemental du Belize, et que l'adresse de retour imprimée était celle d'une banque située aux îles Caïmans. Mais St. Michael tendit le bras pour la retourner et pointa l'index sur la note inscrite au stylo. « De ce côté.

– Oui, bien sûr. »

Lemuel approcha l'enveloppe pour lire ce qui était écrit dessus : *Alan Witcher, Gerrold Feldspan, 8 Christopher Street, New York, NY 10014.* « Qui sont ces gens ?

– C'est ce que je vous demande, monsieur Lemuel. Qui sont-ils, et pourquoi ont-ils enregistré leur conversation avec Kirby Galway ?

– Mais je n'en ai aucune idée, je n'ai jamais entendu parler… »

La grande paume de St. Michael s'abattit sur le bureau avec un fracas de mauvais augure et une telle force que tout ce qui se trouvait dans la pièce décolla du sol, y compris Lemuel qui fut à deux doigts de tomber à la renverse. Avec son large visage rond devenu tempétueux, St. Michael rugit : « Ne jouez pas au plus malin avec *moi*, monsieur Lemuel, ou je vous assure que ça ira très mal pour vous. Vous pouvez y passer un *mois,* dans cette petite cellule, si vous pensez que ça va vous plaire, si vous…

– Non, s'il vous plaît ! » Lemuel se pencha en essayant de reprendre sa respiration, la cage thoracique appuyée contre le bord anguleux du bureau. « C'est la vérité ! Je vous jure que c'est vrai ! Je vous dirai tout ce que vous voulez, tout ce que vous avez besoin de savoir !

– Alors parlez-moi de Witcher et Feldspan et arrêtez de me faire perdre mon temps.

– Mais je ne les *connais* pas ! Je le jure devant Dieu, oh, mon Dieu, aidez-moi, oh, qu'est-ce que je vais faire, je n'aurais jamais dû, tout ça est de la faute de Galway, il n'a pas arrêté de me dire ceci et de me dire cela, et cette *fille*, je ne sais pas ce qu'elle vous a dit, elle est aussi détestable que lui, ils font équipe, je sais qu'ils…

– Ça suffit, taisez-vous », dit St. Michael. Sa fureur avait disparu aussi vite qu'elle était venue, comme un ouragan en plein été. Tout en secouant la tête, il résuma : « Vous me dites la vérité maintenant, c'est bien ça ? Vous ne savez rien d'autre que ce que vous venez de me dire.

– C'est ça !

– Kirby fait donc venir ces deux tapettes. Après, il vous fait venir, vous. Et il connaît Valerie Greene mais il ne l'aime pas tant que ça. Et quand vous la voyez, vous regardez d'où vient le vent, vous vous dites que vous risquez de vous retrouver en taule pour ce que vous avez envisagé de faire, voler nos antiquités, vous essayez de prendre la fuite…

– Je n'ai jamais, jamais eu la moindre… »

St. Michael pointa un doigt épais sur lui. « Vous venez ici à *vos* frais, parce que Kirby n'a pas d'argent à dépenser pour des étrangers, à *vos* frais, juste pour jouer les experts et c'est tout. La voilà, votre histoire, monsieur Lemuel, dit St. Michael avec un petit sourire dangereux. Eh bien, vous la raconterez à un tribunal bélizien, monsieur Lemuel.

– C'est la vérité », dit Lemuel d'une voix faible. Mais planait dans son esprit la menace d'un tribunal bélizien aussi étranger que Brobdingnag[1], aussi implacable que l'Inquisition.

« Monsieur Lemuel, dit St. Michael, je peux vous faire libérer maintenant, vous renvoyer à votre hôtel. Vous pouvez prendre une douche, vous calmer, régler votre chambre comme tout le monde, monter dans l'avion et repartir aux États-Unis. Vous pouvez faire tout ça, monsieur Lemuel.

---

1. Le pays des géants dans *Les Voyages de Gulliver* (1726) de Jonathan Swift.

– Oh, Dieu merci.

– Mais savez-vous, continua St. Michael, savez-vous ce que vous ne pouvez *pas* faire, monsieur Lemuel ?

– Qu-quoi ?

– Vous approcher à moins de deux pâtés de maisons de l'ambassade américaine. Ça, vous ne pouvez pas le faire. N'envisagez même pas de tourner la tête dans cette direction.

– Oh, je n'en ferai rien, dit Lemuel avec une sincérité absolue. Croyez-moi, monsieur St. Michael, j'ai compris la leçon. Vous n'entendrez... » Sa voix se brisa. Il reprit : « Vous n'entendrez plus *jamais* parler de moi. »

30

Avant la tempête

Quand le réveil sonna, Kirby gémit, se débattit dans l'espace confiné, fit claquer ses lèvres collantes et ouvrit avec réticence ses yeux tout aussi collants, juste le temps de trouver ce foutu réveil sur le tableau de bord de Cynthia et d'appuyer sur le bouton pour en arrêter l'horrible sonnerie. Ses paupières qui adhéraient l'une à l'autre se refermèrent aussitôt, mais trop tard : il avait vu ce qu'indiquait le réveil, savait qu'il était neuf heures et demie le matin suivant, savait qu'il était réveillé.

Enfer et damnation. Tout autour de lui, l'odeur de marijuana était chaude, sèche et âcre. Les branches d'arbres protégeaient seulement une partie de l'avion, et le fuselage en métal avait conduit la chaleur de la queue de l'appareil inondée de soleil vers l'avant. De toute façon, il détestait dormir à l'intérieur car il se réveillait toujours le corps raide et engourdi, parcouru de douleurs qui mettaient des heures à disparaître. Encore un peu réticent à l'idée d'accepter de reprendre conscience, il tâtonna dans le compartiment de la portière pour trouver ses lunettes de soleil, puis regarda au-dehors ce petit coin perdu de la planète.

Les Everglades, en Floride. À l'est du cap Romano et au sud de Fort Myers, les Everglades formaient un ensemble épars de terres plates et détrempées ; certaines restaient constituées de marécages primaires en friche, d'autres de broussailles sèches couvertes de pins nains et d'arbustes poussiéreux, tandis que d'autres encore avaient été gagnées sur les marais pour être transformées en vergers d'agrumes, ou bien alors asséchées pour laisser place à des pâturages pour les chevaux et le bétail. Kirby stationnait à l'extrémité étroite d'un champ qui avait la forme d'un avion en papier tout en longueur, bordé d'une tourbière et ceint d'arbres noueux. À une époque, des chevaux venaient paître ici, sur cette étendue sans barrières, à l'exception du côté opposé, plus large, où ils étaient confinés de part et d'autre par le sol spongieux ; mais ces terres avaient changé de propriétaire deux ou trois ans auparavant et depuis, elles étaient désertées.

Ou quasiment désertées. Trois jeunes cerfs, des adolescents mâles, broutaient autour du nez de Cynthia, levant la tête sans montrer beaucoup d'intérêt quand Kirby commença à bouger à l'intérieur de l'avion, mais prenant la fuite en bondissant dans le marécage quand il ouvrit la porte.

La journée était déjà chaude et très humide. Le répulsif à insectes qu'il avait installé trois heures et demie plus tôt quand il avait atterri dans l'obscurité et avait réglé le réveil, afin d'essayer de rattraper une partie du sommeil qu'il avait en retard, ne faisait plus effet, et il avait quelques jolies piqûres toutes fraîches sous les yeux et entre les doigts. Poursuivi par les démangeaisons, la faim, l'irritation, la fatigue et les douleurs qu'il ressentait dans tout le corps, il sortit maladroitement de l'avion, rejoignit le sol légèrement spongieux, puis agrippa l'un des haubans de Cynthia pour effectuer plusieurs flexions pas trop marquées afin d'assouplir ses genoux et ses muscles.

La tourbière située sur le côté droit du champ était stagnante, mais sur la gauche courait un filet d'eau froide où il se lava les mains et le visage, se brossa les dents avec le doigt, se mouilla les cheveux et se gargarisa. L'eau qui coulait le long de son cou et sous sa chemise lui permit de se sentir un peu mieux. Il retourna à l'avion, mangea la nourriture qu'il avait apportée : une pomme et une barre alimentaire diététique à la caroube. Il en terminait juste quand il vit la voiture approcher à l'extrémité large du champ.

C'était la bonne : une Cadillac Seville blanche avec une plaque d'immatriculation du comté de Dade. Malgré tout, Kirby ressentit la même tension que celle qu'il éprouvait chaque fois, à ce moment précis. Il faisait commerce de marchandises volées et d'objets de grande valeur ; du moins était-ce la perception que l'on pouvait en avoir. Il arrivait que des personnes pratiquant ce genre de profession soient tuées par leurs complices ou leurs clients. Kirby avait tâché d'être prudent dans le choix de ses acheteurs, mais on ne pouvait jamais être sûr. Jamais.

Il semblait n'y avoir qu'une seule personne dans la voiture, comme prévu. La Cadillac approchait lentement sur le sol mou et accidenté, et Kirby plissait les paupières pour distinguer derrière le pare-brise jusqu'au moment où il reconnut le chauffeur. Il s'appelait Mortmain, avait un peu plus de soixante-dix ans, et était aussi élégant que soigné, depuis sa tête, à l'épaisse chevelure grise ondulée au-dessus d'un large front et d'un visage très bronzé qu'éclairaient des yeux bleus pleins d'humour, jusqu'à ses chaussures blanches, en passant par son blazer bleu marine, son foulard blanc et son pantalon blanc qui constituaient son accoutrement habituel. Il était « à la retraite ». Kirby ignorait ce qu'il avait fait avant, il savait seulement qu'il servait d'intermédiaire à l'un de ses clients de Los Angeles, un artiste/dessinateur/décorateur d'intérieur/vendeur d'antiquités dont la plupart des clients étaient des célébrités, des gens pour qui les statues mayas n'étaient pas l'unique marchandise en provenance d'Amérique latine à représenter davantage qu'une lubie passagère.

Quand la Cadillac s'arrêta, Kirby la contourna pour s'approcher de la portière avant droite. Après avoir jeté un rapide coup d'œil sur la banquette arrière pour s'assurer que personne ne s'y cachait – un réflexe qui était devenu automatique –, il se glissa dans l'habitacle climatisé. « Bonjour, monsieur Mortmain, dit-il.

– Bonjour, Kirby. » Dans sa jeunesse, Mortmain avait dû être quelqu'un de très robuste, et il était encore assez imposant. Sa voix était douce et grave et ses mains bronzées avaient de larges phalanges sur lesquelles les taches de vieillesse auraient presque pu être celles de rousseur de son adolescence. Il glissa la main dans la poche intérieure de son blazer, en sortit une épaisse enveloppe blanche et dit : « Bobbi s'excuse pour le montant. Il jure que c'est le maximum qu'il pouvait faire. La récession et tout ça.

– Ah ouais », fit Kirby en prenant l'enveloppe. Comme d'habitude, en plus de sa part en liquide pour les ventes, elle contenait les photocopies des chèques que Bobbi avait reçus de ses clients (leurs noms célèbres et leurs signatures discrètement noircis), afin que Kirby sache qu'il touchait bien la totalité de ce qui lui revenait. Rien, évidemment, n'empêchait Bobbi de demander à ses acheteurs de faire *deux* chèques ; il pouvait invoquer une taxe obscure, par exemple. Mais ce n'était pas un problème ; Kirby savait bien que les clients trichaient un peu, cela faisait partie du jeu.

Pendant qu'il ouvrait l'enveloppe, comptait l'argent et vérifiait les chèques, Mortmain exécuta consciencieusement un demi-tour pour faire reculer la Cadillac sous l'aisselle gauche de Cynthia de manière à ce que le coffre soit le plus près possible de la porte du pilote.

« Non, dit Kirby en secouant la tête. Je suis désolé, monsieur Mortmain, mais non. » Cette fois, Bobbi était allé trop loin.

Mortmain eut l'air légèrement surpris et poliment préoccupé. « Il y a un problème ?

– C'est *beaucoup* trop peu, dit Kirby. J'ai parlé avec quelqu'un d'autre qui m'assure pouvoir obtenir des prix beaucoup plus intéressants.

– Les gens font toujours de belles promesses, Kirby, objecta Mortmain.

– Peut-être. Ou peut-être la récession n'a-t-elle pas frappé aussi fort à Chicago.

– C'est là-bas que se trouve votre ami ?

– Je ne peux pas vous remettre cette cargaison. »

Mortmain parut surpris. « Vous allez repartir avec ?

– Non. Je vais la déposer chez des amis, en Floride, et appeler cet autre contact.

– Bon, c'est vous qui voyez, bien entendu, fit Mortmain en soupirant. Je sais que Bobbi sera très déçu. »

Kirby ne connaissait pas exactement la nature de la relation qui existait entre eux, si Mortmain n'était qu'un simple messager ou une sorte de complice, voire le cerveau de ce trafic. Il était difficile de négocier avec quelqu'un qui n'existait peut-être même pas. « Il ne sera pas aussi déçu que je le suis, moi, répondit néanmoins Kirby. Je vais vous dire ce que je pense, je pense que Bobbi touche deux chèques de la part de ses clients. Je le croyais honnête, mais désormais je ne sais plus. »

Cela amusait-il Mortmain ? Les manifestations ponctuelles de naïveté et de stupidité de Kirby ne suscitaient jamais aucun doute car justement, personne ne pouvait imaginer qu'il se montre sous un tel jour. Mortmain hocha la tête avec une solennité peut-être légèrement exagérée, tout en réfléchissant aux derniers propos de son interlocuteur, puis il déclara : « Kirby, je ne pense pas que Bobbi agirait de la sorte, mais pour être honnête, je ne saurais en jurer.

– Je suis désolé », dit Kirby en tendant la main vers la poignée de la portière. La climatisation était très agréable dans la voiture.

« Attendez une minute. Je ne peux pas laisser les choses se terminer comme ça. Vous voulez bien attendre, le temps que je lui téléphone ?

– Je ne peux pas, dit Kirby. J'ai le reste de ma cargaison à livrer.

– Bien sûr. Je prends un risque, là. Je ne peux vraiment pas m'exprimer au nom de Bobbi, mais je pense que c'est nécessaire. Il a vraiment tiré profit de sa relation avec vous.

– Je n'en doute pas, répondit Kirby d'un ton amer.

– Oh, vous aussi », souligna Mortmain. Il désigna l'enveloppe, dans sa main, avant d'ajouter : « Combien pensez-vous que vous auriez dû toucher en plus de ça ?

– Mille dollars seraient le minimum pour couvrir la somme manquante.

– Acceptez d'en recevoir la moitié de ma part. Ne mettez pas tout de suite un terme à votre entente, je vous promets de parler à Bobbi et de lui dire que je vous ai garanti cinq cents dollars de plus, pour cette livraison. Et je lui parlerai de votre ami à Chicago, en ajoutant qu'il est dans son *intérêt* de trouver des clients plus généreux à l'avenir. »

Kirby ne pouvait manquer d'accepter cette proposition puisqu'il n'avait pas d'ami en Floride chez qui entreposer la marchandise, et que les cinq cents dollars représentaient un bonus auquel il ne s'attendait pas, mais il laissa Mortmain le regarder ruminer l'offre pendant un moment, plisser le front, surmonter progressivement son amertume et décider d'accepter. « D'accord, finit-il par dire.

– Je vais parler à Bobbi cet après-midi, promit Mortmain.

– Très bien. » Kirby le regarda avec franchise. « Je vais vous dire une chose, monsieur Mortmain, j'aurais préféré traiter avec vous. »

Mortmain partit d'un petit rire modeste et Kirby sortit de la voiture.

Bong, fit le coffre de la Cadillac en s'ouvrant au moment où Kirby la contournait ; Mortmain avait appuyé sur le bouton qui se trouvait dans la boîte à gants. Kirby déchargea l'ensemble des paquets qu'il alla ranger précautionneusement dans le coffre vide et propre de la voiture, conscient que Mortmain ne le lâchait pas des yeux dans le rétroviseur. Une fois sa tâche terminée, il rabattit le coffre et fit au revoir de la main par le pare-brise arrière. Mortmain lui retourna son geste et la Cadillac s'éloigna doucement.

À partir de là, ce fut plus facile. N'ayant presque plus de carburant, Cynthia, beaucoup plus légère, s'éleva facilement au-dessus du champ. Quinze kilomètres et sept minutes plus tard, il décrivait des cercles en survolant un autre champ où deux camions de paysans, avec leurs ridelles en bois à claire-voie, et une demi-douzaine d'hommes attendaient.

Cette partie du boulot était toujours une formalité car les négociations étaient menées longtemps à l'avance et il n'y avait là que des *peons* de bas étage. Allongé sous l'aile de sa chérie, Kirby réfléchissait à la vie pendant que les *peons* déchargeaient l'avion et remplissaient le réservoir avec des jerricans amenés par camion. Elle était compliquée mais amusante, décréta-t-il. Ce qui n'était pas si mal, tout compte fait.

Bien sûr, il y avait des petits problèmes au Belize, en ce moment : Lemuel, qui avait la trouille, et Greene, la femme qui faisait tout un tas d'histoires ; mais ça se résoudrait tout seul. Ou pas ; auquel cas, il lèverait son chapeau puis tirerait sa révérence. De toute façon, ce n'était pas le moment de s'en inquiéter.

Il fut réveillé de son petit somme par le bruit de moteur des camions qui démarraient. Quelques nuages étaient désormais visibles, sombres et chargés de pluie. Ses vêtements étaient lourds et raidis par la transpiration. « Ramène-moi à la maison, Cynthia, dit-il en grimpant sur son siège. Je vais dormir une semaine entière. »

Il était temps de se reposer un peu.

* Entracte *

Extrait de BEKA LAMB, de Zee Edgell[1]

« Rien ne dure ici, Beka. » Le regard de Grand-Mère était étrange. « Tout s'effondre. »

« Ah, et on sait pourquoi ? » demanda Beka en approchant la conque et les piments *habanero* émincés du réchaud.

Sa chère Grand-Mère posa soigneusement la fourchette contre la poêle à frire et poussa la fenêtre au-dessus de l'escalier de derrière en la maintenant ouverte à l'aide d'un grand bâton.

Puis elle dit :

« Je ne sais pas pourquoi, Beka. Mais un jour, quand j'étais encore une petite fille comme toi, un cirque est arrivé en ville. Je ne me souviens plus d'où il venait, et ne me demande pas ce qu'il en est advenu après. Le cirque avait un ours polaire qui ressemblait à un jouet en peluche… Les gens du Belize, ils en avaient jamais vu. Il est mort à Barracks Green, Beka. L'usine à glace était tombée en panne deux jours après l'arrivée du cirque. »

---

1. Considérée comme la plus grande écrivaine contemporaine du Belize, Zee Edgell (née en 1940) est auteure de quatre romans parus entre 1982 et 2007. Elle est actuellement maître de conférences au département d'anglais de l'université d'État de Kent (Ohio, États-Unis).

Deuxième partie

Tout s'effondre

1

Ni jade, ni or

C'était bon de revoir Belize City. De rouler sur Haulover Road dans le pick-up truck cabossé, d'entrer en ville en passant par le cimetière blanc, éblouissant de luminosité et couvert de fleurs, de voir le petit port de pirates s'affaisser devant lui, aussi branlant, impraticable et éternel que toujours. Kirby se sentait détendu et souriait. C'était bon d'être chez soi.

Le temps *est* le grand guérisseur. C'était le mardi 21 février, ce jour-là (une température de 28 degrés, un ciel bleu azur, quatre-vingt-dix pour cent d'humidité et un soleil aveuglant). Seulement onze jours s'étaient écoulés depuis le Vendredi Noir, cette journée horrible où Valerie Greene avait foutu en l'air sa magnifique arnaque du temple ; où Whitman Lemuel avait paniqué et fui à Duluth, la queue entre les jambes ; où Kirby, la rage au cœur, avait dû se résoudre à demander aux troupes de détruire le temple pendant que lui-même emportait ce qui serait peut-être le dernier chargement d'antiquités de fabrication récente vers le marché du nord. C'était un Kirby furieux, las et pessimiste qui avait effectué ce voyage, mais celui qui entrait aujourd'hui dans Belize City avec, sur le siège passager, Manny qui souriait de tous ses trous entre les dents, était un homme changé : heureux, satisfait et plein d'espoir.

Que s'était-il passé pendant ces onze jours pour qu'il soit ainsi transformé ? Très peu de chose. En fait, à l'image du chien de Conan Doyle qui n'aboyait jamais une fois la nuit tombée, c'était ce qui ne s'était *pas* passé qui lui avait redonné le plus de courage.

Après l'avant-dernier week-end et le trajet avec son chargement de marijuana et d'objets d'artisanat, Kirby s'était dit qu'il devrait assurer davantage de transports de cargaison puisque son commerce lié au temple était probablement mort, mais il n'en avait tout simplement pas eu la force. Pendant quatre jours entiers, dans son petit nid parmi les Cruz, il n'avait fait que rester assis à se lamenter sur son sort et à regarder des cassettes vidéo : Errol Flynn dans *Capitaine Blood*, Burt Lancaster dans *Le Corsaire rouge*, Clark Gable dans *La Malle de Singapour*. Il avait mangé les plats d'Estelle, bu une quantité modérée de bière Belikin, joué aux cartes et à des jeux de stratégie avec Manny, le tout sans aucun projet en tête. Cynthia était restée seule, non désirée, à l'ombre de son hangar d'arbres. Il n'avait reçu ni envoyé aucun message. L'espoir n'avait fait aucune apparition.

Mais Tommy Watson, si, le vendredi précédent dans l'après-midi. Le seul de ses complices indiens de South Abilene qui était déjà venu lui rendre visite chez lui. Tommy était arrivé en flânant sur le chemin qui sort de la jungle à côté des plants de tomates, s'était tranquillement promené jusqu'à l'endroit où Kirby était accroupi dans la boue en train de jouer aux billes avec deux des enfants, et avait dit : « Comment tu te sens, Kimosabe ?

– Grillé. » C'était la blague habituelle de Kirby.

« On te voit plus beaucoup autour d'un bon vieux joint, ces derniers temps.

– Il n'y a plus de bons vieux joints. Tais-toi juste une seconde. » Une agate nichée dans le pli de l'index de sa main droite, le pouce armé et prêt à tirer, il s'appliquait à viser un beau calot en acier, posé sur un espace dégagé de terre marron tassée. Il s'immobilisa, ferma un œil, tira avec une précision absolue et rata sa cible d'un kilomètre.

Pendant que les enfants braillaient et se moquaient de lui, Kirby soupira, secoua la tête et se releva en époussetant ses genoux. « Tu m'as déconcentré, reprocha-t-il à Tommy avant de se tourner vers les gamins. Je prendrai ma revanche plus tard. »

Leurs ricanements résonnèrent dans la clairière. Kirby se retourna dignement pour s'approcher de la maison avec Tommy. « Quoi de neuf sur mes terres ? demanda-t-il comme si c'était une question fortuite.

– Rien.

– De l'excitation à revendre ? » Ce serait une bonne chose ; aussitôt retombée, aussitôt oubliée.

« Pas la moindre. Personne n'est venu, à l'exception du dindon qui t'a vendu le terrain.

– Innocent ?

– Si son père et sa mère avaient su…

– Innocent ? Personne d'autre ? Pas de policiers ?

– Non. Et pas de pompiers, ni de fermiers, de cuisiniers, de marins, de conducteurs de camions, de lycéennes. En d'autres termes, personne.

– Ça va, Tommy, dit Kirby, ne t'énerve pas.

– Mais je suis content, moi », dit Tommy tandis que Kirby ouvrait la porte et entrait le premier. Le magnétoscope Betamax attendait, la bouche grande ouverte, prêt à les divertir. « Je n'hiberne pas, *moi*, poursuivit Tommy en le suivant à l'intérieur avant de tirer la porte derrière lui. Je me bouge.

– D'accord, d'accord. » Kirby referma la bouche du Betamax comme pour donner un indice à Tommy. « Assieds-toi, dit-il. Tu veux une bière ? Tu veux me raconter tout ça ?

– Bien sûr, bien sûr, bien sûr. »

Ils s'assirent, partagèrent une bière et Tommy décrivit le calme plat qui régnait sur les lieux où se trouvait le temple. Après s'être tué à la tâche pendant toute la nuit et toute la matinée (Tommy insista pas mal sur ce point) afin de faire disparaître le temple de la colline, absolument personne n'était venu pour la clôture. Les Indiens avaient attendu toute la journée du samedi et avaient usé de leur savoir-faire ancestral pour scruter l'horizon sous d'habiles camouflages, mais aucune Land Rover de la police n'avait traversé la plaine, aucun fourgon de journalistes ni de photographes, aucun camion rempli d'archéologues. Pas un avion de reconnaissance n'avait tournoyé à basse altitude pour prendre des photos. Il ne s'était, en fait, rien passé du tout. « On s'est beaucoup embêtés, conclut Tommy.

– Il est parfois préférable de s'embêter. Qu'est-ce qui s'est passé ensuite ?

– La même chose, encore et toujours. »

Le dimanche avait été le reflet du samedi. À partir du milieu de l'après-midi, ils ne s'efforçaient même plus de faire le guet, ils se contentaient de venir se promener sur la colline de temps en temps pour voir s'il y avait du mouvement, mais de mouvement, toujours pas.

« Ils sont restés à l'écart, suggéra Kirby. Ils ont observé de loin avec l'espoir de prendre les auteurs du délit la main dans le sac, sur le site, ou va savoir quoi.

– C'est ce qu'on s'est dit, alors on a fait profil bas. Luz est parti à la mission le dimanche après-midi pour voir s'il y avait la moindre nouvelle là-bas, la moindre rumeur, mais en vain. Je suis moi-même allé presque jusqu'à Privassion, mais il n'y avait rien, mec. Aucun véhicule, personne qui planquait, rien.

– Cette femme est partie prévenir la police. Valerie Greene. Ça ne fait aucun doute dans mon esprit.

– Eh bien, peut-être qu'eux, ils en avaient, des doutes, parce qu'on l'a toujours pas vue, la police. » Tommy termina sa bouteille. « T'en aurais pas une autre ?

– Raconte-moi, pour Innocent.

– J'ai la gorge trop sèche. »

Kirby partit chercher deux bières et Tommy reprit : « C'était le lundi après-midi. Il est arrivé avec un autre type, chocolat clair, maigrichon et nerveux.

– Il a un assistant qui ressemble à ça, à Belmopan. Un jeune gars.

– C'est lui. Ils sont arrivés dans un joli pick-up flambant neuf, sur la portière ça disait ministère des Transports.

– Et qu'est-ce qu'ils ont fait ?

– Ils ont marché », dit Tommy qui avala une gorgée de bière en se souvenant de la chaleur et de la fatigue associées à cette observation. « Ils sont montés jusqu'en haut de la colline. Ton pote…

– Appelle-le Innocent, c'est pas mon pote.

– C'est pas *le mien*, souligna Tommy, et si je l'appelle Innocent, il va falloir que j'aille me confesser à l'église.

– Qu'est-ce qu'il a *fait*, Tommy ?

– Il s'est baladé. Il a donné plein de coups de pied dans la terre. Tapé du talon. Il avait l'air furieux, perdu, inquiet, énervé, excédé. Le jeune type qui l'accompagnait avait l'air d'avoir peur.

– Peur ?

– T'aurais cru un homme sorti avec son chien, fit Tommy qui avait un petit sourire. Ton pote a martelé la colline du talon, de bas en haut et de haut en bas, pendant que le petit jeune fonçait ici et là, regardait derrière les buissons, au-dessus des à-pics, filait de haut en bas et de droite à gauche comme s'il pourchassait un lapin.

– Et après, qu'est-ce qu'ils ont fait ?

– Ils sont partis, répondit simplement Tommy.

– Allez, Tommy, dit Kirby qui essayait d'avoir l'air mauvais et le ton menaçant. Dis-moi ce qui s'est passé.

– Je te l'ai dit. Ils sont montés en haut de la colline. Ils sont restés au sommet un moment, ton pote se grattait la tête et l'autre fonçait à droite et à gauche, il regardait sous les cailloux. On les a observés, mais en restant hors de vue, et on peut pas voir South Abilene de là-haut, il y a donc pas eu de contact. Et après, ils sont redescendus, ton pote tapait le sol comme s'il était devenu fou et l'autre bondissait dans tous les sens pour coller sa truffe dans la terre. Après, ils sont remontés dans leur pick-up du ministère des Transports et ils sont repartis. C'est ton pote qui conduisait.

– C'était le lundi ?

– Et aujourd'hui on est vendredi, si on en croit la mission. Et c'est la dernière visite qu'on a eue.

– Je ne comprends pas, avoua Kirby.

– On dirait bien que le champ est à peu près libre. »

Ça commençait à donner ce sentiment à Kirby aussi. Valerie Greene avait-elle donné aux autorités l'impression d'être trop alarmée, trop hallucinée, et par conséquent son récit n'avait-il pas été entendu ? Bien sûr, dès le départ, quiconque connaissait bien cette parcelle aurait eu tendance à ne pas prêter foi à ses affirmations.

Ce qui soulevait le problème que représentait Innocent. Pourquoi avaient-ils, lui et son assistant, décidé de venir examiner ces terres anciennes maintenant, plutôt qu'à un autre moment ? Qu'est-ce qu'il recherchait ? Plus que tout autre, il était bien placé pour savoir qu'il n'y avait pas de temple maya et que Lava Sxir Yt n'existait pas et n'avait jamais existé. Alors que cherchait-il ? Quelle histoire confuse avait bien pu arriver à ses oreilles pour l'inciter à croire qu'il pouvait y avoir quelque chose d'intéressant sur les terres de Kirby ?

Et qui avait bien pu lui raconter cette histoire confuse, quelle qu'elle soit ? Kirby avait passé le week-end à s'interroger sur ces questions, sur l'absence de réaction officielle faisant suite au rapport incontestable de Valerie Greene, sur la déconcertante visite d'Innocent St. Michael, et il avait fini par imaginer un scénario qui lui semblait coller avec tous les faits :

Valerie Greene, comme Kirby le savait pertinemment, était une hystérique, en particulier quand il s'agissait du vol d'antiquités. Supposons qu'elle se soit rendue en ville, qu'elle ait signalé ces pillages à la police en criant, beuglant et s'époumonant pour exiger que l'on prenne des mesures immédiates en envoyant des troupes. Comment la police avait-elle réagi ? Elle avait probablement refusé de collaborer avec une cinglée pareille, mais, dans le cas peu vraisemblable où elle aurait eu raison, elle ne l'avait pas expulsée non plus du commissariat, et les policiers avaient donc dû la renvoyer vers une autre autorité, qui avait dû la renvoyer vers une autre et ainsi de suite, jusqu'à ce que quelqu'un finisse par s'apercevoir que les terres en question avaient autrefois appartenu à Innocent St. Michael. Un rapide coup de téléphone à Belmopan avait sans doute suffi : Innocent leur avait sûrement garanti qu'il était *absolument* impossible qu'il y ait un temple maya à cet endroit, et diverses cartes ou relevés auraient confirmé ses dires.

Entre-temps, bien sûr, Valerie Greene avait dû hurler contre Whitman Lemuel, l'accusant d'être impliqué dans ce trafic. Supposons que quelqu'un ait interrogé Lemuel avant qu'il ne prenne l'avion. C'était exactement le genre de situation dont il savait se tirer ; en se drapant dans sa dignité, en exhibant ses diplômes et en accusant Valerie Greene d'être une folle furieuse aux idées délirantes. Avec un membre du gouvernement (Innocent) qui assurait à tout un chacun que la fable racontée par cette femme ne tenait pas debout, un universitaire nord-américain distingué (Lemuel), qui assurait à tous ces chacuns-là qu'elle était folle, et Valerie Greene elle-même qui fulminait d'un bureau à l'autre…

Oui. Ça avait très bien pu se passer ainsi. C'était un scénario tout à fait probable. L'absence d'une quelconque réaction officielle, pas même une rapide enquête de pure forme, étayait cette idée. Et si quelqu'un avait vérifié auprès d'Innocent, ça expliquait qu'il soit venu vérifier sur place s'il se passait quelque chose. On pouvait lui faire confiance pour déplacer la moindre pierre.

Ce scénario correspondait aux faits comme aucun autre, si bien que depuis la veille, Kirby était convaincu de sa véracité. Valerie Greene avait dévoilé son pire visage, et personne ne l'avait crue. La curiosité d'Innocent avait été éveillée, mais pas satisfaite. Quelle que soit l'ampleur de la tempête dans un verre d'eau qui s'était abattue sur Belmopan et Belize City, elle était désormais terminée. Lava Sxir Yt pouvait ressusciter !

Il n'y avait même aucune raison de ralentir le rythme. Tommy et ses collègues de travail s'étaient affairés à créer des gravures dans la pierre, des ustensiles en os et des pots de terre cuite cassés, auxquels manquaient des tessons triangulaires. Pour sa part, Kirby avait deux types de clients : Bobbi, l'ami de M. Mortmain, et le duo composé de Witcher et Feldspan qui avaient déjà vu le temple. Il était temps de reprendre du service en vendant des objets d'artisanat précolombiens à Witcher et Feldspan.

Désolé, il n'y aurait ni jade ni or. Le voisinage du temple avait dû être assez pauvre.

Depuis la veille, Kirby était donc enfin sorti de son état d'inquiétude et s'était ressaisi. Il s'était rendu à Orange Walk la nuit précédente, avait discuté avec des gens, et était revenu avec du travail : une cargaison à livrer en Floride le samedi suivant. Et ce matin, Estelle avait donné une liste de courses à Manny qui était reparti avec Kirby dans le pick-up truck plein de secousses, vers Belize City où ce dernier l'avait déposé à proximité de Swing Bridge avant de poursuivre sa route vers Cable & Wireless, d'où il avait envoyé les bonnes nouvelles à Witcher et Feldspan : on se voit dimanche avec le premier chargement.

En sortant de Cable & Wireless, Kirby était tombé sur le diable en personne, autrement dit Innocent. « Eh bien, eh bien, avait dit Innocent en l'apercevant, mon vieil ami Kirby. Ça fait un moment qu'on ne t'a pas vu, mon gars. » Il y avait plus que l'habituelle touche de sarcasme dans sa voix.

Ils avaient échangé leur habituelle poignée de main en serrant aussi fort qu'ils en étaient capables tout en se souriant sans se quitter des yeux, mais il avait semblé à Kirby qu'Innocent n'y mettait pas tout son cœur. Son sourire semblait feint, sa poigne un ton en dessous. Pendant ces tout premiers instants, Kirby avait eu le sentiment qu'Innocent se livrait à une sorte d'*imitation* de lui-même.

Leurs mains s'étaient séparées. « Je me reposais.

– D'un rude labeur ?

– Il faut bien travailler. Et toi, Innocent ? Tu as des choses en cours, ces temps-ci ?

– Pas vraiment, Kirby. » Un côté *bougon* se cachait sous cette imitation de sourire. « Il y a trop de magouilleurs dans le coin, mon gars, avait-il ajouté avec un sourire forcé. Trop de magouilleurs. Trop de concurrence.

– Peut-être, avait dit Kirby avec une petite grimace, peut-être que tu devrais prendre ta retraite, Innocent. »

Ça, c'était un coup de poignard dans le dos. En se redressant, les yeux étincelants, Innocent avait déclaré : « Quand je prendrai ma retraite, tu seras le premier à le savoir, Kirby. Et tant que je ne la prendrai pas, tu seras aussi le premier. »

2

La fin du monde

Quel culot il a, pensa Innocent avec colère tandis qu'il regardait Kirby s'éloigner dans la rue, l'air important, au milieu des piétons, des bicyclettes, des grosses voitures américaines à la croupe bien suspendue, des pick-up poussiéreux et des Broncos rutilants aux vitres teintées, qui appartenaient aux trafiquants de drogue. Après ce qu'il a fait, oser se montrer en pleine ville, pensa Innocent avec amertume.

Valerie Greene. Une vision de sa jolie croupe blanche empoignée par ses deux mains surgit spontanément dans son esprit et il soupira. Les grands yeux candides de la jeune femme et son large et joyeux sourire brillaient en lui comme un souvenir ensoleillé durant la saison des pluies dans le sud. Mais cette saison des pluies-là n'était pas près de s'arrêter ; le soleil était parti pour de bon. Innocent ne doutait quasiment plus que Valerie Greene était morte et ne doutait pas davantage que Kirby l'avait tuée.

Il avait sa propre part de responsabilité, bien sûr, et si seulement ce n'était qu'une petite part. Il avait confié cette pauvre jeune femme à un individu très dangereux. Il la lui avait confiée justement *parce que* c'était quelqu'un de très dangereux, mais qu'il pensait pouvoir contrôler. Et le résultat était là.

Valerie n'était jamais revenue à sa chambre d'hôtel. La Land Rover n'avait jamais été ramenée au garage. Le chauffeur n'était jamais réapparu chez lui à Teakettle.

Le Fort George avait emballé et stocké les bagages de Valerie Greene sept jours plus tôt. La veille, le ministère des Transports avait signalé le vol de la Land Rover. Tout au long des onze derniers jours, Innocent avait laissé des messages au Noir maigrichon dans ses repaires habituels ainsi que dans certains autres, moins habituels, mais aucune réponse ne lui était encore parvenue. Pas plus que la Land Rover volée n'avait été retrouvée. Ou que la moindre trace de Valerie Greene n'avait été signalée, morte ou vivante.

Le lundi, se disant que les lieux de sa disparition pouvaient lui fournir des renseignements sur elle ou sur le *foutu* plan que Kirby pouvait bien manigancer, il s'y était rendu en voiture, cherchant en vain, sur tout le chemin, des signes laissant penser que la Land Rover avait été impliquée dans un accident. Il était venu avec Vernon pour avoir quelqu'un avec lui, si la présence d'un témoin s'avérait nécessaire ou si des difficultés surgissaient, et c'est à ce moment-là qu'il s'était rendu compte pour la première fois que Vernon souffrait apparemment de dépression nerveuse.

Une complication supplémentaire dont il se serait bien passé. Son assistant était trop consciencieux, c'était là tout le problème, dans un pays où la nonchalance était la norme. Sur le chemin du retour, il lui avait donc dit : « Tu travailles trop, Vernon. Tu n'as pas besoin de me prouver ta valeur, je la connais déjà. Je sais que je peux te faire confiance, et je peux te garantir qu'un jour, tu occuperas mon fauteuil. Tu as un brillant avenir devant toi, Vernon. Tu as travaillé dur pour ça, et tu le mérites. C'est la réputation qui fait tout et la tienne est au sommet de l'échelle. Si tu évites le surmenage et ne te rends pas malade, c'est dans la poche pour toi, mon garçon. »

On aurait pu penser que ces mots revigoreraient un peu Vernon, mais non, c'était l'inverse. Plus Innocent essayait de le réconforter, plus il devenait agité, malheureux et pessimiste.

Ç'avait été pire encore sur le site. Innocent ne lui avait pas dit grand-chose sur la raison de leur présence en ce lieu de sorte que le jeune homme ne pouvait avoir la moindre idée de ce qu'ils recherchaient, mais il avait passé tout son temps à courir de haut en bas de la colline pour regarder ici, regarder là, avec frénésie et précipitation, comme un homme qui aurait tenté de retrouver le ticket de loto gagnant qu'il venait de perdre.

Et en ce qui concernait la colline, elle était exactement comme avant, bien sûr, ce qui rendait Innocent fou de rage contre *lui-même*. Qu'est-ce qu'il avait pensé y trouver ? Un temple maya qu'il aurait manqué de remarquer, allez savoir comment, pendant toutes les années où il avait été propriétaire de la parcelle ?

Mais s'il n'y avait pas de temple maya ici, *et il n'y en avait pas*, pourquoi s'agitaient-ils tous comme ça, bon sang ? Qu'est-ce que cet expert de Lemuel s'imaginait avoir observé ici ? Que contenait l'enregistrement de la conversation réalisé par Witcher et Feldspan ? Et qu'avait bien pu voir Valerie, quand elle était venue ?

Valerie. Pauvre et douce Valerie. Pauvre et douce Valerie morte. Même s'il essayait de garder espoir contre tout espoir, onze jours après sa disparition en compagnie du chauffeur et de la Land Rover, quelle autre possibilité restait-il ?

D'accord, ce n'était pas la fin du monde. En tout cas, c'était la fin de son monde *à elle*, évidemment, mais ce n'était pas la sienne à lui, Innocent. Il était temps pour lui de revenir à ses propres occupations. Et si, pendant qu'il y vaquait, l'occasion lui était fournie un jour d'enfoncer un bâton aiguisé dans l'œil du probable meurtrier de la jeune femme, tant mieux.

Autrement dit, Kirby Galway.

Tout concordait. À en croire le récit de Lemuel, il s'était écoulé une ou deux minutes pendant lesquelles Kirby s'était trouvé avec les autres au niveau de la Land Rover, avant qu'il ne les y rejoigne : il avait très bien pu payer le chauffeur à ce moment-là pour qu'il règle le problème. Ou alors, après avoir déposé Lemuel à Belize City (par avion, souvenez-vous, par avion), Kirby avait très bien pu repartir et intercepter la Land Rover sur le trajet.

Ce qui expliquait évidemment pourquoi Kirby avait si totalement disparu ces dix derniers jours. Inquiet, naturellement, que son plan s'effondre ou qu'il soit démasqué, il avait fait profil bas jusqu'à ce qu'il soit certain d'être hors de danger. Et voilà qu'il était de nouveau là, à plastronner dans les rues de Belize City, souriant et sûr de lui, allant jusqu'à provoquer Innocent en lui disant qu'il devrait prendre sa retraite ! *Sa retraite !*

Hargneux, mécontent et refusant d'admettre que sa confiance en lui en avait pris un coup, il suivit d'un regard noir Kirby qui s'éloignait. « La retraite, grommela-t-il, je vais te montrer une ou deux petites choses, moi, à propos de la retraite. »

Le siège de son agence immobilière se trouvait dans Regent Street. Il s'y rendit à pied, avec une sensation inhabituelle de lourdeur et de raideur dans les articulations. Il entra et trouva un message téléphonique en provenance de Vernon, à Belmopan. « *Hummmm* », fit-il avant d'entrer dans son bureau. Il alluma la lumière, mit en marche le ventilateur au plafond, s'assit à son bureau et prit le téléphone.

« Oh, monsieur St. Michael, dit Vernon avec une voix épouvantable, pire que jamais. La police a appelé. »

Les yeux d'Innocent s'écarquillèrent. Il se redressa dans son fauteuil, la main crispée sur l'appareil. Laquelle de ses innombrables intrigues et arnaques avait-elle été percée à jour ? « Oui ?

– Ils ont trouvé la Land Rover », annonça Vernon. Il parlait comme s'il était en train de pleurer. « Vous savez de laquelle je parle, celle qu'on...

– Je sais ! Ils l'ont trouvée ?

– En pièces.

– Un *accident* ? » Innocent était sidéré.

« Non, non, gémit Vernon. Désossée. Quelqu'un l'a complètement démantelée la semaine dernière, près de Punta Gorda. Elle a été vendue en pièces détachées à plusieurs personnes. La police a découvert le pot aux roses dans la nuit de samedi, quand il y a eu un accident et que le radiateur...

– Oui, oui, peu importe les procédures de la police. Est-ce que le coupable a été arrêté ?

– Non, monsieur. Pour le moment, ils pensent avoir récupéré le quart des pièces, ils veulent savoir s'ils doivent continuer à chercher.

– Qu'est-ce que ça peut me foutre ? cria Innocent au comble de la fureur. Je suis leur *nounou,* peut-être ? » Il raccrocha violemment au milieu des geignements de Vernon et demeura assis à braquer un regard méprisant sur les cartes du pays et de la ville qui décoraient le mur opposé.

Punta Gorda. Cette ville qui se trouve à la pointe sud du Belize, là où les lignes est et ouest se rapprochent pour se rejoindre dans la baie du Honduras. Quand on est à Punta Gorda, les frontières sont à portée de main. Et une fois franchies, il n'y a que cinquante kilomètres à parcourir au Guatemala, pour entrer au Honduras. À partir de là, le monde entier s'ouvre à vous.

Le chauffeur était parti. Il avait fui avec la Land Rover, l'avait désossée, en avait vendu les pièces à Punta Gorda pour financer son vol, et avait quitté le pays. Il ne reviendrait jamais.

La dernière lueur d'espoir venait de disparaître. Valerie Greene était morte.

3

Cynthia décolle

Dans l'air chaud, Cynthia était inclinée sur la pointe de son aile gauche, le nez orienté vers le sol et le sommet nu de la colline de Kirby. Puis il l'arracha à sa vrille, descendit en piqué le long du flanc opposé, et jeta une serviette nouée par la petite vitre latérale rabattable, à l'approche de South Abilene. Des enfants, sortis des huttes en gambadant et en dansant, se mirent à courir après la serviette qui tombait du ciel. Ils l'apporteraient à Tommy qui connaissait déjà le contenu du message, mais qui déferait tout de même précautionneusement les nœuds, ouvrirait la serviette, trouverait la petite boîte de pellicule, en ôterait le couvercle et lirait la note gribouillée sur un fragment d'enveloppe marron déchiré :

« Sortez la marchandise. »

Kirby se sentait bien. Il décrivit plusieurs cercles supplémentaires en regardant le groupe d'enfants se jeter sur la serviette, lutter un court instant pour s'en assurer la possession et se dépêcher de la ramener tous ensemble au village. Il passa à deux reprises au-dessus des huttes en vrombissant, pas trop bas, juste pour le plaisir, mais lorsqu'il vit les habitants commencer à sortir en file indienne pour grimper la colline, chacun transportant un sac, un paquet ou un colis, il prit de la distance, vola haut, plus haut encore dans le ciel bleu clair avant de plonger en piqué sur sa satanée propriété, de redresser sa trajectoire suffisamment bas pour provoquer des tourbillons de poussière sur le flanc est de la colline, et d'atterrir sur la plaine sèche et craquelée en générant dans son sillage d'immenses volutes de poussière brune. Il fit pivoter Cynthia et avança le plus près possible du bas de la colline, tandis que les ailes vibraient légèrement au-dessus du sol irrégulier.

La poussière était entièrement retombée et Kirby, accroupi à l'ombre de l'aile gauche du petit avion, s'occupait à gratter la terre desséchée pour donner naissance à l'image d'un cheval (qui ressemblait à un chien, ou peut-être à une grenouille), quand les villageois arrivèrent. « Eh bien, dit Tommy, ça a l'air d'aller, hein ?

– Plutôt bien, admit Kirby. Les affaires reprennent.

– Tu veux dire qu'on peut rebâtir le temple ?

– Bien sûr. Je serai dans les environs de Belize City cette semaine, j'irai peut-être à San Pedro pour trouver un gogo, ou j'irai passer un moment aux États-Unis. On reprend les affaires à plein temps.

– T'as ramené du hash ? demanda Luz.

– Pas cette fois. Il ne faut pas que tu en consommes trop, de toute manière, Luz. Ça te détourne de tes ambitions. »

Tommy se retourna pour regarder Luz en plissant les paupières et en essayant de se le représenter dépourvu d'ambition.

Kirby avait ouvert la porte de chargement sur la partie arrière gauche de la carlingue, et celle du siège passager, derrière la place du copilote sur le côté droit. Les villageois chargèrent méthodiquement les paquets qu'ils avaient apportés, puis chacun reprit imperturbablement le chemin de South Abilene. La plupart ne levaient même pas les yeux sur Kirby, mais si ce dernier croisait quand même le regard de l'un d'eux, il recevait un sourire timide ou un simple hochement de tête. Tommy et Luz servaient de passerelle entre Kirby et les Indiens, et nul n'avait jamais essayé de franchir le gouffre.

En fait, Kirby n'était même pas sûr de savoir pourquoi les Indiens participaient à cette arnaque. Évidemment, ils aimaient l'argent, dont la majeure partie payait des vêtements colorés et des aliments riches en sucre transformés en ville, mais il avait l'impression qu'ils pourraient aussi bien s'en passer. Ils semblaient parfois le faire juste comme ça, pour s'amuser, parce qu'ils trouvaient ça drôle de reproduire l'art et les objets d'artisanat de leurs ancêtres. Leur discrétion était en accord avec cette idée, c'était la pudique reconnaissance de celle qu'il témoignait à leur savoir-faire.

Kirby suivait du regard le chargement qui allait bon train et dit : « J'espère que vous m'avez apporté plein de Zotz.

– Eh bien, dit Tommy à regret. En fait, non.

– Pas beaucoup ? Combien ?

– Euh. En fait, aucune. »

Kirby lui jeta un regard exaspéré. « Enfin quoi, Tommy, tu sais à quel point ils aiment Zotz, aux États-Unis.

– Peut-être, dit Tommy. Mais ici, le vieux Zotzilaha est annonciateur de mauvaises nouvelles. Les gens n'aiment pas le représenter.

– C'est vraiment des connards primitifs ici, tu sais, dit Luz. S'ils représentent Zotz, ils pensent qu'il va venir les chercher. »

Kirby avait bien compris le problème, mais c'était tout de même très ennuyeux. Le Zotzilaha Chamalcan, Dieu chauve-souris des anciens Mayas, était le plus redouté de leurs démons, une créature souriante et diabolique qui vivait dans une caverne effrayante, entouré de chauves-souris. Une de ses tâches consistait à détourner les âmes des défunts récents de la route qui conduisait au paradis maya, et de les envoyer, à la place, dans les éternelles ténèbres des enfers. Dans le fantastique *Popol Vuh*, le grand livre du mythe qui relatait l'origine des Mayas, le Zotzilaha apparaissait sous le nom de Camazotz, l'ennemi de l'Homme. Après moins de quatre cents ans de christianisme, les Indiens croyaient encore en la puissance de leurs anciennes divinités, et en particulier celle du Zotzilaha Chamalcan, la redoutable personnification du mal, le Dieu chauve-souris qui vole, est maître de la nuit et détruit les humains par pur plaisir sadique.

Il était facile de comprendre pourquoi les villageois n'aimaient pas créer des représentations de Zotzilaha, mais le problème était que, naturellement, le grand dieu-démon était très populaire chez les clients de Kirby. Donnez un démon à quelqu'un d'éduqué pour qu'il joue avec : ça marche toujours. Les héros sont ennuyeux.

« Tommy, dit Kirby. Il me faut vraiment un certain nombre de ces Zotz.

– J'en parlerai à mes troupes, promit Tommy.

– Pourquoi tu n'en fabriques pas, toi ? »

Tommy prit un air distant. Il détourna le regard en haussant les épaules. « J'ai été occupé.

– Mon Dieu, Tommy. Toi aussi ?

– Tu les auras, tes Zotz, répondit Tommy sur la défensive. D'accord ?

– D'accord. »

Kirby, qui ne voulait pas se disputer avec lui, se donna la peine de s'approcher de l'avion pour voir comment se déroulait le chargement. Rosita, la sœur de Luz, s'approcha et lui dit : « Ça faisait longtemps qu'on ne t'avait pas vu.

– J'ai été occupé, très occupé.

– Comment va ta femme ? » Il y avait une sorte de nervosité dans sa voix, comme une étincelle dans ses yeux.

Kirby fit semblant de ne pas s'en apercevoir. « Ça empire, dit-il. Elle n'arrête pas de voir des araignées sur le mur.

– Peut-être que c'est vrai. Des araignées, y en a sur la plupart des murs.

– Pas sur ces murs-là, lui assura Kirby. C'est un hôpital très propre, d'une propreté absolue. »

Rosita hocha la tête en enfonçant dans la terre un orteil sale. À la lumière du jour, elle était paradoxalement moins attirante mais plus intéressante. La fille sauvage ne semble pas particulièrement obnubilée par son apparence physique. « Sheena dit…, commença-t-elle.

– Qui ?

– Sheena, la Reine de la jungle. »

Oh, une bande dessinée. « Pardon. Que dit-elle ?

– Elle dit qu'elle pense que t'en as pas, de femme.

– Elle dit quoi ? interrogea Kirby, le regard fixe.

– Elle pense que t'es une sorte d'escroc. Et c'est bien ce que t'es, hein ?

– Pas avec toi, Rosita.

– *Hum.* » L'étincelle grandissait dans les yeux de la jeune femme. « Ce que Sheena dit, c'est que tu veux pas te marier, ou peut-être que tu veux pas te marier avec *moi*, alors tu inventes cette femme dans son hôpital de fous, qui t'empêche de divorcer à moins qu'elle guérisse.

– Alors c'est ça que dit Sheena, hein ? (Il commençait à être un peu agacé.)

– Ouais. C'est ce qu'elle dit.

– Tu lui parles, à Sheena, la Reine de la jungle, et elle te répond.

– Bien sûr.

– Eh bien, tu peux lui dire, à Sheena...

– Dis-lui toi-même. Elle est au village. »

Ce qu'il aurait pu lui répondre, il ne le saurait jamais car Tommy et Luz s'approchèrent et Tommy dit : « Viens avec nous au fort, Kimosabe, on va faire la fête.

– Je ne peux pas aujourd'hui. J'ai laissé les choses filer, je dois recommencer à me bouger. » En réalité, il était trop nerveux pour faire la fête là, tout de suite. Une semaine et demie à rester assis à ne rien faire, c'était plus qu'assez.

« On a une surprise pour toi, annonça Luz.

– Je lui en ai déjà parlé », dit Rosita.

Ils la scrutèrent tous en plissant les yeux, Kirby avec stupéfaction, les autres avec exaspération. « Connasse, lui dit son frère Luz.

– Pourquoi tu as fait *ça* ? demanda Tommy.

– Je lui dois rien, moi », répondit Rosita avant de s'éloigner, le dos bien droit, en remuant un peu les fesses.

Ils la regardèrent partir, et Tommy dit : « Kirby, j'ai le sentiment que ta femme vient de mourir.

– Quelqu'un lui a mis de mauvaises idées dans la tête, à cette enfant », dit Kirby. Peut-être quelqu'un de la mission, pensa-t-il. Il était très amer. « Il vaut vraiment mieux que je ne vienne pas au village, cette fois. »

Tommy et Luz acquiescèrent. Cynthia étant désormais chargée, Kirby grimpa à bord, fit au revoir de la main et attendit pour démarrer que les Indiens aient à moitié escaladé la colline pour s'en retourner au village, car il voulait éviter de les faire suffoquer au milieu de la poussière. Il fit ensuite pivoter son fidèle destrier, accéléra jusqu'à ce qu'il ait pris le galop et décolla.

Il n'aimait pas la façon dont il avait laissé les choses en plan ; il avait refusé leur invitation à participer à la fête, avait essuyé des piques venant de Rosita et n'avait pas très bien réagi. En décrivant des cercles dans le ciel comme une guêpe paresseuse, il décida de survoler une fois de plus le village en rase-mottes et de remuer les ailes pour leur faire comprendre que, globalement, tout continuait à bien se passer.

La procession des Indiens avait dépassé le sommet de la colline et entamait la descente. Il vola vers l'est pour faire demi-tour et revenir à très basse altitude au-dessus de la plaine aride, comme s'il frôlait la piste d'atterrissage tandis que des serpents à la peau de cuir baissaient la tête et que la colline se dressait de plus en plus près devant lui. Il redressa le long de son versant, les roues de Cynthia à quelques mètres seulement au-dessus des broussailles, et surgit dans un rugissement au ras du sommet, tout à coup visible et extrêmement audible pour les gens qui se trouvaient sur la pente opposée.

Les Indiens adoraient. Ils se jetaient sur le sol en éclatant de rire, se tenaient les côtes et montraient Cynthia du doigt alors qu'elle décrivait des cercles et remuait ses ailes. L'avion lui-même semblait sourire.

Kirby les survola une fois de plus avant de plonger en direction de South Abilene pour donner un petit plaisir à ceux qui étaient restés enfermés chez eux. Le groupe de huttes apparut et une silhouette courba la tête pour entrer dans l'une d'elles et disparaître au moment où il la survolait. Il mit les gaz, redressa Cynthia à la verticale au-dessus du village et entendit le bruit que faisait une partie de la cargaison en se déplaçant. Décidant qu'il valait mieux cesser de mettre la marchandise en danger, il stabilisa l'appareil et prit la direction du nord-nord-est et de la maison des Cruz.

Une bonne journée. De nombreux et beaux objets d'artisanat à bord, à vendre à Bobbi, Witcher et Feldspan. Quel plaisir d'être à nouveau dans l'action.

Une image joua aux confins de sa mémoire pendant le vol, entre les nombreuses nuances de vert, en contrebas, et le ciel bleu clair, tout en haut. Le souvenir de cette silhouette qui s'était enfuie dans une des huttes alors qu'il survolait le village. Il gardait l'image de quelqu'un dont la peau était extrêmement *pâle*. Et ses yeux l'avaient-ils trompé, ou s'agissait-il bien d'une femme ?

Sheena ?

La Reine de la jungle ?

4

Le père Sullivan passe par là

Valerie passa la tête hors de la hutte et regarda le vilain petit avion qui s'éloignait enfin en vrombissant. « Encore *lui* ! » maugréa-t-elle.

Les membres de la tribu étaient de retour au village, ils riaient, discutaient et se donnaient des tapes amicales sur l'épaule. Ils avaient *adoré* se sentir menacés par l'avion. Seule Rosita semblait rien moins qu'enchantée par tout ça. Se pouvait-il…

Valerie s'approcha d'elle et pointa le doigt vers l'avion qui était déjà loin. « Lui ? demanda-t-elle. C'est *lui* l'homme dont tu m'as parlé ?

– Oui, dit Rosita avec morosité. Et je lui ai répété d'une traite tout ce que tu m'as dit. Il a essayé de se défiler. Je parie que tu avais raison sur toute la ligne.

– Je le sais bien, que j'ai raison ! Lui ?

– Tu connais Kirby ? s'enquit Rosita avec intérêt.

– Kirby Galway, c'est ça, c'est son nom !

– Tu le *connais*, Sheena ? »

Valerie avait depuis longtemps abandonné toute tentative pour que les membres de la tribu cessent de la nommer Sheena et l'appellent Valerie. Même si ses cheveux n'étaient pas blonds, même si ce qu'il restait de ses vêtements en haillons ne ressemblait en rien à une peau de tigre, et même si elle ne s'était pas élancée toute sa vie de liane en liane, celui qui s'appelait Tommy Watson l'avait néanmoins adoubée Sheena, Reine de la jungle, quand, une semaine auparavant, elle était entrée dans ce village en titubant. Et tout le village l'avait imité en s'amusant beaucoup quand il avait dépeint ce personnage de bande dessinée. C'est en fait pendant cette description, en présence de Valerie, parsemée de quelques comparaisons qui prenaient un caractère un peu trop précis et personnel, que Valerie leur avait montré qu'elle comprenait le kekchi et qu'elle souhaitait qu'il ne s'exprime pas ainsi en parlant d'elle.

« Elle parle notre langue ! s'était écrié Tommy sous le coup de la joie et de l'émerveillement. C'est vraiment Sheena ! »

À vrai dire, le dialecte kekchi utilisé dans ce village n'était pas du tout le même que la langue classique qu'elle avait apprise avec tant d'acharnement, mais au moins, elle s'en rapprochait suffisamment pour qu'elle comprenne la majeure partie de ce qu'on lui disait, à moins que son interlocuteur ne parle très vite.

Et quant à leur façon de l'appeler Sheena, après trois jours et trois nuits à errer à travers jungles, forêts, marécages et déserts, Valerie aurait accepté n'importe quelles conditions en échange d'un repas complet et d'un lit où dormir en sécurité. Et si leur seule condition était qu'ils l'appellent Sheena, c'était étrange, mais peu contraignant. Sheena elle était devenue, Sheena elle était depuis une semaine, et Sheena elle continuerait d'être pendant…

… qui pouvait le savoir ?

Elle n'osait pas regagner la civilisation, pas encore, en tout cas. Qui savait combien de gens étaient de mèche, impliqués dans cet épouvantable trafic ? Kirby Galway, le chauffeur qui l'avait enfermée dans cette hutte immonde, ce type, Vernon, qui était venu donner ses instructions au chauffeur. Et Innocent St. Michael, bien sûr, qui devait être le chef de la bande, le cerveau derrière cette conspiration.

Elle avait été stupide de dire à Vernon qu'elle l'avait reconnu, car c'était ce qui avait fini par faire pencher la balance et les avait incités à prendre la décision de la tuer. Malgré la chaleur et l'humidité qui régnaient dans cette affreuse pièce sombre, elle avait été parcourue d'un frisson en entendant le chauffeur exiger : « Dis-le, Vernon. Dis ce que tu veux que je fasse », et Vernon répondre : « Elle doit mourir. »

* * *

Après le départ de Vernon, Valerie resta à trembler dans l'obscurité de la pièce intérieure, se demandant si elle aurait assez de force pour repousser le chauffeur, mais sachant bien que non. Il faisait si noir qu'elle ne distinguait même pas s'il y avait un bâton par terre ou un objet qui pourrait lui servir d'arme.

N'y avait-il rien, dans la structure même de la cabane, dont elle puisse faire usage ? Elle se dirigea vers le mur du fond où elle détermina, à la vue et au toucher, que les planches étaient clouées à des poteaux verticaux de cinq centimètres sur dix, espacés de cinquante centimètres, et que par endroits un poteau supplémentaire, horizontal, consolidait l'ensemble. Peut-être réussirait-elle à arracher une de ces poutres horizontales ? Elle s'y essaya avec l'une d'elles qui se trouvait juste à hauteur d'yeux, tira un peu dans un sens, poussa un peu dans l'autre, et la poutre d'environ un mètre quatre-vingts se détacha simplement de la structure en entraînant avec fracas la planche dans sa chute. Elle se figea sur place, la tête tournée vers la porte close, mais il ne se passa rien : le chauffeur n'avait pas entendu ou il était ailleurs.

Parti creuser une tombe.

Ce ne fut alors qu'une question de secondes avant qu'elle ne se ménage une ouverture suffisamment grande pour s'y faufiler comme une anguille en déchirant sa manche gauche sur un clou qui dépassait des planches. Le ciel, devant elle, était totalement noir, avec des étoiles visibles. Au-dessus de sa tête, il variait entre des bleus violacés et des rouges ternes pour virer à l'orange du côté opposé de la cabane. L'est devait donc être droit devant elle, ce qui signifiait que le nord et Belize City se trouvaient sur sa gauche. À des kilomètres et des kilomètres et des kilomètres sur sa gauche.

Elle se mit en route vers le nord en se déplaçant le plus rapidement possible dans une pénombre incertaine et sur un sol tout aussi incertain. Les rayons d'une demi-lune brillaient de plus en plus sur sa droite, lui indiquant la direction à suivre pour aller vers le nord, mais sa lumière ne lui était pas d'une grande utilité.

Au bout de trente minutes de marche, elle fit soudain face à la Land Rover. Cherchant le chemin le plus praticable, ses pieds l'avaient menée sans qu'elle en prenne conscience vers la piste qu'ils avaient empruntée avec le conducteur quand ils étaient parvenus au bout de la petite route de terre. Et elle se trouvait là, de nouveau, avec la Land Rover qui semblait plus amphibie que jamais, dans la lueur délavée de la lune.

Avait-il laissé les clés ? Sûrement pas. Frustrée, contrariée, regrettant d'avoir eu un frère inutile comme Robert Edward Greene V et non pas un *vrai* frère qui lui aurait appris à shunter le démarreur, elle s'assit sur le siège du conducteur pour se remettre de ses efforts et réfléchir à la prochaine étape. Elle entendit soudain un son qui se rapprochait, des bruits de pas lourds et des grommellements dignes d'un ogre de conte de fées, qui se serait avancé pesamment à travers bois en pensant aux enfants qu'il s'apprêtait à dévorer.

Le chauffeur !

Elle bondit hors de la voiture et se précipita dans la pénombre en trébuchant sur les racines et les pierres. Elle tomba une fois, s'écorcha le genou et décida finalement d'attendre à cet endroit en cessant de s'amocher dans sa panique.

Elle demeura allongée parmi les ombres des buissons et des arbustes noueux. La Land Rover était immobile dans cet espace dégagé, baigné par le clair de lune. Valerie en était suffisamment proche pour entendre ce que le chauffeur disait quand il arriva, et pour le voir s'immobiliser et fouiller ses poches à la recherche de ses clés, très colère ; et ce qu'il disait, c'était :

« Oh, non, pas *moi*, pas Fred C. ! On n'enferme pas Fred C. dans une de ces prisons, oh non, pas question. Elle s'est échappée, elle s'est échappée, elle va tirer la sonnette d'alarme, ils peuvent tous aller en prison si ça les amuse, mais pas Fred C., pas question. Fred C. est *parti* ! Parti à Punta Gorda pour vendre ce fichu véhicule et continuer jusqu'en Colombie, là où il n'y a aucune loi. Fred C. ne fait plus partie de cette histoire ! Où elles sont, ces satanées *clés* ? Ah, les voilà. »

Sur ces mots, il sauta dans la Land Rover, le starter fit entendre son grincement une seconde plus tard, le moteur démarra et les phares déchirèrent la noirceur de la nuit en éclairant les morts et les vivants.

La Land Rover effectua un demi-tour arrière en cahotant, le faisceau des phares pivota dans la direction où se cachait Valerie, puis le véhicule s'élança dans un rugissement de moteur, tressautant comme un jouet sur la piste de terre, et fut bientôt hors de vue et d'écoute.

Valerie se leva. Elle était seule dans la nuit. Mais au moins, il y avait cette route. Au matin, elle serait de retour dans sa chambre du Fort George où elle savourerait une merveilleuse douche, et Kirby Galway, Innocent St. Michael et Vernon Vernon iraient en prison, là où était leur place.

Sans les phares, tout se serait très bien passé. Elle marchait depuis presque deux heures quand elle les vit s'approcher lentement, secoués de cahots, leur faisceau pointant vers le ciel avant de s'abaisser pour fixer la route juste devant eux, puis de se relever vers le firmament, et sa première pensée fut : *Les secours !*

Mais la seconde fut : pas si sûr.

Elle était seule en territoire inconnu. Jusque-là, les gens en qui elle avait eu confiance, Innocent, Vernon et, dans une moindre mesure, le chauffeur, l'avaient trahie. Elle devait donc réfléchir avec une grande prudence avant d'attirer l'attention de la personne qui venait dans sa direction.

Pouvait-il s'agir du chauffeur qui, une fois ce moment de panique passé, et ayant réalisé que Valerie ne pouvait aller bien loin à pied, en pleine nuit, revenait pour achever sa triste besogne ? C'était très possible.

Pouvait-il s'agir de Vernon qui souhaitait s'assurer que ses ordres avaient été suivis ? C'était extrêmement possible.

Pouvait-il s'agir d'un autre ami ou d'un allié de ces gens-là, qui allait lui sourire, lui promettre de l'emmener sans délai au poste de police, mais qui allait la conduire à sa mort ? C'était plus que possible.

Les phares s'approchaient en tressautant. Valerie voulait croire qu'elle pouvait rester là, agiter la main et être secourue, sauvée, raccompagnée à Belize City. Elle voulait le croire, mais elle se détourna et se hâta de fuir la route pour escalader une pente rocheuse où elle se sentait toujours exposée à cause des phares qui balayaient le paysage dans tous les sens. Elle continua donc de grimper jusqu'au sommet puis descendit jusqu'à une petite cuvette pour attendre.

Ce devait être un camion. Elle ne voyait plus les phares mais elle entendait le moteur qui peinait. Elle l'entendit approcher, devenir soudain très bruyant avant de s'éloigner et de disparaître.

Elle attendit un peu plus, principalement parce qu'elle était très fatiguée et que ses muscles étaient très douloureux. Puis elle remonta la pente pour atteindre le sommet, ce qui prit plus de temps qu'elle ne l'aurait pensé. Quand elle y parvint enfin, plus aucune lueur de phare n'était visible. Elle négocia donc l'autre versant et ne trouva qu'un ravin peu encaissé et un petit cours d'eau qui ruisselait.

Où était la route ? Elle n'arrêtait pas de regarder autour d'elle, mais au clair de lune, toutes les collines, tous les rochers et tous les buissons se ressemblaient. Pourtant, la route devait bien être tout près.

Elle ne la retrouva jamais. La lune avait grimpé dans le ciel, ce qui lui procurait un peu plus de lumière mais n'indiquait plus l'est. La route avait disparu. L'idée lui vint de s'inquiéter des bêtes sauvages.

Elle se souvint de ce qu'elle avait lu quelque part : le meilleur moyen de se mettre à l'abri des animaux en pleine nature consiste à dormir dans un arbre. Elle en choisit donc un, à proximité de la crête d'une colline, qui avait l'écorce solide et un large tronc, grimpa avec difficulté jusqu'à une branche située à environ deux mètres du sol où elle fit de son mieux pour s'installer relativement confortablement et dormir.

Aucune bête sauvage ne la trouva, contrairement à de nombreux moustiques. Ils l'empêchèrent longtemps de dormir jusqu'à ce que rien ne puisse plus la tenir éveillée. Elle s'assoupit, blottie contre la branche et le tronc, et fut dévorée toute la nuit par ces sales bestioles ailées.

Au matin, elle était si courbaturée, si irritée, si déshydratée, si affamée, si écrasée par la chaleur et elle se sentait si mal qu'elle crut mourir. Qu'elle pensa qu'il serait plus confortable de mourir. Elle se tourna sur sa branche, agonisant à chaque mouvement, afin de tenter d'apercevoir la route de ce point d'observation surélevé, *une* route ou n'importe quel autre signe de présence humaine, mais elle ne vit que des bois, des forêts, la végétation envahissante de la jungle, de hautes montagnes à l'ouest et au sud, un paysage accidenté vierge de toute trace humaine. Elle soupira, descendit de l'arbre au prix de douloureux efforts, se mit en marche à pas lents et pesants en direction du nord, désormais guidée par le soleil.

Au début, son moral n'était pas trop bas parce qu'elle pensait à sa formation. C'étaient ses études d'archéologie et l'intérêt qu'elle portait aux anciens Mayas qui l'avaient attirée au Belize, et voilà qu'elle y était vraiment, dans des conditions aussi rudimentaires que celles qu'avaient affrontées les Mayas, traversant le même sol rocheux, accidenté et inhospitalier qu'ils avaient traversé, il y avait de cela des milliers d'années.

Ils avaient survécu. Elle allait survivre. Pendant qu'elle y était, y avait-il des découvertes à faire dans cette région sauvage, des découvertes archéologiques intéressantes et importantes ? Elle étudiait chaque ornière et chaque ruisseau, fronçait les sourcils à chaque rocher.

Et néanmoins, la distraction n'était pas totale : au fond d'elle-même, elle savait déjà que ce n'était pas le genre d'aventure dont elle avait rêvé quand elle tombait à moitié endormie sur ses manuels. Elle avait imaginé une vie riche et des missions modérément éprouvantes, rien qu'une paire de bottes robustes ne permette de surmonter, mais pas tous ces, ces, ces…

Ces périls.

Ces complications.

Ces embûches.

Elle était partie à la découverte du monde en sachant qu'elle ne connaissait rien de lui, et c'était ça ? Être seule dans un endroit étouffant et rocailleux, sans confort ni certitudes. Toutes ses anciennes croyances semblaient s'écouler d'elle avec sa transpiration pour la laisser en proie à sa misère, à sa confusion et à ses vertiges. Tandis qu'elle cheminait à grand-peine puisqu'il n'y avait rien d'autre à faire, elle oublia rapidement de vérifier si les pierres pouvaient avoir une signification, si tel ou tel trou dans le sol pouvait avoir un sens. La signification, c'était ça : rien n'avait de sens.

Ce n'était pas ce qu'elle avait souhaité découvrir.

Les trois jours suivants furent terribles. À la mi-journée, elle s'arrêtait pour se reposer dans n'importe quelle zone d'ombre qu'elle parvenait à trouver, tandis que toute la matinée et tout l'après-midi, elle marchait en direction du nord sans voir personne et sans jamais croiser la moindre route. La nuit, elle dormait dans un nouvel arbre inconfortable. Un occasionnel cours d'eau au courant rapide et froid lui fournissait de quoi boire et se laver, et au matin du troisième jour, une brève averse torrentielle se chargea de sa lessive. Jamais elle ne trouva à manger. Elle pensa aux baies, mais il n'y en avait pas. Elle pensa aux racines, mais n'avait aucune idée de la façon dont on reconnaît une racine comestible, ni de l'endroit où l'on pouvait la débusquer, ni de ce qu'on pouvait utiliser pour creuser.

Je pourrais mourir ici, songea-t-elle, un peu étourdie par le soleil et le manque de nourriture. Une pensée effrayante, mais il y avait plus effrayant encore : c'était une pensée attirante. Abandonner le combat, s'étendre et se reposer, mettre un terme à la faim, à la fatigue, aux douleurs et aux démangeaisons. Cette tentation, elle la repoussa en pensant à Innocent St. Michael, Kirby Galway, Vernon et Fred C. Elle ne mourrait pas. Ils ne s'en tireraient pas comme ça. Elle allait surmonter cette expérience d'une manière ou d'une autre, et *traînerait ces démons devant les tribunaux* ! Avec ces pensées en tête, tandis que ses chaussures se désintégraient sur ses pieds, que sa peau pelait à cause des coups de soleil et que son estomac vide suppliait qu'on lui donne autre chose que de l'eau froide, Valerie persévéra.

Le troisième jour, le soleil était presque couché quand, en remontant un autre ruisseau tout en commençant à se chercher un arbre pour la nuit, elle tomba sur ce petit village indien où elle fit véritablement sensation et où le chef, Tommy Watson, déclara : « C'est Sheena. La Reine de la jungle ! »

* * *

Et donc, c'était elle et ça l'était depuis une semaine. Les membres de la tribu l'avaient nourrie, lui avaient fourni un endroit où dormir et avaient soigné ses nombreuses coupures, écorchures et égratignures le lendemain matin ; pas avec des remèdes tribaux ancestraux mais avec du mercurochrome, des antiseptiques et des pansements. « Ils viennent de la mission », lui avaient-ils dit.

La mission. Si elle s'y rendait, elle serait certainement en sécurité, non ? Mais elle avait repensé à l'homme auquel elle avait affaire, Innocent St. Michael, un important représentant du gouvernement, riche et puissant, et elle avait compris deux choses terrifiantes : premièrement, il devait savoir qu'elle détenait assez de preuves pour le mener à sa perte. Et deuxièmement, il devait savoir que son acolyte n'était pas parvenu à la réduire au silence.

Un homme comme Innocent St. Michael n'avait-il pas des espions dans tout le pays ? Même en partant du principe que les prêtres, les docteurs et les infirmières de la mission étaient honnêtes et intègres, n'y aurait-il pas d'autres personnes parmi eux ? Des autochtones qui pourraient la trahir ? Et serait-elle en sécurité et hors d'atteinte de St. Michael dans une petite mission profondément isolée dans la jungle ?

C'était à cause de ces mêmes peurs qu'elle n'avait pas dit la vérité à ses bienfaiteurs, les Indiens de South Abilene. Elle avait d'abord prétendu souffrir d'amnésie, mais cela avait trop éveillé leur curiosité. Elle avait donc fini par leur faire comprendre qu'elle était la fille d'une famille fortunée qui fuyait un mariage arrangé par son père. Elle pilotait son petit avion privé quand une tempête inattendue l'avait jetée contre une montagne dans la jungle. Ils connaissaient la suite.

Cette histoire les ravissait et ils l'avaient obligée à la répéter d'innombrables fois, avec toujours davantage de détails. Elle ajoutait des yachts, une claudication prononcée chez le vieux et riche mari, ainsi qu'une mère dipsomane incapable de s'opposer à ce que sa fille soit vendue au plus offrant. (Son kekchi s'améliorait tous les jours.) Ils buvaient ses paroles, les yeux écarquillés, profitaient de chaque minute de ce récit et s'accordaient pour dire que rester avec eux, à South Abilene, était le mieux à faire en attendant que son père soit si stupéfait et soulagé de la retrouver vivante qu'il l'autoriserait à annuler le mariage.

« Et vous êtes pilote, dit Tommy Watson.

– C'est exact.

– On a un copain qui est pilote. Un gars sympa. Vous devriez vous entendre hyper bien avec lui.

– Hé, là, une minute, intervint une des jeunes femmes dont le nom était Rosita Coco. On se calme, d'accord ? »

Son frère, Luz, lui dit : « Juste en tant qu'amis, c'est tout. » (Luz, Rosita et Tommy étaient les seuls qui s'adressaient à Valerie en anglais.)

« C'est vrai, dit Tommy à Rosita, ils pourraient parler avions. »

Au lieu de ça, les jours suivants, Valerie et Rosita parlèrent potins de filles, et lorsque Valerie apprit l'histoire que ce pilote avait racontée à Rosita, elle fut outrée. Mais ça n'avait rien de très étonnant de la part d'un homme. Elle dit bien à Rosita ce qu'elle en pensait, de ce type, et même si la jeune Indienne refusait de croire que son pilote mentait, les preuves étaient flagrantes.

De façon générale, Valerie s'entendait bien avec tous les habitants de South Abilene, hommes et femmes, jeunes et vieux. Ils l'avaient accueillie tout de suite, avaient partagé leurs rares possessions avec elle et, sans doute encouragés par sa connaissance de leur langue, l'avaient laissée prendre part à leur vie sociale, ou tout du moins en être témoin. Quelle situation idéale pour une jeune archéologue idéaliste !

La seule ombre au tableau était la marijuana. Tous les villageois semblaient dépendants et passaient la plupart des nuits à engourdir leurs sens en fumant. Pour ne pas paraître trop puritaine, Valerie s'était excusée en prétextant qu'elle souffrait d'une maladie respiratoire qui lui interdisait d'inhaler quoi que ce soit. « Pauvre Sheena, la plaignit Rosita, un jour je te ferai des tortillas au shit, ça te fera planer dans les airs. » Valerie avait réussi à arborer un sourire et une expression de gratitude, mais à ce jour heureusement, cette proposition n'avait pas été suivie d'effet.

Pour Valerie, la marijuana durant ces jours-là aurait été superflue. Elle planait déjà, parce qu'elle était en vie, parce qu'elle se trouvait dans ce village merveilleux. Ses craintes initiales de subir des agressions sexuelles s'étaient rapidement dissipées quand elle avait constaté à quel point ce village était *familial* ; ici, on vivait trop à la vue de tous et la monogamie était trop ancrée dans les esprits pour donner lieu à des batifolages (si certains des garçons l'avaient rencontrée pour la première fois en dehors du village, ç'aurait peut-être été une autre histoire, mais heureusement, elle était restée à l'abri d'une telle situation.).

Mais surtout, c'étaient des Mayas, de vrais Mayas. Contrairement aux autres archéologues qu'elle connaissait, ses professeurs et ses contemporains, elle avait *franchi* la barrière du temps et avait véritablement intégré l'ancienne civilisation que ses collègues n'avaient fait qu'étudier. Certes, ces gens n'étaient plus des bâtisseurs de temples, ils n'étaient plus que le pâle vestige d'une culture jadis florissante, mais leurs vêtements (à l'exception de l'inévitable blue-jean) portaient les rémanences d'anciens thèmes, d'anciens symboles, d'anciennes décorations. Le visage de ces gens était identique à ceux qui étaient représentés sur les poteries et les stèles millénaires.

Et ils continuaient de fabriquer les objets d'autrefois ! Quand elle avait découvert par hasard leur petite usine de sifflets en pierre, de statues en os et de bols en terre cuite, produits aussi bien par des hommes que par des femmes, ils avaient eu l'air presque gênés, comme s'ils avaient voulu perpétuer cet art ancestral en secret. Mais quand elle avait loué leur savoir-faire, parlé savamment de leurs origines et de leur artisanat (en inventant à la hâte un petit ami archéologue à l'université, pour expliquer la soudaine expertise de la riche héritière), lorsqu'elle leur avait fait part de son authentique admiration, leurs visages s'étaient illuminés, ils avaient tous souri et lui avaient montré presque avec timidité des échantillons de leur travail.

« Quelles merveilles ! ne cessait-elle de répéter.

– Vraiment ? Vous trouvez ?

– Mais oui, oui ! Pourquoi... » Elle faisait tourner entre ses doigts une statuette en os représentant un jaguar en plein élan. « Vous pourriez l'exposer dans n'importe quel musée du monde et personne ne pourrait deviner qu'elle a moins de mille ans !

– Je suis ravi de vous l'entendre dire, Sheena, remercia Tommy. Cela nous fait beaucoup de bien, à tous. »

* * *

Des gens si charmants. Un style de vie si merveilleux et simple ; à l'exception, bien entendu, de leur addiction à la marijuana. La civilisation – en l'occurrence, la médecine et les informations – n'était pas plus éloignée que la mission et, pour le reste, leur existence était idyllique. Je me demande combien de temps je vais rester, pensait parfois Valerie, et, chaque fois, le souvenir qu'elle devrait un jour quitter cet Éden l'attristait ; elle s'efforçait alors de penser à autre chose.

Mais voilà que Kirby Galway venait de réapparaître ! Comme tombé du ciel, presque littéralement tombé du ciel.

Un peu plus tôt dans la journée, Tommy était venu lui dire : « Écoute, Sheena, il y a un type qui va venir chercher de la marchandise, aujourd'hui. On fabrique des objets pour les vendre, tu sais, des trucs pour les touristes. »

Valerie pouvait imaginer : des statues de prêtres mayas en acajou verni, des bouts de tissu bon marché ornés de motifs. Le genre de choses que les peuples primitifs font partout dans le monde en avilissant leur culture pour de l'argent, des espèces sonnantes et trébuchantes.

« Ce serait peut-être une bonne chose que tu restes au village, avait continué Tommy. Tu n'as pas envie que ce type aille raconter qu'une femme blanche se cache à South Abilene.

– Tu as parfaitement raison », lui avait-elle répondu.

La première fois que l'avion avait survolé le village, elle était donc restée cachée. Un peu plus tard, l'ayant entendu décoller, elle était sortie de la hutte pour se promener en attendant que tout le monde revienne, quand, tout à coup, l'avion avait surgi en piquant droit sur les habitations ! Elle s'était précipitée dans la hutte la plus proche, l'image de l'avion imprimée dans son esprit, et s'était aussitôt souvenue de l'endroit où elle l'avait déjà vu. C'était Galway, Kirby Galway.

Ce que Rosita lui avait confirmé quand elle était revenue. « Tu connais Kirby ? avait-elle demandé.

– Kirby Galway, avait complété Valerie avec excitation, c'est bien ça, c'est son nom !

– Tu le *connais*, Sheena ? » avait demandé Rosita, les yeux écarquillés.

Oh, oh. Ce que ça impliquait pouvait être extrêmement fâcheux. Si la relation entre Kirby Galway et ces Indiens pouvait être simple et sans conséquence – ne consister qu'à emporter en ville leur camelote clinquante et commerciale par avion, assurément en les escroquant sans vergogne –, il n'en restait pas moins qu'ils faisaient équipe. Valerie oserait-elle leur dévoiler la vérité maintenant ?

Non.

Après avoir rapidement réfléchi, elle avait répondu : « Effectivement, je le connais, Rosita, et laisse-moi te dire que c'est un très sale type !

– Oh, c'est ce que je pensais. Tu parles. Il t'a violée un jour, c'est ça ?

– Non, non », avait dit Valerie, qui regretta aussitôt de ne pas avoir répondu oui, oui : ça l'aurait dépeint sous un jour plus sombre aux yeux de Rosita. « Avant, il travaillait pour Wintrop.

– Wintrop Cartwright ? avait demandé Rosita, impressionnée. L'homme que ton papa veut que tu épouses ?

– Oui. Il travaillait pour Wintrop et l'a affreusement escroqué. C'était il y a quelques années », avait-elle ajouté, car elle ne savait pas depuis combien de temps les Indiens et Galway se connaissaient.

« Eh ben ça alors, avait fait Rosita en regardant le ciel vide avec des yeux qui jetaient des éclairs. La prochaine fois qu'il viendra, je crois que je lui ferai avaler des araignées.

– Tu veux dire des couleuvres ?

– Oh, non. Pas du tout. »

5

Des bottes et une selle

Ce fut embarrassant au début, mais également assez amusant. À Sheridan Square, Gerry venait d'adresser un clin d'œil à un garçon qui s'était ensuite révélé être une fille et lui avait répondu par un regard assassin. Avec un petit rire intérieur, il marchait dans la neige boueuse en se dirigeant vers chez lui et salua un ami à la vitrine d'un bar appelé Des bottes et une selle. Il poursuivit sa route en regrettant de ne pouvoir partager cette anecdote amusante avec Alan – « J'ai fait un clin d'œil à un beau mec bien foutu à Sheridan Square et en fait, il s'agissait d'une lesbienne moche habillée en homme » – mais Alan allait se focaliser sur le clin d'œil plutôt que sur la confusion des genres, une dispute s'ensuivrait, des contrariétés, de violentes discussions sur *la* maladie, et comme il ne se sentait pas capable d'affronter ça, Gerry décida de ne pas lui en parler du tout.

Il pensa, et ce n'était pas la première fois, que ce dont il avait besoin, c'était d'un autre copain qu'il verrait de temps en temps, de quelqu'un à qui il pourrait vraiment *parler*.

Le soleil brillait, mais l'effet de refroidissement lié au vent se faisait sentir au niveau des chevilles. Il allait vers l'ouest dans Christopher Street, regardait l'aspect laiteux et anémique du ciel au-dessus du fleuve Hudson lorsqu'il s'aperçut qu'il pensait à nouveau au Belize. Ils s'étaient bien amusés, par moments, et Dieu sait qu'il faisait *chaud.* Jouer les journalistes d'investigation pour Hiram avait été une erreur, c'était beaucoup trop éprouvant pour les nerfs.

S'ils s'étaient juste rendus là-bas seuls, rien que tous les deux…

Pour traiter directement avec Kirby Galway ? Lui acheter, pour de vrai, des objets d'artisanat précolombiens de contrebande pour les revendre ?

En fait, ça n'aurait peut-être pas été une si mauvaise idée que ça.

Plus il y réfléchissait, plus il se disait qu'Alan et lui s'étaient un peu précipités en parlant de ça à Hiram et en décidant que l'intérêt de cette histoire, de la même façon que pour celle du clin d'œil et de la lesbienne, était de pouvoir constituer un article de magazine décrivant le trafic en lui-même plutôt que son potentiel. Il n'avait pas encore eu le courage d'aborder le sujet avec Alan et ne savait donc pas s'il était toujours satisfait qu'ils se soient sacrifiés pour le roi et le royaume.

Gerry soupira en pénétrant dans leur hall d'entrée : il se disait qu'il n'était vraiment pas facile de comprendre Alan, de s'adapter à ses humeurs et de *répondre* à ses besoins. Chacun sa croix, songea-t-il avant de se diriger vers la boîte aux lettres.

Les factures habituelles. Une carte postale de mauvais goût d'un ami qui passait l'hiver à La Nouvelle-Orléans. Et une enveloppe bleue et blanche contenant un câblogramme. Un câblogramme ? Il se dirigea vers l'ascenseur qui, pour une fois, était là, au rez-de-chaussée, monta dans la cabine, appuya sur le bouton et déchira le pli urgent pendant que l'ascenseur montait.

« *Al*-an ! » cria-t-il quand il fit irruption dans l'appartement en agitant le message. Tous les souvenirs de l'histoire du clin d'œil et de la lesbienne avaient déserté son esprit. « Tu ne le croiras *jamais* ! »

Alan fit son apparition, couvert de farine. Ils mangeaient donc chez eux ce soir ; très bien. « Quoi encore, Gerry ? fit Alan avec irritation (il était merveilleusement doué pour la cuisine, mais ce n'était pas bon pour ses nerfs). Je suis lancé dans quelque chose, là, j'espère que c'est important et pas un truc *débile*.

– *Al*-an, dit Gerry, blessé. Est-ce que je te dérangerais pour rien ?

– Oui, et ça ne serait pas la première fois. Bon. De quoi s'agit-il ?

– Oh, ce que tu peux être rabat-joie, réagit Gerry en jetant le câble sur la table la plus proche. T'as qu'à le lire. » Et il partit bouder dans la chambre.

Bien évidemment, Alan l'y rejoignit trois minutes plus tard, farine nettoyée, tablier noir retiré et câble à la main, en disant : « Tu as tout à fait raison, Gerry. J'ai été horrible.

– C'est seulement parce que tu fais la cuisine, répondit Gerry qui avait décidé d'être magnanime. Je sais l'effet que ça a sur toi, mais ça n'est pas grave du tout, ça vaut largement la peine, ce qui sort de ta cuisine est toujours *fabuleux*.

– Gerry, dit Alan en rougissant véritablement de plaisir, il n'y a personne de plus gentil que toi au monde, je ne sais pas ce que j'ai fait pour te mériter. C'est ma bonne fée qui a dû te guider vers moi.

– C'est moi ta bonne fée », dit Gerry radieux, content qu'ils se soient réconciliés. Il désigna le message et demanda : « Qu'est-ce que tu penses de *ça* ?

– Ça », répéta Alan en levant le message et en fronçant les sourcils. « Vraiment, je ne sais pas.

– *Al*-an, c'est Kirby Galway qui l'envoie !

– Je sais bien.

– Il continue de vouloir traiter avec nous !

– C'est ce qu'il dit.

– C'est ce qu'il dit ? Il dit ce dimanche, en Floride !

– Je le sais, qu'il le dit. » Mais cela ne l'empêchait pas de froncer les sourcils et d'avoir l'air désapprobateur.

Gerry ne parvenait pas à comprendre. « *Al*-an, insista-t-il, ce sont des nouvelles formidables !

– Si elles sont vraies.

– Mais au nom du ciel, où est le *problème* ?

– La disparition de nos enregistrements.

– Oh, mon Dieu, fit Gerry qui comprenait tout à coup.

– Ça pourrait être un piège. Si c'est Kirby Galway qui a trouvé le moyen de voler nos cassettes…

– Oh, mon Dieu, oh, mon Dieu », fit Gerry et, à ce moment-là, la sonnette retentit.

« C'est celle du haut des escaliers, dit Alan en fronçant les sourcils.

– Ça doit être Hiram, dit Gerry en sortant de la chambre. On peut lui demander ce qu'il en pense.

– À une heure pareille ? » Alan trouvait à redire sur tout, comme d'habitude.

Pendant que Gerry traversait l'appartement en direction de la porte d'entrée, il ajouta : « Je ne sais pas. La porte d'en bas est bizarre ces derniers temps, il…

– Oh, ça ne peut être que lui, répondit Gerry.

– Hier, je l'ai vu partir avec des *valises.*

– Ah ? Qui ça pourrait être d'autre ? » Il ouvrit la porte en grand et se retrouva face au gangster qu'il avait vu en compagnie de Kirby Galway au Belize. « Mon *Dieu* ! s'écria-t-il.

– Mon *Dieu* ! » s'écria le gangster en exécutant un bond en arrière.

Gerry aurait claqué la porte dans l'instant si ses propres sentiments de violente surprise et de terreur ne s'étaient reflétés de manière aussi flagrante sur le visage du gangster. Un gangster qui affiche de la surprise et de la terreur ?

« Le trafiquant de drogue ! »

« Oh, mon Dieu, oh, mon Dieu ! » : Gerry avait hurlé ces mots, mais le truand aussi et, au même moment, il désigna Gerry, qui déclara : « Mais c'est *vous,* le trafiquant de drogue ! »

Les yeux écarquillés, le gangster dit : « Kirby Galway m'a dit que vous…

– Kirby Galway nous a dit que *vous…*

– Pour l'amour du ciel, Gerry, qui est-ce ? interrogea Alan des profondeurs de l'appartement.

– C'est… c'est… je ne sais *pas* !

– Je m'appelle Whitman Lemuel, dit l'ex-gangster en tendant sa carte de visite. Je suis conservateur adjoint au musée d'Art précolombien de Duluth. »

Gerry saisit la carte. Il la regarda comme si le monde entier s'était mis à tournoyer, la Terre à pivoter sur son axe. « Je ne comprends pas, dit-il.

– Moi, je crois que je commence à comprendre. On m'a vraiment fait marcher, au Belize.

– Oh, *nous* aussi !

– Un homme appelé Innocent St. Michael m'a donné vos noms et m'a posé des questions à votre sujet.

– Je n'ai jamais entendu parler de lui.

– Estimez-vous heureux.

– Oh, mon *Dieu* ! s'écria Alan qui venait d'apparaître et regardait fixement Whitman Lemuel.

– Alan, Alan, tout va bien, dit Gerry en le saisissant par le bras pour l'empêcher de courir vers le téléphone le plus proche.

– Bien ? Bien ? » Il pointait un doigt tremblant sur Whitman Lemuel. « Comment ça pourrait bien aller ?

– Kirby Galway nous a menti.

– Il nous a menti à tous, renchérit Whitman Lemuel. Après être retourné à Duluth, j'ai commencé à réfléchir à tout ça et il m'est venu à l'esprit que je n'avais peut-être pas tout compris là-bas. »

Gerry montrait la carte de Lemuel à Alan. « Tu vois ? Regarde. » Il se retourna en disant : « Monsieur Lemuel, je pense que nous devrions nous asseoir pour discuter.

– Je pensais exactement la même chose, accepta Lemuel avant d'entrer dans l'appartement.

– Oh, pour l'amour de Dieu, dit Alan en étudiant la carte de Lemuel.

– Et pour *commencer*, dit Gerry à leur invité, nous venons de recevoir un câble que vous allez trouver très intéressant. »

6

Le sable et la voile

Le soleil s'éleva de la mer des Caraïbes, déversant du bleu sur l'eau noire et un azur plus clair sur l'immense voûte céleste. Les îles se réveillèrent, les palmiers inclinèrent leur cime en guise de bonjour, depuis Trinité-et-Tobago, au sud, jusqu'à Anguilla et Saint-Martin, au nord. La soudaine aurore tropicale se dirigea ensuite vers l'ouest en direction de la Jamaïque et au-delà, survolant l'ondulation des vagues avant d'adresser un clin d'œil aux petits points que dessinaient les îles Caïmans. Des centaines de milles marins de grand large se réveillèrent en bâillant jusqu'au moment où le soleil atteignit la grande barrière de corail le long de la côte de l'Amérique centrale : presque trois cent vingt kilomètres de récifs coralliens et d'îles minuscules appelées cayes, sur l'axe nord-sud, au large du Belize. Tout à sa hâte d'atteindre la côte, impatient de rejoindre l'intérieur des terres et de faire s'élever l'imposante masse verte des monts Mayas, le soleil rencontra un petit avion qui arrivait en sens inverse.

Kirby bâilla, plissa les yeux à cause de la lumière du soleil et s'installa plus confortablement aux commandes. La rosée séchait sur les ailes de Cynthia, faisant disparaître ses bijoux. La tomate, les œufs et le café se nichèrent confortablement dans l'estomac de Kirby.

La côte se trouvait droit devant. La mer était peu profonde en cet endroit, l'eau émeraude si claire qu'elle était transparente vue du ciel, de sorte que l'on avait l'impression de contempler un univers de sable, d'herbes et de formations coralliennes, le tout composé d'ombres vertes et scintillantes. Ce n'est qu'en volant à très basse altitude que l'on pouvait discerner la surface de l'eau, semblable à un genre de verre piqueté de galets, à travers lequel on pouvait observer les cours de danse classique aériens des bancs de poissons.

À l'extrémité nord-est de la grande barrière se trouve la caye Ambergris, la plus grande des îles, longue de cinquante kilomètres et large de deux pâtés de maisons, avec sa douzaine d'hôtels de taille modeste, son petit village de pêcheurs appelé San Pedro et une seule piste d'atterrissage. Kirby s'y posa à 7 h 45, l'ombre de Cynthia atterrissant sur la bande herbeuse à côté de la piste. Il se gara près des cinq ou six monomoteurs ou bimoteurs qui attendaient déjà là, se présenta à la cabane qui abritait les bureaux et marcha vers la ville à la recherche d'une âme vivante.

La majeure partie de la petite industrie du tourisme bélizien se situe sur la caye Ambergris. Pour la pêche, le snorkeling, la plongée sous-marine, on ne peut rêver meilleur lieu que le long de la barrière de corail. Les bars des hôtels peuvent se vanter de recevoir un mélange d'entrepreneurs locaux, de touristes américains bronzés, d'immigrés saouls et souriants subventionnés par leur famille, de soldats britanniques en permission aux cheveux en brosse, de veuves à la voix éraillée par le whisky et d'individus aux yeux clairs et à la peau tannée qui ont oublié de rentrer chez eux il y a trente ans. Plusieurs grands bateaux privés venus du Texas ou de Louisiane sont toujours amarrés aux pontons des hôtels et de part et d'autre de la longue île étroite s'éparpillent, çà et là, les maisons de vacances d'Américains fortunés.

Certains d'entre eux menaient de petites affaires au Belize, qu'ils aient été dirigeants d'hôtels de tourisme, exportateurs d'acajou ou de palissandre, investisseurs dans l'immobilier ou propriétaires de fermes sur le continent. De loin en loin, l'un d'eux pouvait se laisser convaincre d'acheter des objets d'artisanat précolombiens.

Le jour se lève tôt et se couche tard à San Pedro. Kirby marcha jusqu'au Ramon's Reef Resort sous l'éblouissant soleil matinal et prit un café avec deux pêcheurs, au bar en plein air : des médecins venus de St. Louis qui n'étaient pas franchement à leur place. Ils partirent quand leur guide arriva en bateau, et Kirby se balada sur la plage jusqu'au Hide-A-Way où il but un thé glacé (il commençait à faire chaud), avant de repartir vers la ville. Il déjeuna à *The Hut* avec un pilote qu'il connaissait et un agent immobilier qu'il venait de rencontrer. Il entendit des rumeurs, colporta des mensonges, entendit des mensonges, colporta des rumeurs et repartit.

Au bar du *Paradise*, l'hôtel le plus chic dans le style paillotes, situé à l'extrémité nord de la ville, il discuta avec une Texane d'une trentaine d'années dont le bateau, qui appartenait à son père, était amarré au bout du quai de l'hôtel. Un bateau sur trois niveaux, d'un blanc étincelant aux ornements dorés, qui s'effilait du pont inférieur, large et confortable, jusqu'au pont supérieur, à l'allure vacillante. Son nom et son port d'attache étaient calligraphiés en lettres d'or sur la poupe : *The Laughing Cow, South Padre*

Island, Tx. « C'est le nom d'un fromage, constata Kirby. Un fromage français, *La Vache Qui Rit.*

– Le fromage à tartiner favori de papa », répondit-elle. Elle avait les cheveux d'un blond cendré, la peau du brun rouge des sacrifices humains, avec quelque chose d'un peu flou dans le regard de ses yeux clairs et un léger relâchement aux coins de sa bouche pulpeuse. Elle avait l'air de quelqu'un qui veut quelque chose mais ne parvient pas à se souvenir de quoi il s'agit ni du nom qui lui est associé. Elle s'appelait Tandy.

« Votre père a donné un nom de fromage à son bateau ? J'imaginais qu'il avait un ranch ou un truc de ce genre.

– Oh, effectivement. Chez nous, au Texas, on a d'immenses pâturages, vous voyez ?

– Je pense que oui. C'est drôle, moi aussi, j'ai donné ce nom à quelque chose en pensant à *La Vache Qui Rit.* Mais je l'avais orthographié différemment.

– Vous voulez le voir ?

– Bien sûr. »

Leur verre de rhum et de jus de pamplemousse à la main, ils traversèrent le sable brûlant et montèrent sur l'embarcadère patiné par le temps qui donnait accès à *The Laughing Cow.* C'était le père qui intéressait surtout Kirby, mais pour le moment, il n'était pas à bord. « Il est parti acheter des provisions », dit-elle. Quand il l'avait rencontrée au bar, elle portait un polo bleu clair et un short blanc, mais elle posa son verre et ôta ses vêtements pour dévoiler un bikini bleu foncé sur un corps qui semblait avoir été conçu pour ça. « Là, c'est la cabine principale », dit-elle en la désignant et en reprenant son verre.

Il eut droit à la visite complète et Tandy passa tout en revue : « Ça, c'est le réfrigérateur, annonça-t-elle en désignant le réfrigérateur. Ça, c'est la douche. Ça, c'est ma couchette. »

Ils procédèrent par étapes jusqu'au pont où elle termina en lui montrant la barre. « Et ça, c'est la barre.

– Et là, la mer des Caraïbes, dit Kirby avec un mouvement de la tête.

– Oh, regardez ! »

Juste au large, un bateau surmonté de deux voiles blanches glissait tranquillement en direction du nord. Protégeant ses yeux du soleil, Kirby dit : « Ouais, je le connais. Il est plein de sable. »

Elle semblait prête à rire au cas où ces mots auraient dissimulé une plaisanterie. Kirby la regarda avec sérieux et poursuivit : « Non, sans blague. Il est rempli de sable. Il se rend à un des sites de construction, en remontant l'île.

– Mais d'où vient le sable ? demanda-t-elle en fronçant les sourcils.

– Du continent, au sud de Belize City. »

Tandy se tourna vers l'hôtel Paradise, derrière eux : un demi-cercle de paillotes et d'autres bâtiments sur le sable blanc ratissé. Elle regarda à nouveau Kirby. Son expression laissait transparaître une légère irritation. « Pourquoi des gens amèneraient-ils du sable de Belize City jusqu'ici ?

– C'est du sable de rivière, expliqua-t-il. Ici le sable provient du corail, il est poudreux, on ne peut pas bien le mélanger pour obtenir le ciment. Alors ce bateau fait la navette, il ramène souvent du sable, de temps en temps des graviers. Tout ça à la voile, il n'a pas de moteur.

– Ça prend combien de temps ?

– Cinq à six heures pour l'aller, quatre à cinq pour le retour. Ils vont le décharger à la pelle ce soir, il repartira tôt dans la matinée, sera rechargé en arrivant sur le continent, y passera la nuit et reviendra après-demain. »

Elle regarda à nouveau le sloop qui était maintenant derrière eux et allait plus vite qu'il n'en donnait l'impression. « Merde, dit-elle, et moi qui trouvais ça romantique.

– Ça l'est, dit Kirby.

– Je vois ce que vous voulez dire, dit-elle après avoir réfléchi.

– Il ne cesse jamais de naviguer. Quelques heures à pelleter à chaque arrêt, ça ne coûte pas grand-chose.

– Ça ne coûte rien du tout, dit-elle d'un ton amer. Quand on n'a que du sable à pelleter. » Elle reposa son verre, scruta Kirby : « Et vous, vous êtes romantique ?

– Très », répondit-il au moment où une voix rauque retentissait. « Tandy ? »

Papa était de retour, avec trois habitants de San Pedro qui portaient des boîtes en carton. Il aboya ses ordres et distribua des dollars américains pendant que Tandy emportait son verre et celui de Kirby dans la petite cuisine pour les resservir. Les verres et Papa furent prêts en même temps et Tandy procéda aux présentations. « Papa, voici Kirby Galway. Je viens de lui mettre le grappin dessus, au bar, là-bas. »

Si c'était une provocation, Papa n'en tint aucun compte. Il tendit la main à Kirby en l'observant attentivement : « Darryl Pinding, Senior.

– Comment allez-vous, monsieur ? (Kirby s'était dit que Darryl Pinding, Senior, apprécierait vraisemblablement d'entendre un homme plus jeune lui donner du “monsieur” au moins une fois dans sa vie.)

– Je vais bien, Kirby. Et vous-même ?

– Je n'ai pas à me plaindre.

– Parfait. Tandy, tu m'as préparé un verre ?

– J'y vais. »

Elle sortit s'en occuper et Darryl Pinding, Senior, désigna le fauteuil inclinable bleu en disant : « Asseyez-vous, Kirby, faites comme chez vous. Dans quelle branche êtes-vous ? »

C'était amusant de discuter avec Darryl Pinding, Senior. Il était riche et pensait que son argent prouvait son intelligence. Sachant beaucoup de choses sur trois ou quatre sujets, il s'imaginait savoir tout sur tout, aimait disséminer sans compter ses connaissances imparfaites, comme un lion sa semence. C'était un homme imposant d'une cinquantaine d'années, sûrement un ancien joueur de football américain universitaire qui avait beaucoup épaissi mais ne s'était pas trop ramolli. Le soleil, la mer, la grande vie et un cancer de la peau avaient laissé apparaître des taches de dépigmentation, en particulier sur son front aussi haut que large, sur lequel Kirby énuméra des plaques de quatre colorations différentes sans inclure les taches de vieillesse.

Tandy se fit grincheuse quand il devint évident que Kirby n'allait pas écourter sa conversation avec Papa. Elle menaça de partir, puis le fit pour de bon quand Kirby et Darryl (ils s'appelaient par leur prénom désormais) continuèrent de discuter.

Il était établi depuis longtemps que le caractère purement légal des choses n'avait jamais constitué un prérequis absolu dans l'existence de Darryl. C'était un atout. Un peu plus tard, il devint clair que Darryl avait à l'occasion eu recours à de petites activités de contrebande pour son profit personnel (un bateau comme celui-ci, pourquoi pas ?), et qu'il avait tout autant apprécié l'argent que l'image m'as-tu-vu que cela lui conférait. Un autre atout. En avançant précautionneusement, Kirby découvrit que Darryl s'y connaissait en objets d'artisanat précolombiens, même si cela allait beaucoup moins loin qu'il ne le pensait. Il comprenait aussi vaguement que les gouvernements du Sud essayaient d'endiguer la fuite des antiquités vers le Nord, et pensait qu'il fallait être bougrement stupide et d'une ignorance crasse pour adopter une telle attitude Un atout majeur.

Mais la contrepartie n'avait pas tardé. « Laissez-moi vous dire une chose, Kirby, lui confia Darryl quatre ou cinq verres plus tard, en s'avançant un peu plus sur le fauteuil inclinable. Mon fils est une fiotte. Vous comprenez ce que je vous dis ?

– Euh, oui.

– Je ne sais pas comment c'est arrivé. Dieu sait qu'il n'a pas eu une mère dominatrice ou un père absent, mais c'est comme ça. Darryl Junior est pédé comme un phoque.

– Ah, fit Kirby.

– C'est un *artiste*, poursuivit Darryl d'un ton sarcastique et méchant. Là-bas, à San Francisco. Un artiste. Ces trucs précolombiens, ces statues, tous ces machins. Vous savez ce que c'est, tout ça ? »

Kirby prit un air vigilant.

« De l'art. Tout ça, c'est de l'art.

– Je suppose que oui, dit Kirby.

– Je déteste l'art, déclara Darryl avec un hochement de tête déterminé. Est-ce assez clair ?

– Assez », acquiesça Kirby.

* * *

Il dîna à El Talipan avec une fille appelée Donna qui possédait une des boutiques de souvenirs, en ville. Ils allèrent ensuite boire plusieurs verres au Fido où ils purent écouter Rick jouer du piano et déclarer au monde entier : « Je me saoule, mais je ne fais jamais de fausse note. » Comme Donna avait dû partir tôt, Kirby vadrouilla sans grand espoir, ayant dilapidé son énergie psychique avec Darryl Pinding, Senior. Il traînassait, sans plus.

De retour au Fido vers minuit, il vit Tandy discuter au bar avec deux étudiants américains. Elle les laissa et s'approcha de lui, le verre à la main. « Vous n'aviez plus rien à vous dire, Papa et toi ?

– Ton père a une forte personnalité.

– Je ne t'ai pas trop vu le contredire.

– Ma jolie, dit Kirby en la regardant, si toi, tu n'as pas réussi à prendre le dessus en trente ans, comment veux-tu que j'y parvienne en une heure ? »

Elle cligna des yeux. Fronça les sourcils. « Vingt-huit, corrigea-t-elle en avalant une gorgée.

– Mille fois pardon.

– C'est à cause du soleil qu'on a l'air plus vieux, dit-elle pour l'excuser. Bordel, c'est à cause de tout, en réalité. Tu crèches où ?

– Nulle part pour le moment. »

Surprise, elle réussit à fixer son regard sur lui et dit : « Tu n'as pas de chambre d'hôtel ?

– Pas encore. »

Elle rit, un gloussement rauque qui donnait une idée du baryton qu'elle serait dans vingt ans. « T'es rien d'autre qu'un foutu clochard qui dort sur la plage !

– Je te l'ai dit tout à l'heure, lui rappela-t-il patiemment, je suis arrivé en avion ce matin et, comme je m'étais dit que je repartirais peut-être dans l'après-midi, je ne m'en suis pas encore occupé.

– C'est vrai, tu es pilote, j'avais oublié. Viens dormir sur le *Cow*. »

Il réfléchit un instant. « Et Papa ?

– Quand Papa dort, Papa dort. Kirby, s'il y a bien un endroit où je veux éviter les ennuis, c'est celui-là. »

Il lui adressa un sourire admiratif. « Tu es une femme intéressante, Tandy, tu as de la profondeur.

– Ça, c'est à toi de t'en assurer. »

* * *

Si Papa dormit tout du long, son subconscient dut lui suggérer qu'ils traversaient une tempête. Les appartements privés, élégants mais exigus de Tandy se situaient en bas, un long triangle isocèle sous le pont avant, tandis que Papa dormait dans le salon convertible au-dessus. Un petit climatiseur luttait contre la propension qu'ont deux corps humains actifs à produire de la chaleur, et il perdait. Tout le monde avait un peu trop bu. Tandy refusait d'allumer la moindre lumière, et *The Laughing Cow* amarré roulait et tanguait en séquences arythmiques auxquelles Kirby ne parvint jamais vraiment à s'adapter. L'ensemble constituait un problème mécanique au même titre que tout le reste, mais celui-là aurait bien mérité d'être résolu. Les chairs caoutchouteuses glissaient et se dérobaient, les muscles bougeaient sous la peau, les bras et les mains cherchaient des prises en vain. « Je suppose que c'est comme ça, dit Kirby.

– Oh, Seigneur, on est dans la bonne voie, on est dans la bonne voie. »

Kirby mordilla un téton au goût salé. Le souffle, dans ses oreilles, évoquait des vagues lointaines. La houle de la mer et celle des êtres se mêlaient et se séparaient, se mêlaient et se séparaient. « Mon Dieu, j'ai soif ! » cria Tandy ; puis elle s'affala comme une voile dans le calme qui succède à la tempête. Kirby n'avait jamais entendu une femme dire précisément *ça* dans ce genre de situation.

* * *

De nombreux coups de coudes le réveillèrent, dont certains venaient de lui. L'obscurité fraîche, le souffle de la climatisation toute proche, tous ces coups de coudes, de genoux et… aïe… de fronts dans la couchette trop étroite. La mémoire lui revint au moment où Tandy posait sa main sur lui, un peu partout, en murmurant d'une voix rauque, « Vous êtes *qui*, bordel ?

– Kirby Galway, lui répondit-il. Le pilote. Je suis dans le camp des bons.

– Merde, dit-elle. Ce n'est sûrement pas moi qui prétendrais le contraire. » Elle posa sa tête chaude et sèche sur la poitrine de Kirby qui entoura de son bras les fines épaules vulnérables. « Quelle vie », dit-elle, et ils s'endormirent.

7

Aperçus

Le soleil qui avait salué Kirby dans le ciel un peu plus tôt dans la matinée avait ensuite jeté un œil en bas, parmi les couches humides de feuilles, de branches, de lianes et de plantes jusqu'au sol de la jungle des monts Mayas, près de la frontière du Guatemala, et c'est alors qu'il avait eu, à plusieurs reprises, des aperçus d'un homme en treillis de camouflage, qui se hâtait vers l'ouest en courbant l'échine et en braquant des regards inquiets autour de lui, tressaillant au moindre bruit de la jungle, et levant occasionnellement des yeux angoissés vers le soleil qui l'observait, comme s'il était un rapace et lui, un campagnol.

Vernon haletait en progressant, davantage à cause de la peur que de l'effort. Il ne s'était pas attendu à être convoqué à nouveau aussi rapidement par le colonel et n'avait pas réalisé, avant la nuit dernière, à quel point il se trouvait sous son emprise. Il ne lui appartenait plus de décliner, il n'était plus son propre maître. Le colonel pouvait le détruire à n'importe quel moment, non pas en saisissant son gros colt .45 dans son étui, mais simplement en transmettant à l'armée britannique ou au gouvernement du Belize la preuve de sa…

… trahison.

« Ça ne veut *rien dire* », pantelait Vernon qui se dépêchait de rejoindre son maître. Le Guatemala ne pourrait jamais envahir ni annexer le Belize. Accepter l'argent du colonel était certes déshonorant, la fourberie dans ce qu'elle a de pire, mais ni Vernon ni personne n'avait le pouvoir de vendre le Belize au Guatemala. Et pourtant, et pourtant…

Tout convergeait d'un seul coup et de la plus épouvantable manière possible. Il avait assassiné Valerie Greene, absolument, il l'avait assassinée aussi sûrement que s'il l'avait tuée lui-même, de ses propres mains. Mais il n'avait pas la trempe d'un meurtrier ; il le comprenait trop tard. Il aurait voulu être un homme dépourvu de conscience, mais il était rongé par les scrupules comme on peut l'être par la lèpre. La piqûre de sa trahison mesquine n'était rien en comparaison de la brûlure cruelle et indissociable de sa culpabilité meurtrière.

Et, de même que le colonel tenait son destin et son avenir dans la paume de sa main, le Noir maigrichon, son complice dans le crime, le tenait aussi. Il avait disparu sans laisser de traces, sans laisser de traces si l'on exceptait la piste circulaire constituée par les morceaux de Land Rover éparpillés tout autour de Punta Gorda. On pouvait supposer qu'il avait quitté le pays et la police était certainement à ses trousses. Était-il possible (idée ahurissante) qu'il ait lui aussi été terrassé par ce meurtre, qu'il en ait perdu la raison et ait été poussé à la fuite ? Si c'était le cas et si on le retrouvait, il répandrait certainement toute l'histoire, à commencer par le nom de Vernon.

« Trop de choses », marmonna-t-il en se frayant un chemin parmi les broussailles, le visage moite de sueur, de rosée et de larmes. Les fougères mouillées le giflaient, le sol était détrempé et traître sous ses pieds, et il n'y avait pas moyen de se cacher du soleil.

La Daimler n'était pas encore arrivée. Bien. Ça lui donnait une chance de se ressaisir, de se calmer, d'essuyer sur le pan de sa chemise son visage qui dégoulinait. Il faisait les cent pas dans la clairière, tantôt à l'abri du soleil, tantôt sous ses rayons, en s'ordonnant de se calmer. Le colonel n'allait pas le trahir parce qu'il lui était encore utile. Personne n'allait retrouver le Noir maigrichon et il ne reviendrait pas. Calme-toi, se disait-il, détends-toi, repose-toi.

Il aurait tellement voulu se reposer.

La Daimler arriva lentement à travers la jungle, comme une baleine, comme une flaque noire. Vernon se tenait sur le bord du chemin de terre pendant qu'elle approchait et que le soleil, qui se reflétait dans les vitres et sur les chromes, lui adressait des clins d'œil. La grosse automobile s'arrêta tout près de lui, la vitre du compartiment passager s'abaissa sans à-coups et le colonel apparut dans le rectangle sombre, penché vers lui, les yeux dissimulés derrière de grandes lunettes de soleil noires. Derrière lui, la femme féroce était assise et lisait un magazine français : *Elle*. Vernon, mal protégé derrière ses propres lunettes de soleil, n'arrêtait pas de cligner des yeux.

Par la fenêtre, le colonel sortit une main baguée qui tenait une enveloppe blanche. « C'est pour toi. »

Vernon la prit. Douce et épaisse car elle contenait de l'argent, beaucoup d'argent. *Qu'est-ce qu'il attend de moi ?* Pourquoi les choses devaient-elles inexorablement basculer de la théorie vers le réel ?

Le colonel avait autre chose pour lui ; une feuille de papier volante. Vernon la saisit et vit qu'il s'agissait de la photocopie partielle d'une des cartes qu'il lui avait remises la dernière fois, une carte qui indiquait les récentes constructions destinées à accueillir des réfugiés. L'une d'elles était désormais encerclée en rouge. Tandis qu'il plissait les yeux en regardant la carte et en se demandant ce que cela pouvait bien signifier, le colonel dit : « Vendredi, après-demain, un groupe de journalistes britanniques sera au Belize.

– Des journalistes ? (Vernon leva les yeux de la carte à contrecœur.) Je ne suis pas au courant.

– Ils sont en train d'arriver, dit le colonel. Une de leurs missions consistera à se rendre dans un village de réfugiés, vendredi après-midi. » Il indiqua la carte entre les mains de Vernon : « Tu devras veiller à ce que ce soit bien *ce* village qu'ils visitent.

– Mais… des journalistes ? Ça n'a rien à voir avec mon service, je ne…

– Tu as bien un chauffeur ? Ton compère et complice ? »

Choqué que le colonel puisse en savoir autant sur son compte, Vernon bégaya : « Il est… il est parti. Il s'est enfui il y a une semaine. Per… personne ne sait pourquoi.

– Quelqu'un d'autre alors », dit le colonel en écartant le problème d'un geste de la main dédaigneux. La femme tourna une page de son magazine ; cette fois, elle ne s'intéressait plus du tout à Vernon. Le colonel, faisant preuve d'autorité, dit : « Tu t'en occupes. Il faut que les journalistes se rendent à *ce* village-là.

– Je ne sais pas si je peux…

– Il le faut », dit le colonel. Impassible derrière ses lunettes de soleil, il défiait Vernon dans l'attente d'une nouvelle objection qu'il était prêt à rejeter sur-le-champ. Il le faut ; sa créature n'avait nul besoin d'en savoir davantage.

Je ne vais pas me demander pourquoi le colonel veut tout ça, se dit Vernon, ses plans sont stupides

et vains, il ne peut rien arriver, rien ne peut *changer*.
« Je… je vais essayer, dit-il piteusement.

– C'est ce village-là », répéta le colonel. Et la fenêtre remonta sans à-coups, mettant un terme à la conversation.

Désemparé, désorienté, et désespérément pris au piège, Vernon resta là, à regarder la Daimler s'éloigner, reconduisant le colonel dans son monde de certitudes. Du repos. De la tranquillité. Qu'allait-il se passer ? Cela n'en finirait donc jamais ? Quel terrible destin était-il en train de se forger ? Tout près, sous le soleil éclatant, un gros perroquet, perché sur une branche, le regarda, écarta les ailes et se mit à rire.

8

Nord du Guatemala

Les Indiens des forêts d'Amérique centrale sont des paysans, des fermiers qui tirent leurs revenus et leur subsistance du sol fertile de la jungle. Leurs ancêtres ont vécu sur ce sol et y ont été enterrés pendant deux mille ans. Ils ont résisté à la famine, à la maladie, aux inondations, aux animaux sauvages, aux feux et aux tribus ennemies ; mais quelles qu'aient été les circonstances, les Indiens passifs sont toujours restés sur ces terres.

Aujourd'hui, ils ne veulent ni plus ni moins que ce qu'ils ont toujours eu : un lopin de terre dans la jungle, de petites communautés liées entre elles, et qu'on les laisse vivre en paix. Mais aujourd'hui, l'Amérique centrale fait partie intégrante d'un monde globalisé et dans un monde globalisé, on ne laisse *personne* vivre en paix. Les Indiens ne peuvent combattre ni les escadrons de la mort armés de mitraillettes, ni les soldats aux commandes d'hélicoptères. Ils ne peuvent s'attendre à aucune pitié de la part des Ladinos[1] pour qui ils sont « des animaux avec des

1. En Amérique centrale, les habitants d'ascendance indigène et de culture hispanisée qui ont un mode de vie « occidentalisé ».

noms ». Aussi incroyable que cela puisse paraître, poussés à bout, les Indiens quittent leurs terres.

Des réfugiés. Après des milliers d'années, ils sont devenus des réfugiés. Depuis trois ou quatre ans, les Indiens Miskitos n'ont presque pas cessé d'être ballottés d'un endroit à un autre à travers le Honduras et le Nicaragua, harcelés et persécutés par des hommes « civilisés », réduits à l'affolement. Des hommes et des femmes, davantage civilisés et appartenant à des groupes religieux privés, aident les paysans du Salvador et du Guatemala à s'installer au Canada ; mais que voulez-vous qu'ils pensent du Canada, bon Dieu ? C'est ainsi que des membres de familles ou de groupes tribaux composés de dix, vingt ou cinquante individus, des milliers d'entre eux désormais, ont entrepris un long voyage, terrible et périlleux, jusqu'à la frontière du Belize, qu'ils ont franchie pour atteindre… le paradis.

C'est la jungle, comme dans leur pays, mais une jungle merveilleusement déserte, constituée de kilomètres et de kilomètres de territoires non revendiqués sur lesquels il est possible de cultiver un lopin de terre et de recommencer à vivre. Aucun homme masqué et armé ne rôde la nuit. Le seul avion militaire à la ronde est un avion de chasse britannique qu'on entend de temps en temps, qui repart presque avant d'être arrivé et qui fonce le long de la frontière pour rappeler aux Guatémaltèques la futilité de leurs rêves.

Les réfugiés arrivent la peur au ventre, ignorants et presque sans espoir. Ils commencent à s'installer en faisant de leur mieux pour se cacher aux yeux du monde, et au bout d'une semaine, de six mois ou d'un an, on les localise et le gouvernement du Belize leur envoie son émissaire : un assistant social peut-être, ou alors un policier sans arme, ou un médecin du travail.

On leur dit qu'ils sont acceptés avec le statut d'immigrés, qu'il n'y a pas de formalités et qu'ils ne seront pas renvoyés en enfer. Aussi longtemps qu'ils resteront sur leur parcelle et qu'ils la cultiveront, elle leur appartiendra. Aussi longtemps qu'ils s'occuperont de leurs affaires, on les laissera tranquilles. Le gouvernement n'est pas leur ennemi et n'est pas en guerre contre eux. Il demande seulement qu'ils envoient leurs enfants à l'école : « Nous voulons en faire de bons Béliziens. »

Les Indiens ne comprennent pas tout, ils ne croient pas tout. Ils construisent leurs huttes avec les matériaux disponibles dans la jungle, travaillent leurs champs et restent sur leurs gardes. Mais il ne se passe rien. Et lentement, au fil des années, ils en viennent à reconnaître la réalité des choses :

La guerre est terminée.

9

Une petite fortune

Innocent toucha à peine sa nourriture et eut à peine un regard pour la beauté de la mer. Assis dans la salle du *Chateau Caribbean*, juste un peu plus loin sur le bord de mer, par rapport au Fort George, il avait commandé un homard, refusé fermement mais avec le sourire de se joindre à des amis à telle ou telle table, leur préférant le caractère sombre de sa propre compagnie. Deux bières Belikin ne lui avaient pas redonné le moral, pas plus que les échos de bonheur et d'entente cordiale autour de lui. (À une table voisine, l'homme d'affaires Emory King, un Bélizéen né aux États-Unis, expliquait à son groupe : « Comment fait-on pour amasser une petite fortune au Belize ? On commence avec une grosse fortune. »)

Valerie Greene. Il ne cessait de penser à elle. Le matin même, pendant qu'il faisait ses longueurs habituelles dans la piscine, il avait tout à coup songé qu'elle n'avait jamais vu sa maison, n'avait jamais nagé dans sa piscine, et ça l'avait tellement démoralisé qu'il avait aussitôt interrompu son effort, coupant court à son rituel matinal pour la première fois, autant qu'il s'en souvienne ; puis il s'était traîné tristement vers la maison pour s'habiller.

Ce qui était, bien évidemment, tout à fait ridicule. *Aucune* de ses conquêtes n'avait vu sa maison ni nagé dans sa piscine. Amener une maîtresse en présence de cette femme-là et de ces quatre filles-là ? Ça ne risquait pas.

Et pourtant, aussi absurde que puisse être cette idée, elle n'en avait pas moins le pouvoir de lui mettre le moral à zéro. En fait, chaque pensée liée à Valerie avait le pouvoir de lui mettre le moral à zéro, de le dépouiller de son bonheur et de son plaisir. Et le plus étrange était qu'avec le temps, ses pensées et ses souvenirs tournaient de moins en moins autour du sexe et de plus en plus autour d'*elle*. Son sourire, sa candeur, son intérêt pour les choses de ce monde, sa passion pour l'honnêteté et la vérité. Dans son esprit, elle devenait une sainte.

Il évitait d'évoquer le mot qui aurait pu décrire son état. Il était capable de reconnaître (en lui-même) qu'il éprouvait un profond chagrin, mais il ne pouvait s'avouer pour quelles raisons.

« Innocent St. Michael ! »

Innocent leva les yeux du homard qu'il n'avait pas touché, pris dans sa mélancolie, pour découvrir un homme blanc penché au-dessus de sa table, tendant une main qui tenait une carte de visite. Un homme *très* blanc, sa peau était couleur de cendres comme le ventre d'un barracuda ; il venait sans doute de descendre d'un avion en provenance du Grand Nord. « Oui ? » fit Innocent qui souhaitait juste que cet homme cesse d'exister ou, du moins, qu'il s'en aille.

Mais ce dernier n'en avait aucunement l'intention. Agitant les doigts, il dit : « Ma carte de visite. »

Ressaisis-toi, Innocent. Tu es encore en vie. Il y a un homme, là, avec une carte de visite. Un Nord-Américain avec de l'argent plein les poches, qui est probablement en quête d'un petit investissement, de terres à acheter ou d'une affaire à laquelle il pourrait s'associer, un homme qui aimerait bien amasser une petite fortune au Belize. Montre-lui un peu d'intérêt, Innocent.

Il accepta la carte, malgré son peu d'enthousiasme. Elle lui apprit que l'homme s'appelait Hiram Farley et qu'il travaillait pour un magazine appelé *Trend*, à New York. Si Innocent avait réussi à rameuter en lui ne serait-ce qu'une once d'intérêt, elle menaçait déjà de s'évaporer :

« Journaliste, hein ?

– Rédacteur en chef », répondit Hiram Farley avant de tirer à lui la chaise qui se trouvait à la droite d'Innocent sans y avoir été invité. Il s'assit, envahissant la table avec ses avant-bras, et dit : « Monsieur St. Michael, avez-vous une connaissance solide de la loi de 1972 relative aux antiquités dans ce pays ?

– Elle stipule que les ruines mayas présentes au Belize appartiennent à la nation du Belize, répondit-il en haussant un sourcil, de même que tout ou partie de ce qu'elles renferment, et que le reste du monde doit retirer ses sales pattes de là. C'est assez solide pour vous ?

– Bien, reconnut Hiram Farley. Parfait. Et l'adoption de cette loi, en 1972, a marqué la fin du commerce d'objets d'artisanat mayas, je ne me trompe pas ?

– Ce que vous venez de faire s'appelle de l'ironie », dit Innocent. À son corps défendant, il commençait à se sentir concerné par la présence de ce type.

Hiram Farley sourit : « Déformation professionnelle, expliqua-t-il. Une arme si belle, si bon marché et si facile à manier, l'ironie. » Puis il prit un air pénétrant pour dire : « Monsieur St. Michael, il y a quelque temps, j'ai appris qu'il existait un projet de contrebande visant à faire sortir des antiquités précolombiennes du Belize pour les introduire aux États-Unis.

– Ce dont vous avez immédiatement averti les autorités des deux pays, suggéra Innocent.

– De l'ironie, bravo. Monsieur St. Michael, je ne disposais pas de preuves, il ne s'agissait que d'une vague rumeur. Espérant établir un faisceau d'indices concordants que j'aurais pu à la fois transmettre aux autorités des deux pays et exposer dans un article de fond dans mon magazine…

– Ah, oui, bien sûr.

– Ce n'est pas seulement la charité qui commence par soi-même, monsieur St. Michael.

– Je ne connais pas grand-chose à la charité, monsieur Farley. Dites-moi ce que vous avez fait.

– J'ai suggéré à deux de mes amis de venir au Belize et de faire semblant de s'associer à l'opération de contrebande. Des antiquaires de New York. »

Bon Dieu : Witcher et Feldspan ! Innocent était si ravi de cette déclaration qu'aucune émotion ne transparaissait sur son visage. C'était donc *ça,* la raison de l'enregistrement !

Et si Innocent ne s'était pas interposé pour escamoter les cassettes, Kirby et son opération de contrebande feraient les gros titres du magazine *Trend* !

Et Valerie ? Serait-elle vivante ou morte ?

Non. *Trend* ne serait pas paru à temps pour la sauver.

Kirby… Kirby… Kirby l'aurait déjà tuée, quoi qu'il arrive.

Hiram Farley continua pendant que les pensées d'Innocent se bousculaient dans sa tête. Il parla des enregistrements, du vol des cassettes à l'aéroport, et poursuivit : « Mes amis ne sont pas du genre à s'immiscer dans ce type d'intrigues, ni dans quelque chose de dangereux ; ils m'ont dit clairement qu'ils n'avaient pas le cœur à poursuivre leur enquête, surtout si les cassettes sont désormais en possession de contrebandiers, ce qui est certainement le cas. »

L'esprit d'Innocent était submergé de pensées relatives à Valerie et à Kirby, mais il était parvenu à suivre suffisamment les paroles de Hiram Farley pour répondre : « Alors, vous allez vous en charger personnellement ?

– Monsieur St. Michael, je tiens toujours à publier cet article dans *Trend.* Et j'imagine que vous seriez prêt à m'aider pour sauver votre patrimoine des mains de bandits et de trafiquants.

– Mais certainement, monsieur Farley », dit Innocent en se demandant : ça ne serait pas une tapette comme ses amis, ce type ? Oui. Plus discret, plus difficile à détecter si on n'y prêtait pas attention, mais oui. En revanche, plus malin qu'eux, plus coriace. Pas le genre de type qu'on peut manipuler facilement.

« Monsieur St. Michael, je vais être franc avec vous. Quand mes amis ont jeté l'éponge, j'ai regardé autour de moi, j'ai posé des questions, j'ai essayé de trouver quelqu'un d'autre qui puisse avoir une affinité particulière avec le Belize. Vous souvenez-vous d'un nommé Rodemeyer ? William Rodemeyer ? »

Ce nom disait vaguement quelque chose à Innocent, mais sans plus. Il fronça les sourcils et répondit : « Je ne suis pas sûr…

– Ça remonterait à plusieurs années. Vous lui avez vendu un bout de terrain à Ladyville. »

Ladyville était la petite communauté située à côté de l'aéroport international. En réalité, son avenir était assez prometteur en termes d'exploitations commerciales, si le Belize venait à prendre de l'ampleur et à s'animer beaucoup plus qu'il ne l'était pour le moment. Au fil des ans, Innocent avait été propriétaire de plusieurs parcelles à cet endroit…

Rodemeyer ! Ça lui revenait, ce type avec un nom bizarre. « Le type du magazine !

– Exactement, dit Farley. Il voulait lancer un magazine d'affaires hebdomadaire pour les anglophones des Caraïbes.

– Oui, je me souviens de lui. Il voulait des terrains à proximité de l'aéroport pour y bâtir des bureaux et sa propre entreprise d'imprimerie, afin que les magazines soient distribués dans toutes les Caraïbes par avion. Un projet très ambitieux.

– Trop ambitieux apparemment.

– De plus grands cirques que celui-ci sont déjà venus au Belize, murmura Innocent pour lui-même.

– Je vous demande pardon ?

– Non rien. Il semble que cet homme ait fait faillite.

– Oui, il ne disposait pas d'un capital suffisant.

– C'est le problème majeur dans les Caraïbes, acquiesça Innocent avec un signe de tête digne d'un homme politique.

– Il est de retour à New York, maintenant, Rodemeyer. Il travaille pour *Barron's*.

– Les aristocrates payent assez bien, à ce que j'ai entendu dire.

– Il paraît qu'avant de partir, il vous a revendu les terres pour bien moins cher qu'il ne les avait payées.

– Le marché immobilier était vraiment en crise, à ce moment-là, murmura Innocent.

– Oui, acquiesça Farley. Mais voici où je voulais en venir : Bill Rodemeyer m'a confié qu'il avait rencontré plusieurs personnes au Belize, mais que c'était vous que je devais contacter. Il m'a dit que vous étiez le plus malin, l'escroc le plus impitoyable qu'il ait jamais rencontré, mais que vous occupiez un poste important au sein du gouvernement et que si ça pouvait vous rapporter quelque chose, je pourrais probablement vous convaincre de faire équipe avec moi dans cette histoire de contrebande.

– Je n'ai jamais eu que des remarques extrêmement élogieuses à faire au sujet de M. Rodemeyer, dit Innocent en donnant l'impression de se sentir légèrement insulté.

– Et pourquoi pas ? dit Farley en riant. Vous avez gagné pas mal d'argent sur son dos. » Il retrouva son sérieux : « Je vous laisserai dévoiler toute l'histoire vous-même au Belize, et je ferai figurer votre nom en bonne place dans l'article de *Trend*. Accordons-nous réciproquement l'exclusivité sur les informations dont je dispose et vos contacts, après quoi nous démasquerons les contrebandiers ensemble. »

Le cerveau d'Innocent fonctionnait maintenant simultanément sur deux niveaux totalement différents. En surface, il écoutait Hiram Farley grâce à un long entraînement et une habitude bien rodée qui lui permettaient d'entendre les idées que ce dernier exposait tout en décidant de la manière dont il allait utiliser ce dernier appât. Mais sous la surface, son esprit débordait de pensées liées à Valerie Greene. Et ces deux courants convergeaient sur Kirby Galway.

Kirby le contrebandier. Et Kirby le meurtrier.

« Vous voulez donc dénoncer ces bandits dans votre magazine, dit-il. Vous voulez les prendre la main dans le sac, c'est ça, avec des photographies et tout ?

– Ce serait l'idéal, acquiesça Farley. Je peux m'occuper de toute cette partie moi-même. Ce dont j'ai besoin, si vous pensez qu'il s'agit d'une bonne idée, c'est de votre aide sur le terrain.

– Pour capturer les contrebandiers », compléta Innocent d'un air sombre. Pour capturer Kirby le contrebandier ; oui, ce serait une bonne chose, et avec ce Farley pour rassembler les preuves, ça pourrait coller. Mais qu'en serait-il de Kirby le meurtrier ?

« Est-ce que nous sommes d'accord, monsieur St. Michael ? demanda Farley.

– Donnez-moi le temps d'y réfléchir, monsieur Farley. » C'est moi qui m'occupe de Kirby le meurtrier, pensa-t-il. Il glissait inexorablement vers une décision qui ne lui ressemblait pas du tout, qui était contraire à sa personnalité. Et pourtant, elle avait mûri dans son esprit. Mais il éprouvait de fortes réticences à la prendre.

Demain, se promit-il. Je prendrai ma décision demain. Farley ou Kirby. « Je vous rappelle demain après-midi, monsieur Farley, au Fort George. »

Son interlocuteur parut surpris : « Comment savez-vous que je suis descendu au Fort George ? »

Innocent rit, même si son esprit était entièrement tourné vers Kirby le meurtrier. « Tous les Américains avec lesquels je fais affaire descendent au Fort George, monsieur Farley », dit-il.

10

Recul redoutable

« Sept, dit Kirby.

– Quatorze pour deux points », dit Manny.

Kirby sourit et abaissa un troisième sept. « Vingt et un pour six points », dit-il avant d'avancer son pion arrière de six cases sur la planche de cribbage. À ce moment-là seulement, il leva les yeux pour voir le visage de Manny et chacun des trous entre ses dents luire en face de lui ; il souriait comme une entrée de tunnel. « Non, dit Kirby.

– Si », dit Manny qui plaça avec douceur le quatrième sept sur la table. « Vingt-huit pour douze points. (Il se pencha pour étudier la planche.) Et pour la partie. »

C'était vrai ; les douze points lui avaient permis de terminer. « Au moins, ça n'a pas été une déculottée, se consola Kirby dont le premier pion était à onze points de la victoire.

– Où on en est pour le score ? »

Kirby fit pivoter la planche où des marques cochées à l'encre par groupes de cinq couraient comme des bataillons le long de deux bandes de ruban adhésif, elles-mêmes collées sur d'autres bandes recensant de précédents bataillons.

Kirby ajouta une marque avec son stylo-bille et répondit : « C'est toi qui mènes, et tu le sais foutrement bien.

– De combien ? De combien ?

– Trois cent vingt-neuf parties à deux cent soixante-dix-huit. » Kirby secoua la tête en faisant à nouveau pivoter la planche. « J'aurais mieux fait de t'apprendre à jouer aux dames.

– Apprends-moi.

– Tu as l'air trop impatient », lui dit Kirby. Puis il tourna les yeux vers deux des chiens qui regardaient tranquillement la télévision avec Estelle et les enfants, et qui venaient de se lever en fixant la porte.

« Quelqu'un qui arrive, commenta Manny.

– C'est peut-être Tommy. »

Manny aimait bien Tommy Watson, mais Estelle faisait systématiquement la moue quand l'Indien était dans les parages, ce qui était précisément le cas. Elle garda le silence, tout en adressant un bref regard à Kirby. « Je vais lui parler dehors », lui promit-il.

Il avait en fait quelque chose à lui dire. L'expédition de la veille à San Pedro avait été un fiasco – du point de vue des affaires tout du moins –, mais quand il était rentré aux commandes de Cynthia juste avant midi, désireux de ne pas rater le déjeuner d'Estelle, un message que Cora avait ramené d'Orange Walk l'attendait. C'était la réponse de Witcher et Feldspan à son câble, dans laquelle ils lui faisaient savoir que dimanche conviendrait parfaitement pour la réception du premier chargement. Le message que Kirby allait donc transmettre à Tommy était : *Fabriquez des Zotz ! Partons du bon pied avec ces nouveaux clients, donnons-leur un joli peloton de dieux-démons. Finies, les excuses sur leurs superstitions et leurs réticences à fabriquer ces foutus trucs.*

Estelle faisait toujours mine de désapprouver, elle pensait que la seule existence de Tommy avait une mauvaise influence sur les enfants qu'elle rêvait de civiliser un jour. Kirby se leva donc pour dire : « D'accord, d'accord, je vais lui dire de partir. » Tandis que, tout en souriant légèrement pour lui-même, Manny restait à battre les cartes comme le génie des jeux le plus hirsute de l'histoire, Kirby sortit pour accueillir son fidèle compagnon indien.

Sauf que ce n'était pas lui. Les yeux plissés à cause de la luminosité, il remarqua tout d'abord la Land Rover grise près de Cynthia, puis vit que c'était Innocent St. Michael qui descendait péniblement de voiture. Et ce n'était pas tout : il descendait péniblement du siège conducteur ; il était venu seul.

Ici ? Innocent St. Michael, *ici* ?

Kirby s'avança et nota qu'il paraissait chiffonné, ennuyé, très loin de son aisance et de sa confiance en lui habituelles. Innocent le vit s'approcher et tendit le bras dans la Land Rover pour se saisir de quelque chose sur le siège passager. Au moment où Kirby criait « Que se passe-t-il, Innocent ? », celui-ci se retourna avec un revolver qu'il pointa approximativement dans sa direction, et ouvrit le feu.

C'était un Webley & Scott Mark VI de fabrication britannique qui pesait un kilo vingt, mesurait vingt-huit centimètres et demi, était de calibre .455, contenait six cartouches, et était bien connu dans l'armée britannique et de nombreuses forces de police du monde entier pour avoir un recul redoutable. Quel que soit l'endroit où Innocent s'était procuré ce monstre, le mode d'emploi ne lui avait pas été fourni et il ne l'avait pas non plus emporté derrière un pâté de maisons pour s'entraîner à vider quelques barillets. Il serra les mâchoires, appuya sur la détente, le revolver produisit une détonation sèche assourdie par l'air ambiant, la balle passa au-dessus de Kirby et de la maison, puis poursuivit sa trajectoire vers la côte le long d'une ligne ascensionnelle.

« Hé là ! » fit Kirby.

La deuxième balle fila vers le sud, à l'assaut du ciel dans un sifflement, destinée à un arbre lointain, juste avant Punta Gorda.

« Bordel de *merde* ! » s'écria Kirby.

La troisième balle grimpa presque à la verticale vers l'empyrée. En réalité, elle retomba un peu plus tard entre Kirby et la maison, sans que personne la remarque.

« Nom de nom ! »

Innocent, qui avait l'air résolu, exaspéré, déterminé, énervé, enragé, chagriné et azimuté, saisit ce foutu revolver à deux mains et s'escrima à rabaisser le canon pour le pointer sur le nez de sa cible.

« *Ahhh* ! » fit Kirby.

La quatrième balle chuchota à son oreille gauche.

« ARRÊTE ! » hurla Kirby.

Innocent marmonna quelque chose et se rapprocha en tenant le revolver devant lui à deux mains comme s'il s'agissait d'un chat en furie. Le chat cracha et la balle numéro cinq laissa une égratignure (immédiatement cautérisée) au-dessus de la ceinture scapulaire gauche de Kirby, sa clavicule plus précisément, qui constitue le haut du torse et va du sternum à l'omoplate.

Tout cela se passait très vite, et ce n'est qu'à cet instant que Kirby put commencer à réagir de manière appropriée, c'est-à-dire en criant et en se jetant à terre, de telle sorte que la sixième balle troua l'air à l'endroit où le milieu de son crâne se trouvait juste avant, et continua sa route pour aller s'enfoncer dans le cadre de la porte, au moment où Manny l'ouvrait pour voir ce que signifiait tout ce vacarme.

Manny regarda l'endroit où la balle avait fait *tchak* en pénétrant dans le bois. Il regarda Innocent, le revolver entre les mains, et Kirby, face contre terre. Puis il recula et ferma la porte.

Kirby roula sur le sol et leva les yeux. Innocent s'était rapproché et se tenait au-dessus de lui avec l'expression d'un homme qui s'installe pour la première fois devant un logiciel de traitement de texte : il allait piger comment fonctionnait ce foutu truc. Ses deux mains étaient crispées sur le revolver qui, aux yeux de Kirby, ressemblait désormais à un serpent de métal affublé d'une gueule ronde et d'une crête (le guidon). L'index droit d'Innocent pressa la détente et le Mark VI fit *clic*.

Ni l'un ni l'autre ne parvinrent à le croire. Ils contemplaient tous les deux le revolver. Innocent visa Kirby et appuya sur la détente. *Clic*.

« Merde, dit-il.

– *Oh,* bon Dieu », fit Kirby qui, pour s'éloigner, se mit à rouler sur lui-même comme un dément sur le sol irrégulier et poussiéreux. Quand il s'assit, sale et étourdi, il était à plusieurs mètres d'Innocent et de la Land Rover. Il secoua la tête en tentant de reprendre ses esprits, puis vit son agresseur se précipiter vers son véhicule, tendre le bras à l'intérieur et en ramener une petite boîte en carton qu'il ouvrit maladroitement sur le capot. Quelques cartouches roulèrent dessus avant de tomber à terre.

« Bon Dieu, il le *recharge* », se récria Kirby.

Malheureusement, quelqu'un avait quand même expliqué à Innocent comment ouvrir le barillet. Tandis que Kirby, toujours étourdi, se relevait péniblement et titubait sur le terrain à découvert, Innocent enfonça les balles dans le barillet, la pointe en avant. D'autres cartouches roulèrent et tombèrent à terre.

En voyant Kirby arriver, Innocent recula hâtivement en trébuchant légèrement ; il inséra une dernière balle dans son logement, referma le barillet à moitié chargé tout en reculant le plus vite possible sans regarder ni ses mains, ni derrière lui. Kirby le poursuivait en criant : « Innocent, pourquoi ? Pourquoi ?

– Tu l'as tuée », dit Innocent en refermant brutalement le barillet et en se pinçant méchamment un doigt dans le processus. Il le mit dans sa bouche, braqua le revolver sur Kirby.

Lequel s'était immobilisé à quelques pas, trop abasourdi pour réagir avec intelligence ou effroi.

« Tuée ? Qui ?

– Wallawa Weeng, répondit Innocent.

– *Qui ?* »

Innocent retira le doigt de sa bouche. « Valerie Greene, et tu vas le payer de ta vie ! »

Clic, fit le Mark VI au moment où Kirby levait les bras pour se protéger le visage.

« Putain de saloperie de merde ! cria Innocent.

– Je ne l'ai pas tuée ! hurla Kirby. Innocent, je suis innocent ! »

Clic.

« *Merde* ! Où elles sont ?

– Je ne l'ai pas tuée ! »

Boom, fit le fusil de chasse que Manny tenait dans l'embrasure de la porte d'entrée, et de nombreux fragments de feuilles et éclats de brindilles tombèrent en crépitant sur le tableau qu'offraient Innocent et Kirby.

Les yeux ronds, Innocent se tourna vers Manny qui, nullement gêné par le recul, abaissa le canon du fusil précédemment dirigé sur l'arbre, pour lui assigner une nouvelle cible, le torse d'Innocent. C'était un fusil de chasse Ted et Williams à double canon de soixante-dix centimètres, d'une longueur totale d'un mètre vingt et d'un poids de trois kilos. Il pouvait tirer soit des cartouches standard de sept ou huit centimètres, soit des cartouches magnum de calibre douze disponibles dans les magasins Sears. Le doigt de Manny s'était déjà déplacé de la détente avant, qui venait de déclencher le tir du canon inférieur à choke serré, à la détente arrière qui pouvait à tout moment libérer le contenu du canon supérieur à choke ouvert.

Sans avoir la moindre idée de ce que Manny prévoyait de faire ensuite, Kirby plongea en avant en espérant contre tout espoir qu'il ne se jetait pas sous les plombs d'un second coup de fusil, arracha le Mark VI des mains d'Innocent qui s'étaient desserrées, et s'enfuit en tenant le revolver entre *ses* deux mains, et en criant : « Ne tire pas ! Ne tire pas ! »

Innocent, à la fois consterné et exaspéré, le fixa : « Comment je pourrais tirer ? Tu m'as pris mon arme !

– Manny ! cria Kirby pour dissiper le malentendu. Manny, ne tire pas ! »

L'Indien sortit de la maison, la crosse du Ted Williams toujours nichée au creux de l'épaule, la joue toujours appuyée contre la crosse en noyer quadrillée à la main, l'œil droit aligné sur la bande ventilée du canon braqué sur Innocent. Estelle sortit derrière lui, l'air grave, tenant dans sa main droite le hachoir qu'elle utilisait pour couper les poulets en quatre. Deux des chiens sortirent et trottinèrent jusqu'à Innocent qu'ils reniflèrent pour en inventorier les parties les plus savoureuses. Certains enfants étaient dehors, rangés sur un côté en guise de public. Innocent paraissait en souffrance.

Après s'être suffisamment éloigné de tous pour être en sécurité, Kirby regarda l'arme de destruction qui reposait sur ses paumes. Il la retourna, la prit dans sa main droite comme le font les acteurs dans les films, et la pointa sur le sol. Il appuya sur la détente. *Bang !* fit l'arme, puis le recul la redressa avec suffisamment de violence pour percuter les os de son bras et propager une onde de choc dans tout son squelette. « Seigneur », murmura-t-il. À un *clic* du sommeil éternel.

À présent, Innocent avait simplement l'air las, chiffonné et résigné. Kirby lui jeta un regard et se dirigea vers la maison. Il passa devant Manny qui dit : « Kirby ? Qu'est-ce que tu vas chercher ?

– À boire. » Son épaule droite lui faisait mal.

11

Le mystère du temple

Les Indiens ne s'attendaient pas à l'arrivée de l'avion. Valerie le comprit à leur réaction quand, en fin d'après-midi, il survola le village à basse altitude dans un vrombissement de moteur. Bien sûr, ils adorèrent : ils semblaient adorer tout ce que Kirby Galway faisait. Ils sortirent de leurs huttes en courant et, poussés par la curiosité, tous jusqu'au dernier se hâtèrent de quitter le village et d'escalader la colline délabrée pour redescendre de l'autre côté à la rencontre de Galway, à l'endroit où il allait atterrir. Mue par sa propre curiosité, Valerie les suivit en gardant ses distances.

Elle n'était jamais montée par là. Les Indiens lui avaient dit combien la terre était sèche et aride, qu'elle n'était bonne qu'à servir de piste d'atterrissage, et elle avait remarqué qu'eux-mêmes ne passaient jamais par là à l'exception de la fois précédente où ils étaient allés au-devant de Galway. Elle escalada donc péniblement la colline et ce ne fut qu'en atteignant son sommet, et après avoir baissé les yeux pour observer l'avion qui s'approchait en roulant sur le terrain plat au pied de l'autre versant, qu'elle comprit soudain où elle se trouvait.

Ça devait être là, ça ne pouvait être que là. Le chauffeur/kidnappeur et elle étaient arrivés de là-bas, plus loin. L'avion avait été garé exactement à l'endroit où Galway s'arrêtait maintenant. Sa confrontation avec lui avait eu lieu ici, en bas du flanc droit de la colline. Donc cet endroit, *cet endroit*, devait être…

… le temple ?

Stupéfaite, elle regarda autour d'elle, les yeux écarquillés et la bouche grande ouverte. Ce n'était pas un temple. Ce n'était qu'une colline marron, aride, recouverte de buissons morts et d'arbres rabougris en train de mourir.

Ce lieu avait-il un jour pu être un temple ? Contrairement aux pyramides d'Égypte, qui étaient de véritables bâtiments constitués de pièces et de galeries, les temples mayas étaient à peine plus que des enveloppes de pierres déposées sur des collines existantes, et donc, pendant les quelques jours qui s'étaient écoulés depuis qu'elle avait vu cet endroit pour la première fois, était-il possible que Galway l'ait entièrement dépouillé ? De chaque pierre, chaque stèle, chaque arche incurvée, chaque mur, chaque terrasse et chaque escalier ?

Non.

Ayant mené à bien cette première tâche impossible, avait-il pu continuer à effacer chaque trace de ce qu'il venait d'accomplir, chaque marque et empreinte, chaque témoignage laissé par les mains des bâtisseurs mayas ?

Une fois encore, non.

C'était impossible. Absurde même.

« Mais… » dit-elle à haute voix sans cesser de scruter ici et là, totalement hébétée. Elle avait vu, de ses yeux vu, le temple. Elle était en bas et avait regardé vers le haut, vers ici, et avait contemplé ce qui était indubitablement un temple. À l'endroit même où les ordinateurs avaient dit qu'il se trouverait. À l'endroit même où elle *savait* qu'il se trouverait. Et Kirby Galway avait été si contrarié qu'elle découvre son temple secret qu'il était devenu fou furieux, qu'il l'avait menacée avec une machette, avait sauté dans les airs, jeté son chapeau par…

En contrebas, près de l'avion, un mouvement attira son attention. Kirby Galway en personne avait mis pied à terre et discutait en gesticulant avec Tommy Watson, Luz Coco et Rosita pendant que les autres villageois se tenaient autour d'eux et les observaient en se demandant, tout comme elle, ce qui se passait. Mais voilà qu'une seconde personne s'extirpait maladroitement hors de l'appareil et réussissait à rejoindre le sol avec l'aide de plusieurs Indiens. Valerie en eut le souffle coupé. Innocent St. Michael !

Elle ne pouvait détacher son regard de la scène, en oubliait le mystère du temple. Le chef de la bande, ici, en personne. Elle se baissa, observa à travers le mur de feuillages morts pendant que la discussion se poursuivait en bas. Tommy et Luz expliquaient elle ne savait quoi aux autres Indiens, Kirby également, et même Innocent St. Michael. Plusieurs commencèrent à la désigner du doigt.

Enfin, pas elle exactement, mais en tout cas le haut de la colline. Ils devaient montrer le village, parce que tout le groupe s'ébranla d'un même mouvement, marchant dans cette direction en continuant de parler et d'expliquer des choses.

Que devait-elle faire ? Accroupie sur le sommet de la colline, elle se demandait quelle serait la meilleure option tandis qu'Indiens et criminels grimpaient la pente. Se cacher dans une des huttes ou rester en dehors du village en attendant que Galway et St. Michael soient repartis ?

Ils s'approchaient. Leurs voix lui parvenaient. Celle de Kirby Galway se détachait nettement dans l'atmosphère de l'après-midi. Sans le moindre doute possible, elle l'entendit prononcer :

« Sheena. »

Elle avait été trahie ! Par qui ? Ça n'avait pas d'importance. Mais elle comprenait maintenant pourquoi Galway et St. Michael étaient venus : pour achever le travail que leurs larbins avaient entamé, c'était évident. Comme la biche effrayée qu'elle était, Valerie se leva et prit ses jambes à son cou.

Sur la pente elle filait, aussi vive que le vent. Espérant que ce n'était pas Rosita qui l'avait trahie, espérant qu'aucun des Indiens qu'elle avait appris à apprécier et admirer au cours des neuf derniers jours n'était responsable de cette infamie, elle dévalait la colline derrière le temple qui n'en était pas un. Perdant ses appuis ici et là dans sa panique, elle se hâtait, tandis que la frayeur faisait remonter la bile dans sa gorge.

Les huttes étaient devant elle. Il n'y avait d'aide à attendre de personne désormais, pas même des villageois qui donnaient l'impression d'être sous l'emprise de Kirby Galway. Tous les hommes se retournaient contre elle, semblait-il, oui, et toutes les femmes aussi, probablement même la plupart des enfants.

Le village était désert. Il n'y avait aucun endroit où se cacher, et ça n'avait pas de sens d'essayer d'y rester. La perspective d'errer une nouvelle fois dans la nature sauvage était décourageante, mais pas autant que l'arrivée inexorable de Kirby Galway et d'Innocent St. Michael. Elle devait fuir pour sauver sa peau ; c'était tout ce qu'elle pouvait faire.

Rosita avait préparé des tortillas, à l'extérieur de sa hutte, qui refroidissaient à présent sur une pierre plate. Elle s'en empara (qui pouvait savoir quand elle trouverait à nouveau quelque chose à manger), les glissa sous son chemisier rafistolé, enjamba le ruisseau et s'enfonça dans la forêt.

12

C'est arrivé un après-midi

Innocent s'assit sur une roche plate pour reprendre son souffle. Autour de lui, les Indiens s'agitaient, entraient et sortaient des huttes en courant, s'éclaboussaient dans le cours d'eau, se criaient dessus, giflaient leurs enfants et donnaient des coups de pied à leurs chiens. Kirby Galway marchait de long en large tel un capitaine de pirates sur le pont de son bateau, criait des ordres, aboyait des directives, désignait telle et telle direction, et, la plupart du temps, personne ne l'écoutait. Les deux hommes et la femme du village qui parlaient anglais se tenaient au milieu de cette frénésie, argumentant à qui mieux mieux ; mais pas en anglais, et ça n'arrangeait donc rien.

Bien avant la fin, Innocent savait comment ça allait se terminer. La question était : quand ça se produirait, y croirait-il ?

D'un autre côté, qu'y avait-il à croire à propos de cette journée ? Pour commencer, il avait trouvé sa propre attitude absolument incroyable. Il avait commis, avait essayé de commettre, un acte de violence physique. Lui, Innocent St. Michael, un homme qui avait toujours tiré fierté de sa subtilité, qui confiait à son cerveau le soin de mener les combats et à son argent celui de sous-traiter les tâches physiques qui s'imposaient. Il avait commis, essayé de commettre, un crime caractérisé, et ce, même pas pour en tirer un *profit personnel*. Il avait commis, essayé de commettre, un crime *passionnel* ! Lui ! Innocent St. Michael ! Passionnel !

Essayé, essayé, essayé : il n'avait même pas été capable de s'en acquitter correctement ! Dix fois, il avait tiré sur Kirby Galway et dix fois, il l'avait manqué. Enfin, neuf et demie. Une légère égratignure à l'épaule que Kirby arborait comme s'il était estropié à vie, avant de finir par se calmer et jurer sans discontinuer qu'il n'avait pas, vraiment pas tué Valerie Greene.

Il y avait au moins des motifs de croire cette affirmation, que Kirby lui avait explicitée au moyen de quelques petites phrases criées de manière répétitive. Premièrement, s'il avait assassiné Valerie Greene et qu'Innocent s'en était rendu compte, il n'y avait absolument aucune raison qu'il n'ait pas franchi le pas suivant en l'assassinant lui aussi. Deuxièmement, même s'il avait eu le temps d'organiser un meurtre avec le chauffeur d'Innocent, ce type était toujours le chauffeur d'Innocent et il aurait été complètement fou de lui faire confiance pour une requête aussi dangereuse. Et troisièmement, il pensait désormais que Valerie Greene n'était finalement pas morte mais qu'elle vivait dans un village indien sous le nom de Sheena, la Reine de la jungle.

Ils étaient donc venus ici, tandis que l'espoir et le scepticisme s'affrontaient dans le cœur d'Innocent, et il s'était retrouvé encerclé par des villageois curieux aux yeux vifs qui leur avaient assuré que oui, Sheena vivait bien parmi eux, qu'elle était juste de l'autre côté de la colline, là (Innocent avait bien noté que c'était la colline de Kirby et il se demandait si cela signifiait quelque chose), et ils les avaient suivis jusqu'au village, ce qui avait marqué le début de ce pandémonium. Quand l'agitation, les cris et le désordre généralisé avaient débuté, Innocent s'était simplement assis sur une pierre plate devant une hutte afin de reprendre son souffle, tout en sachant comment ça allait finir et en se demandant s'il y croirait le moment venu.

Et ce moment avait fini par arriver. Le village s'était fait plus silencieux et Kirby s'était présenté devant lui, les jambes écartées, la représentation même d'un général frustré. « Elle est partie », dit-il.

Innocent leva les yeux ; il avait presque repris son souffle. « La question, c'est : est-ce que j'y crois ? »

Kirby avait l'air exaspéré, à la limite de la violence. « Bordel, tu peux me dire quand j'aurais organisé *ça* ?

– Ton pote, Manny, qui a toujours une arme sur lui, suggéra Innocent. Il a une radio dans cette maison. Il s'est jeté dessus aussitôt qu'on est partis, il a appelé ici…

– Il n'y a pas de radio ici, l'interrompit Kirby en agitant les bras d'une manière extravagante. Fouille toi-même ce fichu village, Innocent. On n'a jamais installé de radio ici parce qu'on ne voulait pas attirer l'attention sur nous. »

Un fait, si c'en était un, qu'Innocent avait remisé dans un coin de sa tête pour y réfléchir ultérieurement. « Il y a d'autres radios dans ce monde, contesta-t-il. Peut-être à moins d'un kilomètre d'ici, chez un de tes amis. Manny l'a appelé, lui a dit de transmettre l'histoire qu'il t'a entendu me raconter à propos de la femme blanche qui vit dans un village indien et que les habitants surnomment Sheena, la Reine de la Jungle et… Kirby, beaucoup de gens ne goberaient pas cette histoire.

– Ils auraient tous tort.

– Laisse-moi te poser une question. Tu étais là avant-hier, ils t'ont parlé de cette Sheena qui vivait au village avec eux *et tu n'es pas allé la voir*.

– Je n'y ai pas cru.

– Alors pourquoi je devrais, moi ?

– Parce qu'après, quand j'ai survolé le village, j'ai vu une femme blanche. Je te l'ai dit, ça, Innocent. J'ai eu un doute sur le moment, mais maintenant que tu me dis que Valerie Greene a disparu et que le dégénéré à qui *tu* l'as confiée a fui le pays…

– D'accord Kirby, d'accord. » Innocent se sentait très fatigué, assez triste et étrangement inefficace. « Mais, tout d'un coup, elle a disparu. Elle était là, mais elle n'y est plus. Pourquoi ?

– Parce qu'elle n'a aucune confiance en toi », intervint l'Indienne anglophone, Rosita, qui était soudain apparue et pointait un doigt osseux sur Kirby. « Elle m'a tout raconté sur la façon dont tu as escroqué Wintrop Cartwright.

– Qui ça ? fit Kirby en clignant des yeux.

– L'homme qu'elle allait épouser », dit Rosita.

Innocent releva la tête en entendant ces mots et regarda cette fille maigrichonne au visage anguleux. « Elle allait épouser quelqu'un ?

– Wintrop Cartwright. » Rosita sourit à Innocent, trouvant apparemment un certain plaisir à énoncer ce fait. « C'est un homme riche comme son papa, mais vieux. C'est pour ça qu'elle s'est enfuie. Elle est pilote, vous savez. »

Innocent remua la tête. « C'est ridicule, dit-il à Kirby. Si cette femme existe, ce n'est pas la bonne.

– Attends une minute, lui dit Kirby en se tournant vers Rosita. Écoute, Sheena, c'est juste un surnom que vous lui avez donné, c'est ça ?

– C'était l'idée de Tommy, c'est lui qui lit des livres.

– Et son vrai nom, alors ? »

Rosita réfléchit une seconde : « Valerie. »

Innocent la regarda tout en essayant de deviner ce qu'il y avait dans cette petite tête.

« Son nom de famille ? demanda Kirby.

– Qu'est-ce que j'en sais ? Je l'appelais juste Sheena. Elle aimait bien.

– Mais son vrai prénom, insista Kirby, c'est Valerie.

– Et elle m'a tout raconté sur toi, accusa Rosita. Que tu n'as pas vraiment de femme folle dans un asile que tu as inventé, que tu abuses juste de ma crédulité. »

Innocent fronça très fort les sourcils face à ce nouveau développement. « Une femme folle ? *Quelle* femme folle ?

– Aucune importance, se hâta de répondre Kirby. Ce qui compte, c'est que son prénom est Valerie et qu'elle s'est enfuie parce qu'elle a peur de toi ou parce qu'elle a peur de moi. Quoi qu'il en soit, elle nous a vus arriver.

– Elle n'a aucune raison d'avoir peur de *moi*, déclara Innocent.

– Elle a peut-être pensé que vous étiez là pour la ramener à son papa, avança Rosita, pour la forcer à épouser Wintrop.

– Attends une seconde, dit Kirby. La lumière commence à se faire. Valerie essayait de se sauver, c'était probablement ton chauffeur qu'elle fuyait, Innocent, et elle avait peur de dire la vérité, elle ne savait pas en qui elle pouvait avoir confiance, alors elle a raconté cette histoire d'héritière en fuite à ces clowns, et ils ont tout gobé.

– Mais c'est une héritière en fuite ! dit Rosita tout heureuse de pouvoir confirmer la vérité. Comme elle ne voulait pas épouser ce Wintrop, elle est montée dans son avion et elle s'est échappée par la voie des airs, mais elle a été prise dans une tempête et s'est écrasée là-bas, dans les monts Mayas. Après quoi, elle a marché, marché et encore marché pendant des jours, et après on l'a trouvée. Et elle nous a fait promettre de ne pas le répéter avant de nous dire la vérité.

– La vérité, dit Kirby. Cette histoire d'héritière en fuite.

– Il y a trop d'histoires dans le coin », dit Innocent.

Rosita regarda en direction de l'ouest et des monts Mayas aux épaules bleues. « Je pense qu'on va bientôt la trouver », dit-elle.

Innocent se redressa. « Ah bon ? Pourquoi ? Pourquoi ça ?

– Levez-vous une seconde », lui dit-elle.

Innocent fronça les sourcils en regardant Kirby qui haussa les épaules. Innocent les haussa donc également, se leva, et Rosita regarda la roche plate sur laquelle il était assis en disant : « Ouais, elles ont disparu. »

Innocent regarda la roche, Kirby, et enfin Rosita. « Je peux m'asseoir ?

– Bien sûr.

– Qu'est-ce qui a disparu ? demanda Kirby.

– Sheena a un problème de gorge, de poumons ou je ne sais quoi, expliqua Rosita, et elle ne peut pas fumer, alors, quand on s'en grille une à un moment ou à un autre, elle ne peut pas se joindre à nous, vous voyez ?

– Et alors ? » insista Kirby tandis qu'Innocent songeait que pour Kirby, avoir une femme folle serait une redondance.

« Alors, je lui ai promis que je lui ferais des tortillas au shit, mais je n'avais pas trouvé le temps avant aujourd'hui. Elles sont drôlement fortes, vous savez.

– Tu as préparé des tortillas au shit aujourd'hui ? demanda Kirby.

– Ouais, et je les avais posées sur ce rocher, et elles ont disparu. Sheena a dû les prendre. » Rosita regarda à nouveau en direction de l'ouest, vers l'endroit où les ombres s'étiraient sur les faces abruptes des montagnes. « Elle n'ira pas bien loin », conclut-elle.

13

Quelques aspects d'une expérience pharmacologique

« Vaaaallll-erie ! Oh, *Vaaaallll*-erie !

– Chantez ». Valerie chanta tout bas, moins fort qu'elle ne respirait, parmi les champignons de son esprit. « Chantez pour moi, et chantez pour moi, et après je m'enfuirai... Oups ! »

Encore par terre. Une nouvelle égratignure sur le même genou. Vous ne vous êtes pas bien occupée *du tout* de cette voiture neuve, ramenez-la à la boutique et ils vous diront : Bon sang, madame, *où* avez-vous conduit cette voiture ? Du sommet d'une montagne au bas d'une colline, une décapotable blanche atterrit les roues en l'air, avec ses pneus à jantes blanches qui tournent à toute vitesse, la carrosserie pleine de boue et des rayures sur les ailes ? C'est enfoncé, là, Madame.

« Vaaaallll-erie ! C'est Ro-siii-ta ! Tout va bieeeennnn !

– *Vrrooouuummm* », fit Valerie qui gloussait à l'idée d'avoir imaginé être une voiture, et de quelque part derrière elle, au-dessus de son épaule gauche, elle se regardait grimper à quatre pattes cette pente envahie par la jungle. De la boue, de la terre, des racines, des branches qui ployaient. Des bestioles qui filaient devant ses mains de Donald Duck. Flap ! Flap ! De grandes mains palmées sorties du ciel.

Ciel encore éclairé, lumière bleu *foncé*, soleil disparu de l'autre côté de la montagne pour y attendre Valerie. Vaaaallll-erie, je t'attends. Me voilà, me voilà, me voilà.

Une crête. Une longue pente descendante. Grimpe à un tronc d'arbre à la verticale, verticalité vertigineuse, le sol plus sombre que ciel, les pieds loin, tout en bas dans un étang de ténèbres, flaques de nuit autour des pieds. Les voix qui l'appelaient étaient plus distantes mais encore audibles, le fanal derrière elle lui indiquait la direction. Garder les voix entre ses omoplates, se hâter dans la direction opposée.

Plouf. Plaf-plouf. Ruisseau. Eau. Ricanements, en bas sur la droite, bruits de fuite précipitée, là-bas sur la gauche, lapins blancs cachés dans le trou. Les suivre ? Non, partir de l'autre côté. D'où ils ont pu venir ? Se cacher avec Monsieur Lapin dans la maison.

Splash, splash, splouf. Eau rafraîchissante et agréable sur ses coupures, autour de ses tibias le courant, rubans dans une soufflerie. Une minute d'arrêt, agenouillée dans le ruisseau, laver bras et mains, propres, jeter l'eau sur visage surchauffé. *Shhhh*, monte la vapeur du visage surchauffé… pour rire. Pierres au fond du ruisseau, pas pour rire, elles. Debout, allez, *debout debout debout debout debout*. Marche.

Siiiiiii-lence. Oh, *siiiiii*-lence. Combien de temps après ? Très très sombre. Plus le ruisseau, plus la lumière. Main tendue, toucher poteau téléphone. Encore un pas. Bras tendu. Encore un pas.

Des étoiles ce soir ? Oh, mon Dieu, oh-oh, ne regarde pas le ciel, ça donne horriblement le vertige, là-haut !

Tout le temps faim pour raison étrange. Sûrement tout cet exercice. Se goinfrer. Plus que trois tortillas entre son chemisier et sa chair, sous sa poitrine. *Crunch, crunch*. Un peu sec et dur, mais du goût. Satisfaisant.

Un chemin. Oui ? Oui. Un chemin étroit qui bifurque vers le bas, un peu sur la gauche. Noir d'encre, on n'y voit pas le bout de son nez. Descendre en suivant le chemin, balancer les bras, deux dernières tortillas collées à sa peau.

Oh ! Trébuché juste sur la bûche, culbuté sur un homme ! Un homme ? Rouler, s'écarter… Bas les pattes, vous !

Des lampes torches qui s'allument, des voix masculines, ils dormaient ou se reposaient ou quoi ? Valerie les regarde bouche bée, les yeux petits comme des trous d'épingle fixés sur les lampes de poche, distingue les uniformes de camouflage sur les petits corps trapus, les armes, les casques couverts de feuilles. Soldats british, gurkhas. La patrouille Gurkha, c'est une chanson ? « Sauvée ! » dit Valerie d'un ton d'agréable surprise, elle sourit de bonheur et ses yeux se révulsent.

14

« Remettez-nous ça »

Après avoir coupé le moteur de la camionnette, Vernon resta assis dans l'obscurité pendant un moment. Il regardait le mur de l'hôtel Fort George, juste devant lui, et s'efforçait de se calmer. Il allait réussir, il allait atteindre l'autre côté et tout allait se dérouler sans faux pas. Absolument tout. Sans faux pas. Le poulet et le riz qu'il avait mangés au J.B.'s pour le dîner en arrivant de Belmopan lui restaient sur l'estomac comme l'épave d'une voiture accidentée.

Si seulement le village n'avait pas encore été choisi, celui que les journalistes allaient visiter le lendemain. Il avait fait de son mieux, mais il était arrivé trop tard. Le village avait été choisi et ce n'était pas celui que le colonel voulait absolument que les journalistes voient.

Quelle option avait-il eue ? En équilibre instable, il courait sur une corde raide, bien au-dessus des rochers, sans filet, et il fonçait le plus vite possible parce que c'était le seul moyen de ne pas tomber. L'autre côté, l'autre côté, il fallait qu'il atteigne l'autre côté, tôt ou tard. En attendant, il ne pouvait que continuer à courir, continuer à improviser, essayer de ne pas faire de faux pas.

Le mauvais village. Vernon était parvenu, non sans mal, à se faire désigner comme chauffeur pour l'expédition du lendemain. Puis, profitant de l'absence d'Innocent St. Michael, il avait aussi fait en sorte de recevoir l'ordre d'arriver à Belize City le soir, en avance, et de séjourner au Fort George avec les journalistes, prétendument pour qu'ils puissent démarrer tôt le lendemain matin, mais en réalité parce que ça lui permettait d'être à l'abri de tout contrordre de dernière minute. Ce serait lui le chauffeur, point final.

Et il allait commettre une erreur. Une erreur honnête. Il allait conduire les journalistes à un autre village, pas celui que le gouvernement avait sélectionné, un autre, très comparable. Une erreur toute simple comme n'importe qui pourrait en commettre. Et tout serait terminé, il aurait atteint l'autre côté du précipice, plus de corde raide, la terre ferme, enfin.

Il poussa un gémissement, une sorte de petit miaulement. Derrière lui, la douzaine de sièges vides était occupée par les fantômes d'erreurs de parcours. Il frissonna, retira les clés du contact, ramassa son sac de voyage par terre, entre les deux sièges avant, et sortit sur le bitume.

Le réceptionniste était froid et obséquieux à la fois ; obséquieux parce que la chambre de Vernon était payée par un ministère, ce qui impliquait un certain pouvoir et une certaine autorité, et froid parce que Vernon lui-même n'était visiblement qu'un subalterne. Quand je serai riche, pensa Vernon, mais sa pensée n'alla pas plus loin. Où était donc passée sa rage ? Il remplit le formulaire d'inscription en soupirant, puis présenta sa liste au réceptionniste en disant : « Ce sont les journalistes qui vont dormir ici, je dois les voir dans la matinée, vous…

– Je crois qu'ils sont au bar », lui dit le réceptionniste avec froideur et obséquiosité.

Vernon alla donc dans sa chambre et défit ses bagages, il se rendit à la salle de bains, se lava les mains, le visage et la nuque, puis encore à la salle de bains, où il prit des comprimés contre les aigreurs d'estomac, puis encore à la salle de bains, où il changea de chemise et se peigna, et enfin, encore dans la salle de bains, où il se lava le visage, éteignit et descendit au bar, où deux des grandes tables noires et rondes en formica étaient occupées. Les quatre buveurs de bière lugubres et silencieux assis à l'une d'elles, avec leurs gros visages rouges et leurs gros genoux rouges qui dépassaient des extrémités de leur bermuda d'uniforme de l'armée britannique, n'étaient certainement pas des journalistes, contrairement aux sept clients mal assortis, regroupés autour de l'autre table, qui parlaient tous en même temps, personne n'écoutant personne, et qui, eux, l'étaient certainement. Vernon s'approcha et resta près du groupe en attendant qu'une pause interrompe simultanément les sept monologues.

Quelqu'un remarqua sa présence ; un homme maigre au nez pointu et au visage gris, vêtu d'une saharienne, d'une chemise safari, d'un treillis de l'armée américaine et chaussé de Hush Puppies. Il leva les yeux, vit Vernon, et dit, avec un accent d'East London : « D'accord. Remettez-nous ça.

– Je ne suis pas serveur, dit Vernon.

– Non ? Dans ce cas, dégagez. » Il se retourna vers ses compagnons de bavardage.

« Je suis votre chauffeur, annonça Vernon.

– Et puis quoi, encore ? » Le type le regarda de haut en bas. « Et où je vais, d'après vous ?

– À Requena. » Le village s'appelait ainsi parce que c'était le nom de famille de la majorité des habitants.

« Ça, c'est demain », répondit le type. Deux des membres du groupe, dont la seule femme, s'étaient arrêtés de parler et regardaient Vernon en se demandant quelles pouvaient être ses compétences en termes d'informations ou de distractions.

« Je suis là ce soir, leur dit Vernon. Je me présente et je vais passer la nuit à l'hôtel pour que nous puissions partir tôt demain.

– Très bien, mon garçon ! dit l'homme au nez pointu. Toujours où il faut quand il faut, voilà qui est parfait. Vous vous présentez, je présume ?

– Je m'appelle Vernon.

– Oh, comment allez-vous, Vernon ? Sachez que je suis Scottie. Cette ravissante personne, à ma gauche, se nomme Morgan Lassiter, une lesbienne de classe mondiale et une journaliste phare...

– Tout ça parce que tu n'as jamais réussi à t'en faire une », lui retourna Morgan Lassiter, mais calmement, comme si elle était habituée à avoir affaire à lui ou, peut-être, à ce genre de personnage. Son accent, à elle, semblait venir d'un coin non identifiable des Midlands, comme si elle avait appris l'anglais avec des robots, sur Mars. Elle eut un hochement de tête, très professionnel, à l'adresse de Vernon et dit : « C'est un plaisir de faire votre connaissance.

– Le plaisir est partagé, madame.

– Eux », dit Scottie avant de s'interrompre pour abattre bruyamment son verre de whisky sur la table en criant : « Fermez-la, bande de poseurs, Vernon est venu se présenter. Le voici donc, notre chauffeur, Vernon. Bon pied bon œil dès le lever du jour, il va nous sortir de ce trou paumé demain matin pour nous piloter vers un autre trou paumé avant de nous ramener ici. Le retour est compris, n'est-ce pas, Vernon ?

– Oui. »

Scottie gesticulait en tous sens. « Lui, c'est Tom, un excellent photojournaliste américain, juste un peu dépassé par l'avalanche des derniers progrès technologiques du photojournalisme américain, n'est-ce pas, Tommy ?

– Va te faire enculer, répondit Tommy.

– Chaaarmant, fit Scottie. À côté, Nigel, la lie de l'humanité, non seulement il est australien mais c'est un *reporter* australien qui s'est laissé aller, une fois, à dire la vérité, et s'est donc retrouvé exilé à Édimbourg.

– Même réponse que Tommy, dit Nigel.

– Et il ne fait jamais ses recherches lui-même, compléta Scottie. Ici, à côté de moi, nous avons Colin, le gribouilleur démoniaque de Fleet Street, et à côté, Ralph Waldo Eckstein, qui refuse de dire à quiconque pourquoi il a été viré du *Wall Street Journal*, et…

– Même réponse que Tommy.

– Oui, oui. Bon, mon brave Vernon, on a dû vous prévenir que nous formions un groupe de six, n'est-ce pas ?

– C'est exact.

– Mais nous voilà et comme vous pouvez le constater, nous formons une équipe de sept. Morgan a eu un enfant ? Qu'à Dieu ne plaise. Ou plutôt, qu'à Dieu ne plaise ce gnome déplaisant. Non, ce qu'il s'est passé, c'est que même ici, dans ce gouffre de nullité, l'avant-poste de l'Empire le plus éloigné qu'Aldous Huxley a défini de manière extrêmement appropriée comme étant sur la route reliant l'inconnu à l'inconnu, les journalistes recherchent la compagnie de leurs semblables, ils se regroupent en quête de réconfort, d'alcool et des mensonges les plus récents. Ce gentleman, là-bas, avec cette moustache véritablement magnifique, est un certain Hiram Farley, *rédacteur en chef*, s'il vous plaît, du magazine américain très connu appelé *Trash*. Non, je vous demande pardon : *Trend.* »

Hiram Farley se pencha, ses avant-bras charnus croisés sur la table, et regarda Vernon sans sourire. Il ne dit rien. Il semblait explorer les yeux de Vernon comme s'il y cherchait quelque chose, des traces de quelque chose. Un doigt glacé parcourut la colonne vertébrale de Vernon. Il *sait*, pensa-t-il. Mais il ne peut pas savoir, reprends-toi. Il cligna des yeux.

« Monsieur Farley aimerait beaucoup nous accompagner demain, si possible, reprit Scottie. Jamais de vacances pour les professionnels du volant et compagnie, le cheval de la voiture de pompiers d'antan qui entend la cloche sonner. Dites oui, s'il vous plaît.

– Oui », dit Vernon.

15

La danse du diable

Vingt petits dieux-démons se tenaient sur une natte en rotin, les genoux écartés et repliés sur les côtés, les bras largement ouverts pour dévoiler leurs ailes de chauve-souris, les yeux brillants de méchanceté, leur langue fourchue et recourbée, prête à frapper, sortant de leur bouche aux lèvres retroussées dans un rictus agressif. Dans la lumière vacillante de la bougie, le groupe ramassé de ces vingt démons semblait bouger, trembler, presque danser, leurs yeux fixés sur Kirby qui cligna des paupières, se racla la gorge et dit : « Parfait, Tommy. Très efficace.

– Ils font peur, hein ? » Tommy abaissa la bougie et, suivant ce mouvement, les créatures modifièrent la façon dont elles pliaient les genoux et roulèrent des yeux pendant que leurs ombres prenaient de l'ampleur et s'étiraient sur le mur opposé de la hutte.

« Ils sont vraiment bien, Tommy », dit Kirby. Dehors, derrière lui, un petit groupe s'était réuni avec discrétion, en partie pour témoigner son hospitalité à Kirby et à Innocent, mais en partie aussi pour veiller dans l'attente de nouvelles concernant Valerie Greene. Rosita et deux ou trois autres villageois étaient toujours quelque part dans les ténèbres, on les entendait appeler de temps en temps, mais tout le monde savait qu'ils ne trouveraient pas leur Reine de la Jungle cette nuit. Aux premières lueurs du jour, ils reprendraient les recherches en espérant qu'il ne lui soit rien arrivé et que, droguée jusqu'aux yeux, elle ne se soit pas perdue dans le noir.

Innocent était dans une autre hutte, on lui montrait des couvertures et des tissus d'habillement que les villageois avaient faits et teints eux-mêmes, et Tommy en avait profité pour conduire Kirby en ce lieu afin de lui montrer qu'il avait travaillé pour réaliser les Zotz comme il s'y était engagé.

Zotzilaha Chimalman, reproduit en vingt exemplaires, dansait à la lumière de la bougie sur la natte en rotin. Les statuettes mesuraient environ vingt-cinq centimètres de haut sur dix-huit de large, étaient sculptée dans l'argile, évidées comme autant de brûleurs d'encens. Enterrées et déterrées, on les avait toutes un peu cognées les unes contre les autres pour simuler ancienneté et mauvais traitements. Chacune comportait de subtiles différences laissant apparaître la touche spécifique de la demi-douzaine d'artisans qui y avaient travaillé.

Des faux. Des contrefaçons. De petites imitations en argile d'une ancienne superstition éteinte depuis longtemps, mais toujours porteuse d'une immense frayeur. Zotzilaha Chamalcan haïssait l'humanité et avait à la fois le pouvoir et le génie pour agir en conséquence. Kirby, qui n'avait jamais été maya, n'en éprouvait pas moins un malaise en présence de cette malveillance pure. Il comprenait pourquoi il était si difficile pour Tommy de participer de ses mains à la fabrication de telles créatures, et plus encore pour les autres villageois dont la relation directe à la vie, aux esprits et aux ancêtres était restée intacte par l'exil dans le monde extérieur.

En observant Kirby à la lueur de la bougie, les yeux de Tommy brillaient presque avec la même jubilation que ceux des démons : « Ça convient, Kimosabe ?

– Ils sont très bien, Tommy, dit Kirby avec calme et dignité. Merci. Et… euh… foutons le camp d'ici. »

Tommy gloussa et ils sortirent sous un ciel dégagé, constellé d'étoiles, où apparaissait une lune enceinte d'environ sept mois. Les villageois aimaient faire la fête, mais comme ils étaient troublés par la disparition de leur Sheena, ils restaient assis par petits groupes et murmuraient entre eux. La petite radio en plastique était éteinte ; pas de musique salsa du Guatemala, cette nuit. La fumée de marijuana planait telle une gaze à hauteur de nez. Des bocaux de bière faite maison tintaient contre la pierre. À l'ouest, les montagnes qui avaient avalé Valerie Greene dressaient leur masse noire devant le ciel.

Innocent en avait terminé d'admirer les matériaux, il était maintenant assis dessus. Un vieux fauteuil volumineux en acajou avait été sorti de l'une des huttes, installé à côté du plus grand feu et recouvert de tissus colorés ; des zigzags noirs et blancs sur fond rouge, rouille ou orange, une alternance de losanges rouge vif et bleu foncé, des représentations de la flore et de la faune tellement stylisées à force d'être reproduites au cours des siècles, qu'elles avaient perdu toute référence à leur nature réaliste originelle. Sur ce trône douillet siégeait Innocent qui souriait en contemplant le feu et les villageois au sourire timide. Dans sa main gauche, il tenait un grand bocal de mayonnaise Hellmann's pratiquement rempli de liquide.

En venant vers lui, Kirby pensa d'abord que c'était seulement le flou des flammes qui rendait le visage d'Innocent plus doux et moins sournois que d'habitude, mais quand il fut plus près, il vit que ça allait bien au-delà : « Innocent ? »

Le visage souriant se tourna vers lui. Il n'était pas ivre et ne tirait pas sur le joint qui circulait. On aurait dit qu'il était, simplement, heureux. « Comment ça va, Kirby ?

– Je vais bien. » Kirby regarda autour de lui à la recherche d'un endroit où s'asseoir, mais ne trouva rien et s'installa donc par terre, à côté du genou gauche d'Innocent, tournant à moitié le dos au feu afin de pouvoir poursuivre la conversation.

« Et toi, Innocent, comment vas-tu ?

– Je vais bien, répondit Innocent avec une sorte d'indolence dans la voix. J'ai passé une journée très bizarre, tu sais. »

Kirby toucha son épaule avec tristesse à l'endroit où la balle l'avait embrassé. « Comme nous tous », dit-il. Autour d'eux, les Indiens conversaient dans leur propre langue, hochaient la tête et leur souriaient de temps en temps dans une sorte d'incompréhension hospitalière. Tommy et Luz étaient installés près d'un autre feu, attendant que Rosita baisse les bras et rentre au village.

« J'étais désespéré, ce matin, dit Innocent. Tu peux le croire, Kirby ?

– Tu avais l'air passablement énervé.

– Aussi, oui. Mais j'étais surtout désespéré. Quand je me suis levé ce matin, j'étais prêt à foutre toute ma vie en l'air.

– Pour ne pas parler de la mienne.

– Je parle de la *mienne*, Kirby, insista Innocent sans se départir de ce nouvel air langoureux. Je n'ai même pas fait mes longueurs dans la piscine, ce matin. Tu le crois, ça ?

– Je suppose que non.

– *Jamais*, je n'oublie de faire mes longueurs. Je n'ai pas pris mon petit-déjeuner. Je n'ai pas déjeuné.

– D'accord, dit Kirby. Ce sont des choses que je ne peux pas imaginer.

– C'est l'amour qui me fait cet effet-là. À mon âge, après toutes ces années, je suis tombé amoureux.

– De Valerie Greene ?

– Ce qui est bizarre, c'est que jusqu'à maintenant, je ne pouvais même pas prononcer ce mot. L'*amour*. Je pouvais dire qu'elle me manquait, j'étais furieux de l'avoir perdue, j'aimais penser à elle, mais je ne pouvais pas utiliser le mot *amour*. Je pouvais envisager de te tuer à cause de ça, mais je ne pouvais pas le formuler. Je pouvais envisager de foutre toute ma vie en l'air sans jamais prononcer ce mot.

– Mon Dieu, Innocent. Tu as eu une révélation.

– C'est comme ça que ça se passe ? C'est plutôt agréable. » Innocent sourit et porta le pot à ses lèvres.

« Mais », commença Kirby avec hésitation de peur de gâcher la bonne humeur d'Innocent ou son changement de personnalité, allez savoir comment il fallait appeler ça. « Mais tu en es *sûr*, Innocent ? Je veux dire, tu la connais bien, Valerie Greene ?

– Comment faudrait-il que je la connaisse ? Si je la connaissais mieux, est-ce que je l'aimerais encore plus ?

– Moi, non », répondit Kirby qui n'avait pas oublié la dernière fois, fort peu satisfaisante, où il l'avait vue.

« J'ai passé un après-midi avec elle, dit Innocent. Juste platonique, tu sais.

– Tu n'as pas besoin de le préciser, Innocent, dit tranquillement Kirby.

– Je suppose que non, fit Innocent en gloussant. Enfin, je pensais la revoir, mais ça ne s'est pas passé comme ça. J'avais soif et l'eau a disparu.

– Tu es plein de surprises, Innocent. Je ne savais pas que tu étais un romantique.

– Je ne l'ai jamais été. En y réfléchissant, assis là, je pense que c'était ça, le problème. Je n'ai jamais été romantique, pas une seule fois dans ma vie. Tu sais pourquoi j'ai épousé ma femme ?

– Non.

– Son père avait l'argent dont j'avais besoin pour acheter un terrain très particulier.

– Allez, Innocent, ça ne devait pas se limiter à ça. Il y avait d'autres filles dont le père avait de l'argent.

– Deux autres acheteurs potentiels étaient sur ce terrain. Je n'avais pas le temps de batifoler.

– Alors pourquoi Valerie Greene ?

– Parce qu'il n'y avait rien à y gagner, pour l'un comme pour l'autre. C'est une fille honnête, Kirby, c'est la fille la plus honnête que j'aie jamais rencontrée dans ma vie. Et *intelligente. Sincère.* Ce n'était pas juste pour passer un bon moment. Le plus important c'est que, quoi qu'elle fasse, où qu'elle soit, quoi qu'il puisse se passer, elle est toujours honnête à cent pour cent.

– Tu en sais beaucoup sur quelqu'un avec qui tu n'as passé qu'un après-midi, souligna Kirby.

– C'est vrai, oui. » Innocent sourit à un souvenir. « Elle veut donner du bonheur et en recevoir. Elle ne cherche pas à acheter ni à vendre quoi que ce soit. Elle n'essaye pas de s'assurer un avantage.

– Tu es salement amoureux.

– Je suis *proprement* amoureux. Et maintenant que je vous crois, toi et les gens d'ici, maintenant que je suis dans ce petit village perdu au milieu de nulle part et que je suis sûr et certain que Valerie est là, dehors, pas loin, pas *morte*, maintenant que je sais qu'elle n'est pas morte, tout va bien, n'est-ce pas ?

– Si tu le dis.

– Elle va revenir. On va la retrouver dans la journée de demain, ces yeux vont la regarder, cette bouche va lui dire : “Bonjour, Valerie”. » Il rayonnait de plaisir anticipé.

« Innocent, fit Kirby avec de l’émerveillement dans les yeux et dans la voix, tu as retrouvé ton innocence. »

Innocent rit plaisamment. « Je suppose que oui. Je ne savais pas que j’en avais eu une à perdre. Peut-être que ça se serait passé comme ça de toute façon, Kirby, peut-être que c’est ce genre de tournant dont on parle, dans la vie d’un homme, mais il fallait quelqu’un de très bien pour servir de déclencheur et ç’a été Valerie. C’est un tout autre homme que tu regardes, Kirby.

– Je te crois.

– Tout ce temps, il était caché en moi sans que je le sache.

– L’amour d’une femme remarquable, hein ?

– Vas-y, tu peux rire, pas de problème.

– Je ne ris pas, Innocent, répondit Kirby presque entièrement sincère. Je pense que c’est génial. C’est donc ce nouvel Innocent que je vais voir dorénavant dans les environs de Belize City ? »

Le sourire d’Innocent était ensommeillé, paisible, et confiant. « J’ai suffisamment d’expérience pour ne pas commettre cette erreur.

– Tu veux dire que ça ne va pas durer ?

– Kirby, es-tu déjà allé dans un endroit très beau, un endroit qui te rendait heureux et qui te faisait penser que tu aimerais y rester pour l’éternité ?

– Bien sûr.

– Mais au bout d’un moment tu te rends compte que ta place n’est pas là, que tu ne peux pas t’intégrer autrement que comme un simple visiteur, que tu ne fais pas *partie* de cet endroit et que tu n'en feras jamais partie. Donc tu rentres chez toi, là où tu es vraiment à ta place et où tu es heureux la plupart du temps parce que c'est là que tu dois être.

– D'accord.

– De temps en temps, tu te souviens de cet autre endroit, combien il était agréable d'y être, mais tu ne commets pas l'erreur de penser que tu peux y retourner pour y *vivre*. C'est exactement ce qui se passe pour moi maintenant, Kirby. Je suis en visite chez un autre moi, un moi très agréable que je ne connaissais pas. » Ce sourire paresseux adoucit une nouvelle fois les traits de son visage. « Mais ne t'inquiète pas pour ça. Je rentrerai chez moi et redeviendrai moi-même quand le moment sera venu.

– Dans ce cas, dit Kirby avec cette fois une sincérité totale, je suis content d'avoir été là pour rencontrer l'autre type. »

16

Conversations sur l'oreiller

Des voix. Des voix qui murmurent.

Valerie ouvrit l'œil droit et suivit la progression d'une fourmi qui trottait sur le sol noir et humide en transportant sur son dos, comme une voile verte, un gros morceau de feuille partiellement croquée. Sa joue gauche était appuyée contre ce même sol et son œil gauche restait donc fermé pendant que son œil droit suivait la fourmi et que son oreille droite recevait la succession de ces murmures sans tenter de les déchiffrer.

Bouche : sèche. Corps : extrêmement raide. Tête : douloureuse. Genoux : écorchés. Cheveux : plaqués. Cerveau : à demi conscient.

Son bras droit était replié vers le haut à une petite distance de son visage, posé sur le sol, dessinant une arène miniature dans laquelle cette voile de fourmi voguait comme si elle était sur un lac marron foncé. Valerie regarda le triangle vert pâle jusqu'à ce qu'il atteigne son pouce, fasse demi-tour, pivote sur la droite, atteigne l'articulation à la base de son pouce, fasse demi-tour, pivote sur la gauche, et poursuive sa route jusqu'à ne plus être visible dans l'immense et vaste océan du monde.

Des êtres humains (bien plus grands que des fourmis) passèrent près d'elle. L'œil actif de Valerie pivota vers le haut, regarda au-dessus de son épaule qui semblait énorme et s'arrêta sur les deux hommes qui s'éloignaient en discutant. Des uniformes de camouflage. Des couteaux incurvés dans leurs fourreaux de cuir noir à la taille. Des Gurkhas.

Ses souvenirs lui revenaient, lentement et de manière erratique. Le pivotement de l'œil ayant été étonnamment douloureux, Valerie ferma la paupière, se retrancha dans le noir et laissa sa mémoire s'imposer à elle.

Le village indien. L'avion qui avait amené Kirby Galway *et* Innocent St. Michael. La fuite, avec les tortillas. Une profonde confusion à la tombée de la nuit, son esprit à la dérive… Quelle signification tout cela avait-il ? La terreur lui avait-elle fait perdre la raison ? Mais elle ne se souvenait pas d'avoir eu si peur que ça, certainement pas après avoir mis de la distance entre elle et le village. Elle s'était même arrêtée au bord d'un ruisseau, elle s'en souvenait, elle s'y était assise plusieurs minutes pour reprendre son souffle et boire de l'eau afin de faire descendre la première tortilla. Après…

Après, elle avait erré dans les ténèbres, la plupart du temps avec juste des images incohérentes dans la tête. Avait-elle réellement ri à gorge déployée en prétendant être une voiture, en parlant comme Donald Duck à haute voix ? Sa mémoire, assurément, lui jouait des tours. Ou avait-il pu y avoir quelque chose dans le ruisseau ? « Eau non potable », n'est-ce pas là ce qu'on dit ?

Mais ensuite… Elle avait été sauvée ! Une patrouille de Gurkhas bivouaquait pour la nuit, et elle était littéralement tombée au milieu d'eux. Donc, après tous les périls et les dangers de la semaine écoulée, elle était en sécurité parmi ses protecteurs dont les voix murmuraient partout autour d'elle. Pas en anglais, bien sûr. Qu'est-ce que ça pouvait être ? Une langue asiatique. Du népalais, c'était ça, la langue, au Népal ?

« … tuer… »

L'épuisement gagnait tout son corps, une sorte d'inconscience, d'écoulement involontaire qui engloutissait tout, faisait tampon autour de ses douleurs et de ses plaies, montait à son cerveau.

« … attaquer le village… »

Réveillée trop tôt, mauvais, de reprendre connaissance avant que son corps ait refermé ses blessures. Apaisant, un sommeil apaisant. L'obscurité déferla.

«… pas de prisonniers… »

Étrange. Elle comprenait leurs mots, mais ce n'était pas de l'anglais. Elle n'avait jamais compris le népalais.

« … les tuer tous… »

L'œil droit de Valerie s'ouvrit d'un coup. Du *kekchi* ! Elle les comprenait parce qu'ils parlaient kekchi ! Pas le dialecte qu'elle avait appris à l'origine, ni la version un peu plus trouble utilisée à South Abilene, mais une autre plus brusque, plus gutturale, avec davantage de coups de glotte, mais tout de même compréhensible.

Pourquoi des Gurkhas parleraient-ils kekchi entre eux ?

« Quand est-ce qu'on tue la femme ? »

Tout le corps de Valerie se contracta. Son œil ouvert fixa son poignet et son oreille se dilata.

« Quand on y sera. »

Un léger relâchement mais œil et oreille toujours grands ouverts.

« Pourquoi on ne la fusille pas maintenant ? Elle va nous ralentir.

– Pas de coups de feu. Si quelqu'un entend et vient voir ce qui se passe ?

– Je pourrais lui trancher la gorge avec ce couteau.

– Si elle crie ? »

(Oh, je crierai, oui, je le ferai.)

« Je te connais. Tu es aussi pressé de la tuer parce qu'elle t'a fait très peur hier soir.

– Moi ? Qui a dû changer de froc ? Toi ou moi ?

– Ouais, j'ai cru que toi, tu allais tomber raide mort, tellement tu avais la trouille. Tu as cru qu'un authentique démon ancestral était venu te chercher.

– Je ne suis pas parti me cacher en courant dans les bois comme certains. »

Ils poursuivirent cette discussion un moment, non sans un peu d'irritation, chacun accusant l'autre d'être plus superstitieux, plus sujet à la terreur associée aux anciens dieux et démons mayas pendant que Valerie, qui restait silencieuse et immobile, prenait peu de plaisir à l'ironie de la situation : c'étaient eux qui avaient eu peur d'elle.

Ils finirent par revenir au sujet précédent. « Alors qu'est-ce qu'on fait, pour cette femme ? demanda l'un.

– Elle croit qu'on est des Gurkhas et qu'on la ramène au camp. Donc elle va venir avec nous, pas de problème. Quand on arrive au village, on la bâillonne et on attend que les gens sortent des huttes. Et quand on tire sur les villageois, on tire sur elle aussi.

– Et ceux de la ville ?

– On tue le chauffeur, on blesse un des Blancs, peu importe lequel.

– Pourquoi on ne les tue pas tous ?

– Parce que ce sont eux qui écrivent les histoires. (Il n'y a pas de mot pour dire journaliste en kekchi.) Quand ils rentreront chez eux, ils décriront en détail comment les Gurkhas ont tué tous les gens du village.

– Après, on repasse la frontière ?

– Et le colonel nous donne notre argent. »

Valerie resta allongée en faisant semblant de dormir pendant que les faux Gurkhas continuaient de parler. Ils argumentèrent un moment pour savoir s'ils allaient la violer ou non, décidèrent finalement de ne pas le faire tout de suite, d'attendre d'être arrivés au village et d'improviser sur place. (Les expressions utilisées sont, en kekchi, assez différentes.) Puis l'un d'eux suggéra qu'ils devraient se mettre en route rapidement car le village était à une bonne heure de marche au nord, et Valerie décida qu'il était temps de se réveiller. Elle émit un bâillement, s'étira, roula sur le côté, s'assit et dit : « Oh, mon Dieu ! »

Ils la regardèrent. L'un d'eux dit en kekchi : « Souris-lui. Montre-lui qu'on est sympas. »

Un ensemble d'effroyables sourires lui furent adressés. Valerie fit de même et dit : « Vous m'avez sauvée ! » Sa technique de jeu s'inspirait de Judy Garland dans *Le Magicien d'Oz*.

Ils hochèrent la tête en souriant. Aucun d'entre eux ne parlait apparemment anglais. Valerie se releva avec difficulté. La douzaine d'hommes présents la regardait, sourire plaqué sur le visage. Elle observa autour d'elle et demanda : « Où est-ce que je peux me rafraîchir ?

– Qu'est-ce qu'elle veut ?

– Manger, peut-être. »

Valerie mima les gestes de se laver les mains et le visage.

« Elle veut le ruisseau.

– Elle veut pisser et se nettoyer la figure. »

Trois ou quatre d'entre eux désignèrent des arbres au bord de la clairière.

« Oh, merci », dit Valerie dont le sourire également effroyable, était indéfectiblement présent, puis elle se détourna.

« Moi je dis qu'il faut la violer, c'est clair et net.

– Pas avant d'être arrivés au village. »

Parvenue aux premiers arbres, elle s'arrêta pour regarder en arrière, sourit et les menaça du doigt. « On ne regarde pas », dit-elle.

17

La route secrète

Vernon ne pouvait rien avaler. Il faisait tourner les tranches de fruits dans le fond de son bol et regardait tristement le café pendant que, installés à une autre table, les sept journalistes engloutissaient tout ce qu'ils avaient sous les yeux, Scottie allant même jusqu'à faire semblant de mordre le bras de la serveuse. Elle lui adressa un sourire professionnel, remplit à nouveau sa tasse de café et s'approcha de Vernon pour lui demander si tout allait bien.

« Très bien », dit-il.

Il était à une petite table sur un des côtés de la vaste salle à manger du Fort George, les envoyés spéciaux voraces devant lui, et la vue sur une mer intemporelle, sous un soleil intemporel, à sa droite. (Le cargo noir était toujours ancré au large, les papiers concernant son éventuelle vente aux enchères attendant l'habituel délai bureaucratique intemporel.)

Que va-t-il se passer au village ?

Je n'ai pas posé la question, se dit Vernon. Je ne veux pas connaître la réponse. Je veux simplement atteindre l'autre côté de la corde raide, vivant. Les liens qui existent entre les choses que me demande le colonel, je ne veux pas les connaître.

Des campements de réfugiés.

Des photographies de Gurkhas.

Les réfugiés fuient le Guatemala, fuient le colonel et le gouvernement pour lequel il travaille. Le colonel les perd de vue, ils sont protégés par les frontières, par le droit international, par les Britanniques, par les patrouilles de Gurkhas. Les réfugiés ont fini par faire confiance aux Gurkhas, ces petits hommes à la peau foncée qui viennent de tellement loin mais qui leur ressemblent tant. Les renseignements britanniques sont excellents dans cette partie du monde, principalement parce que les réfugiés et les autres Indiens acceptent de dire des choses aux Gurkhas qu'ils ne diront jamais à n'importe quel Britannique. (En 1979, quand le Guatemala a percé une route secrète vers l'ouest pour traverser la jungle jusqu'au sud du Belize, ce sont les Indiens qui en ont informé les Gurkhas, et ce sont les Gurkhas qui se sont avancés dans la jungle et ont bloqué la route.) La foi et la confiance qu'ils ont en ces Gurkhas donnent du courage aux réfugiés, les protègent, augmentent leurs effectifs, en même temps qu'elles accroissent l'embarras et la frustration du gouvernement pour lequel travaille le colonel.

Les journalistes qui avaient fini leur petit-déjeuner se levèrent de table. Vernon mit un morceau de papaye dans sa bouche sans parvenir à le mâcher. Le fruit, frais au début, se réchauffait lentement sous son palais.

Les correspondants de presse passaient à côté de lui en discutant entre eux. Le photojournaliste américain nommé Tom s'arrêta pour lui dire : « Donnez-nous dix minutes et nous serons prêts.

– *Mmh mmh*, fit Vernon en acquiesçant avec le morceau de papaye dans la bouche.

– Votre véhicule est devant ?

– *Mmh, mmh.* » Nouvel acquiescement.

« On s'y retrouve.

– *Mmh, mmh.* »

Scottie passa avec celui qui n'était pas prévu, le rédacteur en chef de *Trend,* appelé Hiram Farley. Scottie disait : « Dis-moi Hiram, vieille branche, maintenant que nous nous connaissons depuis toutes ces heures, qu'est-ce que tu penses de moi, hein ? Hein ?

– Je te décrirais comme un homme d'esprit assommant, dit Farley avec une expression judicieuse.

– Bonté Divine, voilà qui est fort succinct ! On ne vous paye pas au mot, chez *Trend*, je parie ! » Scottie donna une tape dans le dos de Farley qui retentit comme une détonation. Vernon cligna des yeux et avala sa papaye.

18

Le joueur d'harmonica

La lettre disait :

Hiram,

Tu es parti, espèce de garnement, sans nous dire le moindre mot, et on vient de recevoir ce télégramme très intéressant de Kirby Galway, que tu trouveras ci-joint. Bon, bien évidemment, nous lui avons immédiatement renvoyé un télégramme pour lui dire que notre réponse était oui, et, au moment où j'écris, nous voilà partis pour la Floride ensoleillée avec des cassettes. Et cette fois, tu peux nous croire, il n'y aura aucune mauvaise surprise. Il est même possible qu'on puisse te fournir de vrais trésors mayas à photographier, ça te plairait, non ? Nous serons de retour lundi, alors appelle-nous dès que tu seras revenu de l'endroit où tu es parti vadrouiller, et nous aurons certainement de bonnes nouvelles pour le vieux reporter que tu es.

On t'aime, bisous,

Alan et Gerry

* * *

« Un Gibson Tanqueray bien sec avec des glaçons, s'il vous plaît, commanda Gerry.

– Gerry, dit Alan sur un ton d'avertissement.

– Juste *un*.

– Le seul gin que nous ayons est du Gordon's, répondit la serveuse.

– Oh, bon, fit Gerry, je suppose que ça devrait aller.

– Ça nous fera donc un martini, dit la serveuse.

– Un *Gibson*.

– Les oignons n'ont pas embarqué sur ce vol.

– Oh, bon. Je suppose que ça devrait aller. » Gerry se détourna et contempla tristement le sommet des nuages : ils avaient l'air sale.

« Monsieur ? demanda l'hôtesse en dirigeant son attention acrylique vers Alan qui occupait le siège du milieu.

– La même chose. On verra bien. »

L'hôtesse se tourna avec un léger sourire vers le conservateur de Duluth, Whitman Lemuel, installé sur le siège côté couloir : « Monsieur ?

– Un Bloody Mary. »

La satisfaction de servir un homme qui comprenait les priorités d'une compagnie aérienne en matière de boissons alcoolisées illumina son visage, puis elle s'éloigna. Elle revint peu après, les tablettes furent abaissées juste au-dessus des genoux, les boissons échangées contre de l'argent et on les laissa tranquilles, chacun à son petit emplacement dans la boîte à œufs qui les emportait vers la Floride.

Lemuel leva son verre rouge et impur : « À la déstabilisation de nos ennemis.

– Oh, certes, oui, dit Gerry.

– Je bois à ces paroles », dit Alan. Ce qu'ils firent et Alan grimaça : « Sirupeux.

– C'est mieux que rien », se consola Gerry avant d'avaler une deuxième petite gorgée.

La vérité – et Gerry descendrait dans sa tombe sans le révéler à *personne* –, c'était qu'il n'avait pas le palais sensible au goût de l'alcool. Si c'était quelque chose de vraiment très sucré comme le Kahlúa, ou de très amer comme le Campari, il pouvait faire la distinction, mais entre les boissons à base de gin, de vodka et compagnie, il n'avait presque pas conscience des différences ; pour lui, ce martini préemballé avec son olive au piment décongelée était presque identique au meilleur Gibson Tanqueray du monde avec glaçons, qu'un excellent barman de l'Upper East Side aurait préparé sans aucunement maltraiter le gin. Mais on se devait de savoir ce qu'il convenait de boire, et de l'apprécier, et l'une des manières de manifester ce genre de raffinement était de demander : « Un Gibson Tanqueray bien sec avec des glaçons, s'il vous plaît. » C'était donc ce que disait Gerry chaque fois que l'occasion se présentait, et ça marchait très bien.

Il se demandait parfois si Alan savait *vraiment* différencier les alcools, s'il s'y intéressait. Il était évidemment impossible de le lui demander.

Quant à Whitman Lemuel et son Bloody Mary, ça devait être tellement *libérateur* d'être un provincial qui n'était pas contraint d'afficher un semblant de sophistication.

Ils formaient une drôle d'équipe après tout. Rassemblés sans le vouloir par Kirby Galway, ils avaient juste dû éclaircir une quantité de mensonges et d'embrouillaminis délibérés avant de pouvoir commencer à se comprendre, mais ils avaient alors aussitôt réalisé la merveilleuse opportunité qui s'offrait à eux. D'après ce qu'avait raconté

Lemuel à propos de sa rencontre avec cet Innocent St. Michael apparemment assez effrayant, ce n'était finalement pas Galway qui avait dérobé les cassettes et ils ne risquaient donc sûrement rien en recourant à nouveau à leur stratégie initiale. Et pour l'aspect légal, la morale et tout ça, Lemuel leur avait longuement expliqué avec passion que c'était presque leur *devoir* d'acheter des objets pillés par Galway, et de leur trouver un véritable lieu d'accueil aux États-Unis, parmi des personnes au goût raffiné qui sauraient *apprécier* et *préserver* de tels trésors irremplaçables.

C'était *bien* mieux que de jouer les Woodward et Bernstein pour Hiram[1]. Et bien plus profitable.

Gerry avait été assez surpris et totalement enchanté lorsque leur conversation avec Lemuel avait laissé paraître qu'Alan était plus que prêt à oublier *Trend* et à faire affaire avec Galway.

Mais prudence, prudence. Que ce Galway traite avec les deux parties, chacune dans le dos de l'autre, et ait assurément prévu de mettre ultérieurement à profit l'existence de l'autre partie pour engendrer une situation d'enchères pour les pièces les plus précieuses, montrait bien le genre d'individu fourbe qu'il était, si toutefois il leur en fallait encore des preuves. Par ailleurs, il y avait certainement bien d'autres manigances au Belize que celles dont chacun d'eux avait connaissance. Qui pouvait bien deviner quels détours, quels engrenages complexes pouvaient se dissimuler encore sous la surface des choses ?

1. Les journalistes américains qui ont révélé le scandale du Watergate en 1974.

C'est pour cela qu'ils avaient laissé cette lettre à Hiram ; au cas où il y aurait un quelconque problème avec la loi – une idée qui précipitait les battements de cœur de Gerry dans sa poitrine –, la lettre et le télégramme prouveraient que Gerry et Alan n'avaient jamais eu la *moindre* intention de devenir les complices de contrebandiers. En revanche, si tout se passait bien, Lemuel pourrait repartir en emportant la première livraison de Galway, ils se débrouilleraient, eux, pour récupérer la deuxième avant de repartir à New York, et quand ils verraient Hiram, ils lui raconteraient que Galway ne s'était pas présenté au rendez-vous et qu'ils avaient décidé d'abandonner complètement le projet.

C'était vraiment bizarre, la façon dont les choses se mettaient en place. Mais ça, pensait Gerry avec une certaine autosatisfaction personnelle tandis qu'il sirotait son martini Gordon préemballé, c'est une autre marque de sophistication : la capacité de gérer des situations réellement complexes, que ce soit dans l'art ou dans la vie. Une personne plus simple, comme Whitman Lemuel par exemple, et peu importait le degré de son implication dans la préservation des objets d'art précolombiens, n'en restait pas moins essentiellement…

Un homme marchait dans l'allée. Il avait environ quarante ans, n'était pas très grand mais avait un buste fort et un cou de taureau, une grosse tête surmontée d'une coupe en brosse grise, un visage renfrogné et méchant dont les lèvres épaisses étaient abaissées aux commissures, des yeux froids et porcins. Une fine cravate marron pendait le long de la chemise jaune qui moulait sa poitrine. Il était si musclé qu'il semblait avoir des difficultés à marcher et roulait des épaules de déménageur. Sa veste d'un brun clair était trop petite pour lui, grande ouverte, avec des faux plis aux aisselles.

Gerry avait remarqué ce monstre parce qu'il *le dévisageait*. Il avait l'air mauvais, en colère, comme si quelque chose chez lui le rendait juste fou furieux. Sans parvenir à regarder ailleurs, Gerry resta la bouche ouverte à fixer l'homme qui passait, leurs yeux comme collés avec de la Krazy Glue. Sa tête pivota comme celle d'une marionnette de ventriloque, jusqu'à ce que l'inconnu détourne enfin le regard pour le fixer droit devant lui ; et tandis que Gerry avait la tête tournée vers la gauche, toujours de manière compulsive au-dessus de celle d'Alan, le pan de la veste ouverte s'écarta puis se rabattit, laissant entrevoir un reflet métallique en dessous, au niveau de la poitrine, avant que l'homme disparaisse.

Un reflet métallique.

Un badge.

Un policier.

Ils *savent*.

« Ohh », fit-il d'une voix faible.

Alan le regarda : « Quoi, encore ?

– Je vais... (il déglutit bruyamment)... me sentir mal. »

Alan le fusilla du regard. *Sotto voce*, il soupira : « Je ne peux vraiment t'emmener *nulle part*.

– Je n'ai pas envie d'aller où que ce soit. Je veux rester à la maison. »

L'homme repassa en sens inverse en lançant un regard rageur à Gerry avant de poursuivre son chemin, sa veste tendue sur son dos.

« Et il a *fallu* que tu t'installes près de la fenêtre », continua Alan. Il se pencha de l'autre côté, la mâchoire éloquente et exaspérée, pour expliquer à

Whitman Lemuel d'un ton glacial, qu'ils allaient *tous* devoir se *lever* pour que *Gerry* puisse aller *vomir*.

« Ho…, fit Gerry. *Argh*… Mai-aison… »

Il n'empêche que tout aurait pu très bien se passer si tous les w.-c. n'avaient pas été occupés.

19

Le rôle de l'antihéros dans la fiction américaine d'après-guerre

Kirby passa plusieurs minutes à observer les Indiens envelopper les Zotz dans du coton huilé, puis il sortit profiter d'une journée ensoleillée et d'un Innocent orageux qui se leva de son trône en acajou pour dire : « Eh bien, Kirby ?

– Eh bien, quoi ?

– Tu n'es pas encore prêt à laisser tomber ?

– Laisser tomber quoi ? demanda Kirby en fronçant les sourcils.

– Je ne vois toujours pas de Valerie, tu sais. » Innocent posa les mains sur ses larges hanches et étudia autour de lui le décor matinal intemporel : des Indiens accroupis à proximité des feux, devant leurs huttes, qui soignaient leur gueule de bois. Les appels distants et infatigables de Rosita – « Vaaaallll-erie » – résonnaient de temps en temps dans l'air pur et ensoleillé comme le cri d'un oiseau local.

« Ils vont la retrouver », dit Kirby, avec un peu d'impatience toutefois. L'Innocent de la nuit précédente avait été beaucoup plus agréable à vivre.

« Il est presque midi, insista Innocent. Elle ne reviendra pas et nous le savons tous les deux. Arrête de jouer la comédie.

– Tu as dit que tu me croyais, hier soir, tu l'as dit toi-même.

– J'ai dit *beaucoup* de bêtises hier soir.

– Tu as eu une révélation.

– Je *pense* que ce que j'ai eu, c'était la dépression nerveuse la plus courte observée à ce jour. La disparition d'une jolie jeune femme semble en être la cause, mais elle est en fait due au surmenage, la méno… masculine, je ne sais plus…

– Pause.

– C'est ça mon problème, je n'en ai jamais fait. J'ai travaillé, travaillé, travaillé, je pensais que j'étais assez fort pour continuer indéfiniment. » Il avait l'air énervé en affirmant tout cela, et Kirby s'aperçut petit à petit que c'était en partie contre lui-même qu'Innocent était en colère.

Mais pas entièrement ; il en restait plus qu'assez pour lui aussi. Tout en lui jetant un regard noir, Innocent dit : « Et il faut toujours qu'il y ait des petits malins comme toi, Kirby, pour venir chercher en permanence où sont mes limites et essayer de me berner. »

Dévoilant en partie sa rancune, Kirby rétorqua : « La façon dont je t'ai berné avec l'achat de ces terres, c'est ça ?

– Qu'est-ce que tu *fabriques* avec ces terres, Kirby ? » Innocent le fixait avec de grands yeux ronds, penché en avant, animé par la curiosité et l'incompréhension. « C'est à cause de ça, toute cette histoire ! Ces terres, là-haut… » Il eut un geste vif de la main en direction de la colline aride, à peine visible depuis le village… « C'est de la *merde*, Kirby !

– Ce n'est pas ce que tu disais quand tu me les as vendues.

– Qu'est-ce que tu en *fais* ? Qu'est-ce que c'est que cette histoire de foutu *temple* ? »

Kirby recula d'un pas, la tête inclinée, scrutant Innocent d'un air méfiant.

« Un temple, Innocent ? De quel temple tu parles ?

– C'est ce que *je* veux savoir, bordel ! Tu invites tous ces Américains à venir, tu leur fais ton cirque à propos d'un temple, il n'y en a pas, de temple !

– Exactement.

– Valerie est venue, elle est venue *me* voir, Kirby, pour me dire que ses ordinateurs, à New York, lui démontrent qu'il y a un temple sur tes terres. Et qu'elle veut aller le voir. C'est là que tout a commencé, Kirby. Je voulais savoir ce que tu manigançais.

– Tu as donc envoyé Valerie Greene pour le découvrir.

– Elle serait venue de toute manière, ce n'est pas le problème.

– Non, dit Kirby qui le comprenait bien. Le problème, c'est que tu as choisi ce type malsain pour lui servir de chauffeur.

– Je le regrette. Je le regrette amèrement. Mais tu es autant responsable que moi.

– Quoi ? Tu l'as livrée à cette brute et j'en suis responsable ?

– Il fallait que je sache ce qui se passait. Ce que tu manigançais. C'était le seul chauffeur en qui je pouvais avoir confiance.

– Tu parles d'une confiance.

– Kirby », dit Innocent en se rapprochant d'un pas et en se calmant visiblement par un pur effort de volonté. « Il est temps de dire la vérité.

– Je t'écoute.

– Il est temps pour *toi*. Je sais que tu n'as pas tué Valerie Greene, j'en ai la certitude comme j'ai celle que cette pauvre jeune femme est morte. Je sais que mon propre chauffeur l'a tuée avant de s'enfuir, alors tu peux laisser tomber ton petit jeu.

– Je ne joue pas, Innocent, dit Kirby en essayant de paraître sincère. Honnêtement.

– N'emploie pas des termes que tu ne comprends pas, Kirby. Je ne suis même plus en rage contre toi. Tout ce que tu dois faire, c'est arrêter de jouer la comédie, admettre qu'il s'agit d'une autre de tes arnaques, et on pourra tous rentrer chez nous.

– Mais ce n'en est pas une. Valerie Greene était vraiment là, mais elle est partie maintenant.

– S'il y a bien une chose dont je sois sûr dans tout ça, c'est que tu mens. »

Kirby marqua une pause, réfléchit puis dit : « D'accord, Innocent, j'ai un marché à te proposer. »

Le visage tourmenté d'Innocent s'éclaircit soudain comme si une tempête venait de passer sur une mare avant d'en laisser la surface absolument lisse et unie. Même ses yeux ne laissèrent rien transparaître quand il demanda : « Un marché, Kirby ? Quel genre de marché ?

– Rachète-moi ces terres.

– Pourquoi ?

– Rachète-les-moi pour le prix exact que j'ai payé et je te dirai la vérité pleine et entière à propos de Valerie Greene *et* du temple.

– Lava Sxir Yt.

– Oh, tu connais son nom, hein ? » dit Kirby avec un sourire admiratif.

Innocent fronça très légèrement les sourcils. « Ce n'est pas un marché, décida-t-il.

– C'en est un si on se serre la main. »

Innocent réfléchit. Il regarda en direction du sommet de la colline saccagée. Il scruta Kirby et dit : « La vérité ? Jusqu'à quel point ?

– Je répondrai à toutes les questions que tu me poseras aussi longtemps que tu continueras d'en poser.

– Après, j'aurai les terres et ton escroquerie, quelle qu'elle soit, et je saurai la vérité concernant Valerie.

– C'est ça. »

Il réfléchit à nouveau. « Il y a eu des dépenses relatives au transfert des titres de propriété.

– C'est pour toi.

– *Hmmm.* » Il médita d'un air sombre puis sourit légèrement. « Je ne saurai jamais comment tu vas me rouler avant d'avoir dit oui, n'est-ce pas ?

– C'est toi qui vois, Innocent. » Kirby gardait le visage impassible, il essayait même de ne penser à rien. À l'instant où Innocent avait mentionné le temple, il avait compris que son arnaque tombait à l'eau, qu'il allait devenir nécessaire de changer son fusil d'épaule. Mais il avait trouvé ce moyen de s'en sortir sans y laisser de plumes, de récupérer son argent en se débarrassant de cette colline scabreuse, de tout échanger contre une fille vivante et un trafic au point mort. Pas si mal. Mais n'y pense pas encore, ne laisse pas l'idée te traverser l'esprit. Kirby ne serait pas surpris si Innocent était télépathe.

St. Michael finit par hocher la tête. « D'accord, marché conclu, dit-il en tendant la main.

– Parfait. » Kirby se permit un infime sourire, saisit la main d'Innocent, et ils serrèrent tous les deux avec insistance pour sceller le pacte.

« Vous ! » cria une voix familière.

Ils se retournèrent, mains séparées, et regardèrent Valerie Greene franchir le ruisseau d'un bond avec une grâce naturelle avant de courir dans leur direction. Rouge, à bout de souffle, assez sale, les habits froissés et déchirés, les cheveux hirsutes, elle restait étonnamment belle. Elle s'arrêta devant Kirby, la poitrine haletante, les mains sur les hanches, et cria : « Je sais que vous êtes quelqu'un d'exécrable, je sais que vous êtes quelqu'un d'épouvantable, mais vous êtes quand même le seul vers qui je peux me tourner. Des innocents vont être massacrés et *vous* devez les *aider* !

– Certainement, mademoiselle », répondit-il.

Valerie Greene se tourna vers Innocent et fronça les sourcils d'un air ébahi. Toujours à la même place, mais fléchissant sur ses jambes, la bouche ouverte, les yeux vitreux, le souffle court, il semblait imiter Raggedy Andy[1]. « Qu'est-ce qu'il a ? demanda-t-elle.

– Il vient d'acheter la ferme », expliqua Kirby.

1. Le pendant masculin, créé en 1920, de Raggedy Ann (1918), la poupée de chiffon des livres pour enfants de l'Américain Johnny Gruelle (1880-1938).

20

La terre est riche dans la jungle

La terre est riche dans la jungle, presque noire, nourrie par des milliers d'années de croissance et de décomposition, bien irriguée et fertilisée. Les parties inférieures des montagnes sont envahies par une telle abondance de végétation qu'un homme armé d'une machette peut s'estimer heureux de parcourir huit kilomètres par jour dans ses enchevêtrements. Chaque jour, la jungle repousse et se referme derrière lui, si bien qu'une semaine ou un mois plus tard, il aurait à nouveau besoin de sa machette pour emprunter le même chemin en sens inverse.

Autrefois, les familles Espejo et Alpuche vivaient dans la province de Chimaltenango, à l'ouest de Guatemala City, mais dans les années 1970, c'était devenu l'une des zones les plus actives de la révolution, de la contre-révolution, des escadrons de la mort et des raids de l'armée, de telle sorte que lorsque le propriétaire des terres qu'ils cultivaient parfois leur avait proposé une nouvelle vie, loin à l'est dans la région tranquille du Petén, ils avaient accepté. Ils étaient tristes d'abandonner leur peuple et leur terre, mais la vie était devenue si terrifiante à Chimaltenango, qu'ils étaient montés dans les camions avec presque une centaine d'autres Indiens

Quichés, des familles entières, et qu'ils avaient roulé des jours et des jours sur les routes accidentées au nord et au nord-est de Guatemala City, avaient traversé Salama et poursuivi vers le nord, après Coban, jusqu'à la province du Petén où ils vivraient désormais.

Aucun d'entre eux n'avait suivi de scolarité normale, mais de temps en temps, ils avaient entendu à la radio des discours sur le Belice, la région située juste à l'est de celle du Petén. Le Belice était la province perdue du Guatemala, volée longtemps auparavant par les Britanniques, mais qui serait un jour reprise par les braves et jeunes soldats guatémaltèques. Pour le moment, un état de guerre larvée existait entre le Belice et le reste du Guatemala, même si les Indiens venus de l'Ouest jusqu'au Petén n'en avaient jamais vraiment eu conscience.

La guerre dont ils avaient conscience était celle qu'ils croyaient avoir fuie. Les propriétaires fonciers avaient tenté d'échapper à la révolution en se déplaçant vers le Petén, une région sous-exploitée et sous-peuplée, un plateau constitué de riches plaines qui n'attendaient que d'être cultivées, mais lorsqu'ils avaient importé des ouvriers agricoles de l'Ouest, ils avaient également importé la révolution. Au bout d'un moment, certains de ces Indiens avaient commencé à disparaître dans la végétation basse, et des bus de touristes qui se rendaient aux ruines mayas de Tikal avaient subi des attaques. Des jeeps de l'armée avaient explosé et plusieurs soldats avaient été tués dans des embuscades. Les escadrons de la mort n'avaient pas mis longtemps à patrouiller la zone de nuit, comme à Chimaltenango, et à massacrer des innocents sédentaires puisqu'ils ne parvenaient pas à trouver les véritables révolutionnaires.

En l'espace de quatre ans, les choses avaient très mal tourné pour les familles Espejo et Alpuche. Ils étaient tellement peu nombreux à entretenir les terres du propriétaire qu'ils devaient travailler plus dur que chez eux. On ne leur donnait pas d'argent liquide et on leur accordait moins de temps qu'avant pour cultiver leur propre terre afin d'en tirer leur subsistance. Ils étaient sans contact avec le système d'entraide de leurs familles et de la tribu. Ils étaient loin de leur terre ancestrale, sur une terre étrangère qu'ils ne connaissaient pas et ne comprenaient pas. Leur situation était pire qu'avant la migration.

Un jour, le propriétaire fit venir tout le monde pour écouter le discours d'un colonel de l'armée qui leur annonça son intention d'écraser la révolution et d'exterminer ses partisans jusqu'au dernier. Si l'un d'entre eux était ne serait-ce que suspecté d'aider les révolutionnaires, ils ne devaient s'attendre à aucune clémence. S'ils continuaient à travailler pour le propriétaire foncier, à ne jamais se plaindre, à garder le silence, à faire leur devoir, alors, ils n'auraient rien à craindre. Si l'un d'eux envisageait de s'enfuir au Belice, il devait oublier cette idée parce que s'il essayait, il serait abattu et son corps serait abandonné dans la jungle où il pourrirait. N'envisagez même pas de fuir au Belice, leur dit-il.

Deux semaines plus tard, par une nuit nuageuse, les vingt-sept membres des familles Espejo et Alpuche – douze hommes et quinze femmes âgés de cinquante-trois ans à trois mois – quittèrent leurs deux cabanes en bois, dotées d'une seule chambre chacune, et partirent vers l'Est.

Ils mangèrent des fruits, des noix, des baies, des racines, des fleurs, du poisson parfois, et plus rarement des oiseaux, des iguanes ou des coatis. Ils quittèrent les plaines du Petén pour les monts Mayas en parcourant la plus grande distance possible chaque jour, constamment apeurés et constamment épuisés. Ils n'avaient absolument aucune idée du moment où ils passeraient du Petén au Belice et continuaient donc simplement d'avancer. Le vingt-quatrième jour, ils tombèrent sur une route orientée nord-sud. Pendant que le reste de la famille attendait, deux jeunes garçons (un Espejo de onze ans et un Alpuche de neuf ans) s'approchèrent de la route goudronnée à deux voies et se dissimulèrent près d'elle. Un camion ne tarda pas à arriver. Sa plaque d'immatriculation était noire avec des chiffres blancs précédés d'un grand A, et *Belize* écrit dans le bas. Les deux jeunes étaient illettrés mais le plus âgé avait vu « Belice » écrit sur des cartes et s'en souvenait.

Trois voitures passèrent au cours de la demi-heure suivante, toutes portant des plaques avec des caractères noirs sur fond blanc qui commençaient par la lettre C et toujours avec le mot *Belize* dans le bas. L'homme et la femme de la troisième automobile, qui étaient bien habillés et riaient, étaient visiblement des Noirs, ce qui constituait la preuve irréfutable : les gens de couleur n'étaient pas les bienvenus au Guatemala. Les éclaireurs revinrent donc porteurs de leur conclusion : ils étaient au Belice.

Les familles se replièrent un peu plus en retrait de la route, trouvèrent un endroit relativement plat dans la jungle et défrichèrent une petite parcelle de terre. Les troncs, les branches et les feuilles qu'ils avaient coupés servirent à bâtir trois huttes. Un espace plus vaste fut alors dégagé et les graines qu'ils avaient apportées furent plantées : du maïs, des patates douces et des haricots.

Quatre mois après leur arrivée, leur village était florissant, fort de vingt-huit personnes puisque deux femmes avaient fait le voyage enceintes. Ils cultivaient et chassaient avec succès. Ayant trouvé quelques petits campements similaires dans la jungle environnante, ils avaient fait du troc et possédaient désormais deux porcelets, un mâle et une femelle, sur lesquels ils veillaient avec la plus grande attention.

Un jour, deux étrangers arrivèrent de la route en rebondissant dans une Land Rover sur la piste accidentée que les Indiens avaient tracée. Il s'agissait d'un homme et d'une femme qui parlaient un espagnol rapide, difficile à comprendre, et disaient appartenir au gouvernement du Belize. En constatant la peur que leurs paroles avaient suscitée, ils promirent qu'ils ne causeraient aucun problème et qu'ils étaient juste venus vérifier si les villageois avaient besoin d'une aide quelconque. Les Indiens leur répondirent que non, qu'ils n'avaient besoin d'aucune aide. Bon, dirent l'homme et la femme, si un jour il leur fallait quelque chose, une assistance médicale par exemple, ils n'avaient qu'à aller jusqu'à la route, tourner à droite, et ils trouveraient une ville avec un poste de police à dix-huit kilomètres au sud. « Les policiers ne sont pas armés et ils n'ont rien contre vous », déclara la femme avec un sourire.

Les Indiens ne les crurent pas mais étant donné que ces étrangers ne semblaient pas nourrir d'arrière-pensées, ils sourirent, hochèrent la tête et les remercièrent pour l'information. L'homme et la femme leur apprirent aussi que s'ils avaient des surplus de récoltes à vendre, il y avait un week-end de marché en ville, ainsi qu'une église catholique romaine s'ils étaient intéressés. (Ils l'étaient.) Et une école pour les enfants. (Peut-être plus tard.)

Après cela, les villageois développèrent prudemment leurs contacts avec ce nouveau pays. Quelques-uns se rendirent occasionnellement à l'église catholique, même s'ils n'étaient pas encore prêts à parler au prêtre qui ne ressemblait à rien de ce qu'ils avaient vu à ce jour, n'étant ni indien, ni noir, ni espagnol. La vente de patates douces au marché leur assurait une rentrée d'argent, des dollars béliziens vert clair chiffonnés, à l'effigie de la reine Élisabeth II, et des pièces béliziennes fragiles d'aspect qu'ils conservaient dans un sac à l'intérieur d'une des huttes, car ils n'étaient pas encore sûrs de l'usage qu'ils pourraient en faire.

Pendant ce temps, l'homme et la femme étaient repartis pour la capitale, à Belmopan, et avaient ajouté ce nouveau village de réfugiés sur une carte. Par chance, les deux familles y étaient réparties équitablement, si bien que l'homme et la femme l'avaient appelé Espejo-Alpuche.

21

Zotz

« Valerie, dit Innocent, que veux-tu qu'*on* y fasse ? »

* * *

Les faux Gurkhas, irrités et ennuyés par la disparition de la grande femme américaine, se frayaient à coups de machette un chemin à travers la jungle, en direction du nord.

* * *

« On n'a pas le temps de lancer un appel radio pour demander de l'aide ! » cria Valerie.

* * *

Dans la camionnette, personne ne remarqua que Vernon gémissait, secouait la tête et se frappait les cuisses tout en conduisant, parce que Scottie racontait une histoire qui parlait de sœurs siamoises, d'un chasseur de nazis israélien et d'un paquet d'un kilo de cocaïne non coupée dans une boîte de bicarbonate de soude.

* * *

Kirby était debout, les sourcils froncés, le regard tourné vers l'ouest. Il réfléchissait, méditait sombrement sur ces sombres montagnes éboulées. « Ça vaut le coup d'essayer », conclut-il.

* * *

Les faux Gurkhas parvinrent à une route de gravier et la traversèrent à découvert. Une jeep gris-bleu de l'armée britannique passa à ce moment-là, les deux Anglais en uniforme qui s'y trouvaient firent un geste de la main que les faux Gurkhas leur rendirent.

* * *

« Dites-moi ce que je dois faire, dit Valerie.

– J'ai besoin de tissu fin et de coton, plus il sera fin, mieux ce sera, et il m'en faut beaucoup. »

* * *

« Vernon, bordel, il est encore loin, ce foutu village ? cria Tom, le photojournaliste américain.

– Oh, vingt-vingt-vingt minutes, pas plus », répondit Vernon en lui adressant un sourire angoissé dans le rétroviseur.

* * *

Innocent regardait danser les Zotz au regard mauvais : « Qu'*est*-ce que c'est que ces trucs ?

– Des démons », lui répondit Tommy.

* * *

À mi-pente, Kirby s'arrêta de grimper pour regarder derrière lui : Valerie, Rosita et Luz Coco coupaient et taillaient des draps en carrés, en rectangles ou en ovales, de quarante-cinq à soixante centimètres de large. Aucun ne faisait les cercles qu'il avait demandés, mais cela n'avait pas vraiment d'importance. La moitié du village rentrait et sortait des huttes en courant à la recherche de ficelle. Tommy et Innocent surgirent d'une habitation, chacun portant un emballage en carton ; ils se mirent en marche dans sa direction.

Kirby hocha la tête et se hâta de franchir le sommet pour pour faire démarrer Cynthia.

* * *

Un des jeunes hommes du village surgit dans la clairière. « Des soldats arrivent », annonça-t-il.

Tout le monde s'interrompit brusquement pour le fixer du regard, se rapprocher de lui ou demander : « Qui ça ? Quels soldats ? Quel genre de soldats ?

– Des Gurruhs », répondit le jeune homme, ce qui correspondait à la prononciation la plus proche du mot Gurkhas qu'ils avaient jusqu'à présent réussi à maîtriser.

Au cours des derniers mois, il était arrivé deux fois que passent par ici des patrouilles de Gurkhas, de petits hommes aux cheveux noirs qui redressaient fièrement les épaules, maniaient leurs armes lourdes et étranges avec assurance et souriaient néanmoins en montrant des dents d'une blancheur stupéfiante. Les Gurkhas constituaient un genre de soldats différents qui n'avaient rien de menaçant, de terrifiant, ni de cruel, et qui ne montraient aucun penchant pour les délits mineurs, ni pour les crimes majeurs, contrairement aux soldats qu'ils avaient connus dans leur vie d'avant. Quand le jeune homme dit « Gurruhs », les Indiens se mirent tous à sourire et se détendirent. *Oh, ce genre de soldats. Ça va.*

* * *

Valerie atteignit le sommet de la colline stérile avec une pleine brassée de tissus, et vit Kirby Galway qui montait dans l'avion. Innocent et Tommy étaient à mi-pente devant elle et portaient leurs cartons. Rosita et Luz la suivaient avec le reste du tissu, et une demi-douzaine de villageois se débandaient dans leur sillage avec leur chargement de ficelle, de cordon, de cordelette et de corde.

Est-ce que ça va marcher ? Valerie fronça les sourcils en pensant aux innocents villageois qui allaient être massacrés. *Ça*, face à des meurtriers armés de mitrailleuses ? Mais qu'y avait-il d'autre à faire ?

Elle allongea le pas pour dévaler la colline.

* * *

Accroupi sur le bitume devant la camionnette, Vernon agita la carte, la tenant du bout des doigts par l'extrême bord afin de la déplier et de la poser sur le sol. Quand elle lui échappa, il la plaqua par terre. Invisible dans les broussailles proches, Scottie avait trouvé un tronc d'arbre creux dans lequel pisser pour que ça provoque du bruit. De l'autre côté de la route, Morgan Lassiter, la femme journaliste, s'était éloignée, une poignée de Kleenex dans la main, et était trop loin pour être vue ou entendue pour le moment.

Les autres représentants de presse flânaient, bâillaient et s'étiraient sur la route déserte. Hiram Farley, le rédacteur en chef de *Trend*, vint poser ses bottes Frye à côté de la carte et dit : « Vous savez où on est, vous êtes sûr ?

– Oh, oui », dit Vernon qui leva les yeux pour le regarder en plissant les paupières comme s'il fixait le soleil trop éblouissant. Le visage de Farley ne laissait rien paraître, ses yeux étaient attentifs et calmement fixés sur lui. Pourquoi ai-je l'impression qu'il lit dans mon âme ? Non, c'est stupide ; s'il savait la vérité, il essayerait de m'arrêter.

Il y avait de l'abattement dans cette idée.

« Tout va bien », dit Vernon.

* * *

« Kirby, c'est du délire, ton idée », dit Innocent. Il était péniblement monté sur une aile et se penchait vers la porte ouverte de l'avion pour que sa voix puisse couvrir le bruit du moteur. Le vent soutenu soufflait contre ses habits et l'ensemble de l'avion tremblait. « Du *délire* ton idée », dit-il plus fort.

Kirby, qui étudiait le tableau de bord, regarda Innocent avec impatience : « Tu en as une meilleure ?

– Contacter la police par radio. Contacter les soldats britanniques de Holdfast par radio. » Il parlait du petit détachement militaire proche de la frontière du Guatemala.

« Je ferai ça une fois qu'on aura décollé, mais ça ne changera pas grand-chose. Si Valerie a raison, nous n'avons pas le temps de demander de l'aide. Au pire, ça risque de les ralentir. »

Innocent regarda Valerie qui était sur l'autre siège avant, à côté de Kirby. Elle l'accompagnait car elle était la seule à avoir une chance de le guider vers les endroits où elle était passée précédemment. La tête désormais penchée, elle était occupée à fixer des ficelles au tissu. Son profil résonnait comme un gong dans l'esprit d'Innocent. « Bon Dieu, elle est vivante, dit-il.

– Et notre marché tient toujours », lui répondit Kirby.

Y avait-il une entourloupe cachée dans ce marché, si Valerie n'était pas morte ? Non. Rien qu'il soit capable d'identifier. Innocent soupira.

« Il faut croire que oui », dit-il.

* * *

Les faux Gurkhas pénétrèrent dans le village.

* * *

Valerie leva les yeux de son ouvrage de nœuds quand l'avion s'élança soudain dans un à-coup. Elle jeta un regard à Kirby, puis aux Indiens qui s'écartaient. Innocent St. Michael était là, il lui faisait des signes de la main et lui adressait une espèce de sourire triste. Elle hésita avant de lui sourire et de lui rendre son signe de main.

S'était-elle trompée sur son compte ? Innocent n'était-il donc pas le méchant par excellence ? Son plaisir presque pathétique de la voir en vie (elle était certaine d'avoir vu une larme perler à son œil l'espace d'une seconde) ne pouvait avoir été simulé. L'avion commença à rouler et ils laissèrent Innocent derrière eux, hors de vue. Mais si ce n'étaient pas les ordres d'Innocent que Vernon et le Noir maigrichon avaient suivis, de qui venaient-ils ? Qui était le cerveau caché derrière ce complot ?

Ce Kirby, qui volait aussi rapidement au secours de pauvres Indiens en danger qu'il n'avait jamais rencontrés, ne pouvait être le chef de la bande. Il suffisait de le regarder à un moment où il ne vous brandissait pas un sabre sous le nez pour savoir que ce n'était pas lui.

Qui, alors ?

Lui revinrent en mémoire les derniers mots échangés entre Vernon et le Noir maigrichon, dans cette cabane crasseuse où ils la retenaient prisonnière. Le Noir maigrichon avait dit : « Dis-le, Vernon. Dis ce que tu veux que je fasse. » Puis il y avait eu un moment de silence et Vernon avait dit, si bas qu'elle l'avait à peine entendu : « Elle doit mourir. »

C'était de lui qu'était venu l'ordre.

Était-ce lui le chef ? C'était lui, sans le moindre doute, lui qui avait pris cette décision en particulier, mais quand même, imaginer Vernon dans le rôle de Mister Big[1]...

L'avion avait fait demi-tour et se mit à foncer tout à coup, comme pris de folie, secoué dans tous les sens sur le sol sec et irrégulier comme s'il risquait de se disloquer. Son inclinaison était telle que de l'intérieur on ne pouvait voir le sol par le pare-brise, uniquement le ciel ; comment Kirby pouvait-il être sûr qu'il n'y avait pas d'obstacle devant eux ?

Le rugissement du moteur, la vitesse, tout cela était tellement plus présent que dans un long-courrier confortable. Les tremblements cessèrent alors soudain, le vrombissement se fit moins frénétique et, par

1. L'archétype du criminel dans plusieurs James Bond.

la fenêtre latérale, Valerie vit le sol qui s'éloignait en dessous d'eux.

« Vos nœuds ! lui cria Kirby.

– Oh ! Oui, désolée. » Elle pencha la tête, fit des nœuds et s'arrêta un moment pour étudier son profil. Il tendit la main pour prendre le microphone, tourna des boutons sur le tableau de bord. Elle se pencha vers lui : « Vous connaissez un nommé Vernon ?

– Vernon quoi ? demanda-t-il en fronçant les sourcils.

– Aucune importance », dit-elle, et elle recommença à faire des nœuds. Il lui adressa un regard irrité et perplexe puis entreprit de parler dans le micro qu'il tenait au creux de sa main.

* * *

« Ça va être par ici », annonça Vernon. La camionnette avançait lentement tandis qu'il observait le bas-côté, sur la droite. La jungle était verte, dense et humide, avec plus haut des éboulis et des amas de végétation. Derrière lui, les journalistes commencèrent à rassembler leur attirail.

« Oui, c'est ici. »

Vernon freina jusqu'à s'arrêter, puis il tourna tout doucement et quitta la route pour s'engager sur un plan incliné, érodé et creusé d'ornières, juste assez dégagé pour laisser passer le véhicule, avec des pierres, de la terre et des racines sous les roues. Le moteur hurla et la camionnette escalada la pente avec beaucoup de difficulté tandis que les branches et les lianes en raclaient les deux flancs. Vernon se cramponna fermement au volant car des rochers tentaient de faire dévier les roues et de l'envoyer dans un tronc d'arbre ou un fossé. Même en roulant à trois ou quatre kilomètres à l'heure, les cahots étaient si violents que tous les occupants devaient s'agripper.

Trop étroit ; trop raide ; impossible. Il s'arrêta et coupa le moteur. Dans le bourdonnement soudain du silence, il annonça : « À partir de là, on continue à pied.

– Attends un peu, mon gars, dit Scottie. L'idée, c'était que le site était *accessible.*

– C'est juste là, au-dessus, dit Vernon en pointant le doigt sur le pare-brise. On monte et on y est.

– Accessible *par véhicule*, mon vieux.

– Pas à cet endroit. »

Tom, le photojournaliste américain, se pencha pour regarder devant eux et dit : « Une Land Rover passerait.

– Nous sommes trop nombreux pour une Land Rover. » Vernon avait les paupières agitées de tremblements, il voyait des spirales noires et blanches aux franges de son champ de vision.

Scottie, dont l'humeur joyeuse avait disparu, demanda : « Il n'y a pas de village plus facile d'accès que *celui-là* ?

– Oh, allez, Scottie, viens, dit Morgan Lassiter. Ça te fera perdre un peu de lard au niveau du bide. » Elle fit glisser la porte latérale et sortit.

Ce fut suffisant. Que ce soit une femme qui ouvre la voie incita les hommes à la suivre comme des moutons, à mettre pied à terre, à écarter les feuilles et les branches en hissant sur leurs épaules les sacs de toile remplis d'équipement.

« Par ici », dit Vernon. Ses jambes tremblaient et il avait les genoux en compote, mais cela ne se voyait pas. « Par ici, répéta-t-il. Tout sera bientôt terminé. Par ici. » Il s'attaqua à la colline.

* * *

Pourquoi je fais ça ? se demanda Kirby. Parmi toutes les choses stupides que j'ai faites dans ma vie, celle-ci doit être en haut du classement, avec les pires. Acheter le terrain d'Innocent, par exemple ; c'était potentiellement encore plus bête.

Premièrement, il n'y a aucune raison au monde pour que ce plan fonctionne. Deuxièmement, la femme que j'aide, cette Valerie Greene qui m'accompagne dans cette mission de sauvetage, est la cause principale de tous mes problèmes récents, et c'est quelqu'un pour qui j'éprouve une telle antipathie que je suis stupéfait de ne pas l'avoir encore éjectée de l'avion.

Troisièmement, que ça fonctionne ou pas, la conséquence finale de cette tentative va être de foutre en l'air l'arnaque du temple, irrémédiablement et pour toujours. Innocent en sait déjà beaucoup trop à ce sujet, Valerie Greene va comprendre pas mal de choses d'une minute à l'autre, et même les gens sur le terrain pourraient y arriver, une fois la fête terminée.

Quatrièmement, certains d'entre eux, en bas, ont des pistolets-mitrailleurs et pourraient très certainement abattre Cynthia en plein ciel.

Cinquièmement, ce n'est pas mon combat.

Valerie, qui s'acharnait à faire des nœuds, dit : « J'apprécie vraiment, monsieur Galway. Je ne sais comment vous remercier.

– Ce n'est rien », répondit Kirby.

* * *

Les Quichés de l'ouest du Guatemala ne font pas partie des tribus qui parlent une variante du kekchi.

Ce fut dans un langage complètement différent, mélangé à de l'espagnol, qu'ils accueillirent les soldats gurkhas en leur souriant, en hochant la tête, en leur faisant signe de s'asseoir un moment et en leur offrant de l'eau.

Les Gurkhas regardaient autour d'eux en donnant l'impression de ne pas trop savoir quoi faire. Ils parlaient entre eux dans leur langue incompréhensible, adressaient aux Indiens des sourires plutôt insignifiants, déambulaient autour des trois huttes en regardant une chose ou une autre. L'un d'eux souleva dans les airs le porcelet femelle et le maintint là-haut en le tenant par le cou, l'animal couinant et ses sabots roses battant l'air tandis que le Gurkha disait quelque chose aux autres soldats et riait. Puis il reposa l'animal au sol.

Il y avait quelque chose d'étrange chez ces Gurkhas, tous les Indiens le sentaient. Ils étaient différents des deux premiers groupes, il n'émanait pas d'eux la même autosuffisance ni la même amabilité désintéressée. L'un d'eux entra spontanément dans une hutte, prit une orange sans demander l'autorisation et ressortit en la mangeant.

Un jeune homme du village, un Alpuche, regardait en direction du chemin qui menait à la route. « Quelqu'un d'autre arrive », dit-il.

* * *

« Vous pourriez décrire une dernière boucle ? » demanda Valerie Greene. Elle faisait désormais des nœuds coulants.

Un peu agacé, Kirby effectua un virage brutal sur l'aile en plongeant en piqué au-dessus des éboulis. « Et c'est vous qui dites qu'on n'a pas le temps.

– Je veux juste être sûre. » Un nœud coulant à la main, elle se pencha pour observer ce labyrinthe chaotique de verts et de marrons. « Oui ! C'est le ruisseau où j'ai… C'est le ruisseau de ce matin. Vous le voyez ? »

Kirby bascula d'une aile sur l'autre et revint en arrière pendant que Valerie s'agrippait à son siège, la bouche ouverte. « Vu, ils ont bien dit plein nord en partant d'ici ?

– Un… » Silence.

Kirby leva les yeux et vit sa détresse. « Désolé, dit-il avant de remettre Cynthia à l'horizontale. À une heure d'ici vers le nord, à pied.

– Oui », confirma Valerie.

* * *

Les faux Gurkhas virent les Indiens regarder en direction du chemin qui allait du village à la route et libérèrent leurs pistolets-mitrailleurs Sterling. Les villageois, qui sentaient déjà qu'il y avait quelque chose de bizarre chez ces soldats, commencèrent à reculer, les yeux écarquillés, et tout le monde, dans la petite clairière, se fit de plus en plus silencieux à l'exception du porcelet femelle qui poussait des cris perçants et stridents en raison de l'indignité qu'on lui avait fait subir.

Tout là-haut, le ciel était bleu et dégagé. D'épaisses broussailles et d'énormes arbres entouraient la clairière formant une voûte lointaine, et des arbres plus petits avaient été épargnés, à côté des huttes, pour faire de l'ombre. À l'exception de sa partie la plus centrale, où les rayons de soleil brillaient sans interruption sur les plantations, le village était moucheté de rais de lumière qui s'infiltraient à l'oblique à travers les arbres pour venir caresser d'un éclairage crémeux telle personne, telle hutte ou encore tel doigt qui effleurait la détente d'une arme. À l'extrémité étroite de la prairie, une poche de lumière plus chaude et plus vive, sur un fond de jaunes et de verts flous, indiquait le sommet du chemin qui partait de la route.

Une fille Espejo de huit ans prit le porcelet et le berça. Le battement sourd de son cœur calma l'animal qui redevint silencieux.

Un groupe de huit personnes dispersées, écrasées par la chaleur, ruisselantes de transpiration et éblouies par le soleil, apparut à l'orée de la clairière silencieuse et y pénétra lentement en observant les alentours.

* * *

Vernon vit les Gurkhas, vit les pistolets-mitrailleurs dans leurs mains, et se laissa tomber à genoux en gémissant, sans se rendre compte que les journalistes le fixaient avec étonnement. « Non, dit-il, trop tard. »

* * *

« C'est le dernier, annonça Valerie qui serrait l'ultime nœud coulant autour de l'ultime cou.

– Parfait. »

Une fois ce travail urgent terminé, elle eut pour la première fois la possibilité de vraiment *regarder* ces objets. Elle tenait une statuette dans chaque main, toutes deux identiques aux petites représentations démoniaques qui se débattaient près d'elle avec les nœuds coulants autour du cou. « Ces…, dit-elle en fronçant les sourcils. Vous êtes sûr que ce sont des vrais ?

– Il y a une camionnette garée là. Un peu à l'écart de la route goudronnée. Vous la voyez ? »

Elle la voyait, partiellement enfoncée sous la verdure, son toit blanc étincelant, l'avant du véhicule orienté vers l'ouest, du côté opposé à la route. « Ça doit être elle !

– Et les visiteurs sont déjà là. »

Valerie s'agrippa très fort aux Zotzilaha Chamalcans tandis que Cynthia virait sur l'aile et plongeait presque au ras du sol.

* * *

Le bruit d'un avion qui passait dans le ciel fut noyé sous le vacarme des détonations. Des balles de neuf millimètres crépitaient d'un bout à l'autre de la clairière, fauchant les jambes de Scottie et perforant l'estomac de Vernon à trois reprises, en ligne droite juste au-dessus de sa ceinture. Tout le monde se mit à courir en poussant des cris et trois villageois tombèrent en sang.

L'avion se fit plus bruyant et visiblement, il ne faisait pas que passer. Dérangés dans leur travail, les faux Gurkhas levèrent les yeux au moment où il vrombissait en traversant la clairière, volant perpendiculairement au sol avec l'extrémité de l'aile droite pointée sur eux comme pour dire : « Vous. Je vous vois. »

* * *

« Lancez-les ! cria Kirby. Lancez-les ! »

Valerie était trop occupée pour lui répondre. Couchée sur le côté, contre la paroi latérale de l'avion, le coude en appui sur la partie fixe de la fenêtre, elle se mit à jeter les statuettes au-dehors une par une, le plus vite possible.

* * *

Zotzilaha Chamalcan. De l'avion il tombait, tombait encore et encore, emmailloté dans du coton, et le vent écartait les pans de tissu dans sa chute. Autour de son cou, le nœud était fait de quatre ficelles attachées aux quatre coins du tissu ; pas si mal comme parachute pour un si petit démon.

* * *

Deux faux Gurkhas levèrent leur Sterling vers le ciel mais l'avion avait déjà traversé la clairière et s'éloignait en décrivant un cercle. Les Indiens couraient et s'enfonçaient dans la jungle, les journalistes étaient étendus de tout leur long sous les rayons du soleil. Des créatures descendaient lentement du ciel.

* * *

Cynthia effectua un virage sec et serré, l'aile gauche relevée à la verticale, la droite abaissée, et une nouvelle fois, elle traversa la clairière dans un bruit assourdissant. D'autres démons dégringolaient de son flanc.

* * *

Un des faux Gurkhas pointa son arme sur un de ces trucs parachutés dans les airs. Il visait à travers le petit arceau métallique du guidon, le regard rivé sur la silhouette gris-brun dans les airs. Il la reconnut. Saisi d'une immense frayeur, il resta figé et en oublia de tirer.

* * *

Vernon, recroquevillé en boule pour lutter contre la douleur au creux de son ventre, sanglotait et accusait le colonel d'être responsable de tout.

* * *

Un faux Gurkha empoigna une des statuettes dans les airs, la tint dans sa main et la fixa avec incrédulité. De la terre y adhérait comme si elle venait de sortir d'une tombe ; un peu de cette terre maculait maintenant sa main. Il jeta soudain cette chose loin de lui. Il crut que sa main brûlait. En reculant, son pied roula sur une autre statuette qui essaya de le faire trébucher, de le mordre, de le faire tomber. Il cria, jeta son pistolet-mitrailleur et prit ses jambes à son cou.

« Il n'y en a plus ! » cria Valerie.

Kirby redressa Cynthia et prit de l'altitude. Valerie tenta de regarder le village derrière eux. « Attendez ! Qu'est-ce qui se passe, là-bas ?

– Laissons-leur une minute pour réfléchir, après on retournera voir. »

* * *

Quel était cet avion ? Comment avait-il pu se trouver à l'endroit exact où étaient les faux Gurkhas, au moment exact où ils passaient à l'action ? Avaient-ils été trahis ? D'autres ennemis allaient-ils venir ?

Ça, c'étaient les problèmes rationnels, les questions sensées, les dilemmes raisonnables. Mais ce n'était rien face aux créatures suspendues dans le ciel.

* * *

Lentement, vingt Zotzilahas descendaient dans l'air traversé de rayons de soleil, refermaient leur grande cape sur eux, atteignaient le sol un par un, occupés à faire des grimaces, des mines et des clins d'œil aux faux Gurkhas, dont trois autres jetèrent leur arme à terre et s'enfuirent vers la jungle.

« Revenez ! » cria leur chef avant de tirer en vain dans leur direction.

Un autre soldat, qui reculait devant les démons, vit le chef tourner son regard et son arme sur lui et tira le premier, le tuant onze fois.

Deux autres meurtriers en uniforme de Gurkha se réfugièrent dans la jungle, mais en emportant leur arme, eux.

* * *

Valerie regarda la verdure indifférente derrière elle. Elle voulait *voir*. « Est-il possible qu'ils aient autant peur de l'argile ? demanda-t-elle avec fébrilité.

– C'était le cas de leurs ancêtres. »

* * *

Les faux Gurkhas avaient été éduqués dans le christianisme. On leur avait appris à connaître et à aimer Dieu, la Vierge Marie et tous les saints. On leur avait appris à mépriser Satan et l'ensemble de son œuvre. Ils avaient dépassé cette éducation et s'étaient mis à vivre leur vie selon leurs propres règles.

Personne ne leur avait jamais dit qu'ils devaient croire en ces dieux et ces démons mayas. Ces entités étaient présentes dans les contes, rien de plus, dans les dessins, les motifs des tissus et les gravures, dans les rites et les cérémonies auxquels une minorité de leurs parents les plus âgés prenaient part. Personne ne leur avait jamais dit qu'ils *devaient* croire en Zotzilaha Chamalcan, et néanmoins, aucun n'avait jamais douté, au plus profond de son âme, que la caverne des chauves-souris existait, que la route qui bifurque vers l'éternité existait, et que le diable, l'ennemi de l'humanité, attendait dans les ténèbres l'occasion de les traîner vers le gouffre de la mort éternelle.

Il vole, Zotzilaha, il jaillit du ciel comme une chauve-souris. Il est plein de malice et de malveillance. S'il vous attrape quand vous avez le cœur noir, vous êtes maudit.

* * *

Quand le bruit de l'avion se fit à nouveau entendre dans la clairière, il ne restait plus que cinq faux Gurkhas ; quatre encore en vie et leur chef, qui était mort. Ce dernier gisait sur le sol, encerclé par des représentations de Zotzilaha Chamalcan.

Quand le silence dans la clairière prit fin, remplacé par le vrombissement progressif de l'avion, les quatre derniers faux Gurkhas disparurent dans la jungle.

* * *

L'avion rugit une nouvelle fois avant de repartir et Vernon ouvrit les yeux. En dépit de sa souffrance et de ses larmes, il vit les villageois réunis autour de leurs trois proches abattus et les journalistes qui se rassemblaient autour de Scottie. Hiram Farley, à l'écart des deux groupes, se pencha pour ramasser une des statuettes qui était tombée de l'avion.

Vernon ferma les yeux. Tout ce qu'il voyait était rouge. La douleur à son ventre s'atténuait et son cerveau semblait plus lent.

Quand il rouvrit les yeux, Hiram Farley se tenait au-dessus de lui, la petite statue dans la main. « Eh bien, Vernon », dit-il.

Vernon cligna lentement des yeux. Comme il avait la bouche ouverte pour respirer, de la terre s'y infiltrait, couvrant sa langue et ses dents.

« Pourquoi des soldats venus d'Asie peuvent-ils avoir peur de démons d'Amérique centrale, Vernon ? Quelque chose me dit que tu as la réponse à cette question. »

Vernon regarda les bottes poussiéreuses de Farley. Il marmonna quelque chose.

« Qu'est-ce que tu dis, Vernon ?

– Je dis : ils ne m'ont même pas tué. »

22

Poule Estelle (pour quatre personnes)

« Ce n'est pas South Abilene », dit Valerie.

Kirby Galway engagea le petit avion dans une longue et lente parabole, reprenant de la hauteur et tournoyant pendant qu'un homme et une femme pourchassaient des chèvres en dessous d'eux, dans le long pré vert entouré de forêt. À l'une de ses extrémités se trouvaient une maison marron et robuste, diverses extensions et, derrière, des lopins cultivés. « Non, effectivement », dit Galway.

Elle posa un regard extrêmement suspicieux sur son profil terne. « Alors c'est quoi ?

– C'est l'endroit où j'habite.

– Pourquoi on vient là ? » Après tout ce qu'elle venait de traverser, allait-elle devoir se défendre contre les avances de cet homme ?

Galway procéda à de menus réglages sur le panneau de contrôle de l'avion ; le nez de Cynthia était maintenant dirigé vers le champ tout en longueur, la maison minuscule, l'homme et la femme minuscules tout au bout, et toutes ces chèvres qui avaient maintenant évacué la piste. « Je veux vous parler avant que vous discutiez avec Innocent.

– Pourquoi ?

– Je vous le dirai quand on aura atterri. »

Elle le regardait mais il n'avait rien à ajouter. Les paroles qu'il venait de prononcer n'étaient-elles pas assez révélatrices, ne voulait-il pas dire une bonne fois pour toutes que Kirby Galway n'était *pas* de mèche avec Innocent St. Michael ? S'il ne voulait pas qu'Innocent apprenne certains secrets (et que pouvait-il bien manigancer d'autre ?), cela signifiait qu'ils n'étaient pas complices, finalement.

Alors, lequel était le meurtrier ?

Et quelle était la nature du crime ?

Tout cela était beaucoup trop déroutant. Elle avait vu le temple à l'endroit précis où il devait être, où elle et les ordinateurs avaient prédit simultanément qu'il serait, et deux semaines plus tard, à ce même endroit, il ne s'y trouvait plus. Elle avait vu Kirby Galway avec Whitman Lemuel, l'émissaire du musée, et avait compris ce que cela impliquait : ils volaient des trésors mayas rarissimes et les faisaient sortir en fraude du pays. Mais quand elle en avait enfin tenu plusieurs entre ses mains, elle avait douté qu'il s'agisse d'authentiques trésors. Elle avait cru que Vernon travaillait pour Galway ou Innocent, voire les deux, et avait maintenant l'impression qu'il avait agi pour son propre compte. Et qu'avait-il bien pu essayer de faire ? Mettre la main sur les (faux) trésors d'un temple (inexistant) ? Elle secoua la tête et exprima sa frustration à haute voix : « Qu'est-ce que tout le monde *fabrique ici* ? »

Il rit. « C'est ce que je vais vous expliquer. » L'avion rebondit sur la pelouse irrégulière, rebondit encore, se stabilisa sur le sol et ralentit à une vitesse modérée en approchant de la maison où l'homme et la femme attendaient en souriant.

« Je commence à me souvenir que vous êtes quelqu'un de très méchant, dit doucement Valerie. C'est bien ce que vous êtes, n'est-ce pas ?

– D'extrêmement méchant », renchérit-il, et l'avion tourna vers un bouquet d'arbres sur leur droite.

« Sauf quand vous sauvez des gens, reconnut-elle.

– L'unique fois de ma vie où je me suis racheté », répondit-il, et l'avion s'immobilisa à l'ombre des branches. Au moment où Galway coupa le moteur, le silence déferla sur eux comme une vague.

Il n'y avait pas de porte du côté de Valerie. Elle dut attendre qu'il ait détaché sa ceinture et qu'il soit descendu avant de le suivre, de se contorsionner au-dessus de son siège et d'accepter la main qu'il lui tendait pour ne pas perdre l'équilibre en mettant pied à terre.

L'air, ici, était lourd et très chaud après tout ce temps passé dans l'avion, et elle s'aperçut qu'elle avait les membres raides et endoloris quand elle essaya de marcher. Le couple s'était approché pour les accueillir (l'homme était petit, la femme plus petite encore) et Galway fit contourner l'aile à Valerie pour procéder aux présentations : « Estelle Cruz, Manny Cruz, voici Valerie Greene.

– Enchantée.

– Bonjour, bonjour, bonjour. »

Quand Manny souriait, il y avait beaucoup plus d'espaces entre ses dents qu'il n'avait de dents, mais d'une certaine façon, ça ne faisait que rendre son sourire plus joyeux. Et pour une femme aussi ratatinée, le sourire d'Estelle Cruz était étonnamment timide et féminin.

Galway fit alors disparaître ces deux sourires en annonçant : « Mademoiselle Greene est une femme extrêmement agaçante qui vient de foutre en l'air tout ce que j'ai mis en place ici. »

Estelle lança un œil noir à Valerie qui, sous le choc, demeura bouche bée à regarder son détracteur. « C'est Sheena ! Elle *est* donc vivante, dit Manny qui ne semblait pas heureux de l'apprendre.

– Exact, confirma Galway. L'arnaque du temple est fichue, tout a explosé en vol et je vais probablement devoir quitter le pays. »

Les Cruz étaient atterrés. Estelle donnait l'impression qu'elle allait se jeter sur Valerie pour la griffer jusqu'à ce que mort s'ensuive, et Manny demanda : « Quitter cette *maison*, Kirby ?

– Ce n'est pas sa faute, Manny. Elle ne l'a pas fait exprès, elle est juste stupide et ignorante.

– Eh là, une petite minute, s'insurgea Valerie.

– Elle pensait bien agir, poursuivit Galway sur le même ton, je ne lui en veux donc pas. Mais il y a une façon dont elle peut m'aider un tout petit peu, maintenant, et c'est pour ça que je l'ai ramenée ici, pour lui raconter toute l'histoire car je suis certain qu'elle acceptera de m'aider. »

Valerie les regardait tous avec suspicion, même Estelle, qui se montrait aussi méfiante qu'elle. « Je refuse de m'associer à un acte criminel », affirma-t-elle.

Galway lui lança un regard énigmatique. « Mademoiselle Greene, si je m'apprêtais à commettre un acte criminel, vous seriez sûrement la dernière personne à qui je demanderais d'être ma complice. »

Si c'était une insulte – et il semblait bien que telle avait été l'intention de Kirby –, ça devait être l'une des plus étranges de l'histoire. « Tout va bien, alors » dit-elle en se murant dans son entêtement avec le sentiment qu'on se moquait d'elle.

« Qu'est-ce que tu veux lui demander, Kirby ? s'enquit Manny.

– On en parlera au déjeuner. Je crève de faim. » Il se tourna vers Valerie : « Pas vous ? »

Bon Dieu ! Son estomac ! Avec toute cette excitation, cette agitation et cette confusion, elle n'en avait même pas eu conscience, mais elle se sentit soudain rattrapée par une telle fringale qu'elle en eut le souffle coupé. De la nourriture ? Quand en avait-elle avalé pour la dernière fois ? Rien du tout aujourd'hui, rien depuis hier soir quand, pendant sa fuite, elle avait mangé ces tortillas.

À cette seule pensée, elle fut prise de vertige.

« Bon, dit Galway qui avait bien lu son expression. Nous allons juste faire un brin de toilette et après on mange ici. C'est possible, Estelle ? »

Estelle hocha la tête et tenta un nouveau sourire en désignant la table à côté de la maison.

« Les enfants sont tous à l'école ? demanda Galway. Il n'y a que nous quatre ? Qu'est-ce qu'on va manger ?

– De l'escabèche », répondit Estelle.

ESCABÈCHE (Ess-ka-*bè*-che)

Une poule.

Deux gros oignons.

Des épices.

Tuez, plumez et découpez la poule. Faites-la mijoter une heure, ajoutez des clous de girofle, du poivre, et des piments hachés pour rehausser le goût.

Pendant la cuisson, préparez des tortillas de la façon habituelle et émincez finement les oignons.

Ajoutez ces derniers au ragoût pendant les quinze dernières minutes.

Servez le ragoût dans de grands bols. Placez des serviettes de table au fond d'un panier, posez les tortillas dessus, recouvrez-le d'un torchon et placez-le au centre de la table.

Mettez une petite bouteille de sauce aux piments Pineridge sur la table.

Ouvrez quatre bouteilles de bière Belikin.

Contemplez le résultat.

« Oh, mon Dieu, qu'est-ce que c'est bon, dit Valerie.

– Il en reste, dit Estelle qui souriait d'une oreille ridée à une autre, ridée elle aussi.

– Encore de la bière ? interrogea Manny. Kirby ? Valerie ?

– Oh, oui », répondit tout le monde, et Valerie se surprit en souriant à Kirby qui lui rendit son sourire et tendit la main pour reprendre une tortilla.

Kirby. Valerie. Ils s'appelaient désormais par leurs prénoms, depuis qu'il lui avait montré son appartement spartiate, étonnamment propre et bien rangé, pour faire un brin de toilette avant de déjeuner, et qu'elle avait dit : « Quelle porte donne sur la salle de bains, monsieur Galway ? » Ce sur quoi il l'avait regardée et avait répondu : « Je n'aime pas qu'on m'appelle monsieur Galway, sauf s'il s'agit de la police, et je refuse de continuer à vous appeler mademoiselle Greene, alors comment allons-nous faire ? Est-ce que je dois vous appeler Fido, et vous, Spot ? » Voilà comment ça avait commencé.

La lumière du soleil brillait sur les poils blonds du bras de Kirby quand il levait sa cuillère pour manger. Elle n'arrêtait pas de le regarder, se disait qu'il avait un rire agréable, une attitude simple et une certaine confiance en lui, et que c'était vraiment dommage qu'il soit un bandit. Si toutefois c'en était véritablement un.

N'en était-il pas un ? Au moment où il avait été le plus furieux contre elle, lorsqu'il avait fait tournoyer ce sabre dans les airs, il ne s'en était pas véritablement servi contre elle. Un bandit (et Valerie en avait rencontré quelques-uns, à présent) lui aurait sûrement tranché la tête à ce moment-là, et elle cessa d'y penser.

Il n'était même pas un vil séducteur. Le contraste entre ce déjeuner et la conque mangée avec Innocent était si extrême qu'elle faillit éclater de rire. Innocent s'était montré enjôleur et sûr de lui, et lui avait tout simplement rempli l'esprit de pensées à caractère sexuel. Kirby Galway, lui, riait, racontait des histoires drôles et mangeait son escabèche sans essayer le moins du monde de la manipuler, ni de faire le moindre effort pour lui mettre des pensées à caractère sexuel dans la tête.

Et si son esprit à elle était brusquement rempli de telles pensées, qui la faisaient rougir (ils vont penser que c'est à cause de la sauce piment, et c'est presque le cas), elle s'y connaissait suffisamment en psychologie pour savoir que c'était juste une réaction normale quand on se sent en sécurité après avoir passé de longs moments dans des situations de grand péril et de stress physique aggravé.

Et, bien sûr, le soleil qui brillait sur les poils blonds de son bras.

Il leva la tête, croisa son regard, sourit, et elle baissa les yeux sur son bol, soudain troublée. Puis, craignant de s'être trahie, elle le regarda à nouveau : il fronçait légèrement les sourcils en contemplant le sien et en réfléchissant.

Il était temps de changer de sujet. « Écoutez, Kirby, dit-elle. Vous vouliez me dire quelque chose.

– C'est vrai. » Il hocha la tête et son front s'éclaircit. « Vous avez raison, Valerie. Il est temps que je vous raconte ce qui s'est passé.

– Très bien », dit-elle, et elle continua de manger pendant qu'il parlait.

23

Comment gagner de l'argent grâce à l'immobilier

Kirby lui exposa la vérité, presque sans omettre le plus petit détail. « Ma plus grosse erreur a été d'acheter des terres à Innocent », commença-t-il, puis il poursuivit en lui parlant des terres, de ses finances, de sa rencontre avec Tommy Watson et les autres Indiens, de l'invention du temple, de l'imitation d'objets d'artisanat par les Indiens sous la direction de Tommy, et de ses déplacements personnels aux États-Unis pour trouver des pigeons disposés à lui acheter ces faux. « Ils pensent qu'ils enfreignent la loi, alors ils n'en parlent à personne.

– Par conséquent, ce que j'ai vu, dit Valerie avec une expression d'étonnement, c'était votre faux temple.

– Une partie, de loin.

– C'était très ressemblant.

– C'est surtout le travail de Tommy. Mais bon, la première fois que je vous ai rencontrée… », et il poursuivit en décrivant comment Valerie avait gâché, sans le savoir, sa première tentative pour prendre au piège Whitman Lemuel, mentionnant cet épisode sans presque laisser paraître le moindre ressentiment, puis il continua avec le démantèlement du faux temple par les Indiens dès qu'elle l'avait vu, parce que tout le monde savait qu'elle repartait à Belmopan pour révéler sa découverte.

À ce moment-là, Valerie prit brièvement la suite pour relater son expérience avec Vernon et le Noir maigrichon et ses errances dans la nature sauvage, le tout ayant apparemment été très dur et effrayant, même si elle montrait du courage en faisant son récit.

« De toute façon, vous étiez perdue, et Innocent n'arrêtait pas d'osciller entre la conviction que vous étiez vivante et celle que vous étiez morte, et si vous étiez morte, il était persuadé que je montais une arnaque pour le persuader que vous étiez vivante, pour je ne sais quelle raison, et ça n'en finissait jamais, il passait sans arrêt de l'un à l'autre. Il devenait fou aussi au sujet de cette colline pour savoir s'il y avait ou pas un temple.

– Nous étions *tous* en train de devenir fous, Kirby.

– Bien, continua Kirby, Je lui ai proposé un marché : s'il me rachetait ces foutues terres au prix où je les lui avais payées, je lui raconterais la vérité pleine et entière sur vous et le temple, je lui dirais si vous étiez vivante ou pas, et je lui expliquerais en quoi avait consisté mon arnaque. »

Valerie eut l'air très intéressée. « Est-ce qu'il a accepté ?

– Oui.

– Eh bien, c'était très gentil de sa part, dit-elle avec des yeux de biche. Qu'Innocent se fasse autant de souci pour moi.

– C'est sûr, dit Kirby. Mais c'est pour ça que je ne vous ai pas ramenée là-bas tout de suite. Innocent et moi venions à peine de nous serrer la main pour sceller notre pacte que vous êtes apparue vivante, donc cette information-là, il l'a déjà. La moitié de ce que je promettais est déjà nulle et non avenue. Et maintenant, avec ce que vous savez déjà sur mes terres et les habitants de South Abilene, et avec ce qu'Innocent sait déjà, il pourrait deviner tout seul en quoi consistait mon arnaque du temple sans avoir besoin de me payer pour que je le lui dise, et voilà pour la deuxième moitié. Alors pourquoi aurait-il encore besoin de *moi* ?

– Oh, fit Valerie.

– Si je connais bien Innocent, et c'est le cas, il trouvera le moyen de se défiler et donc de ne pas être obligé de racheter le terrain.

– Et donc, vous ne voulez pas que je lui parle avant qu'il ait récupéré les terres et vous l'argent.

– C'est ça.

– Ça signifie que je viens à nouveau d'être kidnappée ? » demanda-t-elle avec une expression très énigmatique.

Quelque peu mal à l'aise, Kirby répondit : « J'espérais qu'après vous avoir tout expliqué, vous verriez les choses un peu à ma façon et que vous accepteriez d'attendre. Pas longtemps. Je veux dire, personne ne vous force la main ni rien.

– *Hum*, fit-elle en croisant les bras sur sa poitrine comme pour tâter ses biceps.

– Ça ne serait que pour un jour ou deux, lui assura Kirby.

– *Hum*, fit-elle à nouveau en mettant sa main devant sa bouche pour bâiller. Je suis trop fatiguée pour réfléchir maintenant. » Elle leva les bras au-dessus de sa tête, cambra le dos et s'ééééétira. Kirby remarqua qu'elle était très intéressante quand elle s'étirait. « Le déjeuner était délicieux, dit-elle d'une voix lasse à Estelle, mais ça m'a donné très envie de dormir.

– C’est une très bonne nouvelle, répondit Estelle. Restez assise, je vais débarrasser. »

Valerie regarda Kirby avec de grands yeux innocents et dit : « Votre petit appartement m’a paru si frais et si confortable. Peut-être pourrais-je aller y faire un petit somme.

– Bien sûr, dit Kirby en se levant de table. Je vous accompagne. »

Elle sourit en le regardant à travers ses cils pendant qu’elle se levait.

Du sexe. Pourquoi pas après tout ? Si Valerie Greene et lui avaient une petite aventure réussie, peut-être se rangerait-elle davantage de son côté plutôt que de celui d’Innocent. Il ignorait totalement d’où cette idée lui était venue, elle avait simplement surgi tout à coup, plus vite qu’il ne faut de temps pour le dire.

Il fit semblant de ne pas entendre le petit rire d’Estelle quand il tourna le coin de la maison en escortant Valerie.

24

Présent imparfait

C'était samedi matin et Innocent était assis à son bureau à Belmopan. Redevenu lui-même, il jouait avec le téléphone comme un virtuose, s'occupait des affaires qu'il avait complètement laissées en plan, couvrait ses arrières dans toutes les directions envisageables et avait commencé par s'assurer qu'aucune des séquelles sordides de l'affaire Vernon n'allait rester accrochée à ses amples basques.

Vernon. Qui aurait pu deviner ? « Je lui faisais confiance, à ce garçon », grommela-t-il à haute voix, même si en prononçant ces mots, il savait que ce n'était pas tout à fait la façon appropriée de décrire la situation. Innocent ne lui avait pas exactement fait *confiance*, il n'était ni dans son caractère ni dans ses habitudes d'accorder pareille chose que sa *confiance* à la légère, mais ce qu'il avait fait donnait rigoureusement le même résultat qu'une confiance mal placée : il avait sous-estimé Vernon. Il avait eu une attitude paternaliste à son égard, l'avait traité avec condescendance, était parti du principe que son assistant n'avait aucune importance.

« Et pendant ce temps, il me tirait dans le dos. »

Et il trahissait son pays, bien sûr, mais ça, c'était secondaire. Il avait trahi *Innocent*, ce qui signifiait que celui-ci avait été suffisamment imprudent pour se mettre dans une situation où la trahison était possible. Maintenant, parmi tout ce dont il devait s'occuper aujourd'hui, il fouillait le bureau de Vernon et ses dossiers de correspondance pour voir quelles autres surprises désagréables pouvaient bien l'attendre, pendant qu'à l'hôpital de Belize City, Vernon répandait les boyaux qu'il lui restait en racontant ce qu'il savait sur absolument tout, et en citant tous les noms.

« Ce garçon pourrait me causer du tort si je ne me dépêche pas.

– Tu parles tout seul, Innocent ? »

Il leva les yeux en fronçant les sourcils car il n'aimait pas croire qu'il était du genre à se parler à lui-même et ne voulait définitivement pas être surpris dans une telle situation. Et c'était Kirby qui se tenait là, souriant sur le seuil de la porte, en tenue de pilote avec sa chemise à col ouvert, son pantalon beige et une solide paire de chaussures.

« Eh bien, Kirby, grogna Innocent qui ne voyait rien sur ce *seuil* qu'il puisse apprécier. Qu'est-ce qui t'est arrivé hier, bordel ?

– J'ai secouru un village, répondit Kirby tout sourire. Après, je suis rentré chez moi pour me reposer.

– Et Valerie ?

– La voilà. » Kirby entra alors dans le bureau et elle le suivit, l'air joyeux, en forme et juste un peu gênée.

Cet enfant de salaud a couché avec elle, se dit Innocent. C'était une pensée douloureuse, mais accompagnée aussi d'une délivrance. L'une des choses auxquelles il avait évité de penser depuis que Kirby, Valerie et l'avion s'étaient envolés la veille de South Abilene, c'était à ce qu'il ressentirait (et à ce que Valerie ressentirait) la prochaine fois qu'ils se verraient. Dans son esprit s'était formé le sentiment que l'amour incommensurable et profondément bouleversant qu'il avait ressenti pour elle serait peut-être plus facile à préserver si elle était morte ou disparue, devenant une immense figure mythique, que si elle était vivante, en chair et en os. La révélation, qu'il avait eue la nuit précédente à South Abilene, à en croire Kirby, avait généré un grand séisme et un grand nettoyage dans tout son système, beaucoup trop tardif, songeait-il désormais, mais qui n'aurait sûrement pas été possible si Valerie n'avait pas été une personne à la fois (1) bonne et (2) inaccessible.

Que pouvait donc devenir leur relation, maintenant qu'elle ne faisait plus partie des disparus et qu'il avait déjà connu son moment d'apothéose ? Rester obnubilé par elle alors qu'elle était présente serait quelque peu ridicule, mais quelle était l'alternative ?

D'un autre côté, même si elle n'était plus une déesse sur terre, mais juste une simple femme, elle restait une femme assez intrigante, et cet après-midi très agréable passé dans la maison de Vernon – Vernon ! Bon Dieu, il en savait beaucoup *trop* ! – était une expérience qu'il aurait volontiers renouvelée. Combien de temps faudrait-il pour qu'il s'habitue à cette grande et superbe jeune femme, à sa joyeuse propension au plaisir, et qu'il se lasse d'elle ? Voilà ce qu'il serait drôle de vérifier.

Mais il n'en serait pas ainsi. Un regard vers Valérie suivi d'un autre vers Kirby le confirmèrent et un sentiment de tristesse, de nostalgie et de regret s'imposa un instant à lui comme le dernier frisson avant la guérison d'une grippe. Toutefois, cela fut vite balayé par une vague de soulagement : il ne serait finalement pas contraint de prolonger ses manifestations d'amour. Il ne serait pas obligé de se comporter avec la Valerie présente comme il avait juré de vouloir le faire avec la Valerie absente. Il pouvait avoir connu une épiphanie et en rester là !

« Bien, entrez, tous les deux, dit-il en se levant derrière son bureau d'un air radieux et tout à fait bienveillant. J'ai l'impression que vous avez enterré la hache de guerre.

– On a clarifié une ou deux petites choses, acquiesça Kirby.

– On s'est dit ce qu'on avait à se dire, confirma Valerie avec un léger sourire. Et maintenant, on se comprend.

– Mais la raison de notre présence, Innocent, c'est que je veux honorer ma part du marché. Tu es déjà au courant en ce qui concerne Valerie, mais j'ai promis de tout te dire à propos du temple.

– Oh, ce n'est pas la peine, Kirby, répondit un Innocent aussi souriant, franc et amical qu'il lui était possible de l'être. Après ce que j'ai vu à South Abilene et les discussions avec Tommy Watson, je pense avoir assez bien compris.

– *Hum* », fit Kirby. Il ne semblait pas très content.

« Et il y a eu la cassette qui m'a aidé, ajouta Innocent. Mais tu ne l'as pas écoutée, si ?

– Quelle cassette ? »

Innocent sortit donc la cassette du tiroir de son bureau qui était fermé à clé, l'installa dans le lecteur et, une fois de plus, les mêmes bruits et les mêmes mots remplirent son bureau : « Par ici messieurs. Faites attention aux serpents. *Tchok.* Le bruit les fait rester dans leurs trous. »

Valerie semblait perplexe, mais Kirby fixait le lecteur de cassette comme s'il s'agissait de son Zotzilaha Chamalcan à lui, hérité de ses ancêtres. Pendant que les mots et les effets sonores défilaient, Kirby restait là, le regard fixe et l'oreille tendue, jusqu'au moment où sa propre voix dit : « Vous savez combien de gens vivent dans le New Jersey ? » Et une autre voix répondit : « Personne que je connaisse. »

« Witcher et Feldspan ! »

Innocent appuya sur le bouton STOP. « Ils ont enregistré tout ce que tu disais, Kirby.

– Bon Dieu ! *Eux* ?

– Il ne faut jamais sous-estimer personne », dit Innocent. *Vernon.*

« Mais... Ce sont d'authentiques antiquaires !

– C'est vrai. Qui faisaient un travail de journalistes en immersion pour un de leurs amis nommé Hiram Farley, rédacteur en chef d'un important magazine américain appelé *Trend*. Tu as déjà entendu parler de *Trend*, Kirby ?

– Ces sales bâtards.

– Je me suis arrangé pour qu'ils perdent ces cassettes à l'aéroport. Sans ça, ton temple et toi, vous rempliriez les pages du magazine *Trend* à l'heure qu'il est. Tu ne savais pas que je t'avais aidé comme ça, hein ?

– Tu ne voulais pas que je me fasse torpiller avant de découvrir ce que je fabriquais et de trouver un moyen de t'incruster.

– Tu envisages toujours le pire me concernant, Kirby », dit Innocent qui se risqua à sourire à Valerie en ajoutant : « J'espère que ce ne sera pas ton cas, Valerie.

– Je dis *toujours* des choses gentilles à votre sujet, monsieur St. Michael », répondit-elle.

Innocent faillit éclater de rire. Oh, bravo, Kirby, tu n'as aucune idée de ce dans quoi tu as mis les pieds. « Donc, Kirby, si tu envisages de conclure un nouveau marché avec ces gars-là, souviens-toi juste de ces cassettes.

– Oh, je m'en souviendrai, répondit Kirby d'un ton lugubre. Mais le marché dont je veux surtout parler, c'est le nôtre, Innocent. On s'est serré la main pour…

– Kirby, Kirby, tu penses que j'essayerais de rompre mes engagements ? »

Kirby fronça les sourcils : « Ce n'est pas le cas ?

– Absolument pas. Certes, je sais que Valerie est en vie sans que tu aies besoin de me l'apprendre. Là voilà, plus belle que jamais.

– Merci, monsieur.

– Et il est vrai que je sais tout de ton faux temple, sans que tu aies dû m'en parler. Mais j'aime à penser, Kirby, que je suis un homme de parole. Regarde, je n'ai rien fait d'autre de la matinée que de rassembler cette paperasse en vue de notre transaction. » Et il tendit le dossier en papier kraft.

Kirby s'installa dans un des fauteuils, l'air dubitatif, et ouvrit le dossier qu'il se mit à lire. Innocent se tourna vers Valerie : « Je suis content que tu sois en vie, lui dit-il.

– Moi aussi, répondit-elle en souriant.

– Je n'arrête pas de repenser au dîner que nous avons partagé et à quel point tu avais apprécié la conque. Tu l'avais appréciée, non ? »

Elle partit d'un petit rire, une musique qu'Innocent allait longtemps chérir. « Je l'ai beaucoup aimée, dit-elle.

– Attends une minute, dit Kirby, ça ne correspond même pas à la *moitié* de ce que je t'ai payé.

– Poursuis ta lecture, conseilla Innocent. Tu vas voir que ça se tient.

– Pas si je… *Quoi* ? Je rachète une *hypothèque* ?

– C'est cela même », dit Innocent avec son sourire le plus neutre.

Kirby avait l'air outré. « Personne ne consent d'hypothèque sur un *terrain.* »

Innocent haussa les épaules. « Avec toutes les difficultés qui se sont accumulées ces derniers temps, j'aurais eu du mal à mettre la main sur une somme pareille en espèces. Mais je ne voulais pas que notre marché tombe à l'eau simplement parce que je n'avais pas assez d'argent liquide disponible, et comme je savais que tu voudrais tout régler et disposer d'argent pour partir…

– Partir ? Pour aller où ? »

Innocent jeta un regard amical mais ennuyé à Kirby. « Est-ce que tu ignores dans quelle situation tu es, là, Kirby ?

– Je suis en train de me faire entuber comme d'habitude.

– Non non non. Kirby, tu es un *héros.*

– Ce n'est pas fantastique, ça ? demanda Valerie avec le sourire.

– Eh bien, oui et non. Malheureusement, Kirby est le genre de héros qui serait bien avisé de rester modeste et d'éviter d'attirer l'attention sur lui.

– Explique-moi ça, dit Kirby.

– Tes appels radio à la police et à Holdfast ont permis aux secours d'arriver trente minutes après que tu as mis fin au massacre. Deux villageois morts, cinq terroristes morts, trois qui ont été capturés et qui ont tout raconté. Ces petites statuettes, que tu as jetées de l'avion, sont actuellement examinées par un tas d'experts. Un photojournaliste américain a pu prendre des clichés *particulièrement* spectaculaires de ton avion survolant la clairière et ton numéro d'immatriculation est parfaitement visible.

– Oh, fit Kirby.

– Pour l'instant, Kirby Galway est le courageux pilote qui a secouru un village sans défense. Mais il se trouve que je connais plusieurs personnes en train de rechercher le héros à travers tout le Belize parce qu'ils ont juste une ou deux questions à lui poser. »

Kirby soupira. Valerie demanda : « Monsieur St. Michael, qu'est-ce que cela veut dire ?

– Cela veut dire que si Kirby est intelligent, il va quitter le Belize un petit moment en attendant que les choses se tassent. Disons, pendant trois ou quatre ans. »

Kirby soupira à nouveau. Innocent sourit aimablement et dit : « C'est pour ça que je me suis donné tant de mal pour te proposer le meilleur marché possible avant ton départ. Une bonne hypothèque sur dix ans. Et si tu ajoutes le prix d'achat et tous les versements des intérêts des dix années à venir, tu verras que ça correspond *exactement* à la somme que tu m'as versée.

– Et c'est toi qui pourras déduire les intérêts et… » Kirby secoua la tête, dégoûté. « Tu vas placer toute la somme dans un investissement à rendement élevé, me régler les paiements avec tes intérêts et ça ne te coûtera pas un centime. *Et* tu récupères le terrain. Tu vas *gagner* de l'argent, en plus !

– Tu recevras le montant exact que tu as déboursé pour l'achat du terrain, Kirby, souligna Innocent en écartant les mains. C'est bien ce que tu voulais, non ? »

Kirby tourna vers Valerie un regard qui en disait long sur sa souffrance. « Si tu me revois parler un jour à ce type, dit-il, assomme-moi le plus vite possible. »

Elle éclata de rire et ses yeux brillaient d'amusement tandis qu'elle les regardait tous les deux.

Innocent désigna le dossier. « Et là-dedans, Kirby, tu trouveras un chèque correspondant au premier paiement. Qu'est-ce que tu en dis ?

– Génial », répondit Kirby avec amertume. Puis il secoua à nouveau la tête, soupira et dit : « D'accord, Innocent, tu as gagné. Où je dois signer ? »

25

Les croisées du destin

Trump Glade, Floride. Prendre la route 216, direction sud, treize kilomètres et demi à partir du cinéma. À gauche, au panneau qui indique Potchaw 12. Whitman Lemuel regarda par le pare-brise de la voiture de location et vit effectivement un vieux panneau en métal tout déglingué, criblé de balles tirées par bon nombre de demeurés, mais sur lequel on pouvait encore lire clairement « Potchaw 12 ». Et le compteur indiquait exactement treize kilomètres et demi depuis qu'il avait dépassé le cinéma de Trump Glade.

Il y avait aussi une flèche, sur le panneau de Potchaw, pointée vers la droite où une route goudronnée courait entre des orangeraies, mais comme les indications de Kirby Galway disaient qu'il devait aller dans l'autre sens, Lemuel tourna le volant et la voiture de location prit à gauche sur une route de terre qui serpentait à travers les terres plates et la végétation rase de la Floride.

Il devait maintenant être à vingt-quatre kilomètres et demi de l'endroit où il trouverait un ruban rouge accroché à une clôture en fil de fer barbelé. Lemuel régla la climatisation un peu plus fort et se détendit un court instant en s'adossant au siège, puis il conduisit doucement mais sûrement en direction du lieu de rencontre avec Kirby Galway.

Évidemment, Galway s'attendait à voir arriver les deux antiquaires de New York, Witcher et Feldspan, mais il serait certainement d'accord pour traiter avec Lemuel à leur place une fois qu'il aurait compris que Witcher et Feldspan ne figuraient plus du tout dans le paysage.

Le souvenir de Feldspan dans l'avion, l'horreur révoltante qu'il avait générée le long du couloir, et les éléments sensoriels qui s'y étaient mêlés, revinrent soudain au premier plan de son cerveau, et sa lèvre se retroussa à cette pensée répugnante. C'était mieux que ces deux-là soient hors course, beaucoup mieux.

En fait, Witcher et Feldspan auraient été prêts à continuer, mais Gerry Feldspan était simplement trop angoissé pour ce boulot. D'autres passagers l'avaient regardé de travers et le résultat avait été un chaos absolu ; heureusement, à un moment, Feldspan avait au moins réussi à vomir sur celui qui était la cause de ce problème, détruisant apparemment un harmonica fort précieux.

Mais le rejaillissement (*oups*, peut-être pourrait-on trouver un terme plus approprié), le résultat de tout ça, c'était qu'à l'aéroport de Miami, Feldspan avait littéralement hurlé qu'il ne commettrait plus jamais d'autre crime, qu'il ne voulait plus jamais avoir affaire à des contrebandiers *et cetera*, et ç'avait été un miracle que tout le terminal ne finisse pas en prison à cause de lui. Witcher, qui oscillait entre agacement glacial et souci très touchant pour le bien-être de son ami, avait admis qu'il leur était impossible de continuer, qu'ils allaient devoir abandonner définitivement le projet. Qu'ils allaient tout de suite faire demi-tour, reprendre un avion pour New York (« et faire en sorte de récupérer cette *lettre* », avait mystérieusement ajouté Witcher) en laissant le champ libre à Lemuel.

Ce qu'ils avaient fait. Et il était donc là, à parcourir vingt-quatre kilomètres et demi le long de cette route de terre en direction de son premier rendez-vous avec Kirby Galway.

Il était préférable que cela se termine ainsi, vraiment. Witcher et Feldspan, leur homosexualité assez flagrante et nauséeuse mise à part, n'étaient que de simples négociants, exactement le genre de trafiquants cupides qui bafouaient l'art, donnant une si mauvaise publicité à l'importation d'antiquités précieuses ; ce n'était donc pas plus mal qu'ils évitent de poser leurs petites mains avides sur le moindre trésor provenant du temple de Kirby. Quant à Galway lui-même, ce n'était qu'un bandit, n'est-ce pas, qui se situait au-delà de tout mépris mais qui était tout de même utile pour sauver ces trésors de l'ignorance des habitants d'Amérique centrale et de la vénalité de gens comme Witcher et Feldspan, et par conséquent, il pouvait bien les céder à des scientifiques désintéressés, scrupuleux, intelligents, érudits, honnêtes et irréprochables comme lui.

Lemuel était le seul personnage véritablement *respectable* de cette histoire, et il le savait.

Et cette fois, le personnage le plus respectable allait gagner, ce qui ne se produisait que trop rarement dans la vie. La rencontre avec Kirby Galway allait avoir lieu dans les minutes à venir, et quels que soient les objets que Kirby apporterait pour les confier à Witcher et Feldspan, il pourrait tout aussi bien les lui remettre à lui, Lemuel.

« Je le mérite bien », marmonna-t-il en conduisant.

* * *

La portion de barbelés suivante, après le ruban rouge, était tombée à terre, ce qui facilitait l'accès : Lemuel progressait donc déjà sur le champ couvert d'herbe spongieuse quand l'avion apparut. Il décrivit des cercles au-dessus de lui et Lemuel le salua de la main ; puis l'avion descendit pour atterrir de l'autre côté du champ, roula dans un grondement de moteur et s'immobilisa tout près de l'endroit où se tenait Lemuel.

La porte latérale s'ouvrit tandis qu'il contournait l'aile et Kirby Galway descendit à la hâte, il avait l'air d'être terriblement pressé. En fait, le moteur tournait, entraînant l'hélice, et l'avion tremblait, impatient de reprendre l'air.

Galway le regarda avec étonnement. (Il y avait quelqu'un d'autre dans l'avion.) « Où sont Witcher et Feldspan ? » cria-t-il par-dessus le bruit du moteur.

Sans vraiment savoir pourquoi, Lemuel fit un geste vers l'arrière pour indiquer un endroit derrière son dos. « Ils sont allés…

– Ils sont restés dans la voiture ? D'accord, c'est pour eux.

– Non, ils… »

Galway se détourna et lutta pour extraire quelque chose du siège situé derrière le sien, avec l'aide de l'autre personne. Lemuel regardait fixement, perplexe, et une sorte de balle de foin finit par être dégagée puis sortie par la porte latérale pour rebondir sur l'aile et tomber à ses pieds.

« Qu'est-ce…

– Désolé que vous y ayez droit par la même occasion, lui dit Galway en souriant en coin sans paraître désolé le moins du monde. Dites à vos amis, dans la voiture, que je suis au courant pour *Trend*.

– Oh, mon Dieu. Qu'avez-vous…

– Un appel anonyme à la DEA, lui annonça Kirby avec une satisfaction malveillante.

– La quoi ? C'est quoi ?

– La Drug Enforcement Administration, explicita Kirby avant de remonter sur son siège. Désolé que vous soyez là, vous devriez avoir de meilleures fréquentations. »

Ce fut à ce moment-là que Lemuel reconnut la deuxième personne qui se trouvait dans l'appareil : Valerie Greene. « VOUS ! s'écria-t-il. »

Elle fit oui de la tête et sourit en lui faisant un petit au revoir de la main.

« Chaque fois que je vous vois, il se passe quelque chose d'horrible ! » hurla Lemuel en la montrant du doigt. Kirby referma la porte et l'avion commença à s'éloigner. « C'est la troisième fois ! » brailla Lemuel en les poursuivant et en agitant le poing. « Vous portez la *poisse* ! »

L'avion prit de la vitesse et le planta là. Lemuel s'arrêta, haletant soudain sans véritable raison. Et alors que le bruit du moteur commençait à s'atténuer, et que l'avion, là-haut, s'élevait dans les airs, il perçut un autre bruit, derrière lui, à bonne distance.

Des sirènes.

Qui se rapprochaient.

Il se retourna pour regarder en direction de la voiture de location garée sur l'étroite route de terre, et ses yeux tombèrent sur la balle de foin que Kirby avait balancée de l'avion.

« Ce n'est pas du foin », dit-il à haute voix.

La troisième fois est toujours la bonne.

26

Instructions pour la navigation en mer des Caraïbes

Valerie cousait en faisant de tout petits points. Presque nue, assise en tailleur sur une serviette de plage où on voyait Mickey Mouse sur sa planche de surf (ses fesses masquant presque intégralement son sourire), elle était juste assez loin de la mer pour être à l'ombre des cocotiers piquetée de taches ensoleillées. Derrière elle, à peine visible à travers les troncs annelés des arbres, s'élevait la seule construction de l'île entourée d'un mur, une maison basse en blocs de béton bruts surmontée d'un toit incliné en tôle, avec, sur la gauche, une antenne parabolique et, sur la droite, une éolienne génératrice d'électricité. Devant, la mer bleue et calme des Caraïbes étalait inlassablement ses plis sur le sable beige clair.

Faussement calme. La minuscule île sans nom sur laquelle Valerie était assise et cousait l'ourlet d'une jupe en coton d'un blanc immaculé, se trouvait au cœur d'une zone nautique réputée très dangereuse, le Banco Chinchorro, à environ vingt-six kilomètres de la côte du Yucatan, au Mexique, plein ouest par rapport à la baie de Chetumal. À une latitude de dix-huit degrés, vingt-trois minutes nord, et une longitude de quatre-vingt-sept degrés, vingt-sept minutes ouest, et principalement située juste en dessous de la surface de la mer, la bande de six kilomètres de large du Banco Chinchorro est décrite dans la publication du gouvernement des États-Unis – les *Instructions pour la navigation dans la mer des Caraïbes,* que Valérie avait consultées peu après son arrivée en ce lieu –, comme un « dangereux banc de sable en à-pic » comportant « quantité d'écueils rocheux et de barres de sable. Les épaves échouées qui gisent le long de sa côte est ont été détectées à l'œil nu comme à l'aide de radars ». Ce guide de navigation termine sa description par une « mise en garde : il y a généralement dans les environs du Banco Chinchorro un courant très fort qui longe rapidement son flanc est ».

La navigation commerciale comme celle de plaisance transite à bonne distance du Banco Chinchorro. Et pourtant, sur certains de ses petits îlots, la plage est vaste et propre, la mer bleue, paisible et presque transparente, l'air doux et chaud avec une délicieuse brise soufflant de l'est. Si vous voulez passer un moment romantique avec votre âme sœur, il existe peu d'endroits aussi indiqués que celui-là sur terre.

À l'exception de Valerie elle-même et de la petite maison avec sa parabole et son éolienne, le seul autre signe d'intrusion humaine sur cette île était les traces des roues de Cynthia sur le sable tassé, à droite de la jeune femme. Les premières fois que Kirby était descendu jusqu'à San Pedro et l'île bélizienne d'Ambergris Caye, à soixante-quinze kilomètres au sud, pour récupérer des provisions ou s'assurer que le chèque d'Innocent avait bien été déposé sur leur compte (la succursale bancaire de San Pedro est ouverte trois matins par semaine), Valerie l'avait accompagné, se disant que le changement lui ferait du bien, qu'elle en profiterait pour faire des emplettes dans la boutique de l'hôtel, se promener au milieu d'autres personnes, mais elle n'avait en fait absolument pas besoin de ça. La vérité (et elle s'en était rendu compte assez rapidement), la vérité, c'était que si elle quittait l'île avec Kirby chaque fois qu'il partait, cela signifiait qu'elle craignait qu'il ne revienne pas, qu'il l'abandonne là. Ce qui signifiait qu'elle ne lui faisait pas confiance.

Mais si elle ne lui faisait pas confiance, pourquoi était-elle avec lui ?

Cette vie était simple et joyeuse, c'était vrai, notamment après avoir crapahuté partout avant d'arriver ici, mais plus particulièrement encore après avoir vécu une vie entière d'une austérité absolue avant le Belize. En pensant à ce qu'elle était auparavant, à son père, pasteur sévère, et à son frère, professeur sévère, en pensant à sa propre existence d'austère chercheuse en quête des joies ascétiques procurées par l'archéologie, elle trouvait difficile de croire qu'elle ait pu passer autant de temps sans être déraisonnable.

Sans *jamais* être déraisonnable.

Comment s'appelait ce livre qu'elle avait lu quand elle était petite ? *Vertes demeures*. L'idée du livre était celle du *plaisir*, de l'aventure, des voyages, de la nouveauté et de la beauté, et qu'en avait-elle retiré ? Afin de devenir Rima, la fille oiseau, elle était partie à l'université.

Non pas que l'université ait été néfaste pour elle : il avait juste été néfaste que l'université devienne *tout* pour elle. Une vie qui se limite aux tombes mayas et aux ordinateurs d'UCLA n'est pas une vie *épanouissante*.

D'un autre côté, si elle avait toujours été trop sérieuse, Kirby ne l'avait jamais été suffisamment.

Elle avait le sentiment qu'ils étaient bons l'un pour l'autre. Il la faisait sortir de ses limites (*hmm*, oui, de diverses manières), et lui permettait d'être moins timorée du fait de son sérieux et de son implication dans les choses. Parallèlement, elle l'amenait doucement vers les formes plus simples et les voies plus tangibles de la responsabilité en lui montrant que passer sa vie à survoler constamment la surface des choses n'est pas très satisfaisant à long terme.

Et c'est pourquoi elle lui avait dit un jour, trois mois plus tôt environ : « Je ne pense pas que je vais t'accompagner à San Pedro, cette fois. Je veux effectuer des fouilles un peu plus poussées de l'autre côté de l'île. » (Il y avait des traces d'occupation ancienne enfouies là-bas, des débris qui pouvaient avoir été des vases, des petits bouts de bois calcinés. À l'approche de l'extinction de la civilisation maya, après la période florissante de la construction des temples, les Indiens étaient devenus des commerçants pendant un certain temps ; ils vendaient alors leurs marchandises le long des côtes est du Mexique et de l'Amérique centrale et disposaient d'avant-postes et d'entrepôts sur diverses îles, ici et là. Celle-ci avait-elle pu en être un ? Valerie était toujours archéologue.)

Kirby avait bataillé pour qu'elle ne reste pas, cette première fois, mais elle s'était montrée inflexible et il avait fini par accepter, et s'était envolé après l'avoir embrassée. Elle avait regardé Cynthia s'élever au-dessus de l'eau azur et grimper dans le bleu plus clair du ciel, agiter ses ailes en signe d'au revoir et s'éloigner vers le sud, et elle ne savait absolument pas s'il allait revenir ou pas. S'il revenait, ça voulait dire qu'il l'aimait autant qu'elle l'aimait, qu'ils pouvaient se faire confiance, qu'ils avaient raison d'être ensemble.

Et s'il ne revenait jamais, ce serait au moins une bonne chose de le savoir.

Et s'il ne revenait pas, elle était persuadée que tôt ou tard, quelqu'un lui porterait secours une nouvelle fois.

Mais il s'avéra qu'elle n'avait plus besoin qu'on lui vienne en aide à présent : il était revenu. Depuis, elle l'accompagnait une fois sur trois environ, le plus souvent pour ses leçons de pilotage, qui progressaient lentement mais sûrement.

Elle termina l'ourlet, noua le fil, en coupa le bout avec les dents et rangea l'aiguille dans le petit porte-encens en terre cuite (du faux ancien, un cadeau de Tommy Watson). Elle se leva, secoua sa jupe, la regarda, décida qu'elle convenait et la replia sur son avant-bras ; elle irait l'essayer devant le miroir de la maison. Elle se penchait pour ramasser le porte-encens quand les premiers bourdonnements s'annoncèrent.

Cynthia.

Elle entendait toujours l'avion avant de le voir. Reculant dans l'ombre, mais se protégeant les yeux avec la main, elle scruta le ciel et vit l'appareil qui décrivait un cercle pour se présenter en venant du nord-ouest, face à la brise qui soufflait de l'est. Cynthia disparut brièvement derrière les cocotiers avant de réapparaître beaucoup plus bas, préparant son atterrissage sur le sable, assez loin de Valerie sur sa gauche.

Il fallait aux avions une distance incroyablement longue pour s'arrêter après avoir touché terre. Secouée de mouvements brusques, Cynthia, qui roulait encore à bonne allure, progressa le long de la plage, dépassa Valerie qui faisait signe de la main, et poursuivit sa course avant de finir par s'arrêter :

un bref rugissement de moteur et elle fit demi-tour pour revenir bruyamment tandis que ses ailes tremblotaient. Valerie souriait et commençait à sortir de l'ombre quand elle se rendit compte que Kirby n'était pas seul. Il y avait d'autres personnes à bord.

Oh, mon Dieu : elle était nue. Elle se hâta d'enfiler la jupe et inséra les petits crochets sur le côté. Elle ne pouvait rien faire pour le haut et il serait trop stupide et puéril de se sauver en direction de la maison. Bon, elle allait juste devoir faire comme si tout était parfaitement normal.

Kirby mit pied à terre et lui fit signe de la main. Deux autres personnes descendaient maintenant, un homme et une femme. En affichant un sourire courageux (je ne suis pas du tout gênée d'être seins nus), Valerie s'approcha comme une véritable maîtresse de maison pour accueillir ses invités.

L'homme et la femme avaient tous deux moins de trente ans et ne se ressemblaient en rien. La femme était une petite maigrichonne aux cheveux d'un blond cendré, à la peau apparemment sèche, couleur acajou, et au visage très attirant mais dur. L'homme, très grand, gauche, avait la peau claire et une couche de gras de bébé sur l'ensemble du corps. Il avait les dents qui avançaient très légèrement et paraissait impatient, naïf, innocent et bien intentionné alors que la femme semblait avoir tout vu et ne croire en rien.

« Valerie, dit Kirby en souriant lorsqu'elle arriva, je voudrais te présenter deux personnes sur qui je suis tombé à San Pedro. Sur qui je suis *à nouveau* tombé. Voici Tandy ; c'est une fille du Texas dont le père est très riche.

– Enchantée », dit Valerie.

Tandy prit un moment pour la regarder de la tête aux pieds en détaillant tout chez cette jeune fille étonnamment grande, au bronzage intégral et à la jupe flottante de couleur blanche, puis elle secoua la tête. Avec un sourire malicieux, elle déclara : « C'est vous qui gagnez. »

Valerie se demanda comment prendre ces paroles (était-ce un compliment ?), mais elle savait qu'elles étaient prononcées d'une manière amicale, et elle répondit donc par un sourire en disant : « Je suis contente que Kirby vous ait amenée ici.

– Et voici l'ami de Tandy..., commença Kirby.

– Façon de parler, dit Tandy.

– Ah, Tandy, fit l'homme avec un sourire embarrassé de grand dadais.

– ... (Kirby fronça les sourcils et se pencha vers lui.) Je suis confus, j'ai encore oublié votre nom.

– Oh, eh bien, euh, c'est *Albert.*

– Albert, je vous présente Valerie.

– Enchantée.

– Oh, c'est *merveilleux.* Vous habitez ici, n'est-ce pas ? Sur cette *île.*

– Pour le moment », confirma-t-elle.

Kirby lui sourit et dit : « Tu ne devineras jamais. Albert est *très* intéressé par l'art précolombien. »

Valerie s'aperçut qu'elle souriait jusqu'aux oreilles parce qu'elle était ravie de voir Kirby aussi content. « Vraiment ?

– Oh, eh bien, *oui.* Chez moi, à Ventura, j'ai aménagé toute l'*aile* ouest en une sorte de *musée.*

– Ça doit être fantastique.

– Il faut que vous veniez voir.

– Nous irons peut-être, répondit-elle.

– Albert s'intéresse particulièrement aux trésors mayas, précisa Kirby. Je me suis dit qu'on pourrait avoir une bonne discussion à ce sujet.

– Ça pourrait être amusant », acquiesça Valerie.

Kirby passa un bras autour de ses épaules. « Nous déchargerons Cynthia plus tard. Pour commencer, je pense qu'on devrait aller à la maison, s'installer confortablement et boire un verre. Tandy et Albert resteront pour la nuit, on fera un peu de cuisine et demain, on retournera tous les quatre à San Pedro et on ira au restaurant. Qu'est-ce que tu préfères ? *El Tulipan* ou *The Hut* ?

– Laisse-moi réfléchir », dit Valerie. Je mettrai cette jupe, pensa-t-elle.

Ils remontèrent de la plage pour se diriger vers la maison. Kirby, qui avait toujours le bras autour des épaules de Valerie, pencha la tête et la regarda d'un air interrogateur en lui disant : « Tu n'as pas l'impression d'être habillé trop chaudement ? »

Elle éclata de rire.

Table

PREMIÈRE PARTIE
LE CÉLÈBRE AVION

Du même auteur
chez le même éditeur (*suite*)

Personne n'est parfait
Pourquoi moi ?
Bonne conduite
Dégât des eaux
Histoire d'os
Au pire, qu'est-ce qu'on risque ?
Mauvaises nouvelles
Les Sentiers du désastre
Surveille tes arrières !
Voleurs à la douzaine
(recueil de nouvelles)
Et vous trouvez ça drôle ?
Top réalité

Série Mitch Tobin

Innocence perdue
La Pomme de discorde
On aime et on meurt comme ça
Inscrit dans les astres

Sous le pseudonyme
Richard Stark

Le Septième
La Demoiselle
La Dame
Comeback
Backflash
Flashfire
Firebreak
Breakout
À bout de course !
Demandez au perroquet
Argent sale

pca
cmb
édition pré-presse
livres numériques

44400 Rezé

Achevé d'imprimer en mai 2022
sur les presses de Normandie Roto Impression s.a.s.
61250 Lonrai (Orne)
pour le compte des Éditions Payot & Rivages
60/62, avenue de Saxe - 75015 Paris
N° d'imprimeur : 2202365
Dépôt légal : mai 2021

Imprimé en France